문학의 공간, 공간의 스토리텔링

문학의 공간, 공간의 스토리텔링

최 수 웅 著

한국학술정보(주)

머리말

문학작품은 살아있는 생명체와 같다.

문학공간에 대한 나의 관심은 이 고색창연한 명제에서부터 비롯되었다. 대학 강의실에서 문학작품을 이해하고 창작하는 방법을 가르치면서, 그리고 직접 소설을 창작하면서, 나는 기존의 문학 연구방법론이 가진 문제를 실감해 왔다.

문학은 로마의 신화에 나오는 야누스(Janus)처럼, 두 개의 얼굴을 가지고 있다. 하나는 자유로운 감성을 바탕으로 역동성을 추구하며 삶에 대해 질문을 던지는 예술로서의 얼굴이고, 다른 하나는 엄정한 이성을 바탕으로 정형성을 추구하며 삶을 해석하려는 학문으로서의 얼굴이다. 이 두 가지 얼굴은 서로 상반된 가치를 지향하면서도 함께 존재한다. 이러한 모순적인 결합이야말로 문학이 가진 본질적인 가치이자 역할이며, 이 중에서 어느 하나라도 무너지게 되면 문학은 의미를 가지지 못한다. 적어도 나는 그렇게 생각한다.

하지만 우리의 문학 연구와 교육은 이러한 양면성을 인정하지 않았다. 그 중에서도 문학이 가진 예술로서의 얼굴은 간과되어 왔던 것이 사실이다. 이는 문학을 문헌 텍스트만으로 한정시켜 파악했기 때문에 발생한 오류이다. 물론 문학은 텍스트를 매체로 전달되지만, 그 속에는 작가의 체험이 내재되어 있다. 그러므로 문학 작품에 대한 정확한 이해가 이루어지기 위해서는 작가가 체험했던 시간과 공간에 대한 이해, 혹은 이해를 뛰어넘는 독자의 체험이 선행되어야만 한다.

이런 선행 작업이 이루어지지 않고서는 문학의 두 가지 얼굴이 조화를 이룰 수 없다. 그러나 여기에는 분명한 한계가 있다. 같은 시대를 살지 않는 이상, 독자는 작가가 체험했던 시간을 공유할 수 없기 때문이다. 그에 비해 공간은 보다 많은 체험의 여지를 가진다. 작품 속에 제시된 공간을 직접 답사하여 그 분위기를 익히는 것은, 비록 같은 시대를 공유하지 않더라도 작품에 대한 이해를 촉진시키는 효과를 가진다. 문예창작의 전통적인 수련방법으로 문학작품의 현장에 대한 기행이 활용되어왔던 이유도 여기에서 찾을 수 있다.

이 책은 이런 생각을 바탕으로 집필되었다. 여기에 시간만을 중점적으로 다루어왔던 기존의 연구방법에 대한 반성이 더해졌다. 앞서 설명된 것처럼, 문학작품 창작의 기반이 되는 작가의 체험은 시간과 공간을 결합으로 이루어진다. 그럼에도 불구하고 우리의 문학연구에서 공간의 문제는 상대적으로 소홀하게 다루어져 왔다. 여기에는 여러 원인이 있겠지만, 문학작품의 의미를 시대상황과의 상관관계에서만 찾으려 했던 연구 태도가 주요한 이유로 제시할 수 있을 것이다.

이러한 문제의 극복 방안으로 제시된 것이 공간에 대한 관심이다. 문학작품에서 공간은 작가의 체험, 그리고 체험을 토대로 이루어지는 창작방법론과 직결된다. 이 책의 제목에 '스토리텔링'이란 용어를 사용한 것은 이 때문이다. 스토리텔링은 기존의 창작방법론과 유사한 개념이다. 그러나 기존의 창작방법론이 인과율에 기초를 둔 시간 구성을 중점적으로 다루어졌다면, 스토리텔링은 공간 변화에 기초를 둔 사건의 진행과 그 표현방법을 중점적으로 다루는 것이다.

또한 공간을 중심으로 하는 스토리텔링은 문학에 한정되지 않고, 다른 문화 영역으로까지 확장될 여지를 포함하고 있다. 특히 영화와 드라마, 광고, 인터넷을 기반으로 한 디지털문학 등등 이른바 서사(敍事) 장르에 속하는 모든 문화 영역에서 공간은 공통적으로 작품의 각 요소를 통괄하는 역할을 담당하기 때문이다.

이 책의 구성은 이런 인식을 토대로 한다. 1부와 2부에서는 전통적인 문학 영역에 속하는 서정문학과 서사문학 작품에 제시된 공간의 문제를 다루었고, 3부에서는 디지털콘텐츠와 광고 등에 제시된 공간의 문제를 다루었다. 결국 이 책의 전체적인 구성은 문학의 본령에서 시작하여 문학의 확장된 형태를 아우르는 형식을 따르고 있는 것인데, 이는 문학과 문화에 대한 나의 관심이 그대로 적용된 것이다.

문학의 공간과 공간의 스토레텔링에 대한 연구는 앞으로 더욱 많은 작가와 더욱 다양한 작품에 대한 분석이 이루어질 때 보다 견고하게 이루어질 수 있을 것이다.

최선을 다하지 않았던 것은 아니지만 여전히 아쉬움이 남는다. 특히 디지털콘텐츠와 영상예술에 대한 연구는 아직 많은 부분에서 보완이 이루어져야 할 것이다. 이를 남은 과제로 돌린다.

끝으로 이 책은 2004년도 한국학술진흥재단의 기초학문 육성과제로 선정되어 연구 수행 중인 〈한국현대문학 지형의 데이터베이스 구축과 실용화 방안〉의 일환으로 이루어진 것임을 밝힌다.

2006년 봄의 절정
최 수 웅

"이 저서는 2004년 정부(교육인적자원부)의 재원으로 한국학술진흥재단의 지원을 받아 수행된 연구임" (KRF-2004-AS2036)

"This work was supported by the Korea Research Foundation Grant funded by the Korean Government(MOEHRD)" (KRF-2004-AS2036)

목 차

Ⅰ. 서정문학의 공간과 스토리텔링 / 13

II. 서사문학의 공간과 스토리텔링 / 67

Ⅰ. 서정문학의 공간과 스토리텔링

공간을 활용한 작가연구방법론
-박용래의 시를 중심으로

1. 서 론

한 작가의 작품세계를 온전히 이해하기 위해서는 그가 경험했던 공간에 대한 이해가 선행되어야 한다. "장소에 내재되어 있는 기억의 힘은 위대하다"라는 키케로(Cicero)의 말처럼, 한 인물이 태어나고 자란 공간과 장소는 개인적인 체험에 국한되는 것이 아니라, 조상 대대로 누적된 경험의 집합체이기 때문이다.[1] 인간은 공간에 대한 경험을 바탕으로 삶을 이해하고, 사물을 이해하며, 세상을 이해한다. 그러므로 작가가 경험했던 공간에 대한 이해는 그 작가의 작품세계에 대한 연구의 출발점이라고 할 수 있다.

이러한 논리는 박용래의 시세계에 대한 이해에도 적용될 수 있다. 일반적으로 박용래는 "한국 서정시의 원점에서 조금도 비켜서지 않고 일관되게 시세계를 발전시켜 나갔고, 향토적인 것들을 이미지로 형상화하여 한국 현대시의 세계를 확장시킨 전통 시인"[2], 혹은 "시에서 무엇을 애써 보여주지 않음으로 해서 시적 에스프리가 무엇인가를 많이 남기고 간 시인"[3]이라고 평가된다. 이와 같은 전통성과 서정성은 작가가 체험했던 공간을 이해할 때 보다 분명해진다.

---

1) Aleida Assmann, 『기억의 공간』, 경북대학교출판부, 2003. pp.391-392.
2) 권태주, 「박용래 시의 전통성 연구」, 《청람어문학》 11집, 1994. p.8.
3) 박명자, 「박용래 시의 모티프」, 《어문연구》 91호, 1996. p.155.

> 박시인은 눈물이 많았다. 그렇게 불러도 된다면 가히 눈물의 시인이 그였다. 그러나 박시인의 눈물은 아무나 흘릴 수 있는 여느 중생들의 그것이 아니었다. 그는 가난에 울지 않았고 애달픔에 울지 않았고 외로움에 울지 않았다. 그렇다. 그로 하여금 눈물을 자아내게 한 것은 삶의 부질없음, 누리는 것의 덧없음, 헤어짐의 속절없음 따위, 인생의 유전(流轉)에서 오는 삼재팔난(三災八難)이 아니었다.
>
> 그는 자주 울었다. 내가 울지 않던 그를 두 번밖에 못 보았을 정도로 그리 흔히 울었다.
>
> 모든 아름다운 것들은 언제나 그의 눈물을 불렀다. 갸륵한 것, 어여쁜 것, 소박한 것, 조촐한 것, 조용한 것, 알뜰한 것, 인간의 손을 안탄 것, 문명의 때가 아니 묻은 것, 임자가 없는 것, 아무렇게나 버려진 것, 갓 태어난 것, 저절로 묵은 것 (……) 그는 누리의 온갖 생령(生靈)에서 천체의 흔적에 이르도록 사랑하지 않은 것이 없었으며, 사랑스러운 것들을 만날 적마다 눈시울을 붉히지 않은 때가 없었다.[4]

박용래와 각별한 친분을 유지했던 소설가 이문구는 「박용래 약전(略傳)」에서 그를 '눈물의 시인'이라고 명명했는데, 여기에서 주목되는 부분은 '눈물'이 발생되는 원인이다. 이문구는 시인이 눈물을 흘리는 이유를 감정적인 문제이거나 세속적인 고통에 의한 것이 아니라고 설명했다. 그의 눈물은 아름다운 것에 감동받았기 때문에 발생하는 것이고, 그 아름다움의 근원은 생명과 자연환경에 대한 경외감에 있다. 그리고 이러한 경외감은 공간과 그곳에 위치하는 사물들을 통해서 구체화된다.

박용래의 시 작품에 나타나는 공간은 크게 다음과 같은 네 가지로 구분할 수 있다. 첫째 시인이 유년기와 사춘기를 보냈던 강경포구 일대, 둘째 강경과 인접한 지역으로 그의 가문이 뿌리를 두고 있었던 부여, 셋째 그가 사회생활을 시작했던 서울, 넷째 서울생활을 청산하고 그가 정착했던 대전 일대 등이 그것이다. 이러한 공간들은 단순히 지리적으

---

4) 이문구, 「박용래 약전」, 박용래, 『먼 바다』, 창작과비평사, 1984. p.235. 이하 인용된 작품은 이 시집에 수록된 작품을 대상으로 하며, 작품의 제목만을 밝힌다.

로 구분되는 것이 아니다. 이는 시인의 생애와 밀접한 연관을 맺으면서 시간적 속성을 포함하고 있기 때문에, 이에 대한 분석을 통해 박용래의 작품세계에 내포된 흐름이 파악될 수 있을 것으로 기대된다.

2. 눈물이 만든 강 : 강경포구

강경은 박용래의 고향이다. 그러나 이 공간이 가진 의미는 개인적인 차원에 국한되지 않는다. 오히려 우리 근대사의 주요한 변화가 단적으로 이루어졌던 공간이며, 이러한 역사적이고 사회적인 의미는 박용래 시의 근원에 내재되어 있는 상실감을 형성하는 요인으로 작용했다. 역사적인 변화와 그로 인한 상실감의 구체적인 원인은 식민·독재적 경제논리에 의해 만들어진 철도교통 체계에서 찾아볼 수 있다.

일제에 의해 건설된 철도는 우리 국토의 문화적·산업적 중심지를 변화시켰다. 근대화의 기치를 앞세워 이루어졌던 이런 변화는 신흥지역을 형성하기도 했지만, 기존의 중심지를 몰락시키기도 했다. 이는 기존의 자생적인 상권과 민중의 생활여건을 전혀 고려하지 않은 채, 오직 식민지 지배의 효율성만을 고려했다는 점에서 독재적이다. 몰락이 이루어졌던 대표적인 공간으로 충주의 목계나루나 논산의 강경포구를 들 수 있다.

논산의 서쪽, 드넓게 펼쳐진 논강평야를 흐르는 노성천과 논산천이 금강 줄기와 만나는 곳에 위치한 곳이 강경포구인데, 이곳은 예로부터 중부권의 물산이 모여들어 번성했던 지역이었다.[5] 철도의 개통과 함께

---

5) 번성했던 시기의 강경포구의 면모는 어떠한 역사서적보다 김주영의 소설 『객주(客主)』에서 구체적으로 표현되어 있다. 이 작품은 19세기 말의 사회·경제적 풍속을 입체적으로 재현하는 일종의 박물지(博物誌)적인 가치를 가진다는 평가를 받는데, 작가는 치밀한 묘사력으로 물류의 이동이 수상교통에서 철도교통으로 바뀐 이후 몰락해버린 강경포구를 충실히 재현했다. 그 구체적

물류의 이동이 수상교통 중심에서 철도교통 중심으로 변모했고, 이에 따라 지금의 논산역 일대를 중심으로 하는 시가지가 형성되면서, 상대적으로 강경포구의 상권은 축소되어 버렸다. 그러나 이 지역 주민들의 문화적 자부심은 여전히 남아 있으며, 인근 지역 출신 문인들도 강경을 자신들의 문화적 정체성의 근간이 되는 공간으로 제시하고 있다.

박용래의 시 작품에서 강경포구는 주로 유년기에 관련되어 집중적으로 나타난다. 그리고 그 기억은 대부분 '홍래' 누나와 관련되어 있다. 홍래 누나는 봉래(鳳來), 학래(鶴來), 홍래(鴻來), 용래(龍來)로 이어지는 시인의 형제 중 바로 손위이자 유일한 여자 형제로, 어린 시절에 그를 돌봐주었던 인물이다.

박용래는 세 번째 시집 『백발(白髮)의 꽃대궁』의 서문에서 "하늘울타리, 호박잎에 모이는 빗소리, 수레바퀴, 멍멍이, 빈잔 등은 내가 찾는 소재. 우렁 껍질, 먹감, 진눈깨비, 조랑말, 기적(汽笛), 홍래 누이 등은 내가 즐겨 찾는 소재"라고 밝힌바 있다. 앞에서 살펴본 이문구의 글에 따르면, 홍래 누이는 자연과 전통적인 정서를 노래했던 박용래의 시세계에 막대한 영향을 주었던 인물이라고 평가된다.[6]

인 예는 다음과 같다. : "충청도와 전라도 사이에 끼여 있어 바닷사람들과 내륙의 사람들이 여기에 모여 교역이 활발하였다. 봄과 여름 동안은 생선을 잡고 해초를 뜯느라고 비린내가 포구에 넘치고, 5월의 황새기젓과 7월의 새우젓이 풀릴 때는 오륙십 척의 배가 몰려들어 화장들이 내뿜는 연기로 포구의 하늘은 암회색의 바다였다."

6) 이문구, 앞의 글, pp.238~239. : "저녁 노을이 유난히 짙어 놀뫼(黃山)라 부르던 채운산(彩雲山) 산자락과 부여를 잇는 놀뫼나루, 황산천과 황산교, 죽마(竹馬)를 타고 오르내렸던 서편의 옥녀봉(玉女峰)들은 뒷날 민요풍(民謠風)의 그윽한 가락을 홀로 옮게 될 한 시인의 어린 시절을 건강하게 키웠다. / 홍래 누이는 막내가 중앙보통학교에 입학하고부터 한시도 딴전 볼 겨를이 없었다. 부모가 연만한 데다 하나뿐인 누이를 누구보다도 옴살이라고 따랐기 때문이었다. / 박시인은 홍래 누이를 따라 변두리로 다니며 노는 일이 잦았다. 채운산 너머 부투골, 난청이, 까치말과 채운들 저쪽의 용답급, 돌꽃메, 두

홍래 누나와 함께 경험했던 고향의 자연은 이후 그의 작품세계를 형성하는 가장 주요한 요인이 되었다. 그의 시는 일반적으로 "한국적인 정서를 바탕으로, 향토적인 사물이나 현상의 구석구석에 편재한 아름다움을, 섬세하고도 간결한 표현으로 그렸다"고 평가되는데, 그러한 정서를 형성해 주었던 인물이 바로 홍래 누나였다.

그러나 읍내 황산교(黃酸橋) 너머 마을로 시집을 갔던 홍래 누나는, 1940년 첫째 아이를 낳다가 유명을 달리하게 된다. 이 사건은 사춘기였던 박용래에게 중대한 영향을 끼친다. 그의 연보에는 "이 충격으로 삶에 회의를 품기 시작하고 내성적인 우울한 성격으로 돌변하였으며, 감상주의적인 문체로 사춘기 남녀의 인기를 독점하고 있던 길전현차랑(吉田絃次郎)의 『전원일기(田園日記)』 및 여행기를 탐독"하게 되었다고 기록되어 있다. 이와 같은 홍래 누나의 죽음은 박용래의 시 세계가 가지는 또 다른 특징으로 지적되는 감상성, 혹은 '사라진 것들에 대한 그리움'을 형성하게 되는 원인으로 작용했다. 홍래 누나와 관련된 추억을 표현한 대표적인 작품으로는 「담장」을 들 수 있다.

오동(梧桐)꽃 우러르면 함부로 노한 일 뉘우쳐진다.
잊었던 무덤 생각난다.
검정 치마, 흰 저고리, 옆가르마, 젊어 죽은 홍래 누이 생각도 난다.
오동꽃 우러르면 담장에 떠는 아슴한 대낮.
발등에 지는 더디고 느린 원뇌(遠雷).

– 「담장」 전문

이 작품은 짧고 간결하면서도 긴 여운을 만드는 박용래 시의 특징이 잘 표현되어 있는데, 홍래 누이의 구체적인 이미지가 표현되어 있다. 물론 그 이미지는 '검정 치마, 흰 저고리, 옆가르마' 등의 외향적인 모습에 국한되는 것은 아니다. 오히려 홍래 누나의 이미지는 고향과

_____

테골, 거름실 등 그들 오뉘의 발길이 미치지 않던 곳이 드물었다."

중첩되어 나타난다. 시인에게 있어서 고향은 '잊었던 무덤'이고, 또렷하지 않고 흐릿한 '아슴한 대낮'으로 제시된다. 이러한 고향의 이미지는 홍래 누나의 죽음을 의미하는 것이기도 하고, 시인의 고향인 강경포구의 몰락을 의미하는 것이기도 하다.

철도교통의 발달로 강경포구는 옛 명성의 흔적을 찾아볼 수 없을 정도로 완연하게 쇠퇴해버렸는데, 「막버스」에서는 이러한 고향을 '잔광(殘光)'이라는 이미지를 통해 표현했다.

>   내리는 사람만 있고
>   오르는 이 하나 없는
>   보름 장날 막버스
>   차창 꽃 꽂히는 기러기떼,
>   기러기뗼 보아라
>   아 어느 강마을
>   잔광(殘光) 부신 그곳에
>   떨어지는가.

- 「막버스」 전문

이처럼 박용래에게 있어서 고향인 강경포구는 소멸과 쇠퇴의 이미지로 인식된다. 그러나 바로 그렇기 때문에 그곳은 북적되는 삶의 공간이 아닌, 애잔한 그리움의 공간이 될 수 있는 것이다. 「겨울밤」에서는 성인이 되어 타향에서 살아가는 작가의 고향에 대한 그리움이 표현되어 있다.

>   잠 이루지 못하는 밤 고향집 마늘밭에 눈은 쌓이리.
>   잠 이루지 못하는 밤 고향집 추녀밑 달빛은 쌓이리.
>   발목을 벗고 물을 건너는 먼 마을.
>   고향집 마당귀 바람은 잠을 자리.

- 「겨울밤」 전문

이 시의 화자가 살아가는 곳은 밤에도 '잠 이루지 못하는' 가박한 현실이 있는 곳이지만, 이에 비해 고향은 포근한 이미지로 제시된다. 이러한 이미지는 '눈'이 쌓이고 '달빛'이 쌓였나는 표현, 즉 함박눈에 쌓인 고향의 전경을 떠올리게 만드는 표현을 통해 만들어지는데, 이처럼 고향의 포근함을 상징하는 눈의 이미지는 「저녁 눈」에서도 표현되어 있다.

3. 소멸의 정한이 남은 옛도시 : 부여

박용래가 태어나 자란 곳은 논산에 속하는 강경 지역이지만, 그의 본적은 부여군 부여읍으로 되어있다. 강경포구와 부여는 금강을 사이에 두고 서로 다른 행정구역으로 구분되어 있다. 그러나 이 지역들은 오래 전부터 지리적으로나 문화·경제적으로 동일한 문화권을 형성했던 지역이며, 현재까지도 활발한 교류가 이루어지고 있다.7) 부여는 박용래가 태어나기 전에 그의 가족이 살았던 지역이었다. 그의 아버지 박원태(朴元泰)는 부여군 부여면 관북리 70번지에서 소지주로 넉넉하게 살았지만, 자녀들의 교육을 위해서 강경으로 이사했다고 한다.

박용래는 문단생활 25년 동안 백여 편이 조금 넘는 작품만을 남길 정도로 과작(寡作)을 한 작가인데, 그 중에서도 부여를 다룬 작품은 더욱 많지 않다. 또한 그는 역사의 격동이나 시류에 상관없이 자신만의 서정세계를 고집했던 시인이라는 평가를 받는다. 그의 작품에는 유년기에 대한 회상, 농촌의 시정, 애틋한 정한 등이 반복해서 제시되며, 이에 따라 그에 대한 평가도 감상적이고 현실도피적이라는 부정적인 견해와 현대 사회에서 소멸되고 있는 토착과 전통에 생명을 불어넣었

---

7) 김철규, 「한국 농업체제의 전환과 시설재배 농업」, 『한국의 자본주의 발전과 사회변동』, 고려대출판부, 2003, pp.138-139. 참고.

다는 긍정적인 견해가 엇갈린다. 이러한 작품세계의 특징은 부여에 관련된 작품들에서도 분명하게 제시되어 있는데, 「부여(扶餘)」가 그 대표적인 작품이다.

　　꾀꼴 소리 넘치는 눈먼 석불(石佛), 물꼬 보러 가듯 가고 없더라. 질경이 씹으며 동저고릿 바람으로.

　　노을 잠긴 국말이집 상머리 너머 세월, 앉은뱅이꽃.

　　언덕 하나 사이 두고 언덕, 징검다리뿐이더라.

　　　　　　　　　　　　　　　　　　　　　　　－「부여」 전문

　부여는 공주와 함께 백제문화의 흔적들을 집약적으로 보여주는 곳이다. 긍정적인 의미에서는 백제 문화의 가장 융성했던 시기를 보여주는 공간이지만, 한편으로는 백제 패망의 아픔도 고스란히 전해지는 지역이기도 하다. 부여에는 왕궁지와 수많은 불교유적들, 왕릉유적, 그리고 부소산과 궁남지 등 발전했던 백제문화가 밀집되어 있다. 시내의 중심 길인 중앙로에서 동쪽으로 조금 안쪽으로 들어가면 멀리에서도 담장 너머로 우뚝 솟은 석탑 한 채가 보이는데 그곳이 정림사터이다. 백제 때의 유구가 거의 남아 있지 않는 부여에서 제자리를 지키고 있는 것은 이 정림사터 탑밖에 없다고 해도 과언이 아니다. 현재에는 백제 때에 세워진 오층석탑과 고려 때의 석불좌상이 남아있는데, 비바람에 몹시 상해서 얼굴이나 몸체의 윤곽이 제대로 드러나지 않는다. 위에 인용된 작품 「부여」에 제시된 '석불'이 바로 이것이다.

　이 작품에서 부여는 옛 영화가 퇴색되고 모두 떠나버린 고향으로 부각되어 있다. 산업화의 물결을 따라 사람들은 대도시로 올라갔고, 황량하게 변한 고향에는 '석불', '질경이', '국말이집', '앉은뱅이 꽃', '징검다리'만이 남아 있다. 오랜 풍화작용으로 마모된 '석불'도 근래에 복원된 전각 안으로 옮겨져 있어, 그나마 원래의 자리를 지키지 못했다.

시인은 그런 석불을 두고, 도시로 떠난 사람들을 대신해 "물꼬를 보러 가듯 가고" 없다고 노래했다.

역사적 관점에서 보자면, 「부여」의 주요 소재인 석불은 백제의 멸망 이후 후대에 세워진 고려 시대의 것이다. 이렇듯 부여 정림사터는 백제의 정림사지 오층석탑과 고려의 석불좌상이 공존하는 공간이다. 이로 인해 부여는 찬란했던 백제 문화의 상징이면서, 또한 그 영화가 사라져 버린 공간에 대한 상징이 되는 것이다. 즉, 부여는 백제 시대와 고려 시대 사이에 '징검다리'처럼 존재하는 공간이 되는 것이다. 「부여」의 시적 화자는 의식적, 그리고 무의식적으로 느끼는 고향에 대해 비애감을 느끼는데, 이는 부여라는 공간이 가지는 소멸(消滅)의 속성이 표현된 것이다.

> 물가에 진 눈먼 혼령(魂靈)
> 불터 물고
> 파랭이 끈 물고
> 마른번개 치던
> 나루터
> 동아리져 춤춘다
> 곤두박질 춤춘다
> 들가에 진 눈먼 혼령도
> 어두운 낮.
>
> ―「고도(古都)」 전문

박용래의 작품에 제시된 부여의 또 다른 공간은 백마강 유역이다. 이는 시인의 고향인 강경포구와 직접적인 연관을 가지는 지역이다. 「고도」의 '나루터'는 부여와 강경을 연결하는 장소이다. 시인은 이 작품에서 '부여'라는 지명에 녹아 있는 소멸과 정한의 이미지를 염두에 두고 있는데, 이러한 이미지들은 그의 시 작품의 주조를 이룬다.

「고도」는 박용래 시로는 드물게 직접적으로 역사적 관점에서 부여의 소멸과 정한의 이미지를 형상화한 작품이다. "나루터/동아리져 춤춘다"라는 구절을 비롯해서, 백마강 '물가에 진 눈먼 혼령'이나 '들가에 진 눈먼 혼령' 등의 구절에서 동학나루에서 스러져간 민초들의 정한이 분명하게 제시되고 있다. '눈먼 혼령'은 본질적으로 소멸된 존재들이며, 정한을 안고 있는, 존재하지 않는 쓸쓸한 이미지들이라고 할 수 있다.

> 눌더러 물어볼까 나는 슬프냐 장닭 꼬리 날리는 하얀 바람 봄길 여기사 부여(扶餘), 고향이란다 나는 정말 슬프냐.
>
> —「고향」 전문

「고향」에도 부여가 가진 소멸과 정한의 이미지가 제시되고 있다. 이 시의 화자는 도시에 살았지만 어떤 이유로 고향으로 내려왔는데, 그에게 부여는 유년의 추억이 아로새겨진 고향이면서 멸망한 왕조의 비운을 고스란히 감내하고 있는 공간으로 받아들여진다.[8] 그는 도시의 피폐한 삶을 피해 고향을 찾았을 것이지만, 고향인 부여는 빛바랜 '하얀 바람'이 불고 '장닭 꼬리'가 날리는 황폐하고 쓸쓸한 공간에 불과할 뿐이다. 이 표현들은 화자의 자의식, 나아가 시인의 자의식이 반영된 표현이며, 이를 통해 화자 또한 고향 부여처럼 황폐해졌다는 사실이 암시된다. 이런 자각에서 오는 비애의 감정은 "나는 정말 슬프냐"라는 반어로 나타난다.

그러나 유년시절을 보냈던 고향의 모습만큼은 정한의 이미지만을 가진 공간이 아니다. 그곳은 부여의 자연, 강과 꽃, 바람과 들꽃 등 여성적 모티프를 통해 표현되며 온기가 남아있는 서정적 공간으로 제시된다. 「고향소묘(故鄕素描)」에 그런 특징이 잘 표현되어 있는데, 이를 통해 박용래에게 있어 부여는 "성인이 된 시인의 무의식을 지배하며 시 속에 녹아들어 시를 풍요롭게 해주"[9]는 역할을 담당한다는 사실을 확인할 수 있다.

---

8) 이건청, 「소멸의 미학, 견고한 언어」, 《현대시학》, 2002. 3, pp.219-220.
9) 권태주, 앞의 글, 참고.

푸른 강심(江心) 배다리가 내려다보이는
고향땅 여관집
뒷담은 치지 않고
마당가 군데군데
마른 꽃대 풀대 등을 대고 있었다.

저녁상(床)에 나온 상수리 묵접시
갈밭을 나르는 기러기,
그림 들어 있었다.

들길 따라 찬 비는 오고 있었다.

−「고향소묘」 전문

4. 머물 수 없는 곳과 머물러야 하는 곳 : 서울과 대전

　강경에서 태어나 자란 박용래는 강경상업고등학교를 수석으로 졸업하고, 1943년부터 조선은행 서울 본점에서 근무했다. 그러나 향토적인 정서로 마음속을 가득 채운 시인에게 서울 생활은 쉽게 적응할 수 없는 것이었다. 작가는 "서울은 단순하게만 자란, 그래도 조금은 행복한 나에게 처음으로 고독을 알게 했다. 달개비의 보랏빛이 그립고 황토빛이 그리웠다"라고 당시를 회상했다. 박용래의 서울 체험은 그리 오래 지속되지 않았지만, 그의 작품세계를 이해하는데 중요한 단서를 제공한다. 짙은 어둠을 경험한 사람이 불빛의 소중함을 알게 되는 것처럼, 박용래는 서울에서의 생활을 통해서 고향에 대한 그리움을 절실하게 느끼게 되던 것이다.

　이처럼 박용래에게 있어 서울이라는 자신이 머물 수 없는 곳으로 인식되었으며, 그랬기 때문에 그는 머물 곳을 찾아야 했다. 그는 이듬해인 1944년에 새로 개설된 지방 지점으로 근무지를 옮겨달라고 신청하는데, 그곳이 바로 조선은행 대전지점이다. 그렇게 해서 그는 대전과의 인연을 맺게 되었으며, 이후로도 충청지역을 떠나지 않는다.

해방 이후 1946년부터 그는 호서중학교에서 교편생활을 시작하게
되는데, 여기서의 경험은 그의 시작 활동에 중요한 전기를 제공한다.
그는 인근 계룡산과 부여 일대에 산재한 백제의 유적을 답사하면서
자신의 문화적 정체성을 확립할 수 있었으며, 문학에 뜻을 둔 동료들
을 만날 수 있었다. 그는 이들과 '동백시인회'를 조직하고 동인지 《동
백》을 펴내기도 했는데, 여기에 참가했던 문인들은 정훈, 이재복, 박희
선, 하유상, 윤영한 등이다. 이 동인지는 대전·충청 지역의 지역 문단
형성과정에 주요한 역할을 수행했다.

> 동인지 《동백》은 1년에 서너 차례씩 동인들의 주머니 형편에 맞추어 간
> 행되었다. 타블로이드 크기의 석판인쇄로 첫선을 보였던 《동백》은 5페이지
> 안팎의 오죽잖은 주제꼴이었고, 그나마도 셈평이 펴지 않아 나중에는 골필
> 로 갉작거린 프린트 판으로까지 전락을 하게 되지만, 그곳에 발표되는 작품
> 들은 기성문단의 주목을 받기에 부족하지 않아, 청록파의 삼가시인(三家詩
> 人)으로 이미 부동의 존재였던 경주의 박목월 씨 같은 이는 자신이 주재하
> 던 동인지 《죽순(竹筍)》을 번번이 기증하여 《동백》지의 증정본에 일일이
> 답례를 해올 정도였다. 박 시인이 평생을 두고 선배로 대우했던 박목월 씨와
> 의 왕래도 그 내력은 이로써 비롯된 것이었다.
> 《동백》과 때를 함께 했던 그의 습작 시절이, 농촌으로 일러지는 전통적인
> 민중의 애환과 토속적인 정서의 현장인 황토 위에 삶의 뿌리를 내릴 무렵이
> 었음은, 박시인의 시세계가 한 생애에 걸쳐 일관된 주조(主調)의 독특한 경
> 지를 이룰 수 있었던 가장 믿음직한 주석이 아닐 수 없었다. 그것은 '글이
> 곧 사람'이라는 고전적인 예증의 또 다른 물증이었다.10)

이후 박용래는 대전의 보문중학교, 철도학교, 한밭중학교, 대전북중
학교 등에서 근무하면서 대전과의 인연을 이어갔다. 한편으로 그는 충
청 지역의 문학적 전통을 표현한 시 작품들을 꾸준하게 발표했고,
1955년에는 박두진의 추천을 받아 《현대문학》으로 등단하기도 했다.

---

10) 이문구, 앞의 글, p.248.

깊은 밤 풀빌레 소리와 나뿐이로다
시냇물은 흘러서 바다로 간다
어두움을 저어 시냇물처럼 저렇게 떨며

흐느끼는 풀벌레 소리……
쓸쓸한 마음을 몰고 간다
빗방울처럼 이었는 슬픔의 나라

– 「가을의 노래」 일부

박용래의 등단작인 「가을의 노래」는 시인 특유의 정서와 표현방법
이 내포되어 있기 때문에, 이후 발표된 그의 시작품을 이해하는데 주
요한 단서를 제공한다. 이 작품의 시적 화자는 감정을 직접적으로 표
현하지 않는다. '풀벌레 소리', '시냇물', '빗방울' 등의 사물들을 통해서
화자의 상황이 제시되고 있을 뿐이다. 이러한 창작방법은 그의 작품세
계 전반에서 폭넓게 활용되었는데, 이는 박용래만의 독창적인 창작방
법은 아니다. 이는 오히려 우리 서정시의 전통에 기댄 것으로, 이런
창작방법이 활용된 예로 정지상의 칠언절구(七言絶句) 「송인(送人)」
을 들 수 있다.

비 개인 강둑에 풀빛이 완연한데	雨歇長堤草色多
남포에서 그대를 보내며 슬픈 노래를 부르네	送君南浦動悲歌
대동강물이 언제나 마를까	大同江水何時盡
이별의 눈물이 해마다 푸른 물결을 더하니	別淚年年添綠波

정지상은 이별의 슬픔을 강물에 빗대어 노래했다. 사랑하는 사람을
떠나보내는 일이야 슬프기 짝이 없겠지만, 화자는 그 슬픔을 직접적으
로 드러내지 않고, 다만 '풀빛'과 대동강의 '푸른 물결' 등의 사물만을
이야기할 뿐이다. 특히 이 작품의 사물은 '대동강'이라는 공간을 대상
으로 하고 있다는 점에서 특징적이며, 이는 박용래의 시가 금강의 '강

경포구'를 주된 대상으로 한다는 점과도 연결되는 부분이다.

이른바 '선경후정(先景後情)'이라고 설명되는 노골적으로 표현되지 않는 정서, 자연에 의탁하여 감정을 표현하는 기법은 우리 민족의 전통적인 정서이자 창작방법이다. 박용래의 작품세계가 전통성에 기반을 두고 있다고 한다면, 이는 단순한 모티프의 문제에 국한되는 것이 아니라, 이와 같은 창작방법이 기반이 되기 때문이라고 보아야 한다.

박용래는 1980년 11월 심장마비로 별세한다. 그를 기념하기 위해서, 후배 문인들이 정성을 모아 1984년 10월 27일에 시비를 건립했는데, 이 시비는 대전에서 만들어진 최초의 시비라는 점에서 의미를 가진다. 시비에는 그의 대표작 「저녁 눈」이 새겨져 있다.

> 늦은 저녁때 오는 눈발은 말집 호롱불 밑에 붐비다
>
> 늦은 저녁때 오는 눈발은 조랑말 발굽 밑에 붐비다
>
> 늦은 저녁때 오는 눈발은 여물 써는 소리에 붐비다
>
> 늦은 저녁때 오는 눈발은 변두리 빈터만 다니며 붐비다
>
> － 「저녁 눈」 전문

5. 결 론

지금까지 공간을 중심으로 박용래의 시세계의 특징을 살펴보았다. 신비평이 도입된 이후 시 작품에 대한 분석과 이해는 작품을 중심으로 이루어져 왔다. 물론 작품의 독자적인 미학을 파악하는 연구 방법은 중요한 의미를 가지지만, 이를 심화하고 확대시키기 위해서는 여타 작품들과의 관계가 고려되어야 하며 나아가 작가의 생애에 대한 이해

가 병행되어야만 한다. 이 글은 작가의 생애를 형성하는 여러 요소 중에서 특히 공간의 문제에 천착하여 작가 연구의 새로운 방법론을 적용해 보고자 했다.

공간은 인간의 사상과 경험을 구체적으로 표현한다. 박용래의 시에서 중심을 이루는 공간은 그가 유년기와 사춘기를 보냈던 강경포구이다. 특히 박용래가 이곳의 번영과 몰락을 직접 목격했다는 사실은 그의 작품세계를 이해하는데 중요한 단서를 제공한다. 그는 '눈물의 시인'으로 불릴 정도로 슬픔과 회한, 그리고 그리움의 정조를 작품 전면에 내세우고 있는데, 이는 이러한 공간적 특징과 연결되기 때문이다. 또한 개인사적으로는 이곳에서 체험했던 홍래 누나의 죽음도 이런 정조를 형성하는데 영향을 주었을 것으로 보인다.

그러나 강경에서의 경험은 시인의 무의식에 잠재되어 있을 뿐이었다. 이것이 전면적으로 표현되기 시작한 것은 서울 생활을 거친 후 대전에 내려와 본격적인 작품 활동을 시작한 이후가 된다. 서울 생활은 비록 짧은 기간에 이루어졌지만, 박용래에게 고향이 가진 의미를 부각시켰다는 점에서 중요성을 가지며, 대전은 그가 창작활동을 벌였던 무대라는 점에서 가치를 가진다.

대전에 정착한 이후 그는 자신의 문화적 정체성을 탐구하게 된다. 그러한 탐구 과정에서 재발견되었던 곳이 바로 '부여'로 대변되는, 자기 가문의 뿌리이자 충청권역 전반을 아우르는 백제 문화의 원류가 되는 공간이었다.

이처럼 박용래의 작품세계는 강경과 부여, 그리고 서울과 대전이라는 공간의 특징이 중첩되어 나타난다는 특징을 가진다. 그동안 박용래 시의 특징으로 제시되었던 '전통적 서정성'은 작가의 개인적 성향과 함께, 그가 했던 공간들의 의미가 표현된 것이라고 하겠다.

공간을 활용한 작가연구방법론은 박용래의 경우에만 한정되는 것은 아니다. 오히려 대부분의 작가들에게 적용될 수 있는 폭넓은 연구 방법론이라고 하겠다. 앞으로 보다 많은 작가들의 다양한 장르의 작품들

에 내포된 공간에 대한 연구가 꾸준히 이루어진다면 이 연구방법론에
대한 보다 체계적인 검토와 적용이 이루어질 수 있을 것으로 기대하
며, 이를 과제로 남긴다.

■ 참고문헌

박용래, 『먼 바다』, 창작과비평사, 1984.

권태주, 「박용래 시의 전통성 연구」, 《청람어문학》 11집, 1994.
김철규, 『한국의 자본주의 발전과 사회변동』, 고려대출판부, 2003.
박명자, 「박용래 시의 모티프」, 《어문연구》 91호, 1996.
이건청, 「소멸의 미학, 견고한 언어」, 《현대시학》, 2002. 3.
이문구, 「박용래 약전」, 박용래, 『먼 바다』, 창작과비평사, 1984.
Aleida Assmann, 『기억의 공간』, 경북대학교출판부, 2003.

바다와 산 사이의 거리
─신대철 시의 공간구조

1. 문학에서의 공간 문제

공간은 시간과 함께 인간의 삶을 규정하는 근본적인 패러다임이다. 시간이 삶의 세로축을 규정한다면, 공간은 삶의 가로축을 규정한다. 인간은 공간을 바탕으로 해서 생활을 영위하고, 그 바탕 위에 시간을 더해 경험을 축적하며, 이런 과정을 되풀이하면서 역사를 만들어 나간다.

이런 측면에서 보자면, 역사란 공간의 씨줄과 시간의 날줄을 교차시켜 만들어낸 구조물이라는 구태의연한 비유는 참으로 지당하다. 하긴 구태의연하지 않고서야 어찌 지당할 수 있겠는가. 더구나 이 비유는 문학에까지 확장시켜 대입시킬 수 있다는 점에서 다시 한 번 지당하기 짝이 없다.

이러한 확장성은 역사와 문학이 모두 인간의 삶을 대상으로 한다는 사실에 기인한다. 문학과 삶의 관계는 멀리는 아리스토텔레스(Aristoteles)로부터 가까이는 아우얼바하(E. Auerbach)에 이르기까지 수많은 연구자들이 논의를 거듭해 왔으니, 다시 언급할 필요는 없을 것이다. 다만 문학을 설명하는 그 어떤 관점을 받아들이더라도, 그것은 삶을 떠나서는 논의 자체가 이루어질 수 없다는 원칙론을 다시 상기하고자 한다.

아무튼 우리는 이 온당한 비유를 통해서 또 하나의 중요한 사실을 확인할 수 있다. 다시 비유로 돌아가 보자. 씨줄과 날줄은 옷감을 짜는 일에 관련된 단어들이다. 그리고 옷감을 짤 때는 세로 방향인 날줄은 고정시키고 가로 방향인 씨줄만 움직인다. 이것이 주목해야 할 부분이다. 그 동안의 비유를 환언하자면, 시간의 축은 그대로 유지시키면서 공간의 축이 변화하면서 경험이 확장하는 것이라고 할 수 있겠다.

우리가 문학의 공간 문제에 주목해야 하는 이유도 여기에 있다. 시간은 누구에게나 같은 양이 제공되지만, 공간은 노력의 여하에 따라서 얼마든지 확장이 가능하다. 또한 같은 공간을 경험하더라도 감수성에 따라 다양한 의미가 만들어진다. 그러므로 작가가 경험했던 공간에 대한 탐구, 또한 경험 공간을 작품에 표현하는 방법에 대한 탐구는 문학 작품을 이해하고 평가하는데 있어 매우 중요한 근거가 된다. 앞서 언급했던 것처럼, 이는 문학의 근본적인 패러다임을 이해하는 작업이며, 나아가 삶의 근본에 대한 탐구가 되기 때문이다.

이상과 같은 논의는 신대철의 시에도 그대로 적용된다. 그는 1968년 《조선일보》 신춘문예에 당선되면서 작품 활동을 시작했으며, 1977년 시집 『무인도를 위하여』를 발표하여 독자와 평단의 관심을 끌었다. 시집의 제목에서도 알 수 있는 것처럼, 그의 시작 활동은 공간과 밀접한 연관을 맺으면서 진행되어 왔다. 이는 한 동안의 공백기를 거친 뒤에 2000년에 발표되었던 두 번째 시집 『개마고원에서 온 친구에게』를 비롯하여, 2005년에 발표된 시집 『누구인지 몰라도 그대를 사랑한다』에 이르기까지, 그의 작품세계 전체를 관통하는 창작방법이다.

이제부터 신대철의 시 작품에 내포된 공간을 분류하고, 그에 따른 의미를 살펴보도록 하겠다. 이런 과정을 통해서 그의 시 세계가 가지는 흐름과 특징이 파악되리라고 기대한다.

2. 폭압적 현실을 인식하는 공간 : 바다

신대철의 작품세계를 대표하는 첫 번째 공간은 '바다'이다. 이 공간

은 신내철 시의 출빌짐이라고 할 수 있을 시집 『무인도를 위하여』에
서 집중적으로 제시되었는데, 이는 "실재 공간을 의미하기도 하지만
사람들 사이의 단절된 관계, 혹은 삶에 대한 비관적인 인식"[1]이라고
설명된 바 있다. 다음과 같은 부분에 주목해 보자.

> 바닷물이 스르르 흘러 들어와
> 나를 몇 개의 섬으로 만든다.
> 가라앉혀라,
> 내게 와 죄(罪) 짓지 않고 마을을 이룬 자들도
> 이유없이 뿔뿔이 떠나가거든
> 시커먼 삼각파도를 치고
> 수평선 하나 걸리지 않게 흘러가거라,
> 흘러가거라, 모든 섬에서
> 막배가 끊어진다.
>
> －「무인도를 위하여」 부분

　인용된 작품에서 화자는 자신을 바닷물로 인해 고립된 '섬'이라고
인식한다. 바닷물이 일체의 다른 사물을 가라앉히는데, 이로 인해 '막
배가 끊어지고' 화자와 타인을 연결하는 모든 의사소통이 단절된다.
이러한 단절과 고립의 정서가 신대철의 초기 시편을 지배하는 정서라
고 할 수 있다.
　이로 인해서 시인은 "사람이 아닌 무엇으로, 사람이 아닌 그 무엇으
로"(「아무도 살지 않는 땅·2」) 살아갈 결심하고, 나아가 "아무도 살
지 않는 시간, 섬의 별이란 별은 하늘로 전부 올라가 있는 시간"(「다
시 무인도를 위하여」)을 경험할 수 있는 공간을 갈구하게 된다. 첫 시
집에서 그는 '무인도'를 발견한다. 무인도야말로 세상에서 떨어져 오롯
이 혼자일 수 있는 공간이고, 세상에서 받은 상처를 치유할 수 있는
유일한 공간이다.

---

1) 윤형근, 「산소년(山少年)의 죽음과 무인도의 꿈」, 《문예시학》 제5권, 1993,
　 p.144.

그런데 시인은 '아무도 살지 않는 땅'에 대한 소망을 담은 작품 바로 다음에, "아는 사람 하나 우연히 만나고 싶습니다"라는 고백을 담은 작품(「사람이 그리운 날·1」)을 제시하고 있다. 이 시집이 발표 순서대로 묶였다는 점을 고려하자면, 이런 진술은 분명한 모순이다. 아무도 살지 않는 땅으로 들어갔으면 사람을 그리워하지 말 것이고, 사람이 그립다면 그런 곳으로 도망치지 말았어야 했다. 투정부리는 어린 아이처럼 시인은 하나의 목소리로 서로 다른 이야기를 하고 있다. 어떤 진술을 믿어야 할 것인가. 물론 구태여 어느 한 쪽만의 진실을 찾기 위해 노력할 필요는 없다. 생각해보면 인간이야말로 선(善)과 악(惡), 성인군자와 세속적인 속물, 도피의 욕망과 투쟁의 욕망을 한꺼번에 내포하고 있는 모순덩어리에 지나지 않는다. 시인이 표현하려는 진실은 인간에게 본질적으로 내포된 모순 그 자체에 있을지도 모른다.

다만 우리는 이러한 진술을 통해, 시인이 천성적으로 인간을 혐오하거나 두려워했던 것은 아니라는 사실을 알 수 있다. 그가 제시하는 은둔에 대한 소망은 본질적인 욕망이 아니라, 일종의 상황에 대한 대응에 불과했던 것이다. 맞다. 그는 상처받았다. 그는 세상을 버리고 싶었던 것이 아니라, 세상에서 잠시 떨어져 있고 싶었을 뿐이다. 하여 상처를 치유하고 다시 돌아오고 싶었던 것이다.

그렇다면 무엇이 그에게 상처를 주었는가? 우리는 이 질문에 대한 답을 「×」와 「우리들의 땅」과 같은 작품을 통해 표현된 군대체험에서 찾아볼 수 있다. 이 작품들은 『무인도를 위하여』에 수록된 다른 작품들과 확연하게 구분된다. 우선 분량 면에서도 월등하게 길고, 또한 노골적이라고 할 수 있을 정도로 직접적인 상황 설명이 이루어진다.

> 잠을 좀 자야 한다.
> 총을 휴대한 사람들에겐 꿈이 차례가 오지 않는 잠.
> 며칠째 개꿈도 들지 않는다. 신경만 뿌릴 잡는다. 물차는 아직 오지 않고 있다. 담배 한 대, 자기 매질, 무조건 용서, 무조건 체념, 꿈이 갖고 싶다.
> (……) 무사하라, 발목이 떨어져 지뢰밭에 뒹굴던 얼굴들

낯 푼의 휴가비클 만지작거리머 혹은 흔들린 웃음들
맞출 수 없이 흩어진 사진 조각들, 편지 글귀들
죽어서 지뢰 표지판 하날 남긴 사람들
죽어서 오래오래 잠 들 수 있고 오래오래 무사한 사람들

－「우리들의 땅」부분

다소 막연하게 진술되어 있기는 하지만, 이 체험은 시인에게 크나큰 충격이 되어, 그의 정신세계를 압도했다. 이것이 얼마나 강한 트라우마(trauma)가 되었으며, 또한 얼마나 끈질긴 악몽이었는지는, 그의 이후 시집들에서도 같은 상황이 반복되고 있다는 사실을 통해 확인할 수 있다. 두 번째 시집 『개마고원에서 온 친구에게』에 수록된 「비무장지대 일기」 연작, 그리고 세 번째 시집에 수록된 「마지막 그분」, 「그대가 누구인지 몰라도 그대를 사랑한다」, 「실미도」로 이어지는 작품들이 이에 해당한다. 그리고 마침내 세 번째 시집 『누구인지 몰라도 그대를 사랑한다』의 「작가의 말」을 통해서 시인은 자신의 경험을 구체적으로 털어놓는다.

GP에 들어와 처음 분계선으로 내려갔을 때 나는 비무장지대의 아름답고 평화로운 풍경에 당황했다. (……) 그러나 작전에 돌입하면서 모든 풍경들은 금시 장애물로 바뀌었고 공포의 대상이 되었다.

나는 지금도 육체와 정신이 분리되면서 살기 띤 침묵과 고독과 불안이 한 덩어리가 되어 눈앞에 둥둥 떠다니던 그 순간들을 잊을 수 없다. 사방에 파 놓은 비트를 들락거리며 밤새워 공작원을 넘기고 기다리던 그 하루하루, 그때 나는 살기 위해서 틈만 나면 안전 소로를 확보하려고 자주 분계선을 넘나들었다. 세상에서 고립된 채 혼자서 오직 작전 준비에만 몰두하였다. (……) 그리고 악몽이 시작되었다. 피투성이가 된 공작원과 GP 요원들이 수시로 찾아왔다. 당시엔 고통을 드러내고 남북이 정서적으로 화해를 이루는 생명적인 시들을 쓰고 싶었는데 현실은 '우리들의 땅'조차 온전히 받아들이지 않았다. 체험적인 진실과 창조적인 진실 사이에서 나는 아무것도 할 수 없었다. 나는 시를 버렸다. 그 뒤 고통스럽게 몰려오던 혼란과 방황, 그리고 동쪽으로부터의 소외, 그게 내가 감당해야 할 삶의 양식이었다.

  신대철은 비무장 지대에서 북파공작원을 휴전선 너머로 인도하고, 그들이 돌아오기를 기다리는 임무를 수행했었다. 그리고 그가 올려 보냈던 공작원들은 많은 경우 돌아오지 못하거나, 돌아오더라도 피투성이가 된 모습이었다. 이러한 분단 상황, 나아가 생존의 문제로까지 이어지는 상황을 겪었던 그에게, 세상은 비극적이기 짝이 없는 장소로 인식될 수밖에 없었다. 그리고 그는 오랫동안 시를 쓸 수 없었다.

  결국 신대철은 1977년 『무인도를 위하여』를 발표했던 무렵부터, 『누구인지 몰라도 그대를 사랑한다』를 발표했던 2005년 현재까지, '비무장 지대'라는 단 하나의 공간에서 겪었던 경험에 사로잡혀 있는 것이다.

  그러나 단지 그것만은 아니었다. 비록 쉽게 벗어나지는 못했더라도 그는 한 세대에 가까운 시간 동안, 아니 그 이상의 시간 동안, 이 공간에서 벗어나기 위해서 끊임없이 발버둥쳤다. 그런 점에서 신대철의 시작 활동은 대표성을 가진다. 그가 시 쓰기를 통해서 혹은 시를 쓰지 않는 행동을 통해서 폭압적인 분단 상황에서 벗어나기 위해 노력했던 것처럼, 우리의 현대시 역시 같은 과정을 거쳐 역사적인 상처에 대해 저항해왔기 때문이다. 이러한 그의 노력은 『개마고원에서 온 친구에게』에 수록된 다음과 같은 작품을 통해 확인할 수 있다.

  아직 물차도 보급차도 오지 않는군요, 그쪽도 보급 사정이 여기와 비슷하겠지요, 평소 같으면 벙커 속에 쓰러져 잠들어 있을 시간인데 가는 빗줄기 속에 그쪽도 많이들 나와 있군요. 한가하게 철봉에 매달려 있거나 평행봉 위에 앉아 있고 여기저기 나무 위에 옷가지도 걸려 있군요, 벙커에 습기가 차거나 물이 새진 않는지요.
  (……)
  조금 전 '야호'를 여러 번 주고 받았다지요, 오늘은 이쪽에서 야아! 하니 그쪽에서 호오! 하고 화답했다지요, 우린 메아리 마을에 사는 메아리 한 가족이 되었군요.
                                        ─「비무장 지대 일기·2」 부분

이 작품에 제시된 비가 내려 고립된 상황, 그래서 오지 않는 '물차'를 기다리는 상황은 앞에서 살펴보았던 「우리들의 땅」과 동일하다. 그러나 그 상황을 전달하는 화자의 태도는 사뭇 다르다. 「우리들의 땅」의 화자가 체념과 무기력의 상태에 빠져 있다면, 「비무장 지대 일기 · 2」의 화자는 그런 상황에서도 희망을 버리지 않았다. 이런 차이로 인해 두 작품의 분위기도 완전히 달라지는데, 「우리들의 땅」이 결국 자신을 향한 독백의 어조를 가진다면, 「비무장 지대 일기 · 2」는 상대방과의 대화를 시도하고 있다.

물론 그것은 어디까지나 시도에 지나지 않는다. 아직 상대방의 화자의 부름에 답하지 않았다. 그들이 주고받은 것이라고는 고작 '야호'라는 짧은 단어에 불과하다. 겨우 몇 개의 단어를 주고받았다고 해서 그를, 비무장 지대를, 혹은 우리 모두를 둘러싼 모순 된 분단 상황이 극복될 수는 없을 것이다. 그러나 시인은 이 짧은 단어를 딛고 일어선다. 이것이 그를 다시 시에게로 돌아오게 만들었던 원동력이다.

3. 위안과 재생의 공간 : 산

그러나 신대철의 작품세계가 모순적인 현실인식 만으로 이루어졌던 것은 아니었다. 그의 첫 시집 『무인도를 위하여』에는 앞서 살펴본 '바다'와 대비되는 또 다른 공간이 존재한다. 일찍이 김현이 설명했던 것처럼, 시인이 제일 먼저 부딪힌 환경이자, 시집의 처음에서부터 끝까지 시인을 따라다니고 있는 공간인 '산'이 그것이다. 여기에서의 산은 "상상 속의 산이 아니라, 산골에서 유년시절을 보낸 사람이라면 누구나 곧 만날 수 있는 친숙한"[2] 공간이다. 그러므로 신대철에게 있어

---

2) 김현, 「꿈과 현실」, 신대철, 『무인도를 위하여』 해설, 문학과지성사, 1977, p.75.

산은 그의 고향 그 자체이자, 충청남도 청양에 위치한 칠갑산이라는
실제 지명으로 표현된다.

> 소년들이 모이는 밤은 보름달이 물가 청머루 덩굴 숲 속에서 기다립니다.
> 소년들은 달을 따라 마치리(馬峙里)에서 제일 높아 보이는 꾀꼬리봉에 꼬불
> 꼬불한 산길을 놓습니다. 상봉(上峰)에 올라서면 또 상봉, 칠갑산은 정말 아
> 흔아홉 봉우립니다. 아흔아홉 골짜기엔 다른 산에서 흘러 들어온 온갖 잡새
> 가 떠돌고 합대나뭇골 철이 아버님처럼 코를 골며 이빨 갈며 잠 험히 자는
> 숱한 산울림 소문들, 아득한 백마강 쪽에서 불어오는 강바람은 넓은 떡갈나
> 뭇잎에 느닷없이 달빛을 뿌립니다.
>
> ─「칠갑산1」 부분

'바다'가 주로 청년기에 체험된 공간이라면, '산'은 유년기에 체험된
공간이라는 점에서 특징적이다. 그만큼 '산'을 공간배경으로 삼는 작품
들은, 시인이 아직 삶의 비극적 면모를 경험하기 이전의 이야기를 다루
고 있다. 첫 번째 시집에서 시인은 산을 삶과 죽음이 공존하는 장소(「흰
나비를 잡으려간 소년은 흰나비로 날아와 앉고」)로 인식하는데, 이러한
인식은 "소년들이 점점 평화로와지는 동안 산은 더 깊숙이 가을 속으로
들어간다"(「칠갑산·2」)라는 진술을 통해 더욱 심화된다. 이로써 산은
'바다'에서 받은 상처를 치유할 수 있는 또 다른 공간이 되는데, 그런 점
에서 산 속과 무인도는 서로 호환될 수 있는 대상이라는 설명3)은 타당
성을 가진다.

> 우리들을 제꿈에 취하게 한 산신당 둘레엔 산 밖 지친 사람들, 광산은 산
> 만 버려 놓은 채 떠돌이가 된 우리들 생의 꿈붙이들, 먼 산에서 흘러온 저녁
> 새 울음이 허공에 엷게 흩어져 쌓인다. 쌓이면 쓸어 내는 물소리, 바람 소리
>
> ─「산 밖 사람들」 부분

---

3) 남진우, 「태초의 시간, 극지의 상상력」, 《문학동네》, 2005 여름, p.441.

  인용된 부분을 통해서 시인이 산을 일종의 경계로 인식하고 있다는 사실을 알 수 있다. 작품에서 산의 안과 밖은 전혀 다른 공간이다. '우리'라고 호칭되는 어린아이들은 산 속에 위치하는데 비해, 산 밖에는 '지친 사람들'이 있다. 즉, 산의 안은 꿈과 휴식의 공간이고, 밖은 힘겨운 생활의 공간인 것이다. 이러한 경계인식은 앞서 살펴보았던 바다에서 이루어졌던 체험에 대한 인식과 크게 다르지 않다. 다만 '산'이라는 공간이 가진 몽환성에 의해 다소 추상화되어 표현되었을 뿐이다.

  신대철의 작품세계를 "자연 속에서 자라나 자연과의 친화를 당연한 것으로 수용하고 싶은 마음이 자연으로부터 받은 기묘한 배신감에 관한 기록"이라고 설명할 수 있고, 이 배신감은 다시 "자연 스스로가 만들어 낸, 자연 쪽에서 책임져야 할 배신감이 아니라, 자연에 의탁했던 인간의 개인적·사회적 절망과 비극이 자연을 바라보면서 느낄 수밖에 없었던 배신감"이라고 설명할 수 있다면,[4] 그에게 있어서 '산'은 단순한 자연이 아니라 이야기를 포함하고 있는 공간이 된다. 그리고 공간에 내포된 이야기는 그의 가족과 이웃, 즉 칠갑산을 삶의 영역으로 삼고 살아가는 사람들이 견뎌냈어야 할 시간들에 대한 기록이 된다. 이는 『개마고원에서 온 친구에게』에 수록된 「수각화(水刻畵)·1」의 다음 부분에서 잘 표현되어 있다.

  산속으로 길을 내고 길을 울려오는 정적에 쫓기며 불길과 나무 사이를 왔다갔다했다. 좁혀지면 산길로 달려 함대나뭇골에서 어설티, 학당리까지 넓혀보고 팽나무 옆 온화한 인바위 얼굴에 내 얼굴 맞춰보고 놀란 가슴 숨겨 인가를 피해 대티 한티를 넘었다. 담비떼에 바싹 붙어 슬며시 밤안이를 돌아드는 저녁, 삐걱이는 사립문 더 열어제치고 가만히 내다보는 용복이 아버지, '살고 싶으면 때를 놓치지 말게'

— 「수각화·1-3」 부분

---

4) 김주연, 「새의 비극과 그 깊이」, 신대철, 『개마고원에서 온 친구에게』 해설, 문학과지성사, 2000, p.121.

자연과 자신의 유년기 체험에만 고정되어 있던 시인의 시각은 이제 이웃에게로 확산된다. 이에 따라 작품에 나타난 공간도 변하는데, 특히 세 번째 시집에서는 그 동안 '산'으로 대표되었던 자연이 보다 다양한 공간으로 확장되고 있다. 이전 작품에서 공간은 '칠갑산'에 한정되었지만, 이제 인근 지역까지를 아우르게 된 것이다. 이러한 공간 확대를 통해 기존의 비극적인 현실인식을 극복할 수 있는 계기가 마련된다. 「천장호수·1」에서 이러한 확대현상을 확인할 수 있는데, 이 작품의 공간은 칠갑산에서 시작하여 보령의 청라로까지 이어지며, 또한 석공과 소년과 노인으로 세대 간의 확장도 함께 진행된다.

> 길 잠겨가고 둑 높아진 뒤 칠갑산 골안개 품에 넣고 야밤에 고개 넘은 이웃들, 벼루장이 되려고 청라로 들어간 석공이 되돌아오고 맨몸으로 집을 나간 이 덤프트럭 몰고 와 잠시 고개 위에 머물러 있다. 물 밑바닥 산모퉁이 돌아 논밭 사잇길로 쌀 몇되 꾸어오는 소년과 한강 하루를 전전하다 허리만 굽은 노인이 얼어붙은 수면에서 우연히 얼굴 마주치고 떨고 있는 저녁, 흩날리는 눈발을 내려다볼 뿐 아무도 호수 위를 걷지 않는다.
>
> — 「천장호수·1」 부분

그러나 '산'만으로는 시인과 현실 간의 불화를 온전하게 극복하는 방법이 도출되기는 힘들다. 그 원인은 두 가지 측면에서 설명될 수 있다.

첫째, 산에서의 경험은 과거로 고정되어 있는 반면, 분단 상황은 현재에까지 계속되고 있다는 사실이다. 유년기의 행복했던 추억을 떠올리는 행동은 잠시 동안의 위안을 줄 수야 있겠지만, 현실을 극복하는 방법이 될 수는 없다. 그러므로 이 문제에 계속 맞서기 위해서는 과거를 현재화하는 작업이 진행되어야 한다.

시인 역시 이런 노력을 시도하고 있는데, 대표적인 작품으로 「다락골 줄무덤에서」를 들 수 있다. 작품의 제목이 되는 '다락골 줄무덤'은 청양의 화성면 농암리 다락골에 있는 37기의 천주교 무명 순교자 무덤이다. 고리섬 들길, 여우고개, 쟁기 마을 초입, 최양업 토마 신부 생가 터를 거쳐 다락골로 이이지는 길을 답시히며, 시인은 다시 한번 삶의 의지를 가다듬는다. 그리고 이를 통해 시인의 '산' 체험은 유년기에 기억에 국한되는 것이 아니라, 현실의 공간에 대한 체험으로 전환된다.

> 겹눈꽃 빗줄기에 달아두고 야산 넘어 줄무덤에 이르자 터지는 햇빛, 줄무덤 사이 벌레가 기어간 자리 맨 끝줄에 나는 편안히 눕는다. 한없이 높아지는 무덤, 사이에서 갑자기 나는 으깨진다. 비명 소리를 차갑게 끌어안고 그대가 빛 속에 서 있는 동안, 그대를 타고 온몸에 빛줄기가 쏟아져 들어온다. 살고 싶다, 살고 싶다, 나 없이.
>
> ─「다락골 줄무덤에서」 부분

둘째, 시인을 압도했던 군대체험, 나아가 분단 상황에 대한 체험이 개인에게 국한되는 것이 아니라, 우리 민족 전체에 해당하는 문제라는 사실이다. 물론 앞서 예로 들었던 작품들을 통해 알 수 있는 것처럼, 시인의 관심은 자신만의 문제에서 우리의 문제로 확산되는 양상을 보이고 있다. 그러나 이는 특정 지역에 한정되고 있다는 한계를 가진다. 분단은 세대를 뛰어넘어, 우리의 사회 구조 전반에 영향력을 행사하는 우리 민족 전체의 문제이다. 그러므로 그 해결책을 제시하기 위해서는 보다 거시적인 시각, 민족 전체를 대표할 수 있는 인식이 요구된다.

두 번째 시집에서부터 등장하는 공간 영역의 확장은 시인이 이러한 인식에 도달했다는 증거이다. 『개마고원에서 온 친구에게』에 제시되는 '알레스카'와 『누구인지 몰라도 그대를 사랑한다』에 제시되는 '몽골' 등의 공간이 여기 해당한다.

4. 신대철 시의 공간적 특성 : 사이와 거리

지금까지의 논의를 통해서 우리는 신대철의 시 세계가 일정한 흐름을 형성하고 있다는 사실을 확인할 수 있었다. 작품의 발표연대와는 상관없이 작품들에 내포된 시간의 흐름을 정리하면 다음과 같다.

시인이 체험했던 최초의 공간은 어린 시절을 보낸 고향, 혹은 '산'으로 표현된다. 이 공간에서 그는 자아와 세계의 평화로운 공존을 경험한다. 그러나 소년이 자라 청년이 되었을 때, 그리하여 그가 군대라는 낯선 공간을 경험하게 되었을 때, 그는 새로운 상황에 직면하게 된다. 군대, 혹은 비무장지대는 해방 이후 우리 사회가 안고 있는 가장 본질적인 모순이 극명하게 표현되는 공간이다. 이곳에서의 체험을 통해 그와 세계의 조화는 무참히 깨어지는데, 시인은 이러한 경험을 '바다'라는 상징적 공간으로 제시했다. 바닷물에 잠겨 고립되어 버린 무인도는 그의 초기 시를 지배했던 이미지로 제시되며, 나아가 그가 작품세계 전반에 걸쳐 극복하고자 했던 상황에 대한 이미지이기도 했다.

결국 그는 거센 현실에 부딪혀 절망하였으며, 오래도록 시를 발표하지 못했다. 그러나 시인이 현실과의 싸움 자체를 포기했던 것은 아니었다. 적지 않은 세월이 흐른 뒤에 그는 다시 시를 발표했고, 미뤄두었던 싸움을 다시 전개한다. 현재까지 계속되고 있는 신대철의 시작 활동은 현실의 모순에 대응하려는 초기 작품의 연장선에 위치하지만, 또한 분명한 차이점을 보인다.

신대철의 최근 작품들은 무엇보다 '바다'와 '산'을 양극에 하는 이분법적인 대립으로 세상을 파악하려는 관점을 극복했다는 점에서 가치를 가진다. 이는 시대 변화에 편승하려는 수법이거나 전향이 아니다. 분단 상황에 대한 극복이라는 그의 문제의식은 여전히 분명하기 때문이다. 현실 상황은 변하지 않았다. 지난 시대만큼 활발하게 논의되고 있지는 않지만, 여전히 비무장 지대에는 우리 국토의 그 어느 지역보다 강력한 군사력이 집중되어 있는 무장 지대이다. 우리 사회 전반에서 터져 나오고 있는 문제의 기원에는 여전히 분단 상황이 놓여있다. 다시 한 번 말한다. 현실은 변하지 않았다. 변한 것이 있다면 현실을 표현하고 그에 대응하는 방법이 다각화 되었을 뿐이다.

현실에 대한 시인의 대응방법이 변화는 일순간에 이루어진 것이 아니니다. 그의 초기 작품에서도 이러한 변화는 이미 오래전부터 준비되었던 것이다. 여기에 해당하는 작품으로 첫 번째 시집 『무인도를 위하여』에 수록된 「어느 속리산」을 들 수 있다. 이 작품도 '산'의 공간성에 기대고 있지만, 이 시집의 다른 작품에서 제시된 산처럼 고향에 있는 칠갑산을 대상으로 하지 않았다는 점에서 구분된다.

> 피뢰침이 꽂힌 미륵불상 앞에 등이 엎드려 있었습니다. 미륵불상의 손그림자가 등을 어루만지고 있었습니다. 등을 바친 개인들은 홀가분하게 일어나 오리(五里)숲 쪽으로 문장대 쪽으로 꺾어 들고 있었습니다.
>
> 피뢰침이 꽂힌 미륵불상을 본 일이 있습니까?
> 피뢰침을 보며 웃고 가다 넘어진 일도 있습니까?
> 아, 미륵불상이 손을 내밀며 인자스럽게 웃었습니까?
> 그대 웃음이 그친 뒤에도 너무 오래오래 웃진 않았습니까?
>
> 그의 손은 내가 부축받기에는 참말이지 너무 높았습니다. 그의 손과 내 손과의 거리, 도저히 좁힐 수 없는 공간을 대웅전과 일일생 풀과 등을 바치러 온 개인들이 빈틈없이 메꾸고 있었습니다. 피뢰침 위에 멧새가 아슬아슬하게 앉아 속리산(俗離山) 전경(全景)을 굽어보고 있었습니다. 개인을 구하는 미륵불상, 미륵불상을 구하는 피뢰침, 피뢰침을 구하는 멧새, 멧새는 울음소리를 그치지 않았습니다.
>
> ─「어느 속리산」 전문

이 작품에서 화자의 시선은 아래에서 위로 이동하고 있다. 그의 눈에 처음 들어오는 것은 불공을 드리는 사람들의 등이다. 이들은 바닥에 납작 엎드려 치성을 드리고 있는데, 이들이 일어나 걸어가는 모습이 바로 제시된다. 다음 진술에서 화자의 시선은 미륵불상의 손을 거쳐서 머리로 향하는데, 마침내 불상의 머리 위에 달린 피뢰침까지 이동한다. 그러나 이러한 이동은 땅에 붙박여 있는 사물에 한정되기 때문에, 속세적인 의미에서 벗어나지 못한다.

화자의 인식이 변환되는 계기는 '명새'의 출현이다. 사물적인 공간의 끝인 피뢰침에 명새가 앉으면서, 고정되었던 공간이 역동적 공간으로, 땅에 귀속되어 있던 시의 공간이 하늘로 전환되는 것이다. 일반적으로 '새'는 초월을 상징한다. 그러므로 이 부분에 나타나는 시인의 진술은 공간의 전환을 통해서 현실의 한계를 극복하고자 하는 의지가 반영된 것이라고 할 수 있다.

이러한 전환을 가능하게 하는 사물이 명새, 즉 이름 없는[無名] 새라는 점이 다시 주목된다. 이름이 없다는 것은 역설적으로 모든 이름을 포함한다는 의미이며, 이는 모든 중생을 구원한다는 미륵신앙(彌勒信仰)과 결합되는 부분이다. 법주사의 가람 배치는 대웅보전을 중심으로 하는 화엄신앙(華嚴信仰) 축과 용화보전을 중심으로 하는 미륵신앙 축이 교차되어 구성되어 있다고 한다. 현재에는 이러한 가람 배치가 많이 훼손되었지만, 작품에 나타난 '청동미륵대불'은 아직 남아있는 미륵신앙의 대표적인 표지이다.

이러한 명새의 역할은 그 울음소리로 인해 더욱 확장된다. 명새는 하늘의 영역에 속하는 존재인 것은 분명하지만, 그 비상(飛翔)은 어디까지나 혼자만의 체험에 불과하다. 그러나 그 울음소리는 개인의 차원을 넘어서 다른 이에게 하늘이라는 확장된 공간을 인식하게 만든다. 이는 불교의 대승사상, 혹은 미륵사상과도 연결되는 것이며, 보다 근원적으로는 시인의 현실 극복의지에도 부합되는 것이다. 이러한 요소들을 살펴볼 때, 「어느 속리산」은 신대철의 시 세계 변화를 예비하는 징표로의 의미를 가진다.

이러한 노력이 이해할 때, 그의 최근 작품들이 제시하는 새로운 문학공간의 의미는 보다 분명해진다. 시인이 제시하고 있는 공간 중에서도 특히 알레스카의 다이아미드 섬과 몽골의 북한대사관 앞 등이 의미를 가진다.

『게미고원에서 온 친구에게』에 수록된 「파도벽을 타고」에서 제시되는 다이아미드 섬은 미국과 러시아 국경 사이 베링 해에 있는 두 개의 섬을 함께 부르는 이름이다. 큰 심은 러시아령이고 작은 섬은 미국령이기 때문에, 이곳의 에스키모들도 우리처럼 분단의 고통을 안고 살아가고 있다고 시인은 말하고 있다. 또한 『누구인지 몰라도 그대를 사랑한다』에 수록된 「몽골 북한 대사관 앞을 지나」에 제시된 공간은 몽골 정부청사를 사이에 두고 '태극기와 인공기가 같이 펄럭'이고 있는 곳이다.

앞으로 그의 문학공간이 어떻게 확장될 것이며, 그 의미가 어떤 식으로 발전할 지는 조금 더 지켜봐야 할 것이다. 그러나 우선 그가 고정된 문학공간을 탈피했으며, 이러한 공간 변화가 시인이 지속적으로 작품을 창작할 수 있는 가능성이 되었다는 사실은 의미하는 바가 크다.

분단 문제를 다룬 모든 작품들은 현실 상황에 변하지 않는 한, 가능성의 제시에 국한될 수밖에 없다는 한계를 가진다. 신대철의 시 역시 이러한 한계에서 자유로울 수 없다. 그러나 지난 세대에 이루어졌던 싸움이 쉽게 끝나지 않았던 것처럼, 망각되고 있는 역사를 현재화하려는 그의 노력도 쉽게 끝나지 않을 것이다. 여전히 모순으로 가득 찬 사회를 살아가야 하는 모든 독자들에게도, 그리고 그 독자들에게 향해 이야기를 계속해야 하는 시인들에게도, 아직 끝은 찾아오지 않았다. 우리에게 밟아보지 못한 땅이 남아 있는 한, 시인에게 해야 할 말이 남아있는 한, 적어도 아직 끝은 아니다.

▣ 참고문헌

신대철, 『무인도를 위하여』, 문학과지성사, 1977.

_____, 『개마고원에서 온 친구에게』, 문학과지성사, 2000.

_____, 『누구인지 몰라도 그대를 사랑한다』, 창비, 2005.

김 현, 「꿈과 현실」, 신대철, 『무인도를 위하여』 해설, 문학과지성사, 1977.

김주연, 「새의 비극과 그 깊이」, 신대철, 『개마고원에서 온 친구에게』 해설, 문학과지성사, 2000.

남진우, 「태초의 시간, 극지의 상상력」, 《문학동네》, 2005 여름.

윤형근, 「산소년(山少年)의 죽음과 무인도의 꿈」, 《문예시학》 제5권, 1993.

기억의 장소에서 변신의 공간으로

-정호승의 「첨성대」論

1. 문학 연구대상으로의 공간

독일의 비평가 레싱(G. E. Lessing)이 그의 저서 『라오콘(*Laokoon*)』
에서 밝히고 있는 것처럼, 전통적인 미학 개념에서 문학은 시간의 지배
를 받는 예술로 분류되어 왔다. 즉, 공간적이고 동시적인 속성을 가지고
있는 조형예술에 비해서, 문학은 시간적이고 연속적인 속성을 가지고 있
다는 것이다. 그러나 현대 예술비평은 이러한 전통적 논리와는 다른 방
향에서 예술작품의 시간과 공간 개념을 설명하고 있다. 즉, 공간예술인
회화에서 공간적 매체에 내재한 한계들을 극복할 수 있는 방법으로 시간
성의 개념이 활발하게 도입되고 있는 것을 예로 들면서, 여타 예술 분야
에서도 시간과 공간이 역사적으로나 절대적으로 구분되지 않고 함께 공
존하고 있다는 주장이 제기되고 있는 것이다.[1]

문학에서도 이러한 논의가 진행되어 왔는데, 1945년 조셉 프랑크
(Joseph Frank)가 근대 문학의 주요한 패러다임으로 '공간형식(Spatial
Form)'이라는 개념을 제기한 이후, 다양한 관점에서 문학의 공간에 대한
연구가 이루어지고 있다. 또한 이와는 다른 방향이라고 할 수 있는 정신
분석학과 기호학적인 시각에서도 공간을 하나의 상징물로 파악하고 해석

---

1) Jeoraldean McClain, "Time in the visual arts : Lessing and Modern
Criticism", *The Journal of Aesthetics*, fall 1985, vol.XLIV. no.1, p.42.

하려는 논의가 계속되고 있다. 이런 논의들은 국내의 연구자들에게도 수용되어 몇 개의 연구결과가 축적되기도 했다.[2]

그렇지만 문학의 다른 구성요소들에 비해 공간에 대한 연구는 그리 활발하게 이루어지지 못한 것이 현실이다. 특히, 우리의 문학작품 중에는 현실에 존재하는 공간을 작품 속에 등장시킨 경우가 적지 않음에도 불구하고, 정작 작품의 공간구조에 대한 연구 성과는 미비한 수준에 그치고 있다.[3]

본고에서 분석의 대상으로 삼고 있는 시 「첨성대」역시 실재하는 문화유적인 첨성대라는 공간을 다루고 있는 작품이다. 특히 이는 정호승의 등단작으로 그 문학세계의 시발점이라는 의미는 지적되어 왔지만, 공간 자체에 대한 논의는 거의 이루어지지 않았다. 본고는 이와 같은

---

2) 대표적인 연구업적으로는 다음과 같다.
· 이어령, 「문학공간의 기호학적 연구」, 단국대학교 박사학위논문, 1986.
· 김수복, 『상징의 숲』, 청동거울, 1999.
· 박태일, 『한국 근대시의 공간과 장소』, 소명출판, 1999.
· 유지현, 『현대시의 공간 상상력과 실존의 언어』, 청동거울, 1999.
· 한국소설학회 편, 『공간의 시학』, 예림기획, 2002.
· 최수웅, 『소설과 디지털콘텐츠의 창작방법』, 청동거울, 2005.
3) 이와 같은 경향의 원인은 다양한 방향에서 고려될 수 있겠지만, 그 동안의 문학연구에서 작품에 내포된 역사인식과 현실비판인식을 지나치게 강조해왔다는 사실을 주요한 원인 중의 하나로 제시할 수 있을 것이다. 이는 우리 현대사의 특수성에 기인하는 것으로, 일제강점기와 분단현실, 그리고 권력집단에 의해 강압적으로 진행된 산업화에 대한 대응수단으로 문학이 인식되어 왔기 때문이다. 물론 이러한 인식 자체가 문제가 될 것은 없지만, 역사인식과 현실비판의식이 강조되다 보니, 문학작품에 대한 분석도 형식이나 구조에 대한 접근보다는 내용적인 측면이 부각될 수밖에 없었던 것이 사실이다. 또한 이에 따라 역사가 가지는 시간적인 속성에 대한 이해가 문학에 대한 이해에도 그대로 반영되어, 작품 속에 내재된 서사성에 대한 관심이 강조되어 왔다. 그러나 문학작품은 있는 그대로의 현실을 모방하는 것이 아니라 작가에 의해서 재해석된 현실이라는 고전적인 논의를 염두에 둔다면, 문학작품에 반영된 현실은 작품의 구성요소 중의 하나로 파악되어야 할 것이다.

그 동안의 연구 성과에 대한 반성에서 출발한다. 실재하는 공간인 첨성
대와 작품에 내포된 공간으로의 첨성대 사이의 상관관계를 밝히고, 그
러한 공간설정이 형성하는 구조를 분석하는네 그 목적을 두고자 한다.

이러한 논의는 맘그렌(C. D. Malmgren)의 '허구공간지도(a map of
fictional space)'과도 상통하는 것이다. 그는 허바(W. J. Harvey)의
'모방각(mimetic angle)' 개념을 확장 논의하여, 경험 세계(empirical
world : We)와 허구 세계(fictional world : Wf) 사이 관계를 도시적
으로 제시하였다. 그는 이러한 도식을 통해서 실재성(reality)을 강조하
는 소설과 허구성(fictionality)을 강조하는 소설 사이의 역학 관계를 논
의하였으며, 이를 통해서 소설과 삶의 관계를 측정하는 척도를 제시하
고자 하였다.4) 그의 도식을 본고의 논의에 맞게 수정하여 제시하면 아
래와 같다.

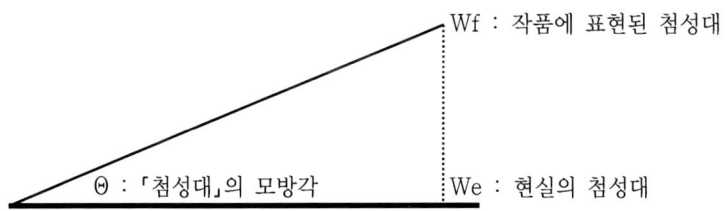

즉, 본고에서 진행하고자 하는 논의는 작품 「첨성대」를 구성하는 두
개의 공간인 We와 Wf 사이의 모방각을 측정하고, 그 의미를 밝히는 작
업이라고 하겠다. 이를 통해서 문학작품과 공간 사이의 상관관계가 보다
분명하게 밝혀질 것이며, 공간을 중심으로 이루어진 작품구조에 대한 의
미 분석도 시행될 수 있을 것이다. 나아가 실제공간을 제재로 하는 문학
작품의 창작방법론에 대한 고찰에까지 접근할 수 있을 것으로 기대된다.

---

4) Carl Darryl Malmgren, *Fictional Space in the Modernist and Postmodernist American Novel*, Associated UP, 1985, p.60. : 한국소설학회 편, 앞의 책, p.25. 재인용.

2. 기억의 장소로의 첨성대

첨성대는 경주에 있다. 보다 정확하게는 경상북도 경주시 인왕동 소재로 되어있다. 하지만 작품 속에 등장하는 첨성대는 경주라는 고도(古都)에 존재하는 낡은 건축물만을 의미하는 것이 아니다. 그곳은 화자의 기억과 그가 살아가고 있는 현재가 동시에 작용하는 공간이다.

총 12연으로 되어 있는 이 작품의 진술은 과거시제와 현재시제가 복합적으로 사용되고 있다. 문법적인 측면만을 고려하자면, 1·2·3·4·5·12연에서는 과거시제가 사용되었고 6·7·8·9·10·11연에서는 현재시제가 사용되어, 과거와 현재가 같은 분량으로 구성되어 있다고 할 수 있다. 하지만 그러한 진술들이 내포하고 있는 내용을 살펴보면, 현재시제로 진술된 부분들도 단순히 현재에 일어나는 사건만을 기술하고 있는 것은 아니라는 사실을 알 수 있다.

> 여우가 아기무덤 몰래 하나 파먹고
> 토함산 별을 따라 산을 내려와
> 첨성대에 던져논 할머니 은비녀에
> 밤이면 내려앉는 산여우 울음소리.
>
> ─「첨성대」 6연

인용은 현재시제로 진술이 이루어지는 부분인데, 진술의 표면에서는 과거시제의 사용이 발견되지 않는다. 또한 진술 속에 내포된 사건도 역시 과거가 아니라 현재에 일어나는 사건이라는 것은 분명하다. 그러나 이것을 오직 현재에만 일어나는 사건이라고 판단하기는 힘들다.

여우의 울음소리가 할머니의 은비녀에 내려앉는 것은, '오늘' 밤에 일어난 것이 아니라 '밤이면' 이루어지기 때문이다. 이런 진술은 그 일이 하룻밤에만 일어나는 것이 아니라, 밤마다 반복적으로 진행되어왔다는 사실을 의미한다. 그러므로 이 부분은 문법적으로는 현재시제가 사용되고 있다고 하더라도, 그것이 포함하는 내용은 과거의 사건이 반복적으로 진행되어 현재에까지 이르고 있다고 할 수 있다. 즉 이 부분의 현재는 과거의 영향을 받고 있는 현재인 것이다.

물론 이를 한국어 문법에서 시제의 완료와 진행이 불분명하기 때문이라고 설명할 수도 있다. 그러나 단순히 시제의 혼용 문제만으로 생각을 국한시킨다면, 인용의 다른 부분에 대한 설명이 불가능해진다. 현재 혹은 과거에 일어난 사건만을 진술하는 것이 목적이었다면 3행과 4행만으로 충분하다. 그러나 화자는 1행과 2행의 내용을 첨부하고 있으며, 여기에서부터 진술을 시작하고 있다. 이처럼 6연에서 이루어지는 진술의 무게중심은 여우 울음소리가 할머니의 은비녀에 내려앉는 사건이 아니라, 그 은비녀가 첨성대에 던져지게 된 과정에 있는 것이다.

은비녀는 첨성대에 있다. 하지만 그것이 원래 있던 것은 토함산에 있는 아기무덤이었다. 은비녀는 지금 첨성대에 있다. 하지만 그것은 예전에 할머니가 아기무덤에 넣었다. 이처럼 화자가 진술하고 있는 은비녀의 이야기는 과거의 사건이 현재화되어 나타나는 것이며, 반추되어 현재화되고 있는 과거인 셈이다.

> 첨성대 창문턱을 날마다 넘나드는
> 동해바다 별 재우는 잔물결소리.
> 첨성대 앞 푸른봄길 보리밭길을
> 빗쟁이 따라가던 송아지 울음소리.
>
> -「첨성대」 7연

앞서 살펴본 시간구조는 위의 인용에서도 그대로 반복되고 있다. 화자는 동해바다의 물결소리가 첨성대 창문턱을 넘나들고 있다고 진술하고 있다. 그러나 그 소리는 오늘 하루만 들리는 것이 아니라 '날마다' 들렸던 것이다. 또한 화자는 첨성대 앞 보리밭길에서 송아지 울음소리가 들린다고 진술하고 있다. 그러나 그 울음소리는 '푸른 봄'에 들렸던 것이다. 인용보다 앞서서 화자는 할머니가 '동짓날 흘린 눈물'이 북극성이 되었다고 진술하고 있으며(3연), 인용보다 이후에는 '단옷날 밤'에는 누님의 모습이 보인다고 진술하고 있다(11연). 이것은 단순히 동지-봄날-단오로 이어지는 시간의 흐름을 설명하고 있는 것이 아니다. 화자의 진술 속에서 시간은 일정한 흐름을 이루기보다는 혼재된 양상을 보이고 있다. 화자는 같은 곳에서 다양한 시간을 이야기하고 있는 것이다. 그리고 그 중심에 첨성대라는 장소가 놓인다.

그러므로 첨성대는 기억을 반추하는 장소이자, 과거가 현재화되어 나타나는 장소가 된다. 인문지리학자 이-푸 투안(Yi-Fu Tuan)은 장소(place)는 "정지이며, 개인들이 부여하는 가치들의 안식처이자, 안전과 애정을 느낄 수 있는 고요한 중심"5)이라고 설명한다. 그러므로 장소는 현재보다는 과거와 연관을 맺는 공간이며, 행동이 이루어지기 보다는 기억을 떠올리기에 적당한 곳이 된다. 작품의 화자가 첨성대를 통해서 과거의 사건들을 떠올리는 것도 바로 이러한 장소의 속성에 기인하는 것이다.

이와 같이 「첨성대」의 진술은 과거의 영향력이 강하게 작용하고 있는데, 그러한 진술에 나타나는 과거의 사건들은 주로 할머니와 관련된 것이 대부분이다. 할머니와 관련된 과거의 사건들을 정리해보면 다음과 같다.

> 1연 : 손거울이 깨지고 할머니가 눈물을 흘렸다.
> 2연 : 그믐밤 할아버지가 밤새 대피리를 불었고, 할머니는 첨성대를 껴안고 눈을 감았다.
> 3연 : 동짓날 붉은 댕기를 흔들며 순네가 달아났고, 할머니는 눈물 흘렸다.
> 5연 : 별이 하나 질 때마다 할머니는 눈물을 흘렸다.
> 6연 : 할머니가 아기무덤에 은비녀를 넣었고, 여우가 이것을 첨성대에 던져 놓았다.

---

5) Yi-Fu Tuan, 구동회·심승희 역, 『공간과 장소(Space and place)』, 대윤, 1995, p.7.

정리된 내용에서 파악되는 것처럼, 할머니는 철저히 수동적인 인물
이다. 할머니의 행동은 대부분 자발적인 것이 아니다. 손거울이 깨졌
기 때문에 눈물을 흘렸고, 할아버지가 피리를 불었기 때문에 침성대를
껴안고 눈을 감았고, 순네가 달아났기 때문에 눈물을 흘렸으며, 별이
졌기 때문에 눈물을 흘렸다. 할머니가 주체가 되는 행동은 아기무덤에
은비녀를 넣는 것밖에 없다. 그러나 이것마저도 여우에 의해 다른 곳
으로 던져졌기 때문에 수동성에서 벗어나지 못하는 행동이다.

이러한 피동적인 인물은 전통적인 '한(恨)의 여인' 유형에 해당한다.
스스로 문제를 일으키는 것이 아니라, 지아비가 혹은 자식들이 일으킨
문제를 보듬어 안고 고통을 감내하는 인물이 「정읍사」와 「가시리」, 그
리고 「진달래꽃」의 계보를 타고 전해지는 우리의 전통적인 여인네들
인 것이다. 화자는 그런 전통적인 여인들 중에서도 할머니를 선택하고
있다. 할머니야말로 가장 경험이 풍부한 여인이기 때문이다.

경험은 어떤 사람이 겪어오거나 견뎌온 것이기 때문에, 수동성을 내
포한다.6) 작품 속의 할머니가 가진 수동성도 이러한 경험의 속성과
연결되는 것이며, 과거와 관련된 부분의 사건들이 할머니를 중심으로
이루어지는 이유도 같은 측면에서 설명될 수 있다.

화자는 할머니에 대한 기억을 떠올리면서 현실의 공간인 첨성대를
인식한다. 그러므로 화자에게 있어서 첨성대는 기억의 장소이고, 과거
와 현재가 결합하는 장소이다. 그러나 이것만으로는 이 작품이 가진
역동성을 설명할 수 없다. 화자는 단순히 기억을 떠올리는 것이 아니
라, 그런 기억들을 통해서 스스로 첨성대가 된다고 진술하기 때문이
다. 이것은 일종의 변신인데, 이러한 변신이 이루어지기 위해서는 첨
성대가 가지는 의미가 변화되어야 한다.

---

6) 위의 책, p.24.

3. 변신의 공간으로의 첨성대

앞서의 논의를 통해서, 화자는 현실의 첨성대를 할머니가 중심이 되는 과거의 기억과 연관하여 파악하고 있다는 사실이 설명되었다. 이러한 개념은 하나의 장소가 과거와 현재를 공유하기 때문에 일반적인 현실세계와는 분명한 차이를 가진다. 그러나 과거의 기억으로서의 첨성대와 현실의 장소로서의 첨성대는 모두 경험 세계(We)에 속한다는 점에서, 그리 큰 모방각을 형성하지는 못했다.

하지만 작품에 나타나는 첨성대의 의미는 여기에 국한되지 않는다. 화자는 작품의 전반에 걸쳐서 반복적으로 자신이 첨성대가 되었다고 진술하고 있는데, 이러한 진술을 통해서 경험 세계에서 허구 세계(Wf)로의 전환이 이루어진다고 하겠다.

> 할머님 눈물로 첨성대가 되었다.
> 일평생 꺼내보던 손거울 깨뜨리고
> 소나기 오듯 흘리신 할머니 눈물로
> 밤이면 나는 홀로 첨성대가 되었다.
>
> -「첨성대」 1연

위의 인용은 작품의 시작 부분인데, 화자는 그 최초의 진술에서부터 자신이 첨성대가 되었다고 주장하고 있다. 그러나 화자는 스스로의 힘으로 그런 변신을 이루는 것이 아니다. 그는 자신이 '홀로' 첨성대가 되었다고 설명하지만, 그것은 '할머님 눈물'이 있었기 때문에 가능한 일이었다.

할머니는 왜 눈물을 흘리는가? 위의 인용부분에서는 그 이유를 평생 사용했던 손거울을 깨뜨렸기 때문이라고 설명하고 있다. 거울은 자신의 모습을 반영한다. 그러므로 거울은 분신(分身)을 만드는 도구이고, 거울을 보는 행위는 자신의 분신을 지켜보는 것이 된다. 이는 정신분석학자 라깡(Jacques Lacan)이 제시하는 '거울단계(the mirror stage)'와도 상통하는 것인데, 그의 이론에 따르면 인간의 심리 발단 단계에서 거울단계는 "공간적 동일시를 개시하고 그 뒤에 이어 거울에 비친 세상의 이미지와의 갈등을 개시"하는 단계로, 이를 통해 "자아를 좀 더 복잡한 사회적 상황과 연결시키는 변증법적 과정이 시작"된다고 한다.[7]

거울을 바라보는 할머니의 심리상태도 이와 다르지 않다. 할머니는 거울을 통해서 자신과 사회를 바라보는 것이다. 그런데 앞서 설명했던 것처럼 할머니는 지극히 수동적인 인물이다. 그렇기 때문에 할머니가 바라보는 사회의 폭은 넓을 수가 없다. 그러므로 할머니의 시각은 사회를 구성하는 기본 단위라고 할 수 있는 가족의 범위를 넘지 않으리라고 판단된다. 그렇다면 할머니의 손거울이 깨졌다는 화자의 진술은 가족의 분열, 혹은 구성원의 죽음을 암시한다고 해석될 수 있을 것이다. 이런 해석을 바탕으로 할 때, 다음 연에 제시되는 할아버지가 피리를 부는 행동이 설명될 수 있다.

> 한 단 한 단 눈물의 화강암이 되었다.
> 할아버지 대피리 밤새 불던 그믐밤
> 첨성대 꼭 껴안고 눈을 감은 할머니
> 수놓던 첨성대의 등잔불이 되었다.
>
> -「첨성대」 2연

화자는 할아버지가 대나무 피리를 밤새 불었다고 진술하고 있다. 여기에서 주목되는 부분은 피리를 불었다는 것이 아니라, 그것을 '밤새' 불었다는 사실이다. 피리야 감흥만 생긴다면 언제든지 연주할 수 있다. 그러나 그것을 밤새 부는 일은 결코 일반적인 상황이 아니다. 할

---

7) Bice Benvenuto & Roger Kennedy, 김종주 역, 『라깡의 정신분석 입문(*The Works of Jacques Lacan : An Introduction*)』, 하나의학사, 1999, pp.67-68.

아버지는 자신의 감정을 다스려야 할 상황에 처한 것이다. 물론 그 이유에 대해서야 여러 가지로 생각해볼 수 있다. 그러나 앞에서 설명된 할머니의 손거울을 깨진 이유와 연계하여 판단하자면, 가족의 문제로 파악할 수도 있을 것이다.

이러한 판단에 근거를 더해주는 것은 '그믐밤'이라는 시간배경이다. 달이 차오르는 시간인 보름은 풍요와 생명의 시간인데 비해서, 달이 기울어지는 시간인 그믐은 불모와 죽음의 시간이라고 할 수 있다. 그러므로 이런 시간에 이루어지는 할아버지의 피리 연주는, 단순한 음악이 아니라 진혼곡(鎭魂曲)이 된다.

위의 인용에서 주목되는 또 다른 부분은 할머니의 행동이다. 할머니는 첨성대를 껴안고 눈을 감았다. 하지만 이보다 중요한 것은 할머니의 변신이다. 화자는 할아버지의 피리 소리를 들으면서 할머니가 첨성대의 등잔불이 되었다고 진술한다. 이런 할머니의 행동은 화자의 변신을 예비하는 것이다. 앞에서 눈물을 흘려 화자의 변신을 도왔던 할머니는 이번에는 등불로 변해서 화자의 변신을 돕고 있는 것이다. 그리고 다음 연에서 할머니는 자신이 직접 첨성대가 되기까지 한다.

> 밤마다 할머니도 첨성대 되어
> 댕기 댕기 꽃댕기 붉은 댕기 흔들며
> 별 속으로 달아난 순네를 따라
> 동짓날 흘린 눈물 북극성이 되었다.
>
> -「첨성대」 3연

위의 인용에서 할머니는 첨성대로 변신한다. 그리고 할머니가 흘린 눈물은 북극성이 된다. 앞서 2연의 등불이 어둠을 밝혀 길을 알려주는 표지(標識)였다면, 3연의 북극성은 역시 변하지 않는 중심을 알려주어 방향을 정하게 하는 표지라고 파악된다. 이처럼 할머니는 인도와 중심의 역할을 담당하는 인물이다.

할머니가 이런 역할을 담당하는 이유는 무엇인가? 이 질문에 대한 내답도 다양하게 찾아길 수 있겠지만, 인용의 내용을 고려하자면 붉은 댕기를 흔들며 달아난 순네가 돌아오기를 바라기 때문이다. 이 진술에서 주목되는 내용은 순네가 달아난 곳이 '별 속'이라는 점이다. 이 부분에 대한 해석은 두 가지 방향에서 가능하다.

　우선 가능한 것은 이 진술이 순네의 죽음을 의미한다는 해석이다. 사람이 죽으면 별이 된다는 상상은 그리 낯선 것이 아니다. 그러한 예는 전 세계의 여러 전설과 민담에서 폭넓게 찾아볼 수 있으며, 우리 문학사에서도 정지용의 시 「유리창」을 비롯하여, 황순원의 소설 「별」 등에서 이런 상상력을 확인할 수 있다. 이처럼 이 구절을 죽음의 의미로 파악한다면, 1연에서 제시된 깨진 손거울의 의미가 강조되며, 6연에 등장하는 여우가 파먹은 아기무덤은 순네의 무덤이 된다. 그리고 순네는 나이가 어린 인물이라는 설정이 된다.

　다음으로 가능한 해석은 이 구절을 단순히 순네가 멀리 떠나게 되었다고 파악하는 것이다. 이 경우에는 3연에 제시되는 북극성의 의미가 강조되며, 6연에 등장하는 아기무덤은 순네 본인이 아니라 그녀가 낳은, 혹은 남겨두고 떠난 아기의 무덤으로 파악된다. 그리고 이 때의 순네는 성인 여성으로 설정되는 것이 타당하다.

　이와 같은 두 가지 해석 중에서 어떤 것을 선택하더라도, 이들은 모두 화자의 변신에 대한 예비 진술이라고 할 수 있다. 변신은 희생과 노력이 동반되어야 하는 행위이다. 그런 것이 동반되지 않는 행위는 변화에 그칠 뿐이다. 그 의미를 보다 명확하게 파악하기 위해서는 다음 4연의 내용을 살펴볼 필요가 있다.

　　싸락눈 같은 별들이 싸락싸락 내려와
　　첨성대 우물 속에 풍당풍당 빠지고
　　나는 홀로 빙빙 첨성대를 돌면서
　　첨성대에 떨어진 별을 주웠다.

　　　　　　　　　　　　　　　－「첨성대」 4연

위의 인용에서 화자는 첨성대에 떨어진 별을 줍는다. 화자의 이런 행동은 순네의 죽음을 자신의 것으로 받아들이는 태도로 해석될 수도 있고, 멀리 떠나간 순네의 발자취를 찾아가는 과정으로 해석될 수도 있다. 이 두 가지는 모두 순네에 대한 추억, 나아가 할머니가 가진 인고의 세월을 수용하려는 화자의 적극적인 노력이다. 변신은 존재의 전환이다. 이런 전환이 쉽게 이루어질 수는 없다. 이를 위해서 무엇보다 요구되는 것은 변신에 대한 적극적인 노력이다. 그런 점에서 별을 줍는 행위로 표현되는 화자의 노력이 그를 첨성대로 변신하게 하는 가장 큰 원동력이라 하겠다.

더구나 별들이 떨어지는 장소가 '우물'로 성정되어 있다는 사실도 주목된다. 정신분석학에서 물은 탄생의 상징이자 어머니의 상징으로 파악된다. 프로이트(S. Freud)에 의하면 무의식 속에서 탄생은 언제나 물과의 관련성을 통해 표현된다. "물속으로 뛰어들거나 혹은 물속에서 나오는 경우인데 그것은 분만을 하거나 출생한다는 의미"[8]로 파악된다. 그러므로 별이 우물 속에 떨어지는 것, 혹은 화자가 그 별을 줍는 행위는 탄생과 어머니의 상징이라고 판단된다. 이러한 상징성은 다시 작품 전반에 반복적으로 제시되는 할머니의 눈물 혹은 울음과도 연결되며, 이후에 제시되는 동해바다 잔물결소리(7연)와도 연관된다.

이처럼 '물'은 여성의 상징물로 작용하는데, 이는 '달'의 상징성과도 연결될 수 있다. 동서양에서 공통적으로 달은 해와 비교되어 여성성을 가지는 사물로 인식되어 왔으며, 여성의 월경(月經)은 달이 차오르는 것과 기우는 것과 관련을 가진다. 「첨성대」에도 이런 인식은 그대로 적용되고 있으며, 작품 속에서 달과 관련된 이미지들도 다양하게 제시되고 있다. 작품 속에서 시간을 표현하는 그믐·동지·보름 등의 표현은 모두 달과 관련되는 것이며, 반월성과 같은 지명도 역시 달과 관련되는 것이다. 이처럼 달의 상징은 물의 변형으로 여성성을 강조하기

---

8) Sigmund Freud, 임홍빈·홍혜경 역, 『정신분석강의(*Vorlesungen zur Einführung in die Psychoanalyse*)』 상권, 열린책들, 1997, p.227.

위해 사용된 장치이다.

여러 상징물들의 작용으로 인해서 첨성대라는 장소가 변화될 수 있는 여지가 만들어진다. 앞서 제시했던 이-푸 투안의 견해가 첨성대의 변화를 설명할 수 있는 좋은 근거가 된다. 그의 견해에 의하면 장소와 공간은 공통적으로 '생활 세계의 기본적인 구성요소'이지만, 장소는 정지이며 안식처이고 고요한 중심인데 비해서 공간은 움직임이며 개방이며 자유이며 위협의 속성을 가진 것이다. 그리고 또한 그는 "우리는 장소에 고착되어 있으면서 공간을 열망한다"고 가진다고 설명하고 있다.[9] 이 견해를 「첨성대」에 적용하면, 그동안의 첨성대가 장소의 개념이었던데 비해, 지금부터의 첨성대는 공간의 개념으로 변화하는 것이다.

> 빙빙 첨성대를 돌다가
> 보름달이 첨성대에 내려앉는다.
> 할아버진 대지팡이 첨성대에 기대놓고
> 온 마을 석등마다 불을 밝힌다.
>
> 할아버지 첫날 밤 켠 촛불을 켜고
> 첨성대 속으로만 산길 가듯 걸어가서
> 나는 홀로 별을 보는 일관(日官)이 된다.
>
> ー「첨성대」 8-9연

앞에서 달은 여성과 연결되는 상징이라고 설명했다. 그렇다면 보름달은 생명력으로 충만한 여성, 완숙한 여성, 모성으로 가득한 여성의 이미지가 된다. 바로 그런 보름달이 첨성대로 내려앉았다는 사실에 주목된다. 이런 일이 일어지는 순간은 화자가 아직 변신하기 전이다. 하지만 할머니는 이미 첨성대의 등잔불로 변한 뒤이다(2연). 그렇다면 첨성대에 내려앉은 보름달은 앞에서 나온 '별 속으로 달아난 순네'가 되돌아온 것으로 파악될 수 있다.

---

9) Yi-Fu Tuan, 앞의 책, pp.7-16.

여기에 이어지는 진술인 "할아버진 대지팡이를 첨성대에 기대놓고 / 온 마을 석등마다 불을 밝힌다"라는 부분도 주목된다. 여기에 등장하는 '대지팡이'는 앞서 할아버지가 불었던 '대피리'의 다른 표현이며, 이를 통해서 2연에서 할아버지가 밤새 피리를 불었던 이유가 설명될 수 있다. 할아버지는 떠나간 순네를 그리워하면서 피리를 불었던 것이다. 그런 순네가 이제 돌아왔으니 더 이상 피리를 불 이유가 없다. 그러므로 할아버지는 대나무 피리를 내려놓고 불을 밝히는 것이다. 여기서의 석등은 역시 앞서 할머니가 첨성대의 등잔불이 되었다는 설정과 이어진다.

그러나 석등과 할머니의 등잔불이 완전히 일치한다고는 볼 수 없다. 할머니의 등잔불은 자신의 가족만을 대상으로 하는 것이라면, 할아버지가 켜는 석등은 가족이 아닌 마을 전체의 것이기 때문이다. 즉, 할머니의 등잔불이 확장된 의미가 할아버지가 켜는 온 마을의 석등이 된다고 하겠다. 이러한 등불의 이미지는 화자에게까지 이어진다. 9연에 제시되는 "할아버지 첫날밤 컨 촛불을 켜고"라는 진술이 그 증거이다. 이를 통해서 화자와 할아버지는 동일화 된다. 그러나 이런 동일화는 화자와 할아버지의 관계로 끝나는 것이 아니다. 바로 이어지는 진술에서 화자는 첨성대 속으로만 산길 가듯 걸어간다고 설명하고 있다. 첨성대의 안은 등불로 변한 할머니가 있는 곳이다. 그러므로 화자의 이와 같은 진술은 할머니와의 결합을 의미하는 것이며, 이러한 동일화 혹은 결합을 통해서 화자는 자신만의 지위를 확보하게 된다. 그것이 바로 '일관(日官)'이다.

화자가 이러한 지위를 획득한 이후로 작품 분위기는 급격하게 변화한다. 이전까지의 진술이 과거 상황에 대해 이루어지는 회상이 중점이 되었다면, 이후의 진술은 철저히 현재 상황을 중점으로 진행된다.

지게에 별을 지고 머슴은 떠나가고
할머니 소반에 새벽별 가득 이고
인두로 고이 누빈 베동정 같은

만월성 고갯길을 걸어오신다.

-「첨성대」 10연

　인용된 부분의 진술이 현재시제를 사용하는 것은 분명한 사실이다. 하지만 작품 내용을 살펴보면, 이 부분의 사건이 바로 지금 이루어진다고 파악하기는 힘들다. 인용에서 화자는 할머니가 새벽별을 소반에 가득 이고 고갯길을 걸어온다고 진술하고 있다. 그러나 이미 앞서의 내용에서 화자는 할머니가 첨성대 혹은 첨성대의 등잔불로 변신했다고 말했다. 그런 할머니가 이번에는 다시 사람이 되었다. 현실세계에서 이런 변신이 가능할 리가 없다. 그러므로 이 부분의 진술은 환상이다. 물론 할머니가 첨성대의 등불로 변하는 것도 환상이었지만, 다시 사람이 되는 이 장면도 역시 환상이라는 것은 분명하다.

　이 부분의 환상성을 배가시켜주는 장치가 할머니의 소반에 담겨있는 '새벽별'이다. 앞서 설명한 것처럼 별은 죽음이라는 힘겨운 현실을 환상으로 변환시켜 극복할 수 있도록 만드는 상징물이다. 더구나 그것은 다른 별이 아니라 '새벽별'이다. 새벽은 밤이 끝나는 시간이자 달의 영향력에서 벗어나게 되는 순간이다. 이를 앞서 제시한 달의 상징성에 입각해서 파악한다면, 새벽이란 여성성이 지배를 벗어나는 시간, 즉 어머니의 시간이 아니라 자식을 위한 시간이라는 설명이 가능하다. 이를 통해서 이제부터의 진술이 할머니나 할아버지에 의해서 주도되는 것이 아니라, 화자에 의해 직접 주도될 수 있는 여지가 만들어진 것이다.

　　단옷날 밤
　　그네 타고 계림숲을 떠오르면
　　흰 달빛 모시치마 홀로 선 누님이여

-「첨성대」 11연

　진술의 주체가 화자로 전환된 이후로 처음 제시되는 것은 누님에 대한 일이다. 누님이라는 인물이 등장하는 것은 이 부분이 유일하다. 이

전에도 이후에도 작품의 어느 부분에도 누님은 제시되지 않는다. 물론 여성 이미지는 반복적으로 제시되어왔다. 처음에는 할머니였고, 다음은 우물이었으며, 다음은 아기무덤, 그리고 이번에는 누님이다. 그런 누님이 입고 있는 것은 모시치마, 거기에 흰 달빛까지 비추고 있다. 이런 설정은 누님이 가지고 있는 여성성과 순결함을 강조하는 장치이다.

그런데 이런 인물이 단옷날 그네를 타고 있다. 여기에서 중요한 것은 '단오'라는 시간 배경이다. 단오(端午)는 일 년 중에서 가장 양기(陽氣)가 왕성한 날이다. 지금까지 여성성이 강조되는 인물이 등장하는 부분에서는 그 시간배경 혹은 공간배경도 역시 여성적인 이미지로 이루어져 있었다. 하지만 이 부분만은 정반대이다. 인물은 여성성이 강조되고 있지만, 그 배경은 오히려 남성성이 강조되고 있다. 이러한 변화야말로 진술의 주체 변화를 가장 극명하게 보여주는 증거이다.

> 오늘밤 어머니도 첨성댈 낳고
> 나는 수놓는 할머니의 첨성대가 되었다.
> 할머니 눈물의 화강암이 되었다.
>
> -「첨성대」 12연

그러한 변화에 맞춰 제시되는 여성인물도 변화하고 있다. 지금까지의 진술을 주도했던 인물이 할머니라면, 여기에서는 어머니와 할머니가 동시에 제시되고 있다. 앞의 인용에서 누님이 제시되었던 것도 바로 이 마지막 부분을 위한 예비 작업이라 하겠다. 그리고 그것은 그대로 화자의 변신에 대한 예비 작업이기도 하다.

화자는 인용의 첫 부분에서 어머니가 첨성대를 낳았다고 진술한다. 이것은 이 작품의 구성에서 가장 획기적인 부분이다. 지금까지 화자는 반복적으로 첨성대와 그것에 얽힌 기억을 이야기했지만, 정작 첨성대라는 사물이 발생한 이유에 대해서는 언급하지 않았다. 그에게 있어서 첨성대는 처음부터 그곳에 있던, 그리고 앞으로도 계속 그곳에 있으리라

짐작되는 변함없는 사물에 불과했던 것이다. 하지만 작품의 가장 마지막 이 부분에서 비로소 화자는 첨성대의 근원에 대한 의문을 품는 것이다.

그리고 그에 대한 해답은 '어머니'이다. 신화원형이론에서 어머니 혹은 모성(母性)는 원형상징(原型象徵, archetype)의 일종이며, 그것은 "여성적인 것의 마술적인 권위, 상식적인 이해를 초월하는 지혜와 정신적 숭고함, 자애로움, 돌보는 것, 유지하는 것, 성장하게 하고 풍요롭게 하고 영양을 공급하는 제공자"의 특성을 가지며, 또한 '마술적 변용의 터'이자 '재생의 터'를 의미하기도 한다.10)

이런 설명을 통해서 지금까지의 진술 주체가 할머니였던 이유가 설명된다. 할머니는 어머니의 어머니로서 어머니보다 더 위대한 인물, 즉 '위대한 어머니'11)라는 의미를 가지기 때문이다. 하지만 이처럼 위대한 어머니인 할머니일지라도 할 수 없는 행위가 있다. 그것은 바로 출산(出産)이다. 앞서 제시된 누님 역시 이 행위를 할 수 없는 것은 마찬가지이다. 새로운 생명을 탄생시키는 것은 오직 '어머니'만이 할 수 있는 숭고한 행위이다. 그러므로 결정적인 변신의 순간을 주재하는 여성 인물은 많은 경험을 쌓아 위대해진 할머니도, 순결한 누님도 아닌 어머니가 되어야만 하는 것이다.

첨성대는 석공(石工)들이 만든 것이 아니다. 그것을 만든 사람은 바로 어머니이다. 이런 인식은 앞서 할아버지가 온 마을의 석등에 불을 밝히는 행위와 상통한다. 할머니 혼자만의 등잔불이 할아버지에 의해서 온 마을사람들의 불로 확산된 것처럼, 이 부분에서는 아주 오랜 옛날 신라시대 석공들의 건축물인 첨성대가 어머니가 만들어낸 공간, 즉 '오늘'을 살아가는 사람들의 첨성대로 전환된 것이다. 위의 인용이야말로 그 동안 작품 전반에 걸쳐 이루어졌던 현재와 과거의 결합이 가장

---

10) C. G. Jung, 한국융연구원 융 저작 번역위원회 역, 『원형과 무의식(Archytyp und Unbewuβtes)』, 솔출판사, 2002, p.202.

11) 위의 책, p.226.

극명하게 이루어지는 부분이며, 또한 경험 세계(We)와 허구 세계(Wf) 사이의 모방각(Θ)이 가장 크게 나타나는 부분이다.

이러한 출산 과정을 거친 후에야 화자는 비로소 첨성대로 변신한다. 그는 "할머니 눈물의 화강암이 되었다"고 말한다. 그것은 작품의 마지막 진술이자 "할머님 눈물로 첨성대가 되었다"라는 최초의 진술과 연결된다. 이처럼 「첨성대」는 수미상관의 구조를 이루며, 기억의 장소에서 변신의 공간으로의 전환이 이루어지는 것이다.

4. 창작방법론으로의 공간

지금까지 논의를 통해서 정호승의 작품 「첨성대」는 경험세계에 속하는 실재하는 구조물인 첨성대가 화자가 떠올리는 과거에 의해 현실과 과거가 결합되는 사물로 변모하고, 이것이 다시 각종 상징물들의 작용에 의하여 변신이라는 허구 세계로 변화하는 과정을 다루고 있다는 사실이 설명되었다. 이것을 요약하여 정리하자면 기억의 장소에서 변신의 공간으로의 전환이라고 할 수 있는데, 그러한 전환은 과거시제와 현재시제의 혼용, 거울·우물·달·별·등불 등의 상징물 사용, 할머니–누님–어머니로 이어지는 모성 원형의 활용 등을 통해서 이루어지는 것이다.

이와 같은 구성방법은 문학작품의 창작방법론, 특히 공간을 활용하는 창작방법으로 연결될 수 있다. 다소 일반론적인 선정이 되겠지만, 이를 활용하는 창작 단계를 제시하자면 다음과 같다.

우선 작가는 자신이 소재로 삼고자하는 실재 공간을 선정한다. 절대적인 선정기준이야 제시될 수가 없겠지만, 이왕이면 작가가 평소에 잘 알고 있는 공간일수록 작품화하기 용이할 것이다. 문학작품 창작의 출발점은 사물에 대한 관찰에 있기 때문이다.

다음 단계는 그 공간에 내포되어 있는 과거의 이야기를 조사하는

것이다. 특히 신화아 전설·민담 등에 대한 충분한 기초조사아 저극저
인 재창조 작업이 이루어져야 한다. 이 단계에서 화자의 선정이 이루
어지아 한다. 화자가 어떤 인물로 선정되느냐에 따라서 작품이 전달할
수 있는 내용도 역시 달라지기 때문이다.

　다음은 조사된 이야기를 효과적으로 전달할 수 있는 상징물과 이미
지를 선정하는 단계이고, 마지막으로 작품을 창작하는 단계가 이어진
다. 이 두 단계는 서로 분리할 수 없는 부분이다. 그리고 이것은 한
번으로 그치는 것이 아니라, 퇴고 과정을 거치면서 반복적으로 이루어
져야 할 것이다.

　물론 이런 단계별 창작방법론의 세부적인 사항은 앞으로 충분한 보
충이 이루어져야만 한다. 그리고 이를 실제창작에 적용하여 제반사항
에 대한 검토가 이루어져야 할 필요가 있다. 특히 그 과정을 통해서
문학작품에 내포된 장소와 공간에 대한 검토가 병행되어야 할 것이다.
이런 과정을 통해서 문학이론과 작품창작의 상호연계가 보다 공고하
게 이루어지게 될 것으로 기대된다.

▣ 참고문헌

김수복, 『상징의 숲』, 청동거울, 1999.
박태일, 『한국 근대시의 공간과 장소』, 소명출판, 1999.
유지현, 『현대시의 공간 상상력과 실존의 언어』, 청동거울, 1999.
이어령, 「문학공간의 기호학적 연구」, 단국대학교 박사학위논문, 1986.
최수웅, 『소설과 디지털콘텐츠의 창작방법』, 청동거울, 2005.
한국소설학회 편, 『공간의 시학』, 예림기획, 2002.
Bice Benvenuto & Roger Kennedy, 김종주 역, 『라깡의 정신분석 입문(*The Works of Jacques Lacan:An Introduction*)』, 하나의학사, 1999.
C. G. Jung, 한국융연구원 융저작번역위원회 역, 『원형과 무의식(*Archytyp und Unbewuβtes*)』, 솔출판사, 2002.

Jeoraldean McClain, "Time in the visual arts : Lessing and Modern Criticism", *The Journal of Aesthetics*, fall 1985, vol.XLIV. no.1.

Sigmund Freud, 임홍빈·홍혜경 역, 『정신분석 강의(*Vorlesungen zur Einführung in die Psychoanalyse*)』상권, 열린책들, 1997.

Yi-Fu Tuan, 구동회·심승희 역, 『공간과 장소(Space and place)』, 대윤, 1995.

Ⅱ. 서사문학의 공간과 스토리텔링

『무정』의 공간구조 연구

1. 서 론

독일의 극작가이자 비평가 레싱(Lessing)은 1766년에 발표한 저작 『라오콘(*Laocoön*)』에서 시각 예술은 공간적이고 동시적인 반면에 문학은 시간적이고 연속적이라고 설명했다. 이와 같은 설명은 이후의 연구자들에게 그대로 수용되어, 문학예술에 대한 보편적인 설명으로 받아들여지고 있다.[1] 특히 소설에 대한 논의에 있어서 서술시간은 매우 중요한 문제로 인식되고 있는데, 이는 소설이라는 장르가 시간의 흐름을 가진 이야기, 즉 신화·설화·민담 등에 그 기원을 두고 있기 때문이다.

그러나 인생은 시간과 함께 공간의 제약을 받는 것이며, 그렇기 때문에 인생을 모방하는 문학예술에서도 역시 시간뿐만 아니라 공간의 문제가 중요한 요소로 다루어져야 한다. 특히 현대의 예술비평에서 공간예술인 회화에서 공간적 매체에 내재한 한계들을 극복할 수 있는 방식으로 시간성을 도입하고 있으며, 예술 분야에서는 오래 전부터 시간과 공간은 역사적으로나 절대적으로 구분되지 않고 함께 공존해 왔다는 주장이 제기되고 있다는 사실[2]을 감안하면, 문학 작품에 나타난 공간에 대

---

1) Joseph Frank, "Spatial Form in Modern Literature", *The Idea of Spatial Form*, Rutgers Univ. Press, 1991, pp.5~6.

2) Jeoraldean McClain "Time in the visual arts : Lessing and Modern Criticism", *The Journal of Aesthetics*, fall 1985, vol.XLIV, no.1, p.42.

한 연구는 충분한 타당성을 가진다고 판단된다. 특히 1945년 조셉 프랭크(Joseph Frank)가 근대 문학의 주요한 패러다임으로 '공간 형식(Spatial Form)'이라는 개념을 제기한 이후, 다양한 관점에서 문학의 공간에 대한 연구가 이루어지고 있다. 또한 그와는 다른 방향이라고 할 수 있는 정신분석학과 기호학적인 시각에서 공간을 하나의 상징으로 파악하고 해석하려는 시도가 계속되었다.

그렇지만 문학공간에 대한 논의는 대부분 시의 구조와 기호에 대한 연구에 집중되어 왔고, 소설의 공간에 대한 논의는 그리 활발하게 이루어지지 못했다. 물론 이는 시와 소설이 근본적으로 상이한 서술구조를 가진다는 사실에 기인하는 것이다. 같은 문학이라고 하더라도 소설은 상대적으로 이야기로의 속성이 강할 수밖에 없으며, 그러하기에 공간보다는 시간이 주요한 구성요소로 파악되어 왔다.

더구나 작품에 내포된 역사인식과 현실비판의식이 강조해 왔던 우리의 문단상황이 문학작품이 가진 공간의 구성요소를 도외시했던 것도 사실이다. 이러한 연구경향은 우리의 문학연구 중에서 가장 활발한 연구가 이루어졌던 이광수의 경우에도 그대로 적용된다.[3] 특히 그의 초기 대표작이라고 할 수 있는 『무정(無情)』에 대한 연구는 주로 문학사적 의미를 고찰하는데 집중되었으며, 간혹 작품 분석이 이루어졌다고 하더라도 작가의 생애와 사상을 규명하기 위한 방편으로 활용되었던 경우가 대부분이었다.

그러나 문학 연구에 있어서 자연스럽고 현명한 출발점은 작품 자체에 대한 해석과 분석이며, 작가의 생애와 사회 환경과 작품이 창작되는 모든 과정에 대한 관심은 작품 그 자체로 인해서 비로소 올바른 의미가

---

3) 이광수에 대한 연구업적들은 1994년에 조사된 것만으로 400편이 넘는데, 이는 한국작가 중에서 가장 많은 분량을 차지하는 것이다. cf. 김영민, 「남·북한에서 이광수 문학 연구사 정리와 검토」, 연세대학교 국학연구원 편, 『춘원 이광수 문학연구』, 국학자료원, 1994. ; 최영석, 『이광수 해석의 역사』, 《작가세계》, 2003 여름.

부여되는 것이다.4) 이것이 이광수의 문학세계, 특히 근대문학의 시발점
(始發點) 논의에 비해서 정작 작품 자체에 대한 연구는 면밀하게 진행
되지 못했던 『무정』에 대한 보다 면밀한 작품분석이 필요한 이유라고
하겠다.

　본고는 이와 같은 문제의식을 바탕으로, 『무정』에 나타난 공간구조
에 대한 분석을 실시하고자 한다. 지금까지 소설작품 분석에 있어서 공
간의 문제는 그리 활발하게 이루어지지 못했다. 작품에 내포된 공간문
제는 거의 도외시되었거나, 단순한 배경요소로 치부된 것이 사실이다.
　브룩스와 R. 워렌의 논의도 이러한 연구경향에서 크게 벗어나지 않는
다. 그들은 『소설의 이해(Understanding Fiction)』에서, 배경이란 작품
내의 행동과 행동의 주체에 시간적·공간적 세계를 부여하는 일이라고
전제한 다음, 이것을 다시 소설의 물질적 배경(physical background)이
며, 장소의 요소(element of place)라고 설명한다. 또한 그들은 배경이
소설의 핵심적인 구성요소인 캐릭터와 플롯만큼 본질적이고 직접적인
중요성을 가진 것은 아니지만, 캐릭터나 플롯이 특정한 시간과 장소의
구도 가운데서 생생하게 떠오르게 하는 활력원 역할을 한다고 설명하고
있다.5) 또한 이러한 공간배경의 설정이야말로 소설을 창작한 작가의 의
도가 잘 표현되는 부분이다. 비슷한 자료라고 해도 그것을 표현하고 배
열하는 방식에 따라 작품의 색조(tone)와 주제가 달라질 수 있기 때문
이다.6)

---

4) R.Wallek & A. Warren, *The Theory of Literature*, Penguin University Book,
　1973, p.139. ; cf, "the natural and sensible starting-point for work in literary
　scholarship is the interpretation and analysis of the works of literature
　themselves. After all, only the works themselves justify all our interest of an
　author, in his social environment and the whole process of literature."
5) 정한숙, 『현대소설창작법』, 웅동, 20000, pp.160~162.
6) 권택영, 「소설 창작의 세 요소」, 『소설을 어떻게 볼 것인가』, 문예출판사,
　1995, p.84.

이처럼 소설의 공간은 배경요소로 작용하면서, 작품에 포함된 작가의 세계관과 인식태도를 표현하는 요소라고 할 수 있다. 그러나 소설의 공간이 가지는 역할은 이와 같은 기능에 국한되는 것만은 아니다. 작품 구성의 핵심요소라고 할 수 있는 구조적인 부분에까지 영향을 미친다. 즉, 소설작품은 연속된 공간으로 완만하게 진행되는 것이 아니라, 몇 개의 장면으로 이루어지는데, 그러한 장면에 선정된 공간이야 말로 그 작품의 구조적 특성을 결정하는 요인이라고 할 수 있다. 앞서 설명했던 배경요소로서의 공간이 소극적인 역할을 담당하는 것이라면, 작품 전체의 구조에 영향을 미치는 공간은 보다 적극적인 역할을 담당하나고 하겠다.

본고는 『무정』을 텍스트로[7] 소설공간이 가진 두 가지 역할, 즉 소극적인 역할과 적극적인 역할을 함께 파악하고자 한다. 이 두 가지 요소는 분리되는 것이 아니라, 긴밀한 영향관계 속에서 의미망을 형성하는 것이기 때문이다.

---

7) 『무정』의 분석텍스트를 설정하는 작업에는 적지 않은 문제가 내포되어 있었다. 1917년 《매일신보》에 연재되었던 『무정』은 1918년 신문관에서 단행본으로 발간되는데, 여기까지는 작가의 의도가 그대로 적용되는 텍스트라고보아도 무리가 없다. 하지만 판본이 거듭되면서 편집자의 의도에 따라서 작품수정이 이루어졌고, 그에 따라서 각 판본별로 작품의 서술내용이 미묘하게 변모했으며, 여러 판본들에서 오류가 거듭되면서 이제는 최초의 작품과는 거리가 많은 작품이 되어버렸기 때문이다. 물론 작품 전체적으로 봐서 크게 내용의 변화가 있었던 것은 아니라고 하더라도, 작품에 대한 면밀한 검토가 이루어져야 하는 공간 분석을 위해서는 각 판본들 간의 비교작업이 선행되어야 했다.
최근 여러 판본들을 검토하고 분석한 연구결과(김철, 『바로 잡은 《무정》』, 문학동네, 2003)가 발표되어, 비로소 작품에 대한 본격적인 연구가 이루어질 수 있는 기반이 마련되었다. 본고에서 인용되는 텍스트는 그 연구결과를 바탕으로 한다. 애써 판본 간의 변화관계를 밝히지 않는 것을 원칙으로 하겠으나, 중요한 변화가 있는 경우에만 별도로 설명하도록 하겠다. 또한 작품의 인용에서는 연재 횟수와 페이지만 표시한다.

2. 본 론

앞서 언급했던 것처럼, 그동안 『무정』에 대한 연구는 주로 근대문학의 시발(始發) 문제에 집중되어 왔다. 일반적인 연구경향은 『무정』을 "계몽기의 신문학을 여기서 결산해놓은 하나의 기념탑"[8]으로 파악하는 견해라고 할 수 있다. 이는 그의 작품이 발표된 시점에서부터 형성된 여론이었으며, 해방 이후 각 대학에 국문과가 개설되면서부터 본격적인 연구 성과가 발표되기 시작했다.[9]

하지만 1970년대 이후 사학계에서 대두되었던 자생적 근대화론이 문학사연구에 수용되면서부터는, 근대의 출발점을 17 · 18세기까지 소급하려는 견해가 제기되었고, 그에 따라 『무정』에 대한 평가도 새롭게 내려지게 되었다.[10] 그 대표적인 예로 『무정』을 전통적인 소설의 형태인 '영웅의 일생'을 타락하고 나약한 모습으로 반복한 작품이라고 평가하는 견해를 들 수 있다.[11]

그렇지만 이러한 연구들도 『무정』에 포함되어 있는 근대문물에 대한 지향성 자체를 부정할 수는 없었다. 사실 『무정』을 전통과 근대 중의 어느 한 가지 특성만을 가진 작품이라고 규정하기에는 많은 무리가 따른다. 오히려 그 두 가지 요소가 혼재되어있는 텍스트로 파악해야 할 것이다. 문제는 정도의 차이, 즉 서술자가 견지하고 있는 지향점(指向點)이라고 하겠다.

---

8) 백철, 『조선신문학사조사(朝鮮新文學思潮史)』, 수선사, 1948, p.110.

9) 최영석, 앞의 글, pp.51-53. 참고.

10) 위의 글, p.56.

11) 조동일, 『한국문학통사』 4권, 지식산업사, 1994, p.456 : 그는 『무정』을 최초의 본격적인 근대 장편소설이라고 평가하는 것은 구소설과의 관련을 살펴보지 못했기 때문에 발생한 오류라고 비판하면서, 『무정』을 "주체성을 상실해 의존할 데만 찾는 타락된 영웅의 나약한 모습을 다시 미화하면서 그 동안 이루어진 소설사의 발전을 외면"한 작품이라고 설명하고 있다.

본고에서는 『무정』이 견지하는 지향점을 파악하기 위해서, 작품 전
반에 걸쳐 나타나고 있는 도시·철도·하구(河口) 등 세 가지의 공간
을 분석하고, 그러한 공간에 대한 서술자의 태도를 파악해보고자 한다.

1) 도시 : 인식의 공간

《매일신보》에 발표된 『무정』의 첫 번째 연재분은, 선형의 가정교사
로 초빙되어 "나려쏘이는 륙월볏헤 쌈을 흘니면셔" 김 장로의 집을
찾아가던 경성학교 영어교사 이형식과 "대패밥모자를 갓겨 쓰고 활기
를 치며" 거리를 걷던 신우선의 대화로 마무리 된다.

> ⓐ 「요-오메데쏘오 이々 나즈쎄(약혼흔 사름)가 잇나보에그려 움나루호도
> (그러려니) 그러구두 너게는 아모 말 업단말이야 에 여보게」 ᄒ고 손을 후
> 려친다
>   형식이 하도 심란ᄒ야 구두로 쌍을 파면셔
>   「안이야 져 자네는 모르겟네 김장로라고 잇느니……」
>   「올치 김장로의 ᄯᆯ 일세 그려 응 져 올치 작년이지 정신녀학교를 우등으로
> 졸업ᄒ고 명년 미국 간다ᄂᆞ 그 쳐녀로구면 베리 꿋」
>   「ᄌᆞ네 엇더케 아는가」
>   「그것 모르겠나 이야시우모 신문긔쟈가 그런데 언제 엥게지멘트를 ᄒ얏는
> 가」 (1회, p.39.)

그동안의 작품연구에서 이 장면은 크게 주목을 받지 못했다. 그러나
소설작품의 첫 장면은 독자들의 인상을 좌우하고, 작품의 문체와 어조
(tone)를 형성하며, 사건 전개에 필요한 복선과 갈등의 실마리 등이
제시되는 매우 중요한 부분이며, 그렇기 때문에 작가들이 가장 심혈을
기울여 창작하는 부분이기도 하다.[12] 이와 같은 사실을 감안한다면 이
장면은 결코 간과할 수 없는 매우 중요한 부분이라고 하겠다.

---

12) 전상국, 『당신도 소설을 쓸 수 있다』, 문학사상사, 1991, pp.274-275.

그런데 위에 인용된 부분을 설명하기 위해서는 판본 설명이 선행되어야 한다. 인용 부분에서 우선의 대사는 일본어 어휘들이 섞여서 이루어진다. 하지만 이런 표현은 1956년 광영사에서 발행된 단행본 『무정』부터는 찾아볼 수 없게 된다. '요-오메데또오'는 '참, 좋은 일일세'로 '이々 나즈께'는 '(약혼한 사람)이'로, '움나루호도(그러려니)'는 '움,'으로 '이야시꾸모'는 '적어도'로 교체된 것이다. 그에 비해 같은 외국어임에도 불구하고 '베리 쉿', '엥게지멘트' 등의 영어 어휘들은 교체되지 않았다. 이런 수정은 1962년에 제작된 『이광수전집』에도 그대로 수용되어, 이후 유통되었던 대부분의 단행본 『무정』은 모두 수정된 판본으로 수록되었다.

하지만 이러한 수정작업은 몇 가지 문제점을 가진다.

첫째, 수정작업이 이광수가 이미 사망한 뒤에 이루어졌다는 점이 문제이다. 그러므로 이런 수정작업이 작가의 의도에 따른 개작이라고 볼 수 없고, 편집자가 이광수의 친일행적에 과민하게 반응하여 고의적으로 일본어 어휘를 교체했다는 의심에서 자유로울 수 없게 되었다.

수정작업에 의해서 이 장면의 분위기가 바뀌었다는 점도 문제가 된다. 수정되기 전의 대화에서는 우선이 외국어 지식을 갖춘 인물이라는 사실이 자연스럽게 표현된다. 뿐만 아니라 그와 막힘없이 대화를 할 수 있든 형식도 역시 어느 정도의 외국어 지식을 갖추었다는 사실도 쉽게 파악할 수 있다. 그러나 수정 이후의 대화에서는 그러한 표현효과가 반감되고 말았다.

『무정』의 첫 연재분이 조선에서 가장 근대화된 공간이라고 할 수 있는 경성(京城) 거리 한복판에서, 근대문명의 소개자이기를 자처하는 신문기자와 영어선생의 만남으로 되어있다는 사실은 의미심장하다. 더구나 그들의 대화가 외국어 어휘가 혼재된 상태로 진행된다는 사실은 주목되는 부분이다. 이와 같은 설정의 의미는 다음의 인용부분을 통해서 보다 분명하게 파악되어진다.

ⓑ 그째에 형식은 대동문거리에셔 쳐음 일본샹뎜을 보앗다 그러고 그 류리창
이 큰것과 그 사름들의 옷이 이상흔 것을 보고 ᄌ미잇다 ᄒ얏다 (……) 엇던
샹뎜에ᄂ 셩량과 셕유샹ᄌ가 노혓다 형식은 아직도 그러케 만흔 셩량을 보지
못ᄒ얏셧다 그리셔 「올치 셩량은 다 여긔셔 만드ᄂ구나,」ᄒ고 고긔를 ᄭ닥ᄭ
닥ᄒ얏다 ᄯᅩ 일본 사름들이 마조 안져서 이야기ᄒ고 웃ᄂ것을 보고 「엇더케
셔로 말을 알아듯ᄂ가,」ᄒ고 이상히 역엿다 형식의 귀에ᄂ 모든 말이 다 ᄌ흔
소리와 ᄀ치 들렷슴이라 (56회, p.348)

이 부분은 형식이 어린 시절 평양을 처음 보았을 때의 경험, 즉 '도
시'라는 공간을 처음 접했을 때의 경험을 회상하는 부분이다. 이 장면
에서 가장 먼저 주목되는 것은 그가 말소리를 알아듣지 못했다는 사
실이다. 어린 형식이 들었던 소리는 일본어였는데, 그는 이 알아들을
수 없는 말로 인해서 이질감을 느끼게 된다. 이와 같은 이질감이 형식
에게 도시라는 공간을 '외부에 존재하는 객관물(object)'[13], 즉 하나의
풍경으로 인식하도록 만든다. 형식이 인식하고 있는 것은 단순하게 알
아들을 수 없는 일본어가 아니다. 그는 일본어라는 외국어를 통해서
근대문명을 인식하고 있는 것이며, 그러한 인식이 가능하도록 만들어
주는 공간이 바로 도시라고 하겠다.

이러한 설정의 의미는 ⓐ에 나왔던 형식과 우선의 대화 장면과 비
교할 때 더욱 분명해진다. ⓑ에서 어린 소년인 형식이 일본어를 알아
듣지 못하고 어리둥절했던 것에 비해서, ⓐ에서 나왔던 청년 형식은
자연스럽게 일본어 어휘를 알아듣고 있다. 그만큼 그는 근대문명에 익
숙해졌으며, 나아가 다른 이들에게 근대문명을 전파할 수 있는 능력을
갖춘 인물로 성장한 것이다. 형식의 신분이 경성학교 영어교사로 설정
된 이유는, 근대 이전과 이후의 대비를 보다 극명하게 표현하기 위한
방법이며, 이는 그의 역할이 연애담의 주인공에 국한되는 것이 아니라
근대문물의 전파자 역할까지 담당하고 있다는 증거이기도 하다.

---

13) 가라타니 고진, 박유하 역, 『일본근대문학의 기원(日本近代文學の起源)』, 민
음사, 1994, p.48.

ⓑ에서 또 한 가지 주목되는 시형은 어린 형식이 다른 상점이 아니라 성냥과 석유를 파는 상점에 관심을 보였다는 사실이다. 여러 상점이 있었지만, 그는 유독 '성냥'과 '석유'를 파는 상점에 관심을 보이고 있는데, 이는 그 물건들이 가지는 불의 이미지와 관련되는 부분이다. 성냥은 일종의 잠재된 불이고, 석유는 발화촉진제(發火促進劑)라고 할 수 있다. 이러한 불의 이미지가 보다 확연하게 표현되는 것은 다음 부분을 통해서이다.

> ⓒ 챠가 남대문에 다핫다 아직 다 어둡지는안이ㅎ얏스나 ᄉ방에 반작반작 던귀등이 켜졋다 뎐챠소리 인력거소리 이 모든 소리를 합ㅎ 「도회의 소리」와 넓은 플ᄂ트홈에 울리는 나막신소리가 합ㅎ야 지금ᄭ지 고요ㅎ 주연속에 잇던 사ᄅ믜 귀에는 퍽 쇼요ㅎ게 들닌다 「도회의 소리!」 그러나 그것이 문명의 소리다 그 소리가 요란홀ᄉ록 그 나라이 잘된다 슈레박휘소리 증긔와 뎐긔긔관쇼리…… 이러ㅎ 모든 소리가 합ㅎ여셔 비로소 찬란ㅎ 문명을 낫는다 실로 현듸의 문명은 소리의 문명이라 셔율도 아직 소리가 부족ㅎ다 종로나 남대문통에 셔셔 셔로 말소리가 안이들니리만큼 문명의 소리가 요란ㅎ여야홀것이다 그러나 불상ㅎ다 셔울장안에 사는 삼십여만 흰옷입은 사ᄅ믈은 이 소리의 ᄯᅳᆺ을 모른다 (104회, pp.600-601.)

인용에서 경성의 야경을 설명하는 서술자의 시각이 가장 먼저 머무는 곳은 '사방에 반짝반짝 켜진 전기등'이다. 환하게 전기등이 켜져 있는 거리야말로 근대도시의 상징이자 문명의 산물이라고 할 수 있다. 하지만 이 장면에서 전기등이 가지는 의미는 그 정도로 국한되지 않는다. 위의 인용에 등장하는 전기등은 앞서 살펴보았던 성냥과 석유라는 불의 이미지가 연장된 형태로 살펴보아야 하기 때문이다.

성냥과 석유가 가지는 이미지와 연결되면서, 전기등은 단순한 사물에서 불의 이미지로 확장된다. 이제 전기등은 지식을 갈망하고 인간의 발전과 진화를 요구하는 '프로메테우스 콤플렉스(Complexe de Promethee)'의 표현인 불[14]로 이미지화되는 것이다.

이처럼 전기등을 본 다음, 서술자는 소리에 관심을 기울인다. 불의 이미지가 그랬던 것처럼, 소리 역시 지금까지 살펴보았던 인용에서 어김없이 등장했던 요소이다. 도시라는 공간을 처음 경험한 어린 형식이 들은 일본어, 근대적 도시인 경성 거리 한복판에서 우선과 형식이 주고받던 외국어, 그리고 이제 기차역 주변에서 들려오는 여러 가지 소리들이 언급된다. 그런데 이 소리들을 대하는 서술자의 태도는 앞에서와는 확연하게 구분된다. 평양에서의 어린 형식이 알아들을 수 없는 일본어에 어리둥절했고, 경성에서의 청년 형식이 스스로 외국어를 사용하면서도 그 사회적인 의미를 인지하지 못했다면, 이 장면의 서술자는 들려오는 소리를 '도시의 소리'라고 분명하게 파악하고 있다. 그러면서 그는 그 소리를 '문명의 소리'라고 다시 한 번 부연설명 한다.

이처럼 『무정』의 서술자는 도시를 근대문명의 공간으로 파악하고 있으며, 그것은 빛과 소리를 통해서 표현되고 있다. 빛과 관련된 이미지들은 성냥과 석유에서 전기등으로, 전기등에서 문명에 대한 욕망을 상징하는 프로메테우스의 불로 이어진다. 그리고 소리와 관련된 이미지들은 알아들을 수 없었던 일본어에서, 무심결에 사용하는 일본어와 영어로, 그리고 도시문명의 소리로 이어지고 있다. 다시 말해서 『무정』에 나타난 불과 소리의 이미지들은 근대문명의 상징인 도시를 향해서 일정한 흐름을 만들고 있는 것이다.

『무정』에 나타난 도시가 근대문명을 대표하는 공간이라고 한다면, '조선에 있어서는 가장 진보한 문명인'이라고 자인하는 김 장로의 집은 도시의 축약된 형태라고 할 수 있다. 도시에 대한 서술자의 시각이 긍정적이었다는 사실을 감안한다면, 김 장로의 집에 대한 묘사도 역시 밝고 긍정적인 이미지로 전개되어야 할 것이다. 하지만 서술자의 태도는 그리 호의적이지 않다.

---

14) Gaston Bachelard, 민희식 역, 『불의 정신분석(*La Psychacalys du feu*)』, 삼성출판사, 1990, pp.41-43.

ⓓ 김상모의 셔식는 양식으로 되어잇다 그가 일즉 미국공ᄉ로 잣다외서붓터서는 될 수 잇는디로 셔양식 싱활을 ᄒ려한다

빙바닥에는 붉은 모란문의 잇는 모젼을 ᄭᆯ고 ᄉ벽에는 하읙에 너흔 그림을 걸엇다 그림은 대기 죵교화다 북편벽으로 뎨일 큰 화읙에는 겟셰마네에는 긔도ᄒ는 예수의 화상이 잇고 두어자 동쪽에는 그보다 조곰 격은 화읙에 구유에 누인 예수를 그린것이오 (……) 김쟝로는 방을 셔양식으로 ᄭᅮ밀ᄲᅳᆫ더러 옷도 양복을 만히 입고 잘젹에도 셔양식 침상에서 잔다 그는 셔양 그즁에도 미국을 존경ᄒᆫ다 그릭셔 모든 것에 셔양을 본다드려ᄒᆫ다 그는 과연 이십여년 셔양을 본바닷다 그가 예수를 밋는것도 쳐음에는 아마 셔양을 본밧기위ᄒᆷ인지 모른다 그리ᄒᆞ고 그는 ᄌ긔는 셔양을 잘 알고 잘 본다든줄로 싱각ᄒᆫ다 더구나 ᄌ긔가 외교관이 되여 워승톤에 쥬직ᄒᆞ얏슴으로 셔양ᄉ졍은 ᄌ긔보다 더 ᄌ셰히 아는이가 업거니 ᄒᆫ다 그럼으로 셔양에 관ᄒᆞ야셔는 더 들을 필요도 업고 더 비홀 필요는 무론 업는줄로 싱각ᄒᆫ다 그는 죠션에 잇셔셔는 가장 진보ᄒᆫ 문명인ᄉ로 ᄌ임ᄒᆫ다 (79회, pp.471-473)

위의 인용에서 서술자의 태도는 우호적이기 보다는, 풍자적이고 비판적인 시각을 견지하고 있다. 이러한 서술태도의 변화는 곧 서술자의 상황인식을 표현하는 것이다. 다시 말해서 근대문물 자체는 바람직한 것이지만, 그것을 수용하는 사람들이 아직 개화되지 못했기 때문에 문제가 생긴다는 주장을 배면에 깔고 있다고 하겠다.

그러한 문제를 해결할 수 있는 방법으로 제시되는 것이 바로 교육이다. 학습과 교육에 대한 강조는 『무정』의 전반에 걸쳐서 나타나는 주장인데,15) 앞서의 인용을 통해서도 확인할 수 있다. ⓒ에서 서술자

---

15) 이 부분에 대한 가장 대표적인 예는 다음과 같다. : "문명이라ᄒᆞ면 과학, 텰학, 종교, 예슐, 정치, 경졔, 산업, 사회제도등을 춍칭ᄒᆞ는것이라 셔양의 문명을 리ᄒᆡ「理解」ᄒᆫ다ᄒᆷ은 즉 우에말ᄒᆫ 내용을 리ᄒᆡᄒᆫ다는 ᄯᅳᆺ이니 김쟝로는 무엇으로 셔양을 알앗노라 ᄒᆞ는고 셔양 션교ᄉ들은 이러ᄒᆷ을 안다 그럼으로 그네는 김쟝로를 셔양을 승ᄂᆞᆯᄉᆞ는 사람이라 한다 (……) 김쟝로는 그 ᄌ녀를 학교에 보닌다 학교에서 엇던것을 빅호는지 ᄌ긔는 잘 모르면셔도 셔양 사름들이 다 그 ᄌ녀를 학교에 보님으로 ᄌ녀는 학교에 보니는것이 올흔 일인줄을 안다 안ᄃᆞᆫ것 보다 밋는다ᄒᆷ이 뎍당ᄒᆞ겟다 그럼으로 그의 ᄌ녀는

의 행동은 보고 듣는 것인데, 이것이야말로 교육의 기초단계라고 할
만한 것이기 때문이다.

ⓔ 부인이 션형과 슌이를 다리러 안에 들어간뒤에 형식은 교실로 명흔 모통
이 방에 혼자 안져서 두 뎨즈의 나오기를 기다린다 방 한편 구셕에는 십즈
가에 달린 예수의 화샹이 결리고 (……) 십쟈가에 달린 예수는 머리에 가시
관을 쓰고 로마 병졍의 창으로 찔린 엽구리로셔는 피가 흘러나린다 그 고기
가 왼쪽으로 기우러지고 그 눈은 하늘을 향ᄒ엿다 (……) 형식은 물쯔럼이
이것을 보고 싱각ᄒ얏다 (26회, pp.175-176)

ⓕ 그는 예수교의 가뎡에 자라남으로 벌셔 텬국의 셰례는 바닷다 그러나 아
직도 인싱이라는 불셰례를 밧지 못ᄒ얏다 쇼위 문명흔나라에 만일 션형이가
낫다ᄒ면 그는 어려셔부터 칠팔셰부터 혹은 스오셰부터 시와 소설과 음악과
미슐과 니야기로 벌셔 인싱의 셰례를 바다 십칠팔셰가 된 금일에는 별셔 참
말 인싱인 한 녀즈가 되엇슬것이라 그러ᄒ나 션형은 아직 사름이 되지못ᄒ
얏다 션형의 속에 잇는 「사름」은 아직 ᄭ지못ᄒ엿다 (……) 슌이는 이와 달
리 어려셔부터 격거오는 즈연흔 단련에 얼마콤 소에 잇는 「샤람」이 ᄭ기는
ᄒ얏스나 아직도 니불속에셔 돌아누은 것이오 아직 ᄭ인 것은아니로다

형식은 저 스스로 ᄭ인 「ᄉ람」으로 즈쳐ᄒ거니와 그 역시 인싱의 불셰례
를밧지못흔 ᄉ람이라 지금 이 방에 모혀안즌 셰 사름 쳥년 남녀가 쟝ᄎ 엇
더흔 길을 지ᄂ어 「사름」이 될는고 이 셰 샤름의 가슴은 맛치 쟝ᄎ 오랴는
폭풍을 기다리는 바다와 갓다 지금은 물결도 업고 거픔도 없고 흐름도 없는
편ᄉ흔 바다라 (27회, pp.183-185.)

위의 두 인용은 교육의 필요성을 강조하는 장면에서 공간구조의 역
할이 드러나는 부분이다. 먼저 ⓕ에서 서술자는 공부방에 모인 형식과
선형, 그리고 순애를 '아직 깨우치지 못한 사람'이라고 설명하고 있는
데, 이는 그들이 아직 충분한 교육을 받지 못했기 때문이다. 그러나
그중에서 형식은 그나마 조금 깨우친 사람으로 평가한다. 이는 영어교

마츰ᄂ 문명을 알게될것이라 이러ᄒ야 죠션도 졈ᄉ 신문명을 완전히 쇼화
(消化)ᄒ게될것이다" (79회, pp.473-475)

사라는 그의 신분 때문만은 아니다. 그는 사물을 '바라본' 경험이 있는
사람이기 때문이다. ⓒ에서 형식은 방에 걸려있는 예수의 그림을 본
다. 그리고 생각한다. 즉 그는 현상을 인식하고, 그 인식을 통해서 스
스로의 생각을 정립하는, 일종의 학습과정을 통과한 사람이다. 이런
행동이 선행되기 때문에, 형식은 다른 사람보다 앞선 사람으로 평가받
을 수 있는 것이다.

이 장면에서 나타나는 '방'은 단순히 먹고 자는 생활의 공간이 아니
다. 그곳은 공부방, 즉 학습이 이루어지는 공간이며, 특히 외국어를 학
습하는 공간이다. 그러한 의미를 강조하기 위해서, 방안에 걸린 예수
그림을 바라보고 생각하는 행동이 먼저 제시되었던 것이다.

지금까지의 논의를 통해서 나타난 것처럼, 『무정』의 서술자에게 있
어서 '도시'는 근대문명을 인식하는 공간으로 작용한다. 그러나 그들이
인식했던 도시는 온전한 근대공간은 아니다. 그곳은 근대와 비근대(非
近代)가 혼재하는 공간이며, 더디기 짝이 없는 속도로 근대화되고 있
는 공간에 불과할 뿐이다.

> ⓖ 우션은 미상불 놀닛다 그러나 그럴쯧ᄒ다 ᄒ얏다 그러면셔도 셜마 그러
> ᄒ랴 ᄒ얏다 그러나 더 토론홀 싱각도 업셧다 다만 형식의 ᄉ샹은 ᄌ긔와는
> 다름을 ᄭᅢ닷고 혼쟈 고기를 ᄭᅳ덕ᄭᅳ덕ᄒ얏슬ᄯᅮᆫ이다 형식은 우션의 이마와 입
> 을 보고 빙그레 웃는다 이긔엇다 ᄒ는 깃분빗치 보인다 로파는 두 사람의
> ᄒ는 말이 무슨 뜻인지를 몰랏다 다만 형식이나 어듸로 간다는줄만 알앗슬
> ᄯᅮᆫ이다 셰 사람은 각ᄼ 짠 셰상사람이다 우션과 형식은 혹 갓흔 셰상 사람
> 이 될는지도 모르되 로파는 결코 형식과 한 셰상 사람이 될수가 업다 한 방
> 안에 ᄀᆺ흔 시간에 각ᄼ 짠 셰상에 쇽한 셰 사람이 모혀 안졋다 그러고 셔로
> 알아들을만흔 이야기만흔다 그럼으로 그네는 ᄀᆺ흔 셰상에 쇽ᄒ엿거니 흔다
> (85회, p.504)

위의 인용은 서술자가 인식하고 있는 당대 도시의 실상이 표현된
부분이다. 이것은 전혀 다른 시대의 사람들이 같은 공간에서 살아가고

있다는 현실인식이며, 이로 인해서 방만하게 진행되기 쉬운 장편소설의 인물구성이 통합되는 것이다.

작품 속에서 도시를 묘사했던 서술자의 태도는 밝고 희망적인 이미지들로 이루어졌지만, 작품현실 속에서의 도시는 그리 밝지도 희망적이지도 못하다. 그곳은 무지한 종교인과 거짓 교육자가 판을 치는 곳이고, 타인을 가르치고 인도하려는 청년 교사의 순수한 열망이 오해를 받는 곳이며, 기생이라는 이유로 한 처녀의 순결이 너무도 쉽게 깨뜨려지는 곳일 뿐이다. 그곳은 현실이 이상을 압도하는 공간이다. 작품 속의 도시는 근대라는 개념을 인식하는 공간일 뿐, 근대적인 공간 그 자체는 아닌 것이다.

현실에 도달하지 못하는 이상을 만족시키기 위해서는 현실을 떠나야 한다. 영채가 순결을 빼앗기는 부분부터 『무정』의 전개가 현실을 일탈하여 다른 공간으로 진입하려는 경향을 보이는 것도 이러한 이유 때문이다.

이미 현실에서 벗어난 서술자의 시각이 향하는 곳은 바다가 된다. 이는 ⓕ에서부터 예비 되었던 것으로, 근대문명의 실체를 인식한 주인공들의 의식 상태를 바다에 비유하는 부분은 이미 서술자의 지향점을 내비치고 있는 것이다.

2) 기차 : 이행의 공간

도시라는 공간을 통해서 근대문명을 인식한 작중인물들은 현실을 벗어나고자 한다. 그러나 현실에서 일탈했다고 해서 그들이 그대로 이상적인 공간으로 이동할 수 있는 것은 아니다. 그들이 이상적인 공간에 도달하기 위해서는 준비단계에 해당하는 공간을 통과해야 하는데, 그곳이 바로 '기차'이다.

그런데 이는 앞서 살펴보았던 공간과는 다른 경향을 보이고 있다. 즉 '도시'라는 공간은 그 속에서 현실과 이상을 모두 내포하고 있는 복합적인 공간인데 비해서, 지금부터 살펴볼 '기차'와 앞으로 살펴볼 '하구'라는 공간은 다소 단순한 의미를 가지는 공간이다. 그러므로 도시에 관련되는 부분은 작품의 전반에 걸쳐서 찾아볼 수 있지만, 기차와 하구에 관련되는 부분은 일부분에서만 발견된다.

'기차'라는 공간에 대한 논의는, 이광수에 대한 최초의 작가론이라고 할 수 있는 김동인의 『춘원연구』에서부터 비롯되었다. 그러나 "혹시 춘원(春園)이 과거에 있어서 기차에서 기이한 일이라도 경험한 일이 있어서 자연히 소설마다 이런 장면이 나오는지?"[16)]라는 그의 설명은 막연한 추측으로 이루어진 다소 악의적인 평가라는 의심에서 자유로울 수 없다.

이외에도 기차의 상징성에 주목하는 연구들이 있는데, 이들은 대부분 기차를 '문명개화의 산 물건'[17)]이라고 파악하고 있다. 물론 기차라는 물건이 가지는 근대문명으로의 속성도 무시할 수 없다. 하지만 그보다는 기차를 통해서 이루어지는 여행이라는 행위가 더욱 주목된다.

증기기관의 발달로 인해 가능해진 기차 여행은 인간의 공간지배력을 극대화시키는 행위[18)]라고 할 수 있는데, 이를 통해서 종래에는 경험하지 못했던 신속한 공간이동이 가능해졌다. 이것은 단순한 여행시

---

16) 김동인, 『춘원연구』, 춘조사, 1959, p.39.

17) 김윤식, 『이광수와 그의 시대』, 솔, 1999, p.611.

18) Wolfgang Schivelbusch, 박진희 역, 『철도 여행의 역사(*Geschichte der Eisen-bahnreise*)』, 궁리, 1999, p.20. : 쉬벨부쉬는 여행에 필요한 동력이 증기기관으로 바뀌는 뒤에 일어난 변화에 대해서 다음과 같이 설명하고 있다. "공간에 대한 지배가 가축 에너지에 결부되어 있는 한에서는 가축의 물리적인 능력 한도 내에 머물러 있어야만 했다. 앞으로 나가는 이동 거리의 척도는 가축이 지치는 데서 감각적으로 알 수 있었다. 가축력을 지나치게 사용하게 되면 그것은 〈가축력을 소진시키는 것〉으로 보여졌다. 지치는 일 없이 무한히 증가시킬 수 있는 증기력은 저항적인 자연(즉 공간적인 이동 거리)과 이동 수단 간의 관계를 전복시켰다."

간의 단축만을 의미하는 것은 아니다. 이는 인간이 풍경을 자신과 동
떨어진 사물, 즉 전경(前景, Vordergrund)으로 인식하게 되는 계기가
되며, "여행의 본질적인 경험을 이루는 공간 차원의 종말을 의미"[19]
하는 것이기도 하다.

　이처럼 기차 여행은 근대적 패러다임의 하나라고 할 수 있는 풍경
의 발견을 촉진시키는 계기가 되는데, 이는 앞서의 ⓑ에서 외국어로
인해서 느끼게 되는 풍경의 객관화된 인식과 유사한 경험이다. 다시
말해서, 기차를 타고 여행을 하는 행위는 그 자체로 일종의 학습경험
이라고 할 수 있는 것이다. 『무정』에 등장하는 기차라는 공간은 모두
그런 의미를 포함하고 있다고 해도 과언이 아니다.

　　ⓗ 영치의 눈에는 여름 낫벗을 바든 푸른 산이 보이고 밀과 보리의 누른 물
　　결과 조와 피의 푸른 물결도 보인다 풀의 향긔를 품긴 바름이 얼골을 스쳐
　　지나가고 모시적삼의 틈으로 불어드러와 쌈나는 살을 셔늘ᄒᆞ게도 흔다 이
　　모든것이 도로혀 영치의게 일종의 쾌감을 쥬엇다 그리셔 영치는 쑴꾸는 사
　　름모양으로 안보이는것을 보랴고도 보이는것을 안보랴고도안이ᄒᆞ고 눈에 드
　　러오는듸로 보고 귀에 드러오는듸로 드럿다 그리고 즈긔가 어듸로 가는것이
　　며 무엇ᄒᆞ러가는것도 몰랏다
　　　그러나 잇다금 나는 죽으러간다는 싱각이 난다 그러면 영치는 죽엇다 살
　　아나는드시 한번 눈을 쌈막ᄒᆞ고 진져리를 친다 (86회, pp.510-511)

　인용된 부분은 정조를 빼앗긴 영채가 자살을 하기 위해서 기차를
타고 평양으로 가는 장면이다. 그런데 서술자는 영채의 심리를 설명하
면서, 죽음과 관련시켜 어둡고 슬픈 분위기를 만들기보다는 오히려,
밝고 희망적인 분위기로 서술을 이어가고 있다. 창밖의 풍경을 내다보
던 영채는 어느덧 자신이 죽으러 가고 있다는 사실까지 잊어버리게
된다.

　사실 기차에 탑승한 순간부터 영채는 죽음에서 벗어난 인물이 된다.

---

19) 위의 책, p.86.

그것은 기차라는 공간이 기지고 있는 특성 때문인데, 창밖이 풍경을 자신과 동떨어진 것으로 인식하는 순간, 그녀의 마음속에는 이미 부당한 현실에 대한 인식과 함께 삶에 대한 의지가 생긴 것이다. 물론 그러한 인식과 의지가 그대로 발현되는 것은 아니다. 그를 위해서는 병욱이라는 조력자가 요구된다.

영채와 병욱이 처음 만나는 장면에서 이루어진 행동이 영채의 눈에 들어간 석탄가루를 병욱이 꺼내주는 것이라는 설정은 매우 의미심장하다. 이는 그들의 관계에 대한 암시라고도 할 수 있다. 병욱은 영채의 눈을 뜨게 하는 사람, 즉 근대문물을 소개하고 학습시키는 교사 역할을 담당하기 때문이다.

> ① 「안이오 영칙씨는 지금ᄭᅡ지 ᄭᅮᆷ을ᄭᅮ고 지나셧지오 얼골도 잘 모르고 마음도 모르는 사름에게 엇더케 마음을 허합닛가 그것은 다만 그릇된 날근 사상의 속박이지오 사름은 졔 목슴으로 삼니다 졔가 사랑ᄒ지안는 지아비가 어디 잇겟셔요 ᄒ넛간 영칙씨의 과거사는 ᄭᅮᆷ임닌다 이졔부터 참 성활이 열니지오」
>
> 영칙는 이말을 듯고 놀닛다 (……) 이러케 성각ᄒ미 영칙는 잘못 성각ᄒ얏던것을 ᄭᅢ닷는 성각과 ᄯᅩ 아즉 졀명ᄒ얏던 즁에 시로운 광명을 발ᄒ는듯ᄒ얏다 (90회, pp.527-528)

병욱은 영채를 설득하여 자살할 결심을 포기하도록 만든다. 이 장면에서 주목되는 것은 설득이라는 행위이다. 병욱이 사용한 언어는, 동정하고 위로하는 감정적인 언어가 아니라 설명하고 설득하는 논리적인 언어인데, 설명과 설득은 이성적 언어체계(logos)이고 문명의 언어이며 남성의 언어이다.[20] 또한 그것은 영채의 아버지 박진사가 사용

---

20) 구현정은 남성이 사용하는 언어와 여성이 사용하는 언어에는 성(性)선호적 차이가 발견된다고 전하면서, 그와 같은 차이가 발생하는 이유로 ① 사회적 역할의 차이 ② 생활 영역의 차이 ③ 문화적 차이 ④ 기질적 차이 등을 언급한다. 이로 인해 남성어(男性語)는 혁신적·객관적·이성적·격식적·직접적인 속성을 가지게 되고, 여성어(女性語)는 보수적·주관적·감성적·친

했던 언어이기도 하고, 형식이 사용하는 언어이기도 하다. 이러한 배경을 갖추고 있기 때문에, 병욱의 설교는 영채의 심리를 전환시킬 수 있는 힘을 가지는 것이다. 이것은 앞서의 ⓐ와 ⓑ에서 형식이 경험하는 외국어와 유사한 부분이라고 하겠다.

이러한 심리적인 전환이 원활하게 이루어지도록 만들어주는 것이, 바로 기차라는 공간이 가지는 힘이다. 이처럼 영채에게 있어서 기차는 몽매(蒙昧)에서 개안(開眼)으로, 전근대에서 근대로, 죽음에서 삶으로 이행되는 공간이라고 하겠다.

이와 같은 공간의 힘은 영채에게만 국한되는 것은 아니다. 그것은 형식에게도 역시 유사한 기능을 발휘하는데, 특히 영채를 찾지 못하고 평양에서 돌아오는 기차 안에서 이루어지는 형식의 깨달음이 그러한 예이다.

> ① 즈긔가 지금것 「올타」, 「그르다」, 「슯흐다」, 「깃부다」 ᄒ여온것은 결코 즈긔의 지의 판단(知의 判斷)과 정의 감동으로(情의 感動)으로 된것이안이오 온젼히 견습(傳襲)을 ᄯᅡ라 사회의 습관(社會의 習慣)을 ᄯᅡ라 ᄒ여온것이엿다 녜로브터 올타ᄒ니 즈긔도 올타ᄒ얏고 남들이 됴타ᄒ니 즈긔도 됴타ᄒ얏다 다만 그ᄲᅮᆫ이로다 (……) 나는 내가 올타ᄒ던것도 녜로부터 그르다 흠으로 ᄯᅩ는 남들이 올치안타흠으로 더 싱각ᄒ지도 안이ᄒ야보고 그것을 녀여바렷다 이것이 잘못이로다 나는 나를 죽이고 나를 바린것이로다 (……) 즈긔는 다른 아모러ᄒ 사ᄅᆷ과도 ᄯᅩᆨ ᄀᆺ지안이ᄒ 지와 의지와 위치와 ᄉ명과 싴칙(色彩)가 잇슴을 ᄭᅵ다랏다 그리고 형식은 더흘슈업는 깃붐을 ᄭᅵ다랏다
> 형식은 우스며 챠창으로 녀여다본다 (65회, pp.398-399.)

형식은 결국 영채를 찾지 못하고 평양거리만 헤매다가 되돌아오는데, 그의 이런 행동에 대해 "작자는 이 기괴하고도 모순된 형식의 행

화적·간접적인 속성을 가진다고 설명한다. : 구현정, 『대화의 기법』, 한국문화사, 1997, pp.236-238. 참고.

동을 속여 넘기기 위해서, 동기(童伎) 계향의 적삼 둥에 땀이 내배인 이야기며, 평상 위에 앉아서 몸을 흔들거리고 있는 〈탕건 쓴 노인〉등 을 등장시켰지만, 이 모든 것은 단지 작자의 사기술(詐欺術)에 지나지 않는다"[21]라는 비판도 제기되었다.

하지만 이는 형식의 행동에 대한 표면적인 이해에 지나지 않는다. 계향과 함께 평양 시내를 걸어 다녔던 형식이 발견하는 것은, 당시의 시대상황에 대한 인식, 즉 ⑧에 제시된 것처럼 쉽게 합일될 수 없는 세대가 혼재되어 있다는 사실이었다. 그것이 나타내는 인물들이 자본 과 관습의 노예가 되기 직접의 누이인 계향과 화석(化石)처럼 굳어버 린 구시대의 인물인 노인이라고 할 수 있다. 이들에 대한 서술자의 관 심이 단순한 사기술은 아니라는 사실은, 연재 마지막 회에 해당하는 에필로그를 통해서 확인할 수 있다.

> ⓚ 한가지 불상흔것은 형식이가 평양에 갓슬적에 다리고 칠성문으로 나가던 계향이가 엇던 부즈집 방탕흔 즈식의 첩이 되어갓다가 미독을 올리고 게다 가 남편흔데 쫏겨나기ᄭᆞ지ᄒᆞ야 아됴 격막ᄒᆞ게 신고홈이 아마 형식이가 돌아 와서 이 말을 들으면 미우 슬퍼홀 것이다 그 어엿부던 얼골이 말못되게 초 최ᄒᆞ야 이졔ᄂᆞᆫ 누구 돌아보아쥬ᄂᆞᆫ이도 업게되엇다
> (……) 또 한가지 말홀것은 칠성문밧 형식이가 돌부쳐라ᄒᆞ던 그 노인은 아직도 건강ᄒᆞ야 십여일젼부터 퇴마루에 나와안져서 몸을 흔들거리고잇다 다만 달라진것은 그 감투가 젼보다 더 날거졋슬ᄯᅮᆫ (126회, pp718-719)

이처럼 『무정』의 서술자는 마지막까지 두 인물에 대한 관심을 놓지 않고 있다. 그만큼 평양에서의 경험이 중요한 의미를 가지는 것이며, 이런 경험이 있기 때문에 뒤에 이어어지는 기차에서 이루어지는 형식 의 깨달음이 가능해진다.

지금까지 살펴본 것처럼, 『무정』에 등장하는 기차는 인식이 이루어 지는 공간으로 기능하고 있으며, 그러한 인식을 통해서 등장인물의 생

---

21) 김동인, 앞의 책, p.32.

각이 전혀 다른 방향으로 전환될 수 있는 가능성이 형성된다고 하겠다. 즉, 기차는 전이(轉移)의 공간, 현실에 대한 인식을 토대로 패러다임의 전환을 예비하는 공간인 것이다.

'기차'라는 공간이 가치는 전이라는 특성은, 완결되는 행동을 의미하는 것이 아니다. 그것은 생각과 동작의 진행을 의미하며, 이런 점에서 완결의 속성이 강한 '도시'와 '하구'라는 공간과 구분된다고 하겠다.

3) 하구 : 전환의 공간

『무정』에 등장하는 강(江), 혹은 물의 이미지는 대부분 슬픔과 죽음의 이미지를 포함하고 있다. 무지몽매한 세상을 개탄하면서 대동강에 투신자살한 평양 기생 계월화와 관련된 서술이 그러하며[22], 정절을 빼앗긴 뒤에 자살을 결심한 영채가 떠올리는 강물의 이미지도 역시 그러하다. 이외에도 작품의 전반에 걸쳐 물의 이미지가 나타나고 있으나, 이들의 의미는 대동소이하다.

그러나 작품의 후반부에 나오는 삼랑진 홍수 장면은 이들과는 사뭇 다른 이미지를 내포하고 있다. 물론 홍수 그 자체는 앞서 나온 강물들의 이미지와 비슷하다. 아니 오히려 자연이 가진 파괴력이 강조되어 어떤 강물보다 강한 죽음과 파괴의 이미지를 표현하고 있다.

① 과연 대단ᄒ 물이로다 좌우편 산을 남겨노코ᄂ 원통 싯벌건 흙물이로다 강 한가운듸로 굼실〃〃 소용도리를 쳐가며 흘러나려가ᄂ 물소리가 들리ᄂ ᄒ고 그 물들이 좌우편에 늘어션 산굽이를 파셔 얼마안니되면 그 산들의 밋

---

22) 계월화는 자신이 태어난 시대를 한탄하면서 자신을 대동강에 비유하고 있다. : "월화ᄂ 성당시듸 강남에 나지못ᄒ것을 한ᄒ얏다 탁문군은 ᄌ긔언마ᄂ 봉황곡으로 ᄌ긔를 후리ᄂ ᄉ마샹여의 업슴을 한ᄒ얏다 월화의 ᄉ각에ᄂ 하ᄂᆯ이 대동강을 너시ᄆ 모란봉을 ᄯᅩ 너섯스니 <u>계월화ᄂ 대동강이되려니와 누가 모란봉이 되야 봄에ᄂ 곳으로 가을에ᄂ 단풍으로 그 그림ᄌ를 부벽루 압헤 비최리오</u> ᄒ얏다" (31회, pp.206-207. 밑줄 강조 인용자.)

이 싸저나길깃又다

　길이좁아셔 미쳐 싸지지를못ㅎ야 우묵ㅅㅅ흔 웅커리라ᄂ 웅커리ᄂ 하나도 남거노치안코 쓸어들어셔 진을 치고 압션 물들이 다나려가기를 기다리ᄂ것 갓다 길을 일흔 물은 사름사ᄂ 촌즁에ㅅ지 침입ㅎ야 사름들을 다 니어몰고 방안 부억 벽장ㅎ것업시 왼통 졈령을ㅎ고말앗다 그러고 집을 일흔 사름들은 모다 ᄋᆞ희를 업고 늙은이를 잇고 놉흔데ㅅㅅㅅ를 챠자 산으로 긔어오른다 (119회, pp.677-678)

　이러한 삼랑진 홍수 장면이 새로운 의미를 가지게 되는 것은, 기차라는 공간과 결합되면서부터이다. 당시의 기차는 화차(火車), 즉 증기기관차이다. 이 점을 감안한다면, 이때의 기차는 '불'의 상징으로 파악된다. "불은 생명이고, 생명은 하나의 불"[23]이라는 명제처럼 '불'은 생명력, 혹은 '초생명(超生命, ultra-vivant)'의 상징이다.

　이와 같은 기차의 상징성에, 홍수가 가진 물의 상징인 여성성과 탄생의 속성[24]이 결합되어 새로운 의미가 만들어지는 것이다. 기차는 홍수가 일어난 지점에서 멈춰 선다. 이는 생명의 상징인 '불'과 모성(母性)의 상징인 '물'의 결합이라고 할 수 있다. 그러므로 홍수 속으로 진입하는 기차, 혹은 기차와 홍수가 만나는 삼랑진이라는 공간은 아버지와 어머니의 결합에 대한 상징이 된다.

　여기에 '증기기관'이라는 근대문명의 속성이 첨부되어 상징적인 효과를 배가시키고 있다. '증기기관'은 수증기를 동력으로 움직이는 기관이다. 즉, '불'과 '물'이라는 원소를 '뜨거운 증기(蒸氣, l´humidité chaude)'[25]라는 에너지로 전환시키는 장치인 것이다. 그러므로 이러

---

23) Gaston Bachelard, 앞의 책, p.72.

24) Sigmund Freud, 임홍빈 · 홍혜경 역, 『정신분석강의(*Vorlesungen zur Einführung in die Psychoanalyse*)』, 열린책들, 1997, p.217.

25) Gaston Bachelard, 이가림 역, 『물과 꿈(*L´eau dt les rêves*)』, 문예출판사, 1980, p.144. : 바슐라르는 "상상력이 물과 불의 영속적인 결합을 꿈꿀 때, 독특한 힘을 가진 혼합적인 물질적 이미지를 이루는 것"이라고 설명하면서, 이와 같은 상태를 '뜨거운 습기'라고 규정한다. 또한 이것은 우주발생적인

한 증기기관, 혹은 '불'의 상징인 기차와 '물'의 상징인 홍수의 결합은 창조와 전환의 상징이 된다.

이러한 심리적인 상징들에 의해서 삼랑진은 '불꽃으로 타는 물'의 상태, 즉 알코올로 충만한 공간이 된다. 그렇기 때문에 이와 같은 공간에 모인 인물들의 정신적 구조는 커다란 변화가 이루어질 수 있도록 준비되는 것이다. 즉, 기차가 가지는 불의 상징성과 하구가 가지는 물의 상징성, 그리고 불과 물이 혼합된 증기기관의 상징성으로 인해, 삼랑진이라는 공간은 창조성으로 충만한 공간으로 거듭나게 되는 것이다.[26]

이에 따라 등장인물들의 정신구조에도 급격한 변화가 이루어지는데, 이는 수재민 산모에 대한 간호, 삼랑진 역사(驛舍)에서의 자선음악회, 여관방에서의 연설 등의 행위를 거치면서 단계적으로 이루어진다. 이 단계들은 각각 인식의 전환, 정서적 일체감 형성, 심리적인 지위상승 등으로 설명될 수 있다.

먼저 이루어지는 변화는 수재민 산모를 응급치료하기 위해 팔다리를 주무르는 행위를 통해서 시작된다. 산모는 온몸이 흙투성이가 된 처참한 몰골을 하고 있다. 이를 지켜보는 영채와 선형은 얼굴을 찡그리고, 특히 선형은 "무셔운것이나본드시 진져리를치며 한거름 물러션

(cosmogonique) 몽상에 있어서의 '뜨거운 자기'로 환치되는데, 이것이야말로 활기 없는 대지에 생지를 불어넣어, 대지에 살아있는 모든 형태를 출현시킨다고 설명했다.

26) 불과 물의 결합인 알코올의 상징을 가진다는 점에서, 삼랑진을 창조적인 공간으로 파악할 수 있는 근거가 제시된다(Gaston Bachelard, 『불의 정신분석』, 앞의 책, p.109. 참고.). : "알코올적 무의식은 하나의 깊은 실재성이다. 알코올은 단순한 심적 잠재성을 자극하는 것으로 생각되어진다고 한다면 잘못 생각하고 있는 것이다. 사실은 알코올이 그것들의 잠재성을 만들어내고 있는 것이다. 그것은 말하자면 자기를 표현하고자 애쓰는 자에게 자기를 합치시키는 것이다. (……) 박쿠스(Bacchus)는 훌륭한 신이다. 이성을 당황케 함으로써 그는 윤리의 경직을 막고 이성의 창조성을 끄집어낸다."

다." 그러나 다음 순간, 그들은 응급치료를 하기 위해 신모의 팔다리를 잡고, 그들의 손은 흙으로 더럽혀진다.

ⓜ 병욱이가 젹삼소매와 치마를 것고 안져셔 부인의 손을 쥐물며
　「얘 영칙야 자 위션 좀 주물느자」
　영칙도 병욱과갓치 쇼매와 치마를 것고 로파의 뒤로 가며
　「자 어머니는 좀 일어납시오」 ᄒ고 즉긔가 대신 병인을 안으려 흔다
　「윈걸요 이러케 젼신이 흙투셩이야요 고운 옷에 흙 무드리다」 ᄒ고 좀쳐름 듯지안이흔다 ᄒ을일업시 영칙는 그겻헤 안져셔 허틀어진 부인의 머리를 거누어준다 션형은 안져셔 발과 다리를 주물는다 구경군들이 쥭 둘러션다 셰 쳐녀의 하얀 손에는 눌흔 흙이 뭇는다 (121회, pp.689-690.)

　그들은 손을 더럽히는 행위를 통해서 모성(母性)을 획득하게 된다. 즉, 처녀에서 어머니로 변모하는 것이다. 어머니와 처녀는 같은 여성이지만, 그들이 상징하는 바는 서로 다르다. 처녀가 정조를 지키면서 순결한 존재라면, 어머니는 정조를 지키지만 순결하지 않은 존재이다. 어머니는 아버지와 관계를 맺어 순결을 상실했다. 그러나 바로 그러하기에 어머니는 처녀와는 다르게 새로운 생명을 잉태할 수 있다. 순결한 처녀는 생명을 잉태할 수 없지만, 순결하지 않은 어머니는 생명을 잉태할 수 있다. 그러므로 어머니가 되기 위해서는 순결을 상실하는 행위, 몸이 더럽혀지는 행위가 동반되어야 한다.

　위의 인용에서 순결의 상실에 대한 상징이 나타난다. 병자를 살리기 위해서 더럽혀지는 처녀들의 하얀 손은, 생명을 잉태하기 위해서 상실되는 순결을 의미하고, 이를 통해서 이들은 어머니의 지위를 획득하게 된다. 이들이 구하려는 병자가 산모라는 점이 이 장면의 상징성을 더욱 배가시키고 있다.

　다음 변화는 삼랑진 역사에서의 자선음악회를 통해서 일어난다. 음악은 감정을 고조시키고 교감을 통해 확산시키는 작용을 하는데, 이는 자선음악회 장면에서도 같은 작용을 일으킨다. 음악을 통한 감정의 증폭

작용을 통해 영채와 선형 사이의 갈등이 사라지고 화해가 이루어지며, 확대작용을 통해서 그들의 화해는 형제애적인 동질감으로 이어진다.

> ⓝ 선형도 앗가 영치가 「졔 물늙혀 옥게요」 ㅎ고 즈긔의 손목을 잡아 안칠 쩍부터 츠츠 영치가 졍다운 싱각이 나고 쏘 영치가 지은 노릭를 셋이 합챵 홀쩍에는 영치의 손을 잡아쥬도록 졍다운 싱각이 나고 쏘 지금 셰 사룸이 일졔히 「우리지오!」 홀쩍에 더욱 영치가 졍답게되얏다 그러고 형식이가 지금 병욱과 문답홀쩍에는 그 얼골에 일죵 거룩ㅎ고 엄슉흔 긔운이 보여 지금것 즈긔가 그에게 딕ㅎ야 ㅎ여오던 싱각이 죄송흔듯ㅎ다 즈긔는 언졔〻지 형식 과 영치를 ㅈ치 ᄉ랑ㅎ고십헛다 (124회, p.708)

이러한 화해와 동질감 형성을 통해 영채와 선형은 정서적 일체감을 경험하고, 하나의 상징으로 치환된다. 자선음악회가 형식이 아닌 여성 인물들에 의해서 주도되었던 이유는, 그 장면이 영채와 선형의 정신 구조가 재편되는 계기로 작용하기 때문이다.

여성인물들이 이렇게 심리적 전환을 경험한다면, 형식의 변화는 마 지막에 집중되어 일어난다. 그의 변화를 유도하는 것은 앞서 이루어진 영채와 선형의 변화이다. 여성인물들의 변화가 음악회를 통해서 이루 어지는데 비해서, 남성인물인 형식의 변화는 연설을 통해서 이루어진 다. 이미 지적된 것처럼, 이성적인 언어는 남성성의 상징이다. 그러므 로 형식이 여관방에서 연설을 하는 행위는, 그의 남성성이 증폭되었다 는 사실을 증명한다.

늘 흔들리고 방황하던 인물인 형식이 자신의 생각을 소리 높여 주장 하는 것은 오직 이 장면에서 뿐이다. 앞서의 ⓘ에서 형식이 깨달았던 것, 즉 다른 사람에게는 없는 자신만의 지식과 의지와 위치와 사명과 색채를 이 장면에서야 발현하는 것이다. 이런 형식의 변화는 아버지의 위치로 격상된 소년을 연상하게 하는데, 앞서 불의 특성으로 표현한 '프 로메테우스 콤플렉스'가 오이디푸스 콤플렉스적인 요소를 포함하고 있 다는 사실[27]을 감안한다면, 이 설명은 충분한 가능성을 가진다.

ⓒ 일동의 졍신은 긴장ᄒ얏다 더ᄀ나 영ᄎᄂ 아지도 이러ᄒ 큰 문뎨를 론나 ᄒᄂ 것을 듯지못ᄒ얏다 (……) 형식은

「올습니다 교육으로 실힝ᄋ로 져들을 가라쳐야지오 인도히야지오! 그러나 그것은 누가 ᄒ나요?」ᄒ고 형식은 입을 ᄭ 담은다 셰 쳐녀ᄂ 몸에 쇼름이 ᄭ친다 형식은 한번더 힘잇게

「그것은 누가 ᄒ나요?」ᄒ고 셰 쳐녀를 골고로 본다 셰 쳐녀ᄂ 아직도 경험 ᄒ여보지못ᄒᄂ한 말ᄒ슈업ᄂ 졍신의 감동을 ᄭ다랏다 그리고 일시에 소름이 ᄶ ᄭ쳤다 형식은 한번더

「그것을 누가 ᄒ나요?」ᄒ얏다

「우리가 ᄒ지오!」ᄒᄂ 대답이 긔약ᄒ지아니ᄒ고 셰 쳐녀의 입에서 쩔어진다 네 사름이 눈압헤ᄂ 불길이 번젹ᄒᄂ듯ᄒ얏다 마치 큰 디진이 잇셔서 원샹이 쩔리ᄂ듯ᄒ얏다 (124회, pp.706-707)

이러한 과정을 통해 이루어지는 등장인물들의 심리변화와 아울러, 위의 인용에서 주목되는 부분은 '방'의 상징성이다. 방은 물과 함께 여성성의 상징이면서, 특히 어머니의 자궁을 상징하는 공간이다.[28] 이러한 공간 상징을 생각할 때, 형식의 연설은 아버지의 목소리이면서, 또한 어머니의 자궁을 울리는 목소리라고 할 수 있다. 그러므로 방안을 울려 퍼지는 연설은 생명 잉태를 위한 행위가 된다.

지금까지 살펴본 것처럼 등장인물들은 급격한 변화를 겪는다. 이러한 변화의 배경에는 각각 '홍수가 난 삼랑진'·'삼랑진 역사'·'여관방'이라는 공간이 놓이는데, 이 공간들은 넓은 공간에서 좁은 공간으로 축소되는 경향을 보인다. 이러한 축소경향은 등장인물들의 심리를 하나로 집약시켜서 강한 정신에너지를 응집시키는 기제로 작용한다.

이와 같은 일련의 변화과정에서 다시 한 번 주목되는 것은 홍수의 상징성이다. 삼랑진에서 일어나는 모든 변화는 홍수에 의해서 유도되었고, 이러한 홍수 경험을 통해서 여성인물들에게는 모성(母性)에 대한 자각, 그리고 남성인물에게는 부성(父性)에 대한 자각이 이루어지

---

27) Gaston Bachelard, 『불의 정신분석』, 앞의 책, p.43.

28) Sigmund Freud, 앞의 책, pp.221-224.

기 때문이다.

홍수는 단순한 물이 아니라 '큰 물'이다. 그러므로 어머니의 상징인 물에 비해서, 홍수는 '위대한 어머니(Great-Mother)'[29]의 상징이라고 할 수 있겠다. 일반적인 어머니가 개인들을 탄생시키고 양육하는 존재인 것에 비해서, 위대한 어머니는 개인이 아니라 집단, 즉 '나'가 아니라 '우리'를 형성시키는 존재이다.

이러한 '홍수'의 상징을 통해서 등장인물들의 정신에너지는 소아적 (小我的) 고민을 끝내고, 대아적(大我的) 고민, 즉 민족에 대한 고민으로 전환되는 것이다. 그것은 도시라는 공간에서 이루어졌던 근대문명과 당대의 현실에 대한 인식이, 기차라는 공간을 통해서 전이되고, 마침내 하구라는 공간에서 민족적 관심으로 전환되는 것이다. 이처럼 『무정』은 각 공간의 역할에 따라서 작품의 서술이 진행되고 그에 따라 주체의 표출도 이루어지는 구조를 가진다.

3. 결 론

지금까지 본고는 이광수의 『무정』에 대한 공간구조 분석을 실시해 보았다. 공간은 시간과 함께 소설작품을 이루는 중요한 구성성분임에도 불구하고, 그 동안의 소설 연구에서는 이를 쉽게 간과해 왔다. 그러나 인생이 시간과 공간의 제약을 받고 있으며, 예술작품은 그런 인

---

29) 위대한 어머니는 "집단의 문화적 경험으로부터 도출된 일반적인 상을 명명하는 것"으로, "하나의 이미지로서의 어머니는 원형적 충족뿐만 아니라 긍정적이고 부정적인 극성(極性)을 나타낸다"고 설명된다. 특히 위대한 어머니의 경우는 "어둡고 신비한 농경적인 외양으로, 그리고 거룩한 천상의 성녀의 형태로 이분"되어 형상화되는데, 홍수는 전자의 형태로 표현되는 위대한 어머니의 모습이다. : Andrew Samuels 외, 『융분석비평사전(A Critical Dictionary of Jungian Analysis)』, 동문선, 2000, pp.105-107. 참고.

생을 모방한다는 사실이 부정되지 않는 한 문학작품 속의 공간문제에 대한 중요성도 역시 무시될 수 없는 것이라고 하겠다.

특히 『무정』에 대한 수많은 연구가 진행되어 왔음에도 불구하고, 작품 자체에 대한 면밀한 분석은 이루어지지 못했으며, 특히 작품 속에 내재되어 있는 공간구조에 대한 문제는 거의 언급되지 않았다.

이러한 문제의식을 바탕으로 본고는 『무정』에 포함되어 있는 여러 공간 중에서도 작품의 서술을 주도하는 도시 · 철도 · 하구(河口) 등의 세 가지 공간을 선정하였고, 이에 대한 분석을 실시하였다.

먼저, 『무정』에 나타난 '도시'는 인식의 공간으로 작용했다. 주로 서술자와 형식의 시각을 통해서 제시되는 이 공간은 근대문명을 자각하는 공간이며, 이상과 현실의 괴리를 경험하는 공간이다. 특히 이 공간은 어린 시절 형식이 보았던 성냥과 석유에서 비롯되어 전기불로 이어지는 불의 이미지와, 알아듣지 못했던 일본에서 시작하여 청년이 되어서는 능숙하게 사용하는 외국어 어휘로 이어지는 소리의 이미지를 통해서 표현되었다.

그러나 근대문명을 설명하는 서술자의 태도가 무조건 호의적이기만 한 것은 아니다. 이것은 도시 공간의 압축된 형태라고 할 수 있는 김장로의 방을 설명하는 부분에서 분명하게 제시되는데, 서술자는 문명 그 자체에는 긍정하고 있지만, 그것을 수용하는 사람들의 무지함을 비판하고 있다. 바로 이 부분에서 제기되는 것이 교육의 중요성이었다.

다음으로 나타나는 '기차'는 전이(轉移)의 공간으로 작용했다. 이는 등장인물들이 이상적인 공간에 진입하기 위한 준비단계라고 할 수 있는데, 기차라는 사물 그 자체에서부터 근대문명적인 속성이 강하게 나타나지만 그보다는 더 주목되는 것은 기차를 통해서 이루어지는 여행이라는 행위였다. 기차여행은 근대문명이 만들어낸 놀라운 경험 중의 하나인데, 그 동안은 인간과 합일되는 존재로 받아들여졌던 자연을 객관화시켜 정복의 대상으로 인식하게 만들었기 때문이다.

『무정』에 나타나는 기차 여행이 모두 깨달음을 동반하고 있다는 사실도 그런 개념에 부합되는 것이다. 즉 기차는 가장 근대적인 공간이자 교육의 공간으로 작용하고 있는 것이며, 이 공간을 통과함으로써 등장인물들은 새로운 패러다임을 형성하게 된다고 하겠다.

마지막으로 하구(河口)는 전환(轉換)의 공간으로 작용했다. 『무정』에 등장하는 강(江), 혹은 물의 이미지는 대부분 회한과 죽음의 이미지를 포함하고 있는데, 유일하게 삼랑진 홍수 장면에서는 그런 분위기가 나타나지 않았다. 이 장면이 의미를 가지게 되는 것은, 기차라는 공간과 결합되면서부터이다.

당시의 기차는 화차(火車), 즉 증기기관차였다. 그러므로 기차는 '불'과 생명의 상징이 된다. 그에 비해서 홍수는 여성성과 탄생의 속성을 가진 '물'의 상징이 된다. 그러므로 홍수 속으로 진입하는 기차, 혹은 기차와 홍수가 만나는 삼랑진이라는 공간은 아버지와 어머니의 결합에 대한 상징이라고 할 수 있다. 여기에 불과 물을 에너지로 전환시키는 증기기관의 이미지가 포함되면서 삼랑진이라는 공간이 가진 상징성이 배가되었다.

이에 따라 등장인물들의 정신구조에도 수재민 산모에 대한 간호, 삼랑진 역사(驛舍)에서의 자선음악회, 여관방에서의 연설 등의 행위를 거치면서 단계적으로 전환되는데, 각 단계들이 가지는 의미는 인식의 전환, 정서적 일체감 형성, 심리적인 지위상승 등으로 설명될 수 있다. 이러한 과정을 거쳐서 등장인물들의 인식은 대아적(大我的) 고민으로 전환된다.

이처럼 『무정』은 각 공간의 역할에 따라서 작품의 서술이 진행되고, 그에 따라 주체의 표출도 이루어지는 구조를 가진다. 본고의 분석 작업만으로 『무정』에 포함되어 있는 모든 의미구조가 파악되었다고는 생각되지 않는다. 그러나 이러한 시도를 통해서 이광수와 그의 작품에 대한 이해의 지평을 넓히는데 도움을 주었으리라고 기대한다. 아울러 소설작품의 공간구조가 가지는 중요성도 다소간 부각되었으리라고 기대하넌서 작품분식을 마친다.

▣ 참고문헌

김 철, 『바로잡은 《무정》』, 문학동네, 2003.

구현정, 『대화의 기법』, 한국문화사, 1997.

권택영, 『소설을 어떻게 볼 것인가』, 문예출판사, 1995.

김동인, 『춘원연구』, 춘조사, 1959.

김영민, 「남·북한에서 이광수 문학 연구사 정리와 검토」, 연세대학교 국학연구
　　　원 편, 『춘원 이광수 문학연구』, 국학자료원, 1994.

김윤식, 『이광수와 그의 시대』, 솔, 1999.

백 철, 『조선신문학사조사』, 수신사, 1948.

전상국, 『소설창작교실 : 당신도 소설을 쓸 수 있다』, 문학사상사, 1991.

정한숙, 『현대소설창작법』, 웅동, 2000.

조동일, 『한국문학통사』 4권, 지식산업사, 1994.

최영석, 「이광수 해석의 역사」, 《작가세계》, 2003년 여름호.

가라타니 고진, 박유하 역, 『일본근대문학의 기원(日本近代文學の基源)』, 민음사,
　　　1994.

Andrew Samuels 외, 『융분석비평사전(A Critical Dictionary of Jungian
　　　Analysis)』, 동문선, 2000.

Gaston Bachelard, 민회식 역, 『불의 정신분석(La psychanalys du feu)』, 삼
　　　성출판사, 1990.

＿＿＿＿＿＿＿＿＿, 이가림 역, 『물과 꿈(L′ear dt las rêves)』, 문예출판사,
　　　1980.

Jeoraldean McClain "Time in the visual arts : Lessing and Modern
　　　Criticism", The Journal of Aesthetics, fall 1985, vol.XLⅣ, no.1.

Joseph Frank, "Spatial Form in Modern Literature", The Idea of Spatial
　　　Form, Rutgers Univ. Press, 1991.

R. Wallek & A. Warren, *The Theory of Literature*, Penguin University Book, 1973.

Sigmund Freud, 임홍빈·홍혜경 역, 『정신분석강의(*Vorlesungen zur Einführung in die Psychoanalyse*)』, 열린책들, 1997.

Wolfgang Schivelbusch, 박진희 역, 『철도 여행의 역사(*Geschichte der Eisenbahnreise*)』, 궁리, 1999.

김승옥 소설에 나타난 '고향'의 의미

-「무진기행」에 나타난 창작방법론을 중심으로

1. 서 론

고향은 인간이 인식하는 최초의 공간이다. 인간은 고향을 통해 자아
를 인식하고, 사회를 인식하며, 조국을 인식한다. 그러므로 인간에게
있어서 고향은 세계의 중심이고, 공간에 대한 모든 인식은 고향을 바
탕으로 이루어진다.[1] 고향에서 태어난 아이는 가족과 이웃의 보호를
받으며 공동체 정서 속에서 자라고, 그들과의 관계를 맺으며 가치관을
형성한다. 또한 고향에서 형성된 가치관은 아이가 성장하면서 만나게
되는 다른 공간의 사람과 가치관을 평가하는 기준으로 작용한다. 새로
이사한 동네에서 우리가 발견하는 것은, 낯선 풍경 그 자체가 아니다.
고향에는 있었는데 여기에는 없는 것들, 혹은 고향에는 없었지만 여기
에는 있는 것들에 대한 발견, 즉 고향과의 차이점에 대한 인식이다.

그러나 이것은 일반론에 지나지 않는다. 현대의 소설작품에 이러한
고향의 전통적인 개념을 그대로 적용시키기는 어렵다. 루카치(Georg
Lukács)가 이미 언급했던 것처럼, 현대의 사회는 '선험적 고향 상실성
(transzendentale Obdachlosigkeit)'[2]을 가지고 있고, 이는 현대를 대

---

1) Yi-Fu Tuan, 구동회 · 심승희 역, 『공간과 장소(*Space and place : the perspective
of experience*)』, 대윤출판사, 1995, p.239.

2) Georg Lukács, 반성완 역, 『루카치 소설의 이론(*Die Theorie des Romans*)』,
심설당, 1985, p.40.

표하는 문학양식인 소설에도 그대로 적용되기 때문이다. 현대인들에게
있어서 전통적 의미를 가진 고향은 더 이상 존재하지 않는다. 물론 태
어난 곳과 자란 곳이야 엄연히 존재하지만, 그곳들은 단순한 장소 이
상의 의미를 가지지 못한다. 적어도 우리 사회에 산업화가 진행된 이
후의 고향은, 전통적인 고향이 가지고 있던 기능은 많은 부분 사라져
버렸다.

　김승옥의 소설에는 이와 같은 고향의 변화 양상이 잘 표현되어 있다.
작가 스스로도 인정하는 것처럼, 그는 흔히 1960년대를 대표하는 작가
라고 평가된다.3) 이러한 평가의 대표적인 예로는 유종호의 「감수성의
혁명」을 들 수 있는데, 그는 김승옥 소설에 나타난 새로운 세계 인식
방법에 주목하여, 이를 그가 앞선 세대의 작가들과 변별되는 부분이라
고 설명했다.4) 또한 천이두는 엄숙한 교훈주의에 빠져있던 1950년대
소설의 전통적 사실주의에 대항하여 생기발랄한 감수성이 대두되었던
것이 1960년대 소설의 특징이라고 지적하면서, 특히 김승옥의 소설은
추상적 개념의 차원이 아닌 존재로서의 고독을 형상화하는데 성공했다
고 평가했다.5) 그러나 이러한 평가들은 앞선 세대의 소설들과의 다소

---

3) 김승옥은 1995년 발간된 〈김승옥 소설전집〉에 수록된 작가의 말에서 "언제부
　터인가 나에게 '60년대 작가'라는 별칭이 붙어 다니는 데, 아닌 게 아니라 이
　제 보니 이 카테고리야말로 1960년대 상황 인식이라는 걸 깨닫게 되는 것이
　다. 1960년대를 고려하지 않는다면 내가 써낸 소설들은 한낱 지독한 염세주
　의자의 기괴한 독백일 수밖에 없을 것이다. 1960년대라는 조명을 받음으로써
　비로소 소설들은 일상적인 모습으로 동작하는 것이다"라고 설명한 바 있다
　(김승옥, 「작가의 말 : 나와 소설 쓰기」, 『무진기행』 김승옥 소설전집 1권,
　문학동네, 1995, p.8.).
　이 전집을 논문의 분석 텍스트로 삼는다. 이는 작가 자신이 이 전집을 지난
　창작과정의 일단락이자, '다시 소설 쓰기를 시작할 수 있는 충격요법'으로 파
　악하고 있기 때문에, 원전으로의 가치가 충분하다고 판단되었기 때문이다. 이
　하 이루어진 작품 인용은 제목과 이 책의 면수만을 밝힌다.
4) 유종호, 「감수성의 혁명」, 『문학과 현실』, 민음사, 1975, pp.141-143.
5) 천이두, 「한국소설의 전망」, 『한국 현대 소설론』, 형성출판사, 1983, pp.272-273.

막연한 비교를 통해 도출된 상대적 평가라는 한계를 가진다.

　김승옥 소설이 1960년대를 대표하는 시대적인 의미를 가진다면, 그것은 그의 소설이 시대의 특징을 분명하게 다루었다는 의미가 된다. 이는 작가의 관심이 특정한 개인적인 감정 문제에 국한되었던 것이 아니라, 개인의 범주를 넘어 당시의 사회 전반에 걸친 가치 변화를 민감하게 인식했다는 의미이다. 우리 사회에서 1960년대는 매우 복잡다단한 의미망을 형성하고 있다. 그중에서도 가장 두드러지는 것은 산업화가 시작되었다는 사실이다. 이는 이후 우리 사회의 성격을 결정하는 중요한 요인으로 작용했으며, 이로 인해 우리의 전통적 가치체계는 급격한 변화를 겪게 된다. 고향은 이러한 변화에 가장 민감하게 반응할 수밖에 없었던 공간이다.

　이 논문은 김승옥의 대표작인 「무진기행(霧津紀行)」을 중심으로, 그의 소설에 제시된 산업화시대 고향의 변모 양상을 파악하고자 한다. 이는 소설 작품에 표현된 작가의 창작방법론에 대한 고찰이 될 것인데,[6] 구체적인 연구방법은 다음과 같다.

---

6) 김승옥의 창작방법론에 대한 논의가 전혀 이루어지지 않았던 것은 아니다.
　정과리는 김승옥의 소설이 "역사적 현상을 현실의 중심부에 포착하여 그 상황의 구체적인 모습을 묘사하는 것이 아니라, 충격의 본질적 요소들을 가지고 작가의 의식 속에서 상상적으로 재조립"함으로써 엄격한 의미에서의 리얼리즘과는 차이가 있는 창작기법을 활용하고 있다고 평가했다(정과리, 「유혹 그리고 공포」, 『문학, 존재의 변증법』, 문학과지성사, 1985, p.170.).
　이러한 창작방법론은 이어령에 의해 먼저 제기되었는데, 특히 소설의 공간 문제를 언급했다는 점에서 주목된다. 그는 현대소설에서 공간은 단순한 배경으로서가 아니라 공간적 미학의 구조를 통해 관념·의식·심리를 나타내는 '상징적인 다원적 의미'를 가지고 있어, 이미지의 질서로 총화가 공간이라고 할 수 있을 정도라고 설명했다(이어령, 「현대 문학의 출구」, 『장미밭의 전쟁』, 문학사상사, 2003, pp.44-46. 참고.).
　이러한 논의들은 김승옥 작품에 대한 연구방법론을 제공했다는 점에서 중요한 의미를 가진다. 특히 창작방법론에 대한 논의들은 이후에 전개되었던 정신분석학적 방법론들과 결합하여, 작가의 창작의도 및 작품의 심층적 의미를 파악할 수 있는 계기를 마련했다. 아직까지 이에 대한 체계적인 논의는 이루어지지 먼저 작가의 공간인식에 대한 분석이 이루어질 것이다. 창작방법론의 측면에서 공간은 매우 중요한 의미를 가진다. 창작의 과정을 거칠게 구분하면 발상(發想)·구상(構想)·집필·퇴고의 네 단계로 나눌 수 있는데, 공간의 문제는 이 중에서도 발상과 구상 과정에서 주요한 역할을 수행한다. 창작의 초기 단계에서 작가는 자신의 체험을 토대로 발상을 한다. 이러한 체험의 토대를 이루는 것이 바로 공간이다. 또한 떠오른 생각을 체계화하고 구성하는 단계인 구성은 시간과 함께 공간을 기준으로 하여 이루어진다. 특히 김승옥의 소설은 고향과 서울이라는 두 공간에서의 체험을 다룬 경우가 많다. 그렇기 때문에 작품에 나타난 공간을 분석하는 작업, 그리고 이를 통해서 작가의 공간인식을 확인하는 작업은 김승옥의 소설 창작방법론에 대한 고찰이 된다.

다음으로 다루어지는 것은 집필과 퇴고의 단계에 해당하는 부분이다. 집필 및 퇴고 방법은 작가에 따라 개성적으로 이루어지지만, 김승옥의 경우 특히 이미지와 상징을 효과적으로 활용했다는 사실이 주목된다. 그가 활용했던 상징 기법은 사물에만 국한되는 것이 아니라 공간 자체까지도 아우르고 있다는 점에서 특징적이다. 이러한 기법적인 고찰을 통해서 김승옥의 창작방법론이 도출될 수 있을 것이다.

2. 고향을 기준으로 이루어지는 공간인식

1) 고향과 서울의 대비 관계

「무진기행」의 '무진'은 실재하는 지명은 아니다. 그렇지만 김승옥의 생애와 작품 내용을 고려하면, 이곳은 작가가 유년기를 보냈던 전라남

못했지만, 그 가능성은 충분히 검토된 상태라고 하겠다. 이런 측면에서 김승옥 소설에 나타난 공간의 문제를 창작방법론의 일종으로 파악할 수 있는 여지가 만들어진다.

도 순전(順天) 지역의 공산을 새구성한 깃으로 파악된다. 각기 지신도 이 작품을 창작하는데 있어 '순천과 순천만에 연한 대대포(大垈浦) 앞바다와 그 갯벌'에서의 체험을 창작 모티브로 삼았다고 밝히고 있다.7) 「무진기행」에서 이 공간들은 다음과 같이 제시되었다.

> 서울의 어느 거리에서고 나의 청각이 문득 외부로 향하면 무자비하게 쏟아져 들어오는 소음에 비틀거릴 때거나, 밤늦게 신당동 집 앞의 포장된 골목을 자동차로 올라갈 때, 나는 물이 가득한 강물이 흐르고 잔디로 덮인 방죽이 시오리 밖의 바닷가까지 뻗어나가 있고 작은 숲이 있고 다리가 많고 골목이 많고 흙담이 많고 높은 포플러가 에워싼 운동장을 가진 학교들이 있고 바닷가에서 주워온 까만 자갈이 깔린 뜰을 가진 사무소들이 있고 대로 만든 와상(臥床)이 밤거리에 나앉아 있는 시골을 생각했고, 그것은 무진이었다. (pp.162-163.)

인용된 부분에서 무진에 대한 설명은 서울과의 대비를 통해서 이루어지고 있다. 이를 통해 알 수 있는 것처럼 무진, 즉 고향은 그 자체만으로는 독립적인 의미를 가지지 못한다. 이러한 인식은 「무진기행」에 국한되는 것이 아니다. 김승옥의 소설에 있어서 고향은 서울과 함께 제시될 때에만 비로소 의미를 획득하는 경우가 많다.8)

기존의 논의들에서는 김승옥 소설에 나타나는 이러한 공간인식을 '도시와 고향의 대립'으로 설명했다.9) 그러나 그의 작품에 나타나는

---

7) 김훈·박래부, 『문학기행』 1권, 한국문원, 1997, p.21.
8) 김승옥의 소설에서 서울 혹은 대도시 경험이 배제된 상태에서 고향이 독립적으로 제시된 작품은, 유년기 화자가 등장하는 「건(乾)」과 「염소는 힘이 세다」 두 편에 불과하다. 다른 작품들은 모두 서울과 고향이 동시에 제시되고 있거나, 서울만을 다루었다고 해도 고향에 대한 언급이 함께 이루어졌다. 이에 대해서는 공간의 차이를 다루는 부분에서 보다 자세하게 설명하겠다.
9) 이재선은 "도시가 시골과는 흔히 그 의미론적 표상에 있어서 대비되듯이, 우리 현대소설에 있어서의 도시의 이미지도 시골과는 다른 특성을 지니고 있다"고 설명하면서, 흔히 '귀향형' 소설이라고 불리는 작품에서 도시/시골의 분극화에 의해서 도시 삶의 황량함이나 사회 병리적인 양상이 제시되는 경우가 많다고

서울과 고향은 대립 관계를 이루는 것이 아니라, 서로를 통해 자신의 특징을 분명하게 드러내는 대비(對比, contrast) 관계를 형성하는 것으로 파악해야 한다. 대립 관계에서는 두 공간 중에서 어느 한쪽을 선택해야만 하지만, 그의 작품에 제시된 공간인식은 두 공간을 모두 인정하고 있기 때문이다. 이는 「무진기행」에도 그대로 적용된다.

「무진기행」의 주인공 윤희중은 서울에 있을 때 무진을 떠올렸다고 진술했는데, 이러한 진술이 이루어지는 장소가 무진이라는 사실을 간과해서는 안 된다. 즉, 그는 서울을 통해서 무진을 파악하고, 무진을 통해서 서울을 파악하고 있는 것이다. 그러므로 그의 의식작용은 서울과 무진 어느 한쪽을 선택하려 하지 않는다. 그는 두 공간을 모두 긍정하고 있으며, 이를 통해 자신이 처한 상황과 위치를 파악하는 것이다. 이를 이 인물이 가진 우유부단한 성격 때문이라고만 파악한다면 지나치게 단순화된 논리가 된다. 이런 인식은 작품에 제시된 공간적 특질 자체가 그러하기 때문에 이루어지는 것이다.

또 다른 등장인물인 하인숙의 행동도 같은 맥락에서 파악된다. 그녀의 생활은 무진에서 이루어지지만, 이는 서울이라는 공간에 대한 동경이 없이는 설명될 수 없다. 그녀는 서울을 동경하면서 끊임없이 자신의 대학생활을 언급한다. 세무서장 조는 이러한 그녀의 진술을 대학을 졸업했다는 자기자랑 쯤으로 치부한다. 그러나 아래와 같은 부분으로 미루어 볼 때 그녀의 진술을 단순한 자랑이나, 퇴행욕망이 반영된 것으로 보기 힘들다. 그녀가 소망하는 대상은 서울이라는 공간 자체이다.

파악했다(이재선, 『현대한국소설사』, 민음사, 1991, pp.309-310.).

김명석은 김승옥의 작품세계 전반에서 일상에 쉽게 적응하지 못하고 방황하는 인물들이 발견된다고 설명하면서, 「무진기행」의 주인공도 "삭막한 도시생활에서 벗어나 고향으로, 시간적으로도 현재의 세계로부터 과거의 세계로 도피하는 것으로 지적되곤 했다. 따라서 작품 속에는 도시와 고향, 현재와 과거라는 시공간적 대립이 존재한다"(김명석, 「김승옥 소설과 일상성의 경험」, 『한국소설과 근대적 일상의 경험』, 새미, 2002, p.76.)고 파악했다.

"앞으로 오빠리고 부를 텥1까 절 서울로 데려가주시겠어요?" "서울에 가고 싶으신가요?" "네." "무진이 싫은가요?" "미칠 섯 같아요. 금빙 미칠 깃 같아요. 서울엔 제 대학 동창들도 많고…… 아이, 서울로 가고 싶어 죽겠어요." 여자는 잠깐 내 팔을 잡았다가 얼른 놓았다. 나는 갑자기 흥분되었다. 나는 이마를 찡그렸다. 찡그리고 찡그리고 또 찡그렸다. 그러자 흥분이 가셨다. "그렇지만 이젠 어딜 가도 대학 시절과는 다를걸요. 인숙이는 여자니까 아마 가정으로나 숨어버리기 전에는 어느 곳에 가든지 미칠 것 같을걸요." "그런 생각도 해봤어요. 그렇지만 지금 같아선 가정을 갖는다고 해도 미칠 것 같은 생각이 들어요. 정말 맘에 드는 남자가 아니면요. 정말 맘에 드는 남자가 있다고 해도 여기서는 살기가 싫어요. 전 그 남자에게 여기서 도망하자고 조를 거예요." (p.179.)

하인숙은 서울에 데려가 달라며 윤희중에게 접근하고, 그와 관계를 맺기까지 한다. 그러나 관계를 맺은 직후에는 서울에 가고 싶지 않다는 모순적인 진술을 한다. 이는 그녀가 감정기복이 심한 성격을 가지고 있기 때문만이 아니다. 오히려 이런 행동이야말로, 서울을 통해서만 확인될 수 있는 무진의 공간적 특징을 표현하고 있는 것이다. 그녀가 진정으로 원했던 것은 무진을 떠나 서울로 가는 것이 아니다. 그녀는 다만 서울이라는 공간을 통해서 무진에서의 생활에 의미를 부여하고 싶었을 뿐이다. 탈출을 꿈꾸는 것 자체가 무진에서 살아가야 하는 그녀가 선택한 삶의 방식이라고 하겠다.

이상과 같은 공간인식은 작가의 창작방법론과도 연결된다. 서울에서의 생활을 본격적으로 다루었다고 평가되는 「서울의 달빛 0장」에서도 같은 공간인식이 발견된다. 물론 이 작품의 주인공은 서울의 물신적(物神的) 생활에 익숙해진 인물이기 때문에, 고향을 여자에 비유하기 위한 수단으로 사용할 뿐이라는 점에서는 차이를 가지지만, 진술 속에 내포된 공간인식은 동일하다.

빨리 통과해버리고 싶은 여자가 있었고 며칠이고 머물고 싶은 여자가 있었다. 그렇다. 그것은 여행이었다. 가는 곳마다 고향과 비교해보듯 여자마다 아내와 비교해보곤 했다. 그러나 모두가 고향과 닮았으나 아무 데도 고향은 아니듯 모두가 아내를 닮았으나 아내는 아니었다. (……) 나의 타향을 자기의 고향으로 가진 사람들이 있듯 나에겐 타인인 그 여자들을 고향으로 갖고 있는 남자들이 있다는 사실도 알 수 있었다. (……) 마을의 생활 속으로 들어갈 수 없고 또 뻔해서 들어가기도 싫은 여행자에게는 여행의 시작에 느꼈던 기대와 흥분도 이내 잃어버리고 지저분하나마 익숙한 고향 거리에 대한 향수만 짙어갈 뿐이었다. 마침내 향수의 고통으로써 허전한 여행자는 잘 꾸민 도시에서도 지저분한 고향의 모습과 닮은 구석을 발견했을 때만 우두커니 발길을 멈춘다. (pp.402-403.)

2) 공간의 차이에 대한 확인

고향과 서울의 차이에 대한 인식은 작가의 체험을 통해서도 확인할 수 있다. 김승옥은 서울이라는 공간에 대한 체험을 '낯설다'라는 단어를 통해서 설명하면서, 대학 생활을 통해 느낀 서울과 지방의 차이를 '문화감각(文化感覺)'의 차이라고 진술한 바 있다.

> 1960년 나는 전남 순천고등학교를 졸업하고 문리대 불문과에 입학했다. 대학 생활과 서울 생활이라는 두 가지 낯선 생활이 한꺼번에 시작된 것이다. '낯설다'는 말은 그리 단순한 뜻이 아니었다. (……) '지방 출신', '서울 출신'의 얘기가 나왔으니 말이지만, 당시 두 출신 사이의 가장 큰 차이는 문화감각의 차이였다. 적어도 나에게는 그것이 가장 충격적으로 느껴지는 것이었다.[10)]

이처럼 김승옥은 서울에서의 체험을 통해서 비로소 고향의 특징을 파악했던 것이고, 이런 인식은 이후 그의 작품 활동에도 그대로 영향을 준다. 그는 서울에서의 생활을 다룬 소설을 다수 발표하지만, 정작 서울 생활에 완전히 동화된 인물이 등장하는 작품은 몇 편 되지 않는다. 인용에 사용된 표현에 따르자면 그가 다룬 것은 '지방 출신'의 서울 생활이지, '서울 출신'의 서울 생활이 아니다. 즉, 김승옥에게 있어

10) 김승옥, 「《산문시대》이야기」, 『내가 만난 하나님』, 작가, 2004, pp.182-192.

서울은 이방인에 의해 관찰된 '낯선' 공간이었던 것이다.

　김승옥의 등단작 「생명연습(生命演習)」은 서울에서의 대학생활을 서두와 결말에 제시하고 있지만, 작품의 주된 내용은 전라남노 여수와 서문도에서 보냈던 유년기의 기억이다. 이러한 구성방법은 초기에 발표된 몇몇 작품에서도 반복되는데, 「환상수첩(幻想手帖)」과 「누이를 이해하기 위하여」 등이 여기 해당한다. 특히 「누이를 이해하기 위하여」에는 고향을 떠나 도시에서 생활하는 인물의 심정이 직접적으로 제시되어 있다.

　　고향이 그립다는 것인지? 작자는 나로서는 생전 이름도 들어보지 못한 시골에서 올라와서 서울을 빙빙 돌아다니며 사는 놈인데 그리고 보니 작자의 저 광증에 가까운 생활태도는 무전여행자의 그것 아니면 촌놈이 서울에 와보니 모든 게 신기하기만 해서 어쩔 줄을 몰라, 아니 무턱대고 우쭐대고 싶은 저 촌뜨기 의식에 가득 차서 괜히 심각한 체해보았다가 시시하게 웃어보았다가 술 사달라고 조르고 사랑이 어쩌니 하고 있는 게 분명한 것이다. (p.123.)

　이처럼 김승옥의 초기 소설에서 고향은 서울과 차이를 가진 공간으로 표현되었다. 이는 작가의 체험과도 밀접하게 연결되는 부분이다. 등단 직후 김승옥 소설의 서술자는 대부분 지방에서 서울로 유학 온 대학생으로 설정되었다는 사실이 이를 증명하는데, 이런 인물 설정은 그대로 공간인식의 한계가 된다. 이러한 등장인물들은 작가의 체험과 지나치게 밀착되어 있다. 그러므로 공간 경험에서 발생하는 감정적 측면이 부각되었을 뿐, 공간을 분석할 수 있을만한 객관적인 거리를 유지하지 못했고, 이로 인해 작품의 서사가 약화되는 결과를 가져왔다.

　「무진기행」은 이러한 한계를 극복한 작품이다. 이 작품에서 김승옥은 이전 작품의 등장인물들과는 확연하게 구분되는 인물을 창조했다. 「무진기행」의 윤희중은 이십대의 대학생이 아니다. 그는 회사의 중역으로 일하고 있는 삼십대의 사회인이다. 이 작품을 발표했을 당시 김승옥이 대학생이었다는 사실을 감안하자면, 작가와 등장인물 사이의 거리를 분명하게 확인할 수 있다. 이러한 거리감은 인물의 공간인식에도 영향을 주었다. 앞서 확인한 것처럼 윤희중은 서울과 고향 어느 한쪽을 선택하지 않는다. 이러한 선택 유보가 두 공간 사이의 긴장을 형성하고, 이는 그대로 작품의 긴장을 고조시키는 기능으로 이어진다.

그러나 선택의 유보라는 방법은 작가가 대학생 신분이기에 가능했던 일이다. 학생 신분은 안온했던 유년의 공간에 머물 수 있는 마지막 시기이다. 사회인이 되어 생계를 위해 직장에 다녀야 한다는 것은 어딘가에 소속되어야 한다는 의미이며, 유년의 공간에서 이탈하여 생활공간으로 진입해야 한다는 사실을 의미하기도 한다. 김승옥에게 있어 생활공간은, 산업화로 인해 자본주의적 특징이 드러나기 시작한 서울이었다. 이러한 작가의 체험을 염두에 둘 때, 「서울, 1964년 겨울」에 제시된 공간의 의미가 분명해진다. 이 작품은 서울을 배경으로 하지만, 등장인물들은 거리를 배회할 뿐 적극적으로 생활에 뛰어들지는 않는다.

> 거리는 영화 광고에서 본 식민지의 거리처럼 춥고 한산했고, 그러나 여전히 소주 광고는 부지런히, 약 광고는 게으름을 피우며 반짝이고 있었고, 전봇대의 아가씨는 '그저 그래요'라고 웃고 있었다.
> "이제 어디로 갈까?" 하고 아저씨가 말했다.
> "어디로 갈까?" 안이 말했고,
> "어디로 갈까?" 라고, 나도 그들의 말을 흉내냈다.
> 아무 데도 갈 데가 없었다. 방금 우리가 나온 중국집 곁에 양품점의 쇼윈도가 있었다. 사내가 그쪽을 가리키며 우리를 끌어 당겼다. 우리는 양품점 안으로 들어갔다.
> "넥타이를 골라 가져. 내 아내가 사주는 거야." 사내가 호통을 쳤다.
> (p.275.)

그들이 거리를 배회하며 체험하는 공간 중에서 가장 주목되는 것은, 위에 인용된 쇼윈도(show window) 경험이다. 쇼윈도는 "가게 안도 밖도 아니며, 사적인 장소도 공적인 장소도 아닌 특수한 공간, 이미

거리의 일부이면서 그 투명한 유리의 뒤에서 상품의 불투명한 지위 및 우리와의 거리를 유지시키는 데에도 쓸모 있는 공간"[11]이며, 자본주의 논리가 통용되는 '소비의 사회'에 대한 경험이다. 쇼윈도 경험에 앞서 자본주의의 속성을 가장 극명하게 드러내는 광고에 대한 진술이 제시된다는 설정, 그리고 이 경험을 통해 그들이 획득하는 것은 사회인을 의미하는 넥타이라는 설정도 같은 맥락에서 이해된다.

결국 「서울, 1964년 겨울」에 제시된 공간은 '유년의 공간'인 고향과 '생활공간'인 서울 사이의 경계(境界)에 위치한다. 이러한 공간 설정 역시 작품의 밀도를 높이고 긴장을 형성하는 요인으로 작용한다. 이 작품의 등장인물들 간에는 유대감이 형성될 뿐이고, 갈등은 찾아볼 수 없다. 그럼에도 작품 전반에 걸쳐 긴장이 유지되는 것은 이러한 공간 인식이 작용한 결과라고 하겠다.

그러나 우발적으로 하룻밤을 보낸 것에 불과한 이들이 공유하는 유대감이 견고한 것일 수는 없다. 「서울, 1964년 겨울」의 결말에서 죽음이 방기되고, 자신들의 노회(老獪)에 대해 되묻는 행동이 제시되는 것도 이 때문이다. 경계는 통과하는 행동이 수반될 때에만 의미를 형성한다. 그 곳에 머물게 되면 경계는 더 이상 경계로의 의미를 가질 수 없게 된다. 「서울, 1964년 겨울」의 결말에서 "우리가 너무 늙어버린 것 같지 않습니까?"라는 의문을 가졌던 스물다섯 살의 청년들은 경계를 벗어나, 본격적인 생활공간으로 편입되어야 한다.

김승옥이 처음 서울을 경험했던 1960년대만 하더라도 이제 막 산업화가 시작되었던 시기로, 그에 따른 사회의 변화도 그리 크지 않았다. 그렇기 때문에 그의 소설에 고향과 서울이 동시에 제시될 수 있었다. 물론 이전 세대의 작품들에 비해 전통적인 의미가 많이 훼손되기는 했지만, 어떤 식으로든 고향이 제시될 수 있었다는 사실만은 분명하다. 그러나 경제개발 5개년 계획 등을 통해 산업화가 급속도로 진행되고,

---

11) Jean Baudrillard, 이상률 역, 『소비의 사회(*La Socite de Consommation*)』, 문예출판사, 1999, p.254.

1970년대에 들어 그에 따른 패러다임의 변화가 가속화되면서, 고향의
의미는 급격하게 축소되어 버린다. 이와 상대적으로 서울이라는 자본
주의적 속성을 가진 공간이 급속도로 팽창되었다는 것도 분명한 사실
이다.

1977년에 발표된 「서울의 달빛 0장」은 이러한 산업화의 폐해, 자본
주의의 속악성(俗惡性)이 분명하게 제시되어 있다. 자본주의 사회의
근간을 이루는 것은 경제논리이고, 이러한 경제논리에 가장 민감하게
반응하는 인간관계는 남녀 문제, 특히 그 중에서도 성(性)의 문제일
것이다.

> 여배우란 특수한 직업이야. 그 육체 자체가 대중의 소유야. 여배우 자신이
> 그걸 잘 알고 있어. 대중의 소유물을 너 혼자 독점하려면 대중들이 그 여자
> 에게 줄 수 있는 것 이상을 네가 줄 수 있어야 해. 대중들이 부러워할 명예
> 라든가 어머어마한 돈이라든가 그 여자가 무슨 짓을 하든지 얼마든지 용서
> 할 수 있는 사랑이라든가. 비싼 창녀란 말이군. 남편은 기생의 기둥서방이
> 되란 거구. 여자 중의 여자란 말이지. 모든 여자란 규모가 크고 작을 뿐 다
> 그런 거야. 만족의 한계가 좁달 뿐 아무리 평범한 여자도 다른 남자가 주는
> 것 이상을 줄 때 독점할 수 있는 거야. 남녀관계란 근본적으로 경제적 관계
> 야. (pp.398-399.)

「서울의 달빛 0장」의 주인공은 여배우와 결혼했지만 이혼한다. 이런
설정부터가 김승옥의 이전 작품들과 변별되는 부분이며, 서울이라는
자본주의적 생활공간에 대한 이해가 관망(觀望)의 수준에 머물지 않
는다는 사실을 증명한다. 자본주의 사회는 몸, 특히 성적인 측면에서
몸을 상품화한다는 것은 익히 알려진 사실이며, 그러한 상품화된 몸을
대표하는 것이 바로 연예인이라는 사실도 새로울 것이 없다.12) 그러
므로 이 작품의 주인공이 여배우와 결혼했다가 이혼했다는 설정이야

---

12) 자본주의 사회에서 이루어지는 몸의 상품화와 연예인의 상품화에 대해서는 다음
　　견해들을 참고할 수 있다. : 강준만, 『대중문화의 겉과 속』 1권, 인물과사상사,
　　2000, pp.100-107. : 김태희, 「매니저의 세계」, 《TV저널》, 1994. 2. 18, p.27.

말로. 산업화에 따라 불신적 논리가 확산되고 있는 서울의 공간적 특징이 잘 표현된 부분이다. 이런 인물이 등장하는 작품에서 더 이상 고향을 발견할 수 없는 것은 너무도 자명하다. 이제 고향의 전통적 가치는 찾아볼 수 없게 되었다. 자본주의를 대표하는 공간으로의 서울이 가진 의미만이 강조되었고, 이는 「강변부인」 등의 연재소설을 통해 노골적인 성의 문제로 제시된다.

지금까지 살펴본 공간인식 변화를 고려해 볼 때, 김승옥의 작품세계는 고향에서 서울로의 진입이 이루어지는 과정을 다루고 있다고 할 수 있다. 그러나 서울로의 본격적인 진입이 이루어지는 순간, 작가의 창작활동은 더 이상 전개되지 못했다. 김승옥은 이를 당시의 시대상황과 신앙적 이유를 들어 설명하고 있지만, 그의 감수성의 기원이 고향과 서울의 변별성을 인식하는데 있었다는 사실을 염두에 두면, 그가 가진 한계성은 작품 속에 나타난 공간인식을 통해서도 이미 예견되었던 부분이다.

3. 상징을 활용한 고향의 의미 표현

1) 시각 중심의 이미지 활용

「무진기행」은 이미지와 상징으로 충만한 작품이다. 우선 작품 제목이자 공간 배경으로 설정된 '무진(霧津)'이라는 지명에서부터 안개와 바다의 이미지가 표현되고 있다는 사실이 이를 증명한다. 이처럼 다양한 이미지와 상징들이 사용될 수 있었던 원인으로는 '감수성(感受性)'의 문제를 들 수 있다. 감수성은 예술뿐만 아니라 철학, 심리학 등 인문과학 전반에서 사용되었던 개념으로, 특히 문학에서는 감성, 즉 이성에 대립되는 개념으로 정서적 의식 성향으로 정의된다.[13] 또한 감

---

13) 김용직, 『문예비평용어사전』, 탐구당, 1985, pp.3-5.

성 중에서도 보다 세련된 미적 정서, 심리학에서 제시하는 정조(情操)
와 같은 상태는 '서정(抒情)'이라는 개념으로 지칭되기도 한다.[14]

김승옥의 작품에 있어 이런 감수성 혹은 서정성의 문제는 주요하게
다루어져 왔으며, 이야말로 그를 이전 세대의 작가들과 변별시켜주는
요인이라고 평가되었다. "개인의 감성에 의해 포착되는 현실의 문제를
치밀하게 묘사함으로써 전후소설이 지니지 못했던 독특한 문체의 감
각을 산문 속에 살려 놓고 있다"[15]는 설명이 그의 소설에 나타난 감
수성에 대한 대표적인 평가이다.

그런데 이러한 감수성이 대부분 시각에 의존하여 표현된다는 사실
이 주목된다. 김승옥은 자신의 관찰력과 문체는 회화적 수련에서 비롯
되었다고 진술한 바 있다.[16] 그러한 영향으로 그의 작품에는 "언어를
통해 대상을 이미지화할 때에 대상을 사진처럼 재현할 뿐만 아니라
이미지를 통해 구조화하는"[17] 경향이 발견되는데, 이는 「무진기행」의
다음 구절을 통해 확인할 수 있다.

> 언젠가 여름 밤, 멀고 가까운 논에서 들려오는 개구리들의 울음소리를, 마치
> 수많은 비단조개 껍데기를 한꺼번에 맞부빌 때 나는 듯한 소리를 듣고 있을
> 때 나는 그 개구리 울음소리들이 나의 감각 속에서 반짝이고 있는 수없이 많
> 은 별들로 바뀌어져 있는 것을 느끼곤 했다. 청각의 이미지가 시각의 이미지

---

14) 송하섭, 『한국현대소설의 서정성 연구』, 단국대출판부, 1989, p.14.
15) 권영민, 『한국현대문학사』 2권, 민음사, 2002, pp.232-233.
16) 김승옥, 「색채와 나」, 『내가 만난 하나님』, 앞의 책, pp.139-140. 참고. : "내
　　가 물감이 나타내는 색채의 세계로 들어간 것은 이 무렵부터였다. 현실의
　　모든 색채는 붓끝에서 물감에 의하여 발가벗겨지고 분해되고 재구성되었으
　　며 그렇게 하여 이루어진 색채의 세계-그림은 이미 다른 현실, 현실보다
　　더 아름다운 경이(驚異)의 다른 세계였다. (……) 이상한 일이었다. 부패와
　　무질서 속에서 색채들은 더 풍요하고, 색채가 펼치는 깊은 감동의 세계를
　　알아보는 눈을 가진 자에게 단조로운 질서가 오히려 추악해 보인다는 것은
　　참으로 이상한 일이다."
17) 김명석, 「김승옥 소설과 감수성의 글쓰기」, 앞의 책, p.92.

로 바뀌어지는 이상한 현상이 나의 간간 속에서 일어나곤 했었던 것이다.

(……) 그렇지만 밤하늘에서 쏟아질 듯이 반짝이고 있는 별들을 보고 개구리의 울음소리가 귀에 들려오는 듯했었던 것은 아니다 별들을 보고 있으면 나는 나와 어느 별과 그리고 그 별과 또 다른 별들 사이의 안타까운 거리가, 과학책에서 배운 바로써가 아니라, 마치 나의 눈이 점점 정확해져가고 있는 듯이 나의 시력에 뚜렷이 보여 오는 것이었다. 나는 그 도달할 길 없는 거리를 보는 데 홀려서 멍하니 서 있다가 그 순간 속에서 그대로 가슴이 터져버리는 것 같았다. (pp.177-178.)

인용에서 화자는 두 가지 감각의 경험을 언급하고 있다. 앞의 단락에서 제시되는 것은 청각이미지가 시각이미지로 치환되는 경험이다. 이러한 이미지의 치환경험은 이 작품의 중심된 감각이 시각이며, 이미지와 상징의 구성에 있어서도 시각이 주요한 기능을 담당한다는 사실을 증명한다. 뒤의 단락에서 제시되는 것은 일단 시각화된 이미지는 다른 감각이미지로의 치환이 이루어지지 않는다는 사실이다. 이는 시각이야말로 작품에 제시된 감각들의 최종 형태라는 것을 증명한다. 여기에서 시각이미지는 화자가 과거의 기억을 떠올리게 하는 역할을 수행한다. 청각이미지에서 시각이미지로, 다시 시각이미지에서 과거의 기억으로 이루어지는 감각의 연쇄반응은 이 작품을 구성하는 서술의 원리로 작용한다.

「무진기행」에 내포된 이러한 서술 원리에 착안하자면, 이 작품의 주요 상징물은 안개 · 다리 · 어머니의 무덤 등의 세 가지로 구분할 수 있다. 이 상징물들은 각각 미분화되고 역동적인 심리상태의 표현이고, 공간의 병치를 통한 경계적 의미를 형성하며, 공간을 통한 작가의 창작의도를 제시하는 수단으로 활용되었다.

2) 미분화된 상징물의 활용

「무진기행」 전반에 걸쳐 제시된 여러 이미지들이 가진 또 다른 특징은 각각의 이미지들이 고정된 형태로 제시되지 않고, 미분화(未分

化)된 상태로 제시된다는 점이다. 이를 가장 잘 표현하는 상징물은
'안개'로, 이는 물과 공기가 미분화된 상태이다. 바슐라르의 견해에 따
르자면, 물은 인간의 내적 존재를 깊이 인식하게 하고 작가의 상상력
을 불러일으키는 창조적인 힘을 갖는다. 물은 무거워지고 어두워지고
깊어져 물질화되어 작가의 의식을 비추는 내면적 거울이 되며,[18] 이
런 상징성을 가진 물이 안개의 형태로 공기와 결합되면서 '역동적 상
상력(l'imagination dynamique)'을 가진 사물로 재창조된다.

안개는 물이면서 공기이고 공기이면서 물인 사물이며, 어떤 식의 구
분도 이루어지지 않은 미분화된 상태를 의미한다. 이는 안개가 형성되
는 공간인 무진의 특징을 반영하는 것이기도 하다. 작품의 등장인물들
이 감정의 기복이 심하고, 자신의 행동에 갈피를 잡지 못하는 것처럼
서술되는 이유도 이런 상징성에서 확인할 수 있다. 특히 화자인 윤희
중은 무진에 오면 자신의 생각이 엉뚱하고 뒤죽박죽이 되어버린다고
진술하는데, 이야말로 미분화된 상태에 대한 직접적인 서술이다. 또한
그는 그런 생각들을 자신이 떠올리는 것이 아니라 '나의 밖에서 제멋
대로 이루어진' 것이 자신에게 밀려들어온다고 진술하는데, 이는 공간
에 의해서 사고가 결정된다는 인식이다.

> 그런 생각을 하자 나는 쓴웃음이 나왔다. 동시에 무진이 가까웠다는 것이
> 더욱 실감되었다. 무진에 오기만 하면 내가 하는 생각이란 항상 그렇게 엉뚱
> 한 공상들이었고 뒤죽박죽이었던 것이다. 다른 어느 곳에서 하지 않았던 엉
> 뚱한 생각을 나는 무진에서는 아무런 부끄럼 없이, 거침없이 해내곤 했었던
> 것이다. 아니 무진에서는 내가 무엇을 생각하고 어쩌고 하는 게 아니라 어떤
> 생각들이 나의 밖에서 제멋대로 이루어진 뒤 나의 머릿속으로 밀고 들어오
> 는 듯했었다. (p.161.)

안개의 상징성이 잠의 이미지와 연결된다는 사실도 주목된다. 특히

---

18) Gaston Bachelard, 이가림 역, 『물과 꿈(*L'eau et les reves*)』, 문예출판사,
    1988, pp.34-68. 참고.

서두에서 안개에 대한 설명이 이루어진 직후에 언급되는 수면제에 대한 몽상은, 인물의 직업을 제시하면서, 동시에 서울로 대표되는 산업화 사회의 자본주의적 가치를 표현한 부분이다. 이 외에도 「무진기행」에서 잠의 이미지는 여러 차례 반복되는데, 특히 다음과 같은 부분에서는 의미가 분명하게 표현되었다.

> 나는 잠이 오지 않았다. 낮잠 때문이기도 하였다. 나는 어둠 속에서 담배를 피웠다. 나는 우울한 유령들처럼 나를 내려다보고 있는 벽에 걸린 하얀 옷들을 흘겨보고 있었다. (……) '열두시 이후에 우는' 개구리 울음소리가 희미하게 들려왔다. 어디선가 한시를 알리는 시계 소리가 나직이 들려왔다. 어디선가 두시를 알리는 시계 소리가 들려왔다. 어디선가 세시를 알리는 시계 소리가 들려왔다. 어디선가 네시를 알리는 시계 소리가 들려왔다. 잠시 후에 통금 해제의 사이렌이 불었다. 시계와 사이렌 중 어느 것 하나가 정확하지 못했다. (……) 마침내 이 세상에선 아무 것도 없어져버렸다. 사이렌만이 세상에 남아 있었다. 그 소리도 마침내 느껴지지 않을 만큼 오랫동안 계속할 것 같았다. 그때 소리가 갑자기 힘을 잃으면서 꺾였고 길게 신음하며 사라져갔다. 어디선가 부부들은 교합하리라. 아니다. 부부가 아니라 창부와 그 여자의 손님이리라. 나는 왜 그런 엉뚱한 생각을 하고 있는지 알 수 없었다. 잠시 후에 나는 슬며시 잠이 들었다. (p.181.)

김승옥 소설에서 시각이미지가 많이 활용된다는 사실은 이미 설명했다. 그러나 인용 부분처럼 시각이 차단된 상황이 제시되기도 한다. 화자는 어둠 속에서 사물을 보려고 하지만, 이때의 사물은 '우울한 유령들처럼' 보일 뿐이고, 시계 소리와 사이렌이라는 청각이미지가 시각이미지를 대체하는 감각으로 표현된다. 앞서 설명된 시각이미지가 과거에 대한 회상이 이루어지도록 하는 기능을 담당했다면, 여기 제시된 청각이미지는 현재에 대한 인식을 모호하게 만드는 기능을 수행한다. '시계와 사이렌 중 어느 하나가 정확하지 못했다'는 진술이 그 예인데, 이런 인식은 '엉뚱한 생각'으로 이어지고, 곧이어 '잠'으로 연결된다.

잠이 무의식의 활동을 왕성하게 만들고, 이를 통해 작가의 창조적인 몽상이 활발하게 이루어진다. 또한 몽상은 "현재의 계기와 과거의 기억에서부터 출발해 욕망이 출발되었던 기원의 흔적들을 정신활동 속에서 드러나게 하는" 기능을 하며, 과거 · 현재 · 미래라는 시간의 차원에 구애받지 않는 정신활동이다.19) 이는 위의 인용에서 '시계 소리'와 '사이렌'이 시간을 표시하는 청각이미지이지만, 이들이 정확하지 않다는 사실과 연결된다. 이는 시간의 층위를 믿을 수 없는 진술로 만들어, 무진을 무시간적(無時間的) 공간으로 만들어버리는 것이다.

지금까지 살펴본 것처럼 '안개'와 '잠'의 이미지는 무진이 가진 미분화된 특성을 강조하는 상징물로 사용되었는데, 위의 인용에는 그런 기능을 담당하는 또 하나의 이미지가 제시되어 있다. 화자가 어둠 속에서 피우는 '담배'가 그것으로, 담배를 피우는 행위는 '연기'를 만드는 것이다. 안개가 물과 공기의 미분화된 상태를 표현했던 것처럼, 연기는 공기와 불의 미분화된 상태를 표현한다.

> 방바닥에는 비단방석이 놓여 있고 그 위에는 화투짝이 흩어져 있었다. 무진(霧津)이다. 곧 입술을 태울 듯이 타들어가는 담배꽁초를 입에 물고 눈으로 들어오는 그 담배연기 때문에 눈물을 찔끔거리며 눈을 가늘게 뜨고, 이미 정오가 가까운 시각에야 잠자리에서 일어나서 그날의 허황한 운수를 점쳐보던 그 화투짝이었다. (p.171.)

"불은 생명이고, 생명은 하나의 불"20)이라는 바슐라르의 진술처럼, 불은 생명력 혹은 '초생명(超生命, ultra-vivant)'의 상징이다. 그러나 이것이 공기의 형태인 '연기'로 변했다는 것은, 곧 생명력의 연소 혹은 소멸이라고 이해될 수 있다. 윤희중은 화투로 운수를 점치는 행동이 '허황한' 것이라고 평가하면서, 이를 담배연기와 함께 제시하고 있다. 이는

---

19) Sigmund Freud, 정장진 역, 『창조적인 작가와 몽상(*Der Dichter und das Phantasieren*)』, 열린책들, 1996, p.88.
20) Gaston Bachelard, 민희식 역, 『불의 정신분석(*La psychanalys du feu*)』, 삼성출판사, 1990, p.72.

생명력의 고갈이라는 측면에서 파악되는데, 이런 인식을 통해 무진은 허황한 행동이 이루어지는 공간이라는 의미를 가지게 된다.

다음으로 제시되는 상징물은 알코올이나. 이는 화투에 대한 진술 비로 다음에 제시되는데, 세무서장은 윤희중과 하인숙에게 맥주를 권한다. 알코올은 물이면서 불의 형태를 가진 사물로 '불꽃으로 타오르는 물'이라고 설명되는데, 이것은 "윤리의 경직을 막고 이성의 창조성을 끄집어"[21] 내는 기능을 한다. 그러나 이 작품에서 알코올의 창조성은 긍정적으로 발휘되지 못하고, 고작해야 〈어떤 개인 날〉을 불렀던 하인숙이 〈목포의 눈물〉을 부르도록 유도할 뿐이다. 이는 안개의 상징성이 '여귀(女鬼)가 뿜어내놓은 입김'과 같은 죽음의 이미지와 결합된다는 사실, 또한 담배 연기가 불이 가진 생명력이 연소되어 사라져버린 상태에 대한 상징이라는 사실과 연결된다. 그러므로 알코올의 창조성도 긍정적으로 발휘되지 못하고, "속물들 틈에 앉아서 유행가를 부르고 있는" 딱한 상황으로 표현되고 마는 것이다.

「무진기행」의 화자는 이런 상징물들을 부정적으로 치부하여 배척하지 않는다. 그는 상징물들의 부정적 의미를 간파하고 있으면서도, 오히려 그것을 인정하고 받아들인다. 이는 안개·담배연기·알코올을 통해 제시된 미분화된 상태를 인정하는 것이고, 나아가 그 자신까지도 미분화된 상태에 대한 상징물로 파악할 수 있는 여지를 제공한다. 이러한 인물의 창조는 작가의 창작의도를 반영한 것이지만, 미분화된 상징물만으로는 인물의 성격이 분명히 제시되지 않는다. 이는 다음에 설명될 공간상징을 통해 보다 명확한 의미를 획득하게 된다.

---

21) 위의 책, p.109. : 바슐라르는 알코올의 기능을 다음과 같이 설명하고 있다. "알코올적 무의식은 하나의 깊은 실재성이다. 알코올은 단순한 심적 잠재성을 자극하는 것으로 생각되어진다면 잘못 생각하고 있는 것이다. 사실은 알코올이 그것들의 잠재성을 만들어내고 있는 것이다. 그것은 말하자면 자기를 표현하고자 애쓰는 자에게 자기를 합치시키는 것이다. (……) 박쿠스 (Bacchus)는 훌륭한 신이다. 이성을 당황케 함으로써 그는 윤리의 경직을 막고 이성의 창조성을 끄집어낸다."

「무진기행」의 공간을 표현하는 대표적인 사물은 '다리'이다. 앞서 고향의 의미를 살펴본 부분에서 무진은 "다리가 많고 골목이 많고 흙담이 많"은 공간이라고 설명되었는데, 이에 대한 본격적인 설명이 하인숙과의 동행하는 장면에서 이루어진다.

> 우리는 다리를 건너고 있었다. 검은 풍경 속에서 냇물은 하얀 모습으로 뻗어 있었고 그 하얀 모습의 끝은 안개 속으로 사라지고 있었다. (……) 나는 다시 여자와 나란히 서서 걸었다. 나는 갑자기 이 여자와 친해진 것 같았다. 다리가 끝나는 바로 거기에서부터, 그 여자가 정말 무서워서 떠는 듯한 목소리로 내게 바래다주기를 청했던 바로 그 때부터 나는 그 여자가 내 생애 속에 끼어든 것을 느꼈다. 내 모든 친구들처럼, 이제는 모른다고 할 수 없는, 때로는 내가 그들을 훼손하기도 했지만 그러나 더욱 많이 그들이 나를 훼손시켰던 내 모든 친구들처럼. (pp.175-176.)

인용된 부분에서 다리는 검은 풍경과 함께 제시되고, 이와 대조를 이루며 하얀 모습으로 뻗은 냇물이 부각된다. 이어 냇물의 끝이 안개 속으로 사라진다는 진술이 이어지는데, 이를 통해 다리와 안개의 상징적 상관성이 직접적으로 표현된다. 이처럼 공간의 의미가 제시된 이후, 윤희중은 자신의 '모든 친구들처럼' 하인숙에게 친밀감을 느낀다. 그러나 그는 친구는 서로를 훼손시키는 존재라고 부연한다. 이는 이 인물의 심리가 뚜렷하게 분화되지 않았다는 의미이며, 이로써 '다리'는 앞서 살펴본 미분화된 상징과 연결된다.

이 장면에서 그들의 관계가 지금까지와는 다른 방향으로 전개되리라는 사실이 암시된다. 다리는 경계이자 통과(通過)의 의미를 가지기 때문이다. 그러므로 다리에서는 공간의 의미전환이 이루어지며, 인물이 가진 인식의 전환이 이루어질 준비가 이루어진다. 이런 측면에서 다리 위에 있는 두 사람은 '중간자(中間者)'인 셈이다.

그들은 무진에서 가장 속물적인 공간인 세무서장의 집에서 벗어나, 새로운 공간으로 진입하고 있다. 세무서장에 대립되는 인물은 박 선생이지만 하인숙은 그의 공간에 진입하기를 거부하고, 오히려 윤희중에게 서울로 데려가주길 요청한다. 그러나 이미 살펴본 것처럼, 그녀가 진정으로 원하는 것은 서울에 가는 것이 아니다. 그녀는 서울에 대한 동경을 표현하면서 무진이라는 공간에서의 생활을 영위한다. 화자 역시 그녀를 서울에 데려가겠다고 약속하지만, 그 말은 '배반'이고 '무책임'에 지나지 않는다. 무진을 떠나면서 쓴 편지에서 그는 하인숙에게서 자신의 옛 모습을 발견했다고 하면서 "옛날의 저를 오늘의 저로 끌어다 놓기 위하여 갖은 노력을 다하였듯이" 그녀를 서울로 데려가겠다고 썼지만, 스스로 찢어버렸기 때문에 이 편지는 전달되지 못한다.

윤희중이 하인숙을 '옛날의 저의 모습'으로 인식했다면, 그녀를 서울로 데려가는 행동은 더욱 이루어질 수 없다. 서울은 '오늘의 저'가 살고 있는 공간인데, 서울에서의 생활이 이루어지기 위해서는 '옛날의 저'는 무진에 남아있어야만 하기 때문이다. 그가 옛날의 자신과 현재의 자신을 분리해서 인식한다는 사실은 작품의 여러 부분에서 발견된다.

하인숙을 '옛날의 저의 모습'으로 파악했던 것처럼, 윤희중은 무진에서 만난 인물의 모습에서 자신의 현재 혹은 과거를 발견한다. 친구인 세무서장에게서는 자신의 현재, 즉 '서울에서의 나'를 발견하고,[22] 후배인 박 선생에게서는 자신의 과거를 발견한다. 특히 후배와 관련된 부분에서 그는 현재와 과거를 동시에 인식하는데, 이런 인식이 가능한 것은 '무진'의 공간적 의미 때문이다. 그러므로 이 부분에서는 공간을 통한 시간의 결합이 이루어졌다고 할 수 있다.

---

[22] 윤희중이 세무서장의 모습에서 자신의 현재를 발견한다는 것은 다음과 같은 구절에서 직접적으로 언급되었다. : "조는 러닝셔츠 바람으로, 바지는 무릎 위까지 걷어붙이고 부채를 부치고 있었다. 나는 그가 초라해 보였고 그러나 그가 흰 커버를 씌운 회전의자 위에 앉아 있는 것을 자랑스러워하는 듯한 몸짓을 해 보일 때는 그가 가엾게 생각되었다. (……) 그의 얼굴은 그 바쁜 것을 자랑스럽게 여기고 있었다. 바쁘다. 자랑스러워할 틈도 없이 바쁘다. 그것은 서울에서의 나였다." (pp.184-185.)

사 년 전 나는, 내가 경리의 일을 보고 있던 제약회사가 좀더 큰 다른 회사에 합병되는 바람에 일자리를 잃고 무진으로 내려왔던 것이다. 아니, 단지 일자리를 잃었다는 이유만으로 서울을 떠났던 것은 아니다. 동거하고 있던 희(姬)만 그대로 내 곁에 있어주었던들 실의의 무진행은 없었으리라. "결혼 하셨다더군요?" 박이 물었다. "흐응, 자넨?" "전 아직. 참. 좋은 데로 장가드 셨다고들 하더군요." "그래? 자넨 왜 여태 결혼하지 않고 있나? 자네 금년에 어떻게 되지?" "스물아홉입니다." "스물아홉이라. 아홉수가 원래 사납다고 하데만. 금년엔 어떻게 해보지 그래?" "글쎄요." 박은 소년처럼 머리를 긁었 다. 사 년 전이니까 그해의 내 나이가 스물아홉이었고 희가 내 곁에서 달아 나버릴 무렵에 지금 아내의 전남편이 죽었던 것이다. (p.168.)

3) 불임의 여성상징 활용

공간은 신체의 이미지와 관련되어 나타나는 경우가 많다. 이는 공간 이 신체의 정념, 지식, 의식이 활동하는 방식 일체와 관련되어 가능성 들의 개방과 봉쇄의 문제를 안고 있기 때문인데, 인간은 새로운 공간 에서 새롭게 길들여지며 이에 따라 전에 없던 육체적 취향, 특징, 능 력들을 가지게 되면서 새로운 인간 형태로 바뀌어간다.[23]

「무진기행」의 공간 역시 신체적 이미지로 제시되는데, 작품 전반에 걸쳐 제시되는 '자궁(子宮)'의 이미지가 이에 해당한다. 자궁은 생명이 잉태되는 공간이며, 남성이미지와 여성이미지가 결합하여 새로운 가치 가 만들어지는 공간이다. 흔히 남성이미지는 불을 통해서 표현되며, 여성이미지는 물을 통해서 표현된다. 이를 공간으로 치환하자면, 경제 논리가 작용하는 대도시 서울은 남성이미지를 가진 공간이고, 도피처 이자 고향인 무진은 여성이미지를 가진 공간이 된다.

그러므로 윤희중에게 있어 무진은 자궁의 이미지를 가진 공간으로 인 식된다. 주인공이 무진에 찾아오는 행동은 "서울에서의 실패로부터 도망 해야 할 때거나 하여튼 무언가 새 출발이 필요할 때"에만 이루어졌다는

---

23) 강내희, 『공간·육체·권력』, 문학과학사, 1995, p.11.

사실이 이를 증명한다. 무진에 내려온 주인공의 행동 역시 같은 맥락에서 이해된다. 그는 무진에서 항상 '처박혀 있는 상태'를 유지한다. 더러운 옷차림과 누런 얼굴을 하고 '골방 안에서 뒹굴'면서 '공상과 불면을 쫓아보려고' 수음(手淫)을 하고, 편도선이 부을 때까지 독한 담배를 피울 뿐이다.

이러한 주인공의 의식 상태는 자궁으로의 회귀를 열망하는 '요나 콤플렉스(complex de Jonas)'라는 용어로 설명이 가능하다. 이는 융에 의해서 '우주적 상징'에 해당하는 중요한 콤플렉스라는 평가를 받았으며, 바슐라르에게 있어서는 "부드럽고 따뜻하며 결코 공격되지 않은 편안함이라는 원초적인 기호"이자 '도피의 온갖 모습'이며, '진정한 내면성의 절대, 행복한 무의식의 절대'라는 의미를 가진 것으로 파악되었다. 또한 이것은 '죽음의 모성'이라는 주제와 '무덤에서의 그리스도의 부활'이라는 두 가지 이미지를 동시에 가지고 있다고 설명된다.[24]

「무진기행」에서 요나 콤플렉스가 잘 표현된 부분은 주인공과 음악교사 하인숙이 바닷가의 집에서 관계를 맺는 장면이다. 이 장면이 속해 있는 단락의 소제목은 〈바다로 뻗은 긴 방죽〉인데, 이러한 소제목의 선정은 남성이미지와 여성이미지의 결합으로 파악될 수 있다. 바다는 여성이미지의 대표적인 상징이자, '탄생의 상징'[25]이다. 그에 비해 방죽은 그 형태로 말미암아 남성이미지의 상징물이 된다. 이처럼 그들이 찾아간 방의 위치는 남성상징과 여성상징의 결합이 이루어지는 곳, 즉 무진 중에서도 자궁의 이미지가 가장 극명하게 표현되는 공간인 것이다.

이 장면의 구성은 남성과 여성의 이미지, 혹은 결합을 표현하는 수많은 이미지를 통해 이루어져 있다. '뻗어나가고 있는 방죽'이나 '파라솔' 등은 그 형태적(形態的) 특성으로 인해 남성이미지로 분류되며,

24) 김현, 「행복의 시학」, 곽광수·김현, 『바슐라르 연구』, 민음사, 1976, p.219.

25) Sigmund Freud, 임홍빈·홍혜경 역, 『정신분석강의(*Vorlesungen zur Einführung in die Psychoanalyse*)』, 열린책들, 1997, p.217.

'불'의 속성과 연관되는 '후텁지근한 공기'와 '담배'는 형질적(形質的) 특성으로 인해 남성이미지로 분류된다. 마찬가지로 '틈'은 형태적 특성으로 인해 여성이미지로, '바다'의 속성과 연관되는 '해풍'과 '방' 등은 형질적 특성으로 인해 여성이미지로 분류된다. 불과 물의 결합으로 만들어진 '공기'에 속성과 연관되는 코끝에 맺힌 '땀', '더운' 방, '거품' 등은 남성과 여성의 결합을 표현하는 이미지로 분류할 수 있다.

그러나 이 부분에서 제시되는 여성상징, 혹은 자궁의 이미지는 생명을 잉태할 수 없는 상태라는 사실을 간과해서는 안 된다. 여성상징이 가지는 가장 주요한 의미는 '탄생' 혹은 '재생'이다. 그러나 윤희중과 하인숙이 관계를 맺는 장면에서 제시되는 바다는 그런 역할을 수행하지 못했다. 그러므로 여기서의 바다는 죽음의 상징으로 오필리어 콤플렉스(complex d'Ophélie)가 적용된 것이며, 물이 가진 또 다른 특성인 '여성적인 죽음의 물질'[26)]이라는 의미가 반영된 것으로 파악된다.

이처럼 「무진기행」은 요나 콤플렉스와 오필리어 콤플렉스가 중첩되어 제시되었다. 윤희중은 자궁으로의 회귀를 갈망하여 고향으로 내려오지만, 무진은 생산 혹은 재생이 이루어지지 못하는 불임성(不姙性)의 자궁으로 인식되기 때문이다. 「무진기행」에 제시된 여성상징의 불임성은 다음과 같은 세 가지 상징물을 통해 이미 암시되었다.

첫째, 아내가 윤희중에게 "어머님 산소에 다녀온다는 핑계를 대고 무진에 며칠 동안 계시다가 오세요"라고 권유하는 부분에서 제시되는 어머니의 죽음이다. 어머니는 인간이 인식하는 최초의 여성이고, 생명력을 상징하는 가장 분명한 대상이다. 그러한 어머니가 이미 죽어 무덤으로만 남아있다는 설정에서 작품에 제시된 여성상징이 가진 불임성이 암시되었다. 또한 어머니의 무덤에 성묘하는 장면에서 그는 장인 영감의 '호걸웃음'을 상상하면서, "묘 속으로 들어가고 싶었다"라고 진술하는데 이는 앞서 살핀 요나 콤플렉스가 표현된 부분이다.

---

26) Gaston Bachelard, 『물과 꿈』, 앞의 책, p.118.

둘째, 부진으로 향한 화사가 광주역에서 미주친 '미친 여자'의 모습에서도 여성상징의 불임성, 특히 오필리어 콤플렉스를 확인할 수 있다. 그는 이 여자가 '무표정한 얼굴로' 지르는 비명에서, '옛날 내가 무진의 골방 속에서 쓴 일기의 한 구절'을 떠올리는데, 그 일기의 구절에는 "어머니, 혹시 제가 지금 미친다면 대강 다음과 같은 원인들 때문일 테니 그 점에 유의하셔서 저를 치료해보십시오……"라는 구절이 첨부되어 있었다. 그러므로 광주 역전의 미친 여자는 화자 자신의 모습이면서, 죽음 직전의 단계를 설명한다고 하겠다.

셋째, 어머니의 묘소에 성묘를 하고 돌아오는 방죽의 밑, 물가의 풀밭에 죽어있는 술집 여자의 시체에서 여성상징의 불임성은 구체화된다. 특히 이 여자가 물가에서 죽었고 곱게 차린 복장을 하고 있었다는 점은, 이 여자를 오필리어 콤플렉스의 발현체(發顯體)로 파악할 수 있는 근거이다. 또한 윤희중이 이 여자를 '아프긴 하지만 아끼지 않으면 안 될 내 몸의 일부'로 인식한다는 점에서, 여자의 죽음은 그에게 있어 구체적인 의미를 형성한다. 더구나 여자의 주검 앞에서 순경과 주고받는 대화에서 제시되는 수면제에 대한 언급은 그가 여자의 죽음을 자신과 관련된 것으로 받아들이게 하는 역할을 담당한다.

이와 같은 세 가지 요소를 통해, 「무진기행」의 여성상징이 가진 불임성은 보다 구체적으로 제시되었다. 이는 곧 '무진'이라는 공간이 가진 의미를 표현하는 것이며, 한편으로 작가의 창작의도가 표현된 것이다.

4. 결 론

김승옥 소설에서 '고향'은 매우 중요한 의미를 가진다. 「생명연습」, 「건(乾)」, 「환상수첩」 등의 작품에서 서울에서의 체험과 고향에서의 체험을 함께 제시해왔다. 이러한 공간 배치는 「무진기행」에서도 달라지지 않는데, 다만 고향이 가진 의미가 변화했다는 사실을 확인할 수 있었다. 앞선 작품들에서 고향은 그나마 재생의 의미가 남아있는데 비해, 이 작품에 제시된 무진은 그런 부분이 모두 사라진 공간으로 설명되었다. 그렇기 때문에 무진은 서울과 대비될 때에만 의미를 가지게 된다. 화자가 무진에서 확인하는 모든 것은 자기 자신의 모습이 반영된 흔적에 지나지 않는다. 그는 세무서장 조를 통해서 세속적으로 변해버린 자신의 현재 모습을 확인하고, 후배 박을 통해서 순수하긴 하지만 성숙하지는 못했던 자신의 과거 모습을 확인한다. 또한 하인숙에게서는 세속과 순수가 나누어지지 않은 자신의 모습을 확인한다. 그들이 함께 걸었던 '다리'라는 공간, 그리고 그들이 관계를 맺었던 '바다 뻗은 긴 방죽'에 위치한 방은 모두 그가 예전에 체험했던 공간들을 다시 찾았을 뿐이다.

이처럼 고향의 불모성에 대한 확인이 이루어진 뒤, 김승옥의 작품에는 서울이라는 공간이 독자적으로 부각된다. 「서울, 1964년 겨울」에서 아직 서울의 주변부에 머물렀던 작중인물들은, 「야행(夜行)」에서 서울거리의 은밀한 유혹에 현혹되고, 「서울 달빛 0장」에서는 본격적으로 서울 생활에 뛰어든다. 그러나 작품에 서울 생활이 부각되면 될 수록, 공간에 바탕을 둔 작가의 현실인식은 한계를 드러내고, 「강변부인」과 같이 통속적인 부분이 강조된 작품에 이어, 절필로까지 이어지게 되었다.

우리 사회에서 산업화 시대는 흔히 '고향을 잃어버린 시기'라고 설명된다. 이는 고향이라는 공간 자체가 소멸되었다는 의미라기보다, 고향이 가지고 있는 '재생'과 '부활'이라는 상징적 의미가 소멸되었기 때문이라고 할 것이다. 「무진기행」으로 대표되는 김승옥의 소설은 그러한 고향 상실을 직접적으로 다루었고, 이는 새로운 공간인 서울에 대한 분명한 인식이 이루어지는 계기로 작용하였다. 지금까지의 논의를 통해서 공간에 대한 인식, 혹은 고향에 대한 의미에 대한 고찰이 소설의 창작방법론에 적용될 수 있는 가능성이 검토되었다. 이는 보다 다양한 작가와 작품에 대한 분석을 통하여 구체적인 논의로 발전될 수 있을 것이다. 이를 추후 과제로 남긴다.

▣ 참고문헌

김승옥, 『무진기행』 김승옥 소설전집 1권, 문하동네, 1995.

강내희, 『공간·육체·권력』, 문학과학사, 1995.
강준만, 『대중문화의 겉과 속』 1권, 인물과사상사, 2000.
곽광수·김현, 『바슐라르 연구』, 민음사, 1976.
권영민, 『한국현대문학사』 2권, 민음사, 2002.
김명석, 『한국소설과 근대적 일상의 경험』, 새미, 2002.
김승옥, 『내가 만난 하나님』, 작가, 2004.
김용직, 『문예비평용어사전』, 탐구당, 1985.
김태희, 「매니저의 세계」, 《TV저널》, 1994. 2. 18.
김 훈·박래부, 『문학기행』 1권, 한국문원, 1997.
송하섭, 『한국현대소설의 서정성 연구』, 단국대출판부, 1989.
유종호, 『문학과 현실』, 민음사, 1975.
이어령, 『장미밭의 전쟁』, 문학사상사, 2003.
이재선, 『현대한국소설사』, 민음사, 1991.
정과리, 『문학, 존재의 변증법』, 문학과지성사, 1985.
천이두, 『한국 현대 소설론』, 형성출판사, 1983.
Gaston Bachelard, 민희식 역, 『불의 정신분석(*La psychanalys du feu*)』, 삼
　　　　　　　　　성출판사, 1990.
＿＿＿＿＿＿＿＿＿. 이가림 역, 『물과 꿈(*L'eau et les reves*)』, 문예출판사, 1988.
Georg Lukács, 반성완 역, 『루카치 소설의 이론(*Die Theorie des Romans*)』,
　　　　　　　심설당, 1985.
Jean Baudrillard, 이상률 역, 『소비의 사회(*La Socite de Consommation*)』, 문
　　　　　　　　예출판사, 1999.
Sigmund Freud, 임홍빈·홍혜경 역, 『정신분석강의(*Vorlesungen zur Einführung in
　　　　　　　die Psychoanalyse*)』, 열린책들, 1997.
＿＿＿＿＿＿＿＿. 정장진 역, 『창조적인 작가와 몽상(*Der Dichter und das
　　　　　　　Phantasieren*)』, 열린책들, 1996.
Yi-Fu Tuan, 구동회·심승희 역, 『공간과 장소(*Space and place : the
　　　　　　perspective of experience*)』, 대윤출판사, 1995.

나무를 통해 구현되는 땅의 상상력

-이문구의 『내 몸은 너무 오래 서있거나 걸어왔다』론

1. 땅의 상상력이 만든 소설

이문구는 땅의 상상력으로 소설을 썼던 작가이다. 『관촌수필』(1977)
과 『우리 동네』(1981)로 대표되는 그의 작품은 대부분 땅과 관련을
맺고 살아가는 사람들의 이야기를 다루고 있다. "농촌의 한가운데에서
농민들이 겪고 있는 삶의 고통을 그려"[1]내고 있다는 평가나, "근대화
도시화 과정이 수행되고 있는 현상과 관련된 농촌의 사회적 조건을
다각적으로 제시하고 있다"[2]와 같은 평가는 모두 그러한 작가적 특징
과 관련되는 지적들이다.

이와 같은 상상력은 그가 마지막으로 발표한 작품집 『내 몸은 너무
오래 서있거나 걸어왔다』(2000)에서도 별반 다르지 않다. 이 작품집의
공간 배경은 작가가 꾸준하게 천착해왔던 상대적인 소외를 겪고 있는
농촌사회이며, 사용되고 있는 문체도 역시 작가의 장기라고 할 수 있는
의뭉스러운 충청도 사투리가 주를 이룬다. 이와 같은 측면에서 볼 때,
이 작품은 『관촌수필』과 『우리 동네』 등에서 제시되었던 땅의 상상력
을 그대로 계승하고 있다고 볼 수 있다. 그러나 이 작품은 그 동안의
작품경향과는 변별되는 특징을 가지는데, 그것은 바로 작품집의 전반에
걸쳐 '나무'라는 매개를 통해 이야기가 구현되고 있다는 사실이다.

---

1) 권영민, 『한국현대문학사』, 민음사, 1993, p.307.
2) 이재선, 『현대한국소설사』, 민음사, 1991, p.301.

2. 기억의 나무와 현실의 나무

물론 그 동안 발표되었던 이문구의 작품에서 '나무'의 상징성이 전혀 사용되지 않았던 것은 아니다. 그러한 상징이 사용되었던 대표적인 작품들로『관촌수필』연작을 들 수 있는데, 이 작품집을 관통하고 있는 상징은 왕소나무·감나무·선산을 지키는 꾸부러진 나무들이라고 지적되고 있다.3) 이 세 그루의 나무는 각각 할아버지·어머니·유복산이라는 세 인물을 상징하는 것으로, 이들은 모두 고향을 대표하는 인물이다. 그러므로 기존의 이문구 소설에서 사용되었던 나무는 지금은 사라져버렸거나, 이제 곧 사라져버릴 고향의 정서에 대한 상징으로 활용되었다하겠다.

『내 몸은 너무 오래 서있거나 걸어왔다』에 제시되는 나무들이 가지는 의미는 이와 유사하면서도 다르다. 이 작품집에서의 나무는 철저하게 현실에 존재하는 나무이다. 그 나무들은 고향과 함께 사라져버린 나무가 아니며, 변해버린 선산을 외롭게 지키고 있는 나무도 아니다. 수록작품들의 제목에서도 알 수 있는 것처럼 장평리에 있는 찔레나무이고, 장석리에 있는 화살나무이며, 장천리에 있는 소태나무이다. 즉, 기존의 나무들이 과거를 향해 뻗어 있었다면, 이 작품 속의 나무들은 현실을 향해 뻗어 있다고 하겠다.

이러한 의미 변화는 시대상황의 변화와 밀접하게 연관되어 있다.『관촌수필』이 발표되었던 1970년대만 하더라도, 이제 막 근대화가 시작되었던 시기였고, 그랬기 때문에 아직 농촌이 사회를 구성하는 중요한 부분으로 남아있던 시기였으며, 조만간 사라지고 말 것이지만 고향의 잔영(殘影)을 어렵지 않게 찾을 수 있었던 시기였다. 그러나 현재는 이미 근대화가 정착되었을 뿐 아니라 탈근대를 주장하는 목소리마저 제기되

---

3) 서영채, 「충청도의 힘」, 이문구, 『내 몸은 너무 오래 서있거나 걸어왔다』해설, 문학동네, 2000, pp.316-327.

는 시기이며, 그렇기 때문에 농촌이라는 공간이 우리 사회에서 차지하는 비중은 턱없이 축소되고 말았다. 이처럼 농촌, 혹은 고향의 비중이 유명무실하게 되어버린 상황에서, 고향의 정서에 대한 상징은 의미를 가질 수 없으며, 그렇기 때문에 필연적으로 의미 변화가 일어날 수밖에 없었다.

물론 외적인 시대상황의 변화만이 원인이 되었던 것은 아니다. 그러한 외적인 변화와 함께 사람들의 관심이 변했다는 것도 중요한 이유가 된다. 1970년대의 사람들은 비록 고향을 떠나 도시에서 생활을 하고 있더라도 고향에 대한 관심을 가지고 있었다. 고향에는 아직 그들의 부모가 농사를 짓고 있었고, 자신이 살아왔던 인생의 많은 부분이 묻혀있기 때문이었다. 그러나 현재의 사람들이 농촌에 묻어둔 인생은 거의 없거나, 아주 없다. 그들은 더 이상 땅의 고향을 가지고 있지 않다. 그들은 차라리 아스팔트를 고향으로 삼아 살아온 사람들이다. 이제 고향은 아무도 관심을 가지지 않기 때문에, 존재하기는 하지만 존재하지 않는 공간이 되어버렸다. 『관촌수필』의 독자들에게는 농촌에 대한 관심이 있었다. 그렇기 때문에 사라져 가는 고향의 잔영을 이야기할 수 있었다. 하지만 『내 몸은 너무 오래 서있거나 걸어왔다』의 독자들에게는 농촌에 대한 관심이 없다. 그러니 사라져 가는 고향의 잔영 따위를 이야기할 여지가 사라져버린 것이다. 현재조차 관심이 없는데, 과거의 이야기에 누가 주의를 기울이겠는가?

3. 풍자와 현실의 상관관계

이와 같은 변화를 대변하고 있듯이, 이 작품집의 대부분은 농촌사회의 현실에 대한 이야기로 채워져 있다. 이 작품집에 등장하는 농촌, 혹은 고향은 더 이상 사라져버릴 것도 남아있지 않은 쇠락해 버린 공간에 지나지 않는다. 농촌은 이미 도시 사람들의 건강식품을 공급하는 상소(「상벙리 쬘레나무」)로 전락했으며, 부동산 투기이 대상(「장천리 싸리나무」)이거나, 성인용품 전단지가 횡횡하는 카섹스의 무대(「장천리 소태나무」)가 되어버렸다. 이러한 농촌의 모습에서 따뜻하고 안온한 고향의 이미지를 찾는다는 것은 불가능하다. 고향은 이제 유산을 상속 받아 한몫 잡으려는 자식들의 싸움터(「장곡리 고욤나무」)에 지나지 않는다.

> 집만 그렇간, 논두 그렇구 밭두 그려. 요새 논밭에다 두엄 내는 사람, 객토 허는 사람 봤남, 못 봤을껴, 왜, 그런 거 허는 사람이 정신나간 사람이지 성헌 사람이간. 내년버터 묵힐지 내후년버터 묵힐지 모르는 땅에 뭣 때미 허리나 도지기 좋게 거름을 낸다나. 일허다가 허리 도져봐야 나만 죽겠구 나만 억울허거던, 안 그려? 나 죽구 나면 자식덜이 우 몰려와서 긱찌리 싸움싸움 해가며 가로 찢구 세로 찢구 숫자대루 찢어서 저저끔 팔어 가번진 텐디, 어채피 효도 보기 다 틀린 땅에 지랄 정쳤다구 일을 혀?
>
> — 「장곡리 고욤나무」, pp 264-265.

이러한 현실인식은 분명 『관촌수필』과 『우리 동네』와는 다른 면모를 보이고 있다. 사위어가고 있지만 그래도 뭉근한 온기가 남아있어 넉넉했던 『관촌수필』의 고향과, 현실에 대한 분노를 해학과 풍자로 되받아 칠 수 있는 공동체적 에너지를 가진 『우리 동네』의 농촌에 비하면, 이 작품집의 고향과 농촌은 너무도 차갑고 강팍하여, 차라리 무기력하기까지 하다. 그들에게 남은 것은 촌사람 특유의 우직스런 고집과 어깃장뿐이다. 이 작품집에서 구사하는 사투리가 여전히 흥미롭고 해학적이기는 하지만, 전작에 비해 날카로운 풍자가 드러나지 않는다는 사실도, 이러한 시대상황의 변화와 관련이 있다.

더욱 문제가 되는 것은 자신들의 공동체를 지키려는 이런 고집이 때로는 아집과 독선으로 변해버리기도 한다는 점이다. 다른 사람의 묘를 파내서라도 기우제를 지내려고 하는 사건(「장이리 개암나무」)이 대표적인 예로, 이는 『우리 동네』에서 보였던 건강한 공동체적 에너지가 변질되어버렸다는 증거가 된다.

무엇이 이들을 변질시켰는가? 표면적으로 나타나는 이유는, 끝도 없이 이어지는 고통이다. 오랜 가뭄 때문에 벼들이 말라비틀어진 것처럼, 그들의 심정도 오랜 고통으로 인해 가물어지고 말았다. 하지만 이는 자기합리화를 위한 거짓 이유에 지나지 않는다. 이전에는 이만한 고통이 없었는가? 이 정도 고통이야 언제고 겪지 않았던 적이 없다. 같은 고통을 두고도 대응방법이 달라졌다는데 문제가 있다. 그러므로 그들이 변질된 진짜 이유는 그들의 내부에 있다.

> "성님은 참, 그래두 참 고등핵교까장 나왔다는 양반이 뭔 말을 해두 이런 참 즘잖은 자리에서는 왜 꼭 무식허게 허는지 모르겠다니께…… 하여컨 금찰이나 깅찰이 기우제를 워치게 지내건 뻔히 보구서두 참 그냥 본숭만숭허구서 넘어가준 건 뭣이냐, 이 사람이 알기에는 딱 한 가지뿐여. 즉 우리게 같은 참 이런 순박헌 농촌에, 우리네 같은 참 이런 순진헌 농심…… 참 천심 같은 이 농심을 있는 그대루 알어주구 있는 증거다 이건디, 관에서두 참 이러는 기우제를 갖구 고렷적이 워떻구 조선 오백 년이 워떻구 허면서, 하냥 농사 짓구 사는 참 다 같은 본적지기 처지에 성님이 디립다 종주먹을 대구 따지니…… 이러면 성민이 이런 참 순박헌 농촌 순진헌 농민덜의 천심 같은 농심을 가슴 아프게 허는 것이 아니구 뭣이냐 이거유."
>
> —「장이리 개암나무」, pp.130-131.

풍자(諷刺)는 스스로를 낮추고 상대를 높이는 허허실실의 전략이다. 잘난 사람들끼리의 대립은 전투이지 풍자라고 할 수 없다. 풍자의 건강성은 약하지만 진실을 가진 자와 강하지만 거짓된 자의 싸움이라는 설정에 기반을 두고 있으며, 이를 스스로 감추고 드러내지 않음으로써 빛을 발한다. 그런데 위의 인용에서 알 수 있는 것처럼, 그들은 자신들이 순진하고 순박한 농민들이라고 강조하여, 스스로를 낮추는데 실패하고 있다. 또한 자신들은 하늘의 뜻을 따르기 때문에 어떤 행동을 해도 용납될 수 있다는 논리를 펴고 있기 때문에, 상대방을 높이는 데에도 실패하고 있다. 이러한 논리는 풍자가 아니라 독단이고 독설에 지나지 않는다. 천심과도 같은 농심(農心)을 지녔다는 것을 스스로 밝히지 않았기에 면사무소와 농협으로 대표되는 외부의 대상을 풍자할 수 있었던 『우리 동네』의 그들이, 스스로 농심을 가지고 있다고 주장하여 풍자의 기반을 파괴하고 내적인 모순을 드러내고 만 것이다.

이러한 내적 모순이 발생하게 된 원인은 무엇인가? 작가는 그 이유를 그들의 공동체에서 비판적인 청년정신이 사라졌다는 데에서 찾는다. 『우리 동네』에서부터 스무 해가 지났지만, 당시의 청년들은 여전히 동네의 청년의 역할을 맡고 있다. 생리적인 나이는 변했는데, 사회적인 나이는 변하지 않았다. 그러니 고인 물이 썩는 것처럼, 그들의 청년정신도 부패해 버린 것이다. 그들은 이제 서로가 서로에게 품앗이를 하는 공동체가 아니다. 누구는 지방의회 선거판에 투신하고, 누구는 "왜 농(農)짜에서 농(膿)이 나온다구 농(弄)을 허는 지두 모르"면서 운동가·활동가인 척을 하고 다니는 개인적인 영달을 위해서 움직이는 인물들로 변모해버렸다.

그뿐이 아니다. 그들이 가지고 있었던 청년정신이 변질되어버렸을 때, 그것을 바로잡아줄 원로가 없다는 것도 내부 모순을 만드는 이유로 지적된다.

> "이 동네서 내가 모자 벗을 사람이 있다면 바루 그 뇌인네덜말구 누가 또 있간디. 세월이 가다가 보면 허다 못해 으덩박시가 썼던 벙거지두 다 시세가 있기 매련이여. 그러나 시세가 없는 것두 있어. 그게 뭣뭣이냐, 인간의 노력이 그렇구, 인간의 정성이 그렇구, 또 인간의 나이가 그려. 고의원은 아까 원로 원로 해쌓더면서두 가만히 보면 늙은이는 썼어두 원로는 즉어. (……) 그러면 저 이 동네 뇌인네덜은 왜 원로가 아니냐, 경노당을 왜 경매댕이라구 허느냐, 시세가 없는 나이 때미. 왜 시세가 없느냐, 나이를 먹었어두 옆댕이루 먹었기 때미. (……) 동방무례지국적인 기우제를 지내게 충동질을 해서 스 말 스 되 스 홉짜리 시루떡이나 은어먹을 궁리를 헌다 치면, 저 뇌인네덜이야말루 망령든 뇌인네덜, 요샛말루는 치매에 걸린 뇌인네덜이 분명헌디, 거기가 워째서 경노댕이여 경매댕이지. 상식적으루 생각을 해보라먼. 긴가

아닌가. 참말루."

－「장이리 개암나무」, pp.133-134.

위의 인용에서 통렬히 비판되고 있는 것처럼, 노인은 많지만 구심점이 되어야 할 원로는 없다는 사실이 공동체의 변질시키는 한 요인, 적어도 수수방관하여 변질을 방조한 원인이 되었다. 이는 『관촌수필』의 세계와 다시 대립되는데, 그 동안 고향이 외부로부터 밀려들어 오는 변화를 감내해야하면서도 자신들의 공동체를 지켜낼 수 있었던 것은 비판적 청년인 아버지와 원로로서 구심점 역할을 하는 할아버지가 공존했기 때문이다. 물론 『내 몸은 너무 오래 서있거나 걸어왔다』에서도 원로의 면모를 갖추고 있는 노인이 전혀 등장하지 않는 것은 아니다. 그러나 그들의 비중이 현격하게 줄어들어 버렸다는 것이 문제가 된다.

이 작품집에서 제목으로 활용되는 나무들도 이처럼 변질된 공동체 의식을 의미하는데, 인용되었던 「장이리 개암나무」라는 작품의 제목도 역시 같은 의미를 가진 것이다. 작중 화자의 표현을 그대로 인용하여 표현 하자면, "개암이야말루 우리헌티는 역사와 전통이 있는 과일 중의 하나"이지만, 이제 개암나무는 "산기슭이나 야산은 죄다 개간해버렸구, 그렇지 않은 디는 나무 허는 사람, 약초 캐는 사람, 버섯 따는 사람, 나물 캐는 사람, 도토리 줏는 사람이 죄 발을 끊어서 소릿길마저 파묻힌다 그 위에 갖은 잡목이 제멋대루 우거져서" 살아갈 터전을 잃어버리고 말았다. 또한 개암나무는 "늙도록 키워봤자 작대깃감두 안 나오구 지팽잇감두 안 나오는 나무구, 개암을 따두 먹을감은 고사허구 놀잇감두 안되는" 나무이기 때문에 누구도 관심을 갖지 않는다.

이러한 속성은 비단 개암나무에 한정되는 것이 아니다. 이 작품집에 등장하는 찔레나무, 화살나무, 소태나무, 싸리나무, 으름나무, 고욤나무는 모두 경제적으로는 아무런 가치가 없는 나무들이다. 그러나 그 나무들은 사람의 손에 의하지 않고도 스스로 존재하는 자연(自然)이기 때문에, 그저 그 자리에 서 있는 것만으로 자신의 몫을 다하고 있다.

자가는 바로 여기에서 변질되어버린 공동체의 새로운 희망을 찾고 있다. 잎이 무성했던 계절이 지나면 낡은 잎이 떨어지는 계절이 오고 다시 새 잎이 피어나는 계절이 오는 자연의 법칙처럼, 낡고 변질되어 버린 세대들이 지나가면, 새롭게 자라나는 세대들을 통해서 공동체 식이 회복될 수 있다는 기대를 품는 것이다.

> "예, 그런데요. 큰아버지 말씀이 옳은 말씀이세요. 농업은 성역이 아닙니다. 하나의 평범한 개인사업입니다. 또 그런 개인사업가가 남의 무덤을 무단히 파괴하는 것은 풍속사범입니다. 개인적인 원한관계를 가물 탓으로 위장해서 무덤을 파괴하는 사람도 있을 수 있구요. 기우제라는 것두 그래요. 제 생각엔 자기가 자기를 속이는 진짜 허례허식입니다. 기우제야말루 농심하고는 거리가 먼 거지요."
> "너는 그걸 워치게 알었데?"
> "농심이 뭔데요. 콩 심은 데에 콩 나고 팥 심은 데에 팥 나는 게 농심이잖아요."
>
> -「장이리 개암나무」, p.152.

어른들은 이미 잃어버린, 혹은 잊어버린 농심의 참된 의미를 소년은 간직하고 있다. 그는 성인이 되기 위해 준비하는 나이이며, 그렇기 때문에 자신의 의견을 주장하지는 못하지만, 어른들의 의견을 조심스러우면서도 당당하게 지적할 줄 아는 인물이다. 화자는 이 소년에게서 새롭게 돋아나는 청년정신의 싹을 보고 있으며, 그렇기 때문에 이제 힘든 인생을 시작해야 하는 소년에게 까치둥지를 선물하고 있다. 작품에서도 언급하고 있는 것처럼, 까치는 전통적인 길조(吉鳥)이고, 그러므로 까치둥지는 좋은 소식이 자라나는 공간이라고 할 수 있다. 이런 의미를 바탕으로 파악해보면, 화자의 이러한 행동은 새롭게 돋아난 희망을 축복하고, 그 희망이 올바로 크기를 기원하는 소박한 의식이라고 하겠다.

4. 시간을 역행하는 나무의 힘

지금까지 살펴본 것처럼, 이문구 소설에서 사용된 '나무'의 상징성은 시대상황의 변화와 독자의 관심변화라는 두 가지 요인에 의해서 의미가 변화된다. 그것은 과거에서 현재로의 변화이지만, 발전의 개념에 상응하는 것은 아니다. 오히려 퇴행에 가깝다. 『관촌수필』의 나무들은 비록 기억 속에서 존재했지만, 그 싱싱한 생명력은 현재에까지 영향을 주어 과거가 현재를 지탱하는 힘으로 작용했다. 그에 비해서 『내 몸은 너무 오래 서있거나 걸어왔다』의 나무들은 현실 속에 존재하는 나무이지만, 현재의 상황에 영향력을 행사하지 못하고 그저 풍경의 한 귀퉁이를 차지하고 있을 뿐이다. 그리고 이러한 변화의 중간지점에 『우리 동네』가 놓여있다.

이처럼 '나무'가 가진 기존의 상징성은 상실되었지만, 상실이 곧 소멸로 이어진 것은 아니다. 상실은 상실 자체로 끝난 것이 아니라 그로 인해서 또 다른 의미를 생성하는데, '나무'에게 부여된 새로운 상징성은 시간에 순응하는 나무에서 시간을 거스르는 나무로의 변화라고 축약될 수 있다. 『관촌수필』의 나무가 아무리 강한 생명력으로 존재한다고 하더라도 그것은 어디까지나 기억 속의 나무에 지나지 않는다.

기억이란 지극히 개인적인 의식의 작용이며, 언제 어떻게 소멸되어 버리고 말지 모르는 기록이다. 그러므로 그 나무들은 기억하는 사람이 점점 줄어들 수밖에 없다는 시간의 법칙에서 자유로울 수 없다. 그러나 『내 몸은 너무 오래 서있거나 걸어왔다』에 등장하는 몇몇 나무들은 그러한 시간의 흐름에 역행하는 모습을 보이고 있다. 이러한 일이 가능한가? 시간에는 일방통행만이 있을 뿐이다. 시간을 거슬러 오르는 것은 자연의 법칙에 위배된다. 그것이 과연 가능한 일인가? 가능하다. 그와 같은 역행을 시도하는 것들이 다름 아닌 '나무'이기 때문이다.

시간을 역행하는 나무의 힘이 잘 표현되어 있는 작품은 「장석리 화살 나무」이다. 이 작품집에 수록되어 있는 대부분의 작품들이 현재의 상황에 십승하고 있는 데 비해서, 이 작품은 과거의 상황에 대한 관심을 표명하고 있다는 점에서 이채롭다. 한국전쟁 당시의 상황에서 시작되는 이 작품은 결말을 제외한 모든 부분이 과거의 이야기, 좌익분자에 대한 무차별적인 검거를 피해 밤새도록 갯벌을 걸어 달아나는 사람의 이야기를 다루고 있다. 이와 같은 이야기는 그 동안 발표된 분단소설에서 많이 다루었던 별반 새로울 것 없는 소재이다.

다소 진부해 보이기까지 하는 이 이야기가 의미를 가지는 것은 결말에 이르러서이다. 이 작품의 결말은 별다른 소설적 장치도 없이 갑자기 현재의 시점으로 이동하여 화자와 황쾌식 옹과의 대화를 보여준다. 시제의 혼란, 혹은 방만한 구성이라고도 지적받을 수 있는 이런 결말이 의미를 가지는 것은, 다음과 같은 질문에 의해서이다.

> "육이오둥이들이 벌써 손자손녀를 보고 있느니 세월도 흐를 만큼 흐를 셈이라 그런 난리판이야 두 번 다시 있겠습니까마는, 그래도 알 수 없는 세상일인 만큼 제가 살아가면서 특히 조심해야 할 것이 있으면 어르신네께서 딱 한 가지만 가르쳐 주십시오."
>
> ― 「장석리 화살나무」, p.55.

위의 인용에서, 화자인 '나'는 황쾌식 옹에게 가르침을 구하고 있다. 이러한 진술은 무엇을 의미하는가? 우선 위의 진술이 포함된 결말 부분에서, 화자의 변화가 이루어지고 있다는 사실에 주목된다. 이 작품의 대부분은 황쾌식 옹의 진술로 진행된다. 그러나 결말에 이르러서는 갑자기 '나'라는 새로운 화자가 등장하고 있다. 이는 인물의 위치와 역할의 변화에 해당하는데, 작품의 전경(前景)에서 활동하던 인물을 배경(背景)으로 위치 변환시켜, 인물에 대한 객관화를 시도하는 기법이라고 할 수 있다. 즉, 과거의 사건을 이끌어 가던 황쾌식 옹을 사건들로부터 독립시켜 그의 행동이 가지는 현재적 의미를 파악하고자 한 것이다.

　이러한 기법을 통해서 시간의 흐름에 대한 역행이 이루어진다. 사건이 중심이 되는 이야기는 시간의 흐름에 대항할 수 없다. 해당사건에 대한 관심이 사라지면 그 사건이 가지는 의미도 함께 사라져버리기 때문이다. 그러므로 사건이 가지는 의미가 지속되기 위해서는, 그 사건에 대한 가치부여, 역사학적 용어로 표현하자면 '과거와 현재의 끊임없는 대화'가 이루어져야 한다. 이것이 바로 시간의 법칙을 역행할 수 있는 방법이다. 이러한 맥락에서 화자가 황쾌식 옹에게 질문을 한다는 설정을 통해 역사성이 획득되며, 다소 비약적이라고 할 수 있는 결말에 의미가 부여된다.

　황쾌식 옹이 이러한 역할을 담당하는 인물이라는 설정은, 앞서 공동체의식의 변질 요인 중의 하나로 살펴보았던 원로의 부재라는 문제와도 연결된다. 이 작품에서 등장하는 황쾌식 옹은 『관촌수필』의 할아버지만큼은 아니더라도, 원로로서의 풍모를 간직하고 있다. 적어도 "스말 스되 스 홉짜리 시루떡이나 은어먹을 궁리"나 하는 치매에 걸린 노인네는 아니다. 그런데 문제는 이러한 인물이 그 공동체의 중심에 위치하는 것이 아니라 애써 찾아가야 만날 수 있는 주변인물로 전락했다는 사실이다. 이와 같이 주변에 머무는 인물이라는 설정이, 황쾌식 옹을 "그루마다 마디게 자란데다 다다분한 잔가지가 갯바람에 모지라져서 나무도 나무 같지 않은" 화살나무와 동일하게 파악될 수 있는 근거가 된다.

　화살나무는 이 작품집에 등장하는 다른 나무들처럼, 경제적 가치를 갖지 못하는 나무이지만, 적어도 황쾌식 옹에게는 힘든 갯벌길을 건널 수 있도록 도와준, 한 사람의 생명을 살린 나무이다. 그러므로 그가 들려주는 교훈은 화살나무가 들려주는 이야기로 전이되며, 이를 통해서 나무의 새로운 상징성, 즉 시간을 거슬러 과거를 기술 할 수 있는 역사성이 확보되는 것이다.

5. 나무가 만드는 길

앞의 논의에서 그 동안 이문구가 보여주었던 공동체의식이 변질되었으며, 이로 인해서 풍자의식이 엷어지고 말았다고 지적했다. 이러한 변화가 가지는 문제점은 전망이 사라지고 말았다는 데 있다. 풍자는 기본적으로 현실인식에 바탕을 두고 있다. 현실에 대한 불만이 없는 사람이 굳이 현실을 비꼴 필요는 없는 것이며, 현실의 문제에 대한 해결이 필요하지 않은 사람이 기득권자를 공격할 이유도 없다. 현실에 문제가 있다고 판단하고, 그 문제를 해결할 수 있는 전망이 필요한 사람만이 공격을 시도하고, 공격을 하려했지만 힘의 열세(劣勢)가 너무도 명백하기 때문에 풍자라는 방법을 택한다. 그러나 풍자의 방법을 더 이상 활용할 수 없을 때는 어떻게 해야 하는가?

쉽게 생각해볼 수 있는 방법은 과거로의 도피이다. 그러나 이 방법은 이미 전망이 될 수 없다. 고향이 가진 뭉근한 온기를 그리워했던 『관촌수필』의 세계가 변질되고 파괴되는 과정을 경험했기 때문이다. 그렇다면 어떤 방법이 남아 있는가? 이처럼 현재와 과거로 향하는 길이 막혀 있는 상황에서 나무의 상징성이 조심스럽게 끼어든다.

나무의 상징성이 제시하는 길은 과거로 향해 있지 않다. 그 길은 차라리 현실을 향해 있으나, 현실 그 자체는 아니다. 현실이되 현실이 아닌 상황, 분명히 현실의 한 부분이지만 미처 발견되지 않았던 현실, 바로 그 속에 나무의 상징성이 제시하는 길이 있다.

> 그는 바싹 다가가서 볼 셈으로 돌아서다가 거실 바닥이 너무 환한 것이 새삼스러워 한 번 더 둘러보는 순간 깜짝 놀라 소스라치면서 썩 비켜났다. 저도 모르게 여태껏 묵란도(墨蘭圖) 한 폭을 함부로 밟고 있었던 것이다. 그는 망연자실하였다. 누가 새로 그린 그림을 모르고 밟아 때를 묻히고 구겨놓은 것 같아 눈앞이 아뜩했던 것이다. 그러나 곧 모르고 밟기는 했지만 때 하나 묻지 않고 구김살 하나 간 데가 없다는 데에 적이 마음이 놓이면서, 그런데 도대체 이게 어디서 난 그림이며 어째서 여기에 있었단 말인가 하는 생

각이 그를 다시 붙들어 세웠다.

- 「장동리 싸리나무」, p.167.

인용된 장면은 그러한 나무의 상징성이 제시하는 길을 발견하는 부분이다. 화자가 밟은 〈묵란도〉는 거실에 놓아두었던 춘란이 달빛을 받아 만든 그림자이다. 항상 보아 왔던 춘란화분을 새롭게 발견하는 순간, 그 순간이 바로 길이 열리는 순간이다.

이러한 길을 만드는 매체가 춘란(春蘭), 그것도 남들이 캐었다 버린 춘란이라는 점이 주목된다. 춘란은 원래 그대로의 것보다는 변종이 더 높은 가격에 거래되는 식물로, 변종이 아닌 것은 이처럼 캐었다가도 버려지고 만다. 비경제적이라고 판단되어 관심 밖으로 밀려나 버린 존재, 그러나 자연스레 존재하는 것만으로 가치가 있는 식물이라는 점에서 춘란은 작품집 속의 다른 나무들과 동격이 된다. 이는 분명히 의미의 확장이다. 이처럼 춘란에서 나무로의 확장이 일어나는 것처럼, 화자의 시선도 거실 바닥에서 창밖의 풍경으로 확장되고 있다.

　　망연한 눈으로 물위의 달빛에 빠져 달이 이우는 줄도 모르고 있던 그는 갑자기 달빛에서 헤어나 물이 사방에서 금을 긋고 있는 기스락까지 물위를 모조리 쓸어보았다. 없었다. 밤낮으로 늘 있던 것들이, 그리하여 지금 이 시간에도 반드시 그렇게들 있어야 마땅한 것들이 없었다. 어쩐지 처음부터 어디가 허전하고 어느 구석인가가 굻은 듯한 느낌이 드문드문 묻어나서 거칫거리었던 장본도 바로 그것들이 보이지 않은 탓이었던 것을. 그는 그제서야 새삼스럽게 그것을 깨달은 것이었다.

- 「장동리 싸리나무」, p.171.

이러한 확장과정을 통해서 화자는 그 동안 모르고 있었던 것을 깨닫게 된다. 그것은 현실의 뒤에 숨어있는 또 다른 현실, 전혀 다른 눈으로 바라보게 되는 현실이다. 그것이 바로 나무의 상징성이 열어준 길이고, 앞서 〈묵란도〉로 비유되었던 동양화의 세계이다. 빽빽하고 풍

성하게 빈틈없이 시야를 채워 넣는 서양화가 아니라, 이수룩히게 비어
있으나 그 비어 있음을 통해서 의미를 만드는 동양화의 세계. 그것이
바로 나무의 상징이 만드는 정서적 관조의 길이다.

이러한 길을 통해서 무엇을 얻을 수 있는가? 이에 대한 해답은 작
품의 화자가 가진 삶의 태도를 통해서 찾을 수 있다. 이 작품집의 다
른 작품에 등장하는 인물들은 대부분 강퍅한 현실에 지친 인물이다.
발 빠르게 변모하여 자기의 잇속을 챙기기 위해서 애를 쓰는 인물이
거나, 다른 이들의 이야기는 들을 틈도 없이 자신의 것을 지키기에 바
쁘다. 그러나 「장동리 싸리나무」의 화자는 이런 인물들과는 다른 면모
를 보인다. 물론 그도 공무원 생활에 지쳐 낙향한 인물이지만, 그에게
는 공직에 대한 욕망도 부동산 투기에 대한 욕심도 없다. 그는 그저
자연 속에 묻혀서 소일할 뿐이다. 그에게는 적어도 다른 사람의 이야
기를 들어 주고, 삶과 풍경을 관조할 수 있는 여유가 있다. 삶은 누구
에게나 고통스럽다. 다만 똑같은 현실을 고통스럽게 받아들이는 사람
과 여유를 가지고 받아들이는 사람이 있을 뿐이다. 그는 다른 사람들
과 같은 현실을 살고 있는 사람이지만, 다른 사람들과는 변별된다. 여
유를 가지고 있기 때문이다. 무엇이 그에게 여유를 만들어주었던가?
나무의 상징이 만들어낸 길이다. 그 길이 만드는 동양화적인 세계에
대한 체험이 그가 여유를 가질 수 있도록 했다.

이러한 정서적 이완작용을 경험하기 때문에, 그는 나무의 또 다른
상징도 알아볼 수 있었다. 그것은 바로 현실의 무게에 눌린 사람들은
체험할 수 없는 추억과 회상, 즉 시간의 흐름을 거슬러 올라가는 작업
이다. 그가 시간을 거슬러 올라간 지점에 "떨기마다 유난히도 짙고 흐
드러지던" 진달래꽃이 있다는 설정은 어색하지 않다. 『관촌수필』의 왕
소나무가 할아버지와 함께 했던 것처럼, 이 작품의 진달래꽃은 소꿉친
구인 끝예와 함께한다. 또한 왕소나무와 연결되는 할아버지가 고향의
잔영을 알려주어 현재를 살아갈 힘이 되었다면, 진달래꽃과 연결되는
끝예는 문명을 벗어난 설화적 공간을 알려주어 그에게 삶의 고통을

여유롭게 견딜 수 있는 힘을 제공한다. 즉, 끝예는 화자를 나무의 상징성이 만드는 길로 인도하는 안내자 역할을 담당하는 것이다.

이러한 기능은 「더더대를 찾아서」의 언년이에게서도 발견된다. 이 작품은 작품집에 수록된 작품 중에서 유일하게 나무의 이름을 제목에 사용하지 않은 작품이지만, 역시 다른 작품들과 동일한 정서를 공유하고 있다. 이는 이 작품의 주요인물인 '더더대'라는 말더듬이 걸인이 가진 속성 때문인데, 그는 바가지나 깡통이 아니라 "자루에다 사금파리를 잔뜩 담아서 무거터지게 짊어지구 댕기면서" 동냥을 했던 인물이다. 어찌 보면 미련하기 짝이 없는 짓이고, 어찌 보면 걸인답지 않은 호사취미인 그의 행동이, 유리구슬이나 사금파리 같은 반짝이는 물건을 모아두는 습성을 가진 까마귀와 그를 동일시하는 기반이 된다. 또한 여기에서 한 걸음 더 나아가 어릴 적에는 많이 보았던 까마귀가 이제는 보이지 않고, 어릴 적에는 동네마다 많았던 걸인들도 사라져 버렸다는 사실까지 연결된다. 화자가 이런 사실을 새삼 깨닫게 되는 것은 고향에서 만난 소꿉친구 언년이와 끝예는 서로 연관되며, 이를 통해서 나무 이름을 제목으로 사용하지 않은 이 작품과 나무 이름을 제목으로 사용하는 다른 작품이 공통되는 정서를 공유하게 된다.

6. 소설의 공간, 공간의 소설

그 동안 이문구가 발표했던 작품은 대부분 연작소설의 형식을 갖추고 있다. 연작소설은 "부분과 전체의 긴장 속에서 연작으로 확장된 소설공간을 기반으로 하여 삶의 다양성과 전체성을 동시에 표출"[4]하는 기법이라는 점을 고려하면, 농촌 혹은 고향의 과거와 현실을 다양한 측면에서 형성화하는 그의 작품세계를 표현하는 데 매우 효과적인 방

---

4) 권영민, 앞의 책, p.332.

법이었나고 판단된다.

이문구 연작소설의 특징은 대개 공간이 연결고리의 역할을 담당하고 있다는 사실이다. 『관촌수필』에 수록된 작품은 작가의 고향이기도 한 보령지방의 '갈머리마을[冠村]'을 토태로 연결되어 있고, 『우리 동네』는 제목에서도 드러나는 것처럼 같은 '동네'에 사는 사람들의 이야기로 구성되어있다. 이러한 작품들과 비교하자면, 『내 몸은 너무 오래 서있거나 걸어왔다』에는 연결고리가 되는 공간이 뚜렷하지 않은 것처럼 보인다. 그러나 작가 스스로 "이에 해당하는 작품들은 자신의 집필실 주변마을을 무대로 하고 있다"[5]고 밝히고 있다는 점을 고려하면, 이 작품도 역시 이전의 작품들처럼 공간을 근간에 두고 있다는 점은 달라지지 않았다는 사실을 알 수 있다.

다만, 공간과 사람들의 이야기 사이에 '나무'라는 매개항이 삽입되었다는 점이 이전의 작품들과 변별되는 부분이다. 이러한 매개항이 필요했던 이유는, 앞서 논의했던 것처럼, 현실의 변화에 따라 사람들이 강퍅해졌고 그에 따라 공동체의식으로 충만했던 농촌, 혹은 고향이라는 공간이 그 기능을 상실했기 때문이다. 이러한 공간의 현실을 직시하고, 과거의 사건들과 끊임없는 대화를 통해서 역사성을 회복하며, 그 땅에 사는 사람들의 삶에 여유를 부여하는 기능을 담당하는 것이 바로 나무가 가진 상징성이다. 결국, 되돌아갈 수 없는 땅인 고향에 대한 그리움으로 충만했던 『관촌수필』이나, 우리 동네의 갑남을녀(甲男乙女)들이 살아가는 땅의 현실에 대한 해학과 풍자로 충만했던 『우리 동네』를 지나서, 이러한 것들이 사라지고 있는 땅의 상상력을 나무의 상징성을 통해서 부흥하고자 했던 노력이 바로 『내 몸은 너무 오래 서있거나 걸어 왔다』라고 할 수 있다.

그렇다면 이제 남은 문제는 이러한 나무의 상징성이 가진 유효기간이다. 『관촌수필』의 그리움도, 『우리 동네』의 해학과 풍자도 모두 삼

---

5) 한국문예창작학회 주최, 〈제1회 작가와 함께 하는 한국문학답사 기행〉 당시 작가의 증언.

켜버린 저 폭압적인 시간이, 나무의 상징성이라고 해서 놓아둘 리가 없기 때문이다. 전망은 그리 밝지 않다. 나무는 농촌, 혹은 고향이라는 공간이 내놓을 수 있는 마지막 방법처럼 보이기 때문이다. 이것마저 시간의 변화에 밀려 변질되어 버린다면, 그때는 어떤 방법을 찾아야 할 것인가. 물론 이러한 염려는 매번 되풀이되는 기우에 지나지 않을지도 모른다. 삶은 우리에게 항상 최후의 카드까지 빼앗아가지만, 우리는 또 다른 카드를 만들어 내기 위해 노력할 것이기 때문이다. 이는 작가 이문구에게도 마찬가지로 적용될 것이다. 그의 몸은 너무 오래 서 있거나 걸어왔을지 몰라도, 땅의 상상력을 지속시키기 위한 그의 고민은 아직도 갈 길이 멀다. 이제 그는 떠나버렸다. 하지만 그의 고민은 여전히 이 땅에 남아있는 작가들의 몫으로 남아있다.

▣ 참고문헌

이문구, 『관촌수필』, 문학과지성사, 1977.
_____, 『우리 동네』, 민음사, 1981.
_____, 『내 몸은 너무 오래 서있거나 걸어왔다』, 문학동네, 2000.

권영민, 『한국현대문학사』, 민음사, 1993.
서영채, 「충청도의 힘」, 이문구, 『내 몸은 너무 오래 서있거나 걸어왔다』 해설, 문학동네, 2000.
이재선, 『현대한국소설사』, 민음사, 1991.

김원일 소설에 나타난 '어둠'의
공간상징성 연구

1. 서 론

1) 연구목적 및 방법

작가는 창조자이다. 그는 언어를 통해 작품을 만들어내며, 그 속에 나름의 세계인식과 자아인식을 포함한다. 우리가 소설작품을 작가가 만들어낸 독창적인 세계라고 파악하는 이유도 바로 여기에 있다. 그러므로 소설작품에 대한 독서행위는 단순한 언어습득이나 흥미로운 이야기를 전해 듣는 것에 그치지 않는다. 그것은 세상과 개인에 대한 작가의 해석을 경험하는 것이며, 나아가 그 해석을 분석하고 탐구하는 과정을 통해 세상을 능동적으로 이해하는 작업이다.

이와 같은 시각은 문학연구의 범위와 방법이 작품에 한정될 수 없는 근거가 된다. 소설작품은 작가에 의해 만들어진 독창적인 세계이기 때문에, 이에 대한 명확한 이해를 위해서는 작가의 개인사에 대한 연구를 비롯하여 그가 살아왔던 시대에 대한 연구가 병행되어야 한다. 물론, 작품 자체에 대한 해석과 분석이 문학연구의 근간이 되어야 한다는 주장[1]에 대해서는 이론의 여지가 없다. 다만 작품의 부분적 사

---

1) R. Wellek & A. Warren, *The Theory of Literature*, Penguin University Books, 1973, p.139. 참고. : "The natural and sensible starting-point for work in literary scholarship is the interpretation and analysis of the works

실에 치중하여 편향적인 해석을 내리는 논의는 지양되어야만 하고, 문학연구의 균형감각을 확보하기 위해서는 '통합적 해석'에 기반을 둔 연구가 이루어져야 할 것이다.[2]

소설가 김원일의 경우, 그러한 통합적 해석방법의 적용이 요구되는 작가이다. 이는 그의 작품세계의 많은 부분이 사회와 역사에 대한 관심을 표방하고 있다는 측면에서도 그러하지만, 지금까지 그에 대한 관심이 작품세계의 특정 영역에 집중되어 다양한 논의가 이루어지지 못했다는 사실에서도 그 이유를 찾을 수 있다.

본고는 이러한 문제의식을 바탕으로 김원일의 작품세계를 분석하고자 한다. 특히 그의 작품에서 빈번하게 등장하는 '어둠'이라는 공간상징어가 가지는 의미에 주목하여, 그것이 가지는 의미를 파악하는데 연구의 일차적인 목적을 둔다. 또한 상징의 변화과정을 파악하고 이를 통해 김원일의 작품세계가 가지는 흐름을 탐색하는 것에 연구의 두 번째 목적을 둔다. 이상과 같은 연구과정을 통해서 지금까지 그리 주목을 받지 못했던 김원일의 초기작품들에 대한 의미부여가 이루어질 수 있으며, 아울러 그의 작품세계에 대한 보다 폭넓은 이해가 이루어질 것으로 기대된다.

이와 같은 직접적인 성과와 함께 본고가 기대하는 것은 소설 창작방법론 연구에 대한 시론(試論)이다. 지금까지 소설 창작에 관련된 본격적인 연구는 거의 이루어지지 못했으며, 창작의 기술적인 측면이나 창작에 임하는 작가의 태도와 관련된 논의가 산발적으로 이루어졌을

---

of literature themselves. After all, only the works themselves justify all our interest of an author, in his social environment and the whole process of literature."

2) 윤홍로, 『한국소설의 해석』, 단국대학교출판부, 1998, pp.15-41. 〈통합적 해석론〉 참고. : 윤홍로는 이러한 연구방법론을 주장하면서, 이를 "방향 감각을 상실한 절충주의적 무분별한 적용"과 구분하여, '변증법적 역사의 율동 원리'에 기반을 두고 "동시대 작품의 진실에 공간적 넓이와 시간적 거리를 넓게 포용하면서 작품을 조명"하는 방법이라고 설명하고 있다.

뿐이나. 본격적인 창작방법론 연구기 이루어지기 위해서는, 무엇보다 소설의 원론적인 측면에 대한 고찰이 요구된다고 하겠다. 본고는 소설의 창작과 분석 모두에서 중요한 의미를 가시는 상징에 대한 분석 작업을 통해서, 소설 창작방법론을 전개하기 위한 연구방법을 탐구해보고자 한다.

본고에서 논의의 대상으로 삼는 것은 김원일의 초기작품들이다. 초기작품이라는 범주를 어떻게 설정할 것인지에 대해서는 다양한 논의가 가능하가. 그러나 그의 작품 활동이 장편소설 『노을』을 계기로 방향 전환이 이루어졌다는 점에 대해 많은 평자들이 동의하고 있다는 사실3)에 주목하여, 본고는 김원일의 초기작품을 등단작인 「1961년 알제리아」에서부터 『노을』까지로 규정하고자 한다. 이 범위에 포함되는 작품은 총 25편이지만, 여기에 『노을』의 연재 도중에 발표되었던 「절명(絶命)」과 「박명(薄命)」을 포함하면 총 27편이 해당된다.

이 기간의 작품들 중에서 '어둠'의 이미지를 포함하고 있는 작품이 많이 발견된다. 그 구체적인 수량은 아래의 표와 같으며, 이에 따라 산출된 작품의 수는 김원일 초기작품의 45%에 해당하는 분량이다. 더구나 이외의 많은 작품들도 부분적으로 '어둠'의 상징성이 나타내고 있다는 점을 감안하면, 김원일의 초기소설에 해당하는 대부분의 작품이 '어둠'이라는 상징의 영향을 받고 있다고도 설명될 수 있겠다.

'어둠'은 색체와 명암을 구분하는 시각(視覺) 이미지에 해당하는 어휘이지만, 공간적 속성을 기반으로 하고 있다. 인간의 감각기관 중에서 시각은 촉각과 함께 '공간을 인지하도록 만드는 기능'을 가지고 있

---

3) 이와 같은 의견의 대표적인 예로 윤재근의 논의를 들 수 있다. : "그에게 「노을」은 〈어둠의 시기〉로 이름 지을 수 있는 그의 전반기 창작기법을 다 동원하여 〈어둠〉이란 말로 상징될 수 있는 그의 전반기 작가정신을 표현하고 있는 셈이다. 말하자면 「노을」은 〈어둠의 시기〉를 결산하는 작품일 수도 있다."(윤재근, 「김원일의 "노을"」, 《현대문학》, 1981, 10, p.279.)

기 때문이다.[4] 따라서 김원일의 초기 작품에 표현된 '어둠'이라는 상
징어는 작가의 공간인식이 표현된 것이고, 나아가 그 공간을 토대로
이루어지는 세계인식과도 연결되는 문제이다.

활 용	산출기준	작품명	편 수
기본 텍스트	'어둠'을 포함한 제목	『어둠의 축제』, 「어둠의 혼」, 「어둠의 변주」, 「어둠의 사슬」	4편
	'어둠'과 직접적인 연관성을 가진 제목	「빛의 함몰」, 「日出」 「濃霧日記」, 『노을』	4편
참고 텍스트	'어둠'과 간접적인 연관성을 가진 제목	「피의 채취」, 「침묵」	2편
	제목과 상관없이 '어둠'의 상징성이 나타나는 작품	「1961년 알제리아」, 「박명」	2편
합 계			12편

본고는 이중에서도 논의의 편의를 위해 『어둠의 축제』, 「1961년 알
제리아」, 「어둠의 변주」, 「어둠의 혼」 등의 네 작품을 기본 텍스트로
선정했다.[5] 이 텍스트들을 대상으로 본고는 각각의 작품 속에 나타난

---

4) Yi-Fu Tuan, 구동회·심승희 역, 『공간과 장소(Space and Place)』, 대윤,
1995, pp.30-34. 참고. : "시각과 촉각의 '공간화(spatializing)' 기능들이 결합
되면, 본질적으로 비공간적인 이러한 감각들을 통해 우리는 세계의 공간적이
고 기하학적인 특성을 더욱 풍부하게 이해할 수 있다."

5) 이들 텍스트에 대한 인용은 발표 당시의 판본을 사용하는 것을 원칙으로 하
였다. 그러나 당시 자료를 구하기 어려운 「1961년 알제리아」의 경우는 1997
년에 간행된 『김원일 중·단편전집』에 수록된 작품으로 대치하였다. 김원일
은 끊임없는 개작을 시도하는 작가로 잘 알려져 있다. 그러므로 그의 작품
중에는 그 내용과 표현이 달라진 경우가 적지 않기 때문이다. 본고에서 활용
하는 텍스트들의 출처는 다음과 같으며, 이후부터는 페이지만 표시한다.
· 『어둠의 축제』 : 《현대문학》, 1967. 7. - 1968. 4.
· 「1961년 알제리아」 : 『김원일 중·단편전집』, 문이당, 1997.
· 「어둠의 변주」 : 《현대문학》, 1976. 9.

'어둠'의 상징성을 분석하는 작업을 시도한다. 일반적으로 상징 분석은 시(詩)에 대한 연구에서 많이 사용되어왔던 방법이다. 상징은 집중적이고 응축적인 언어구조이기 때문에, 보다 정연한 구조체계를 갖추고 있는 시 작품을 통한 구현이 훨씬 용이하기 때문이다. 그러나 소설작품에도 상징의 활용이 이루어지고 있다는 것은 부인할 수 없는 사실이며, 특히 김원일이 같은 작품을 몇 번씩이나 퇴고하는 엄격한 언어의식을 갖춘 작가라는 사실을 감안하면,[6] 상징에 대한 논의를 전개할 수 있는 충분한 요건을 갖추고 있다고 판단된다.

상징이란 "감추어진 의미를 나타나게 만드는 하나의 재현"[7]이며, 작품의 의미를 해석해낼 수 있는 요소가 된다. 상징의 분석은 작품 자체에 대한 의미 분석에만 그치지 않는데, 이는 작가의 세계의식과 자아의식이 상징을 통해서 표현되기 때문이다.[8]

상징이 가지는 의미를 분석하기 위해서는 작품에 대한 면밀한 검토가 선행되어야 하는데, 이 경우 작품에 대한 검토는 문장과 어휘에 대한 분석, 즉 문체론의 범주까지 포함된다. 소설 속에 나타나는 상징은 일종의 '언어상징', 즉 "언어로 표현된 이미지나 사고들 사이에 존재하는, 논리적이고 언어적인 일련의 관계의 반복"[9]을 통해서 구현되기 때문이다. 일반적으로 문체론을 수사학적(修辭學的) 관심으로 치부해버리는 경향이 있지만, 이는 매우 위험한 편견이다. 문학작품이 결국 언어를

· 「어둠의 혼」 : 《문학과 지성》, 1972. 6. (재수록본)

6) 김원일은 자신의 집필 성향을 "한 작품을 완성할 때까지 적어도 한 열 번 정도 고쳐 쓰는 버릇이 있다 보니, 계속 되풀이해서 읽고 또 고치고, 읽고 또 고치고, 그러면서 조금씩 진전시켜나가는 그런 스타일"이라고 고백하고 있다. : 권오룡·김원일, 「열정으로 지켜온 글쓰기의 세월」, 권오룡 편, 『김원일 깊이 읽기』, 문학과지성사, 2002, p.25.

7) Gilbert Durand, 진형준 역, 『상징적 상상력(L'imagination symbolique)』, 문학과지성사, 1983, p.17.

8) 김수복, 『상징의 숲』, 청동거울, 1999, pp.13-34. 참고.

9) Gilbert Durand, 앞의 책, p.20.

매체로 하고 있다는 점을 상기한다면, "표면적인 언어 현상 아래에 작용하는 인물의 정신생활이나 세계관 혹은 작품의 주제적, 미적 효과"[10]에 대한 탐구를 시도하는 문체론은 매우 중요한 문학의 연구방법이라고 할 수 있다.

작품에 대한 면밀한 분석을 통해 분석된 상징은 역사·사회적인 관점에서 의미를 확장시켜 다시 논의될 수 있다. 이는 원심력과 구심력을 동시에 가진다는 상징의 속성[11]에 착안한 방법으로, 이러한 경우의 상징은 작품의 구성요소를 장악하여 일관된 통일성을 확보하는 힘과 그로 인해 얻어진 힘을 작품 외부로 발산하는 힘을 동시에 지닌 것으로 파악된다. 그러므로 상징에 대한 분석은 작품의 내부에 대한 고찰에서 출발하여, 작품의 외부로까지 논의를 확대하고 심화시킬 수 있는 방법이며, 그를 통해서 특정한 논리에 한정되는 연구가 아니라, 작품 및 작가의 작품세계에 대한 통합적인 해석이 이루어질 수 있는 연구방법이라고 하겠다.

2) 연구사 검토

지금까지 김원일이 보여준 다양한 문학적인 성과에 비해서, 그에 대한 연구와 평가는 그리 폭넓게 이루어지지 못했다. 이러한 현상에 대해서는 몇 가지 논의와 반성이 있어왔으나, 그 대부분이 김원일이 "굴곡이 분명해지기 쉬운 스타작가보다는 굴곡 없는 일급작가를 지향"[12]했기 때문이라는 다소 막연한 설명에 그치고 말았다. 물론, 이는 전적으로 부정될 수 있는 설명은 아니지만, 그의 작품세계가 다양하지 못하다고 오해할 수 있는 여지를 포함한다는 한계를 가진다.

김원일이 평단의 관심을 끌었던 것은, 그의 초기 대표작이라고 할 수

---

10) 황도경, 『문체로 읽는 소설』, 소명출판, 2002, p.17.
11) Gilbert Durand, 앞의 책, pp.16-17. 참고.
12) 조남현, 「긴장의 인간학, 그 분광(分光)」, 《문학사상》, 1990. 10. p.107.

있는 「어둠의 혼」을 발표하면서부터였다. 이 작품은 《월간문학》 1973
년 1월호에 발표되었던 것으로, 같은 해 6월에 《문학과 지성》지에 재수
록될 정도로 많은 주목을 받았다. 이 작품에서 특히 활발하게 논의되었
던 부분은 "순진한 어린아이의 눈을 통하여 좌·우익의 이데올로기 투
쟁을 관찰하고 그럼으로써 구호적인 이념의 차원을 넘어서는 삶 그 자
체의 어떤 원질성(原質性)에 비추어 한 시대의 미망(迷妄)을 비판한다
는 태도"[13]였다. 이처럼 유년기 화자를 통해서 분단 상황을 그려내는
기법은 거의 같은 시기에 발표되었던 윤흥길의 「장마」를 비롯하여, 전
상국의 「그 먼 길 어디쯤」, 이문구의 『관촌수필』, 현기영의 「어떤 생애」
를 비롯한 여러 작품에 활용되었는데, 이는 한국 분단소설의 전개과정
에 있어 '유년기 체험세대'[14]라는 용어를 만들어낼 정도로 하나의 경향
으로 발전되었다.

그러나 김원일에 대한 본격적인 논의가 이루어지기 시작했던 것은
장편소설 『노을』이 발표된 이후라고 할 수 있다. 이 작품은 평단의 집
중적인 관심을 받았으며, 그의 작품세계에서 중요한 변환이 이루어진
작품이라는 평가를 받았다.

이 작품에 대한 최초의 논의는 김병익에 의해서 이루어졌다. 그는 『노
을』의 연재가 끝난 직후에 자세한 해석을 발표했는데, 여기에서 그는 시
점과 구조를 중심으로 분석을 진행하여, "그의 단편들이 흔히 지니고
있는 만드는 작품으로서의 작위성(作爲性)이 거의 극복되고 있다"라
는 평가를 내렸으며, 특히 "과거의 현재성(現在性)을 시사"했다는 점
에서 이 작품의 의의를 찾고 있다.[15]

이러한 견해는 이후의 논의에서도 대체로 계승되고 있다. 천이두의
논의도 역시 '과거의 현재성'에 주목하여, 『노을』을 「어둠의 혼」의 연

---

13) 이동하, 「끊임없는 자기 확대의 길」, 《소설문학》, 1984. 1, p.165.
14) 김윤식, 「6·25전쟁문학 − 세대론의 시각」, 문학사와비평연구회 편, 『1950년
　　대 문학 연구』, 예하, 1991, pp.34-39. 참고.
15) 김병익, 「비극의 각성과 수용」, 《현대문학》, 1978. 10, pp.298-240.

장선에서 이해하고 있는데, 이 작품을 유년기 체험세대에 해당하는 다른 작가들의 작품과 비교하면서, 분단문학에 대한 논의의 폭을 확대하고자 했다는 점에서 특징적이다.16) 임헌영의 논의도 유사한 방향으로 전개된다. 그는 특히 『노을』에 등장하는 인물유형에 주목하면서, "이데올로기 소설의 새 지평을 열고 있다. 소위 입산파(入山派)들을 통하여 전향이란 결말이 아닌 소식 단절의 막을 내리게 한 것은 『노을』의 속편을 가능케 함은 물론이고, 지금까지의 도식적인 사건 구성에서 한 발 앞선 것이 아닌가 보여진다"라고 평가했다.17)

그러나 『노을』에 대한 평가가 긍정적인 방향으로만 이루어졌던 것은 아니다. 부정적인 평가도 적지 않았는데, 이는 작품에 내포된 반공의식에 대한 비판이었다. 그 대표적인 예로 백낙청의 논의를 들 수 있다. 그는 이 작품에 집중된 높은 평가에는 동조하기 어렵다고 전제하고, 그 이유를 "주인공이 자신의 불행했던 과거와의 화해에 도달하는 이야기가 자칫 분단의 극복보다는 분단체제와의 화해로 기울어질 위험"이 있기 때문이라고 제시하고 있다.18) 이 외에도 『노을』에 등장하는 좌익인물들의 성격설정과 작가의 민중의식 등에 문제를 제기하는 논의도 있었다.19)

이처럼 찬사와 비판을 동시에 받으면서 『노을』에 대한 활발한 논의가 진행되었다. 이는 당시에 제기되기 시작한 분단문학 논의와도 연결되었기 때문에 더욱 많은 주목을 받게 되었다. 김원일 역시 이와 유사한 문제의식을 가진 「미망(未忘)」, 『겨울골짜기』 등의 작품을 연속적으로 발표한다. 이처럼 그가 평단의 주목을 받게 된 이유는 분단문제를

16) 천이두, 「비극의 현장」, 《문학과 지성》, 1978, 겨울, pp.1265-1267.
17) 임헌영, 「증언과 예언」, 《문학과 지성》, 1979, 봄, pp.346-348.
18) 백낙청, 『민족문학과 세계문학·Ⅱ』, 창작과비평사, 1985, p.75.
19) 김태현과 류보선의 견해가 이에 해당한다. : 김태현, 「반공문학의 양상」, 《실천문학》, 1988, 봄. : 류보선, 「분단문학의 새로운 지평을 위하여」, 《문학사상》, 1989, 3.

다루고 있는 작품을 통해서였던 것만큼은 부인할 수 없는 사실이다. 그러나 그의 작품세계가 이러한 문제에만 한정된다는 것은 일반화의 오류이다. 실제로 「바라암」, 「도요새에 관한 명상」, 『마당 깊은 집』, 『늘 푸른 소나무』, 그리고 최근작인 『슬픈 시간의 기억』 등과 같이 분단문제와 무관하거나, 깊은 연관성을 찾아볼 수 없는 작품들도 분명히 존재하기 때문이다. 이처럼 다양한 작품세계를 가지고 있음에도 불구하고, 그에 대한 논의는 분단문제에 한정되어 이루어져 왔으며, 다른 작품들에 대해서는 상대적으로 많은 논의가 이루어지지 못했다.

특히 그가 분단문제를 다루기 이전에 해당하는 초기작품들에 대한 논의는 거의 이루어지지 않았다. 『노을』이 발표된 직후에 김원일 소설의 변화과정을 설명하기 위한 방법으로 다루었던 논의들과 그의 작품세계를 결산하려는 목적을 가진 몇몇 논의들에서만 그의 초기 작품에 대한 언급이 있었을 뿐이다. 지금까지 김원일의 초기작품에 대해 이루어진 논의를 정리하면 다음과 같다.

김우종은 김원일의 작품은 "〈인간이란 무엇인가?〉하는 물음을 삶의 실체(實體)로서의 사회적 조직(社會的 組織)과 개체(個體)와의 관계 속에서 추구해나가고 있는 것"이라고 전제하고, 이런 논리에 따라서 그의 초기작품 중에서 사회적인 관심을 강하게 내보이는 작품들을 분석했다.[20] 그러나 이는 결과를 통해서 과정을 유추하고 있다는 한계를 가진다. 즉, 『노을』이후 작가가 집중적으로 제시하고 있는 사회적인 관심을 타당한 결과라고 설정한 뒤에, 그 결과에 이르는 과정을 파악하

---

20) 김우종, 「비인간화(非人間化)와 개인(個人)의 자유」, 《현대문학》, 1980, 1, p.226. : 그 분석의 결과로 김우종은 다음과 같은 논리를 제시한다. "70년대 이후 특히 남북의 분단에 대한 관심의 심화와 함께 한국의 사회적 현실에 대한 비판의식은 그가 주로 다루어나가던 문학의 세계를 좀 더 근본적인 인간존재의 철학적 물음에까지 확대시켜나가려는 의도를 보이기 시작했다. 그리하여 사회의식이나 역사의식을 더욱 심화시켜 나가면서 인간적 삶의 근원적 절대적 조건으로서의 자유의 문제에 더욱 깊이 있게 접근하고 있는 셈이다."(p.235.)

고 있는 것이다. 그러하기 때문에 사회적인 관심을 표현하고 있지 않은 작품들에 대해서는 분석을 시도하지 않았으며, 이로 인해서 작가의 작품세계 중에서 한 가지 측면만을 강조했다는 혐의를 받게 되었다.

이에 비해서 이보영은 보다 다양한 관점에서 김원일의 초기작품들을 구분하고 있다. 우선, 그는 김원일의 기본적인 관심사를 '인간의 극한적인 불행'이라고 파악하고, 극한상황 자체만을 강조하는 경향과 그러한 상황에서 벗어나는 방법에 대한 관심을 보이는 경향으로 작품을 분류했다.[21] 이 논의는 다른 논의들에 비해서 다양한 시각으로 초기작품들을 파악하고 있다는 점에서 의미를 가지지만, 역시 『노을』을 "그전까지 김원일이 즐겨 다루던 주제들을 일단 종합"했다고 파악했다는 점에서는 앞선 논의들과 별반 차이가 없다.

박혜경의 논의는 이전의 논의들과 다른 관점에서 김원일의 초기작품을 분석하고 있다. 즉, 앞선 논의들이 김원일을 분단문학 작가로 한정시켜 파악했다면, 박혜경은 그러한 한정은 "그의 공인(公人)으로서의 작가적 위치는 한층 선명하게 부각될 수 있을지 모르지만, 그의 문학이 지니고 있는 내적인 풍요로움의 상당 부분은 제대로 평가될 수 없을 것"[22]이라고 주장하고 있다. 이 논의에서 김원일의 초기소설에서 일관된 흐름으로 제시하고 있는 것은, '실존적 상황'이며, 그렇기 때문에 초

---

21) 이보영, 「암담한 상황과 인간」, 《현대문학》, 1981, 5, pp.283-284. : 그의 분류에 따르면, 극한상황이 강조된 경향에는 「박명」, 「목숨」, 「달맞이꽃」, 「압살」, 「피의 체취」, 「농무일기」, 「멀고 긴 송별」 등의 작품이 속한다. 한편 그런 상황에서 벗어나는 방법을 고찰하는 경향에는 「어둠의 혼」, 「악사」, 「오늘 부는 바람」, 『노을』 등의 작품이 속한다.

22) 박혜경, 「실존과 역사, 그 소설적 넘나듦의 세계」, 《작가세계》, 1991, 여름, p.118. : 박혜경은 김원일의 초기작품에 대한 논의가 이루어지지 않았던 이유를 다음과 같이 설명한다. "그의 단편들이 장편들의 그늘에 가려 상대적으로 주목을 덜 받아왔다는 점, 그리고 이러한 사정이 단순히 분량의 많고 적음에서 비롯된 것이기보다는 80년대 전반의 편향된 문화풍토와 일정한 관련을 맺고 있다." (p.117)

기 작품의 주인공들은 "자기 삶의 능동적인 주체이기보다는 인간 세계
의 근원적인 부조리성의 한 상징적 매개일 뿐"[23]이라고 설명했다. 그러
나 이 논리는 그의 작품세계를 실존인식이라는 단일한 틀로 또 한 번
한정시키고 있다는 혐의가 짙다. 물론 실존적 상황은 분단문제나 사회
적인 관심에 비해서는 통용범위가 매우 넓기는 하지만, 이 역시 일반화
의 오류에서는 자유롭지 못하기 때문이다.

지금까지 살펴본 것처럼, 기존에 진행되었던 김원일의 작품세계에
대한 논의는 대부분 『노을』 이후부터 활발하게 발표된 분단소설을 중
심으로 진행되었다. 그렇기 때문에 초기작품들은 매우 다양한 경향을
가지고 있음에도 불구하고, 분단문제를 다루기 위해서 거쳤던 연습과
정이라는 인식이 지배적이었다. 1990년대에 들어서면서 이런 인식을
거부하고, 김원일 작품세계의 다양성을 파악하고자 하는 논의들이 진
행되고 있다. 그러나 이 역시 특정한 논리만을 부각시키고자 했기 때
문에, 다양한 작품세계를 전체적으로 조망하지 못했다는 한계를 가진
다. 본고는 선행연구들의 한계를 반성하고 이를 극복하기 위해서, 단
일한 기준에 의한 분류를 지양하고 김원일의 초기작품을 몇 가지 범
주로 구분하고자 한다.

2. 본 론

1) 성장에 대한 두려움으로의 어둠 : 『어둠의 축제』의 경우

김원일의 작품에 나타나는 '어둠'의 상징을 분석하기 위해서는 우선
그의 등단과정에 주목할 필요가 있다. 그는 1966년 《대구매일신문》 신
춘문예에 단편 「1961년 알제리아」가 당선되어 등단한 이후, 다시 1967

---

23) 위의 글, p.119.

년 《현대문학》에서 실시한 장편소설모집에 『어둠의 축제』가 준당선작
으로 당선되어 재등단 했다. 이 중에서 『어둠의 축제』는 대학생들을 주
인공으로 내세워 그들의 정신적인 방황을 '어둠'이라는 상징어를 통해
서 설명하고 있기 때문에, 이 작품을 그의 초기작품을 아우르는 '어둠'
상징의 기원(起源)으로 설정할 수 있다.

> 너는 청년의 때 곧 곤고한 날이 이르기 전, 나는 아무 낙이 없다고 할 해
> 가 가깝기 전에 너의 창조주를 기억하라. 해와 빛과 달과 별이 어둡기 전에,
> 비 뒤에 구름이 다시 일어나기 전에 그러하라.
>
> -「전도서」 제 12장 1·2절, 『구약성서』.

이런 성경구절을 서두에 달고 있는 『어둠의 축제』는 "생경한 언어표
현이 자주 눈에 띄고, 젊은 대학생의 서정적 감상(感傷)을 수반한 정신
적 분위기가 너무 반복적으로 강조된 미숙한 시작(試作)이지만, 김원일
의 작가적 경향과 가능성, 가령 상황의 어둠에 대한 관심, 4·19나 남북
분단에 대한 관심 같은 역사의식, 강렬한 언어표현의 능력과 아이러니
의 감각, 특히 정신적인 고아의식 등을 보여주고"[24] 있는 작품이라는
평가를 받고 있다. 이 평가는 『어둠의 축제』에 대한 거의 유일한 논의
이며, 김원일의 작품세계를 근원을 탐구하고 있다는 점에서는 가치를
가진다. 그러나 이는 그의 이후 작품들이 보였던 경향을 발전의 모델로
설정한 뒤에, 이 작품에 대한 평가를 하고 있다는 점에서는 한계를 가
진다.

『어둠의 축제』의 의미구조를 분석하기 위해서는 먼저 앞의 인용에
주목할 필요가 있다. 인용된 성경의 구절은 작품 전체의 분위기를 아
우르고 있으며, 그와 함께 김원일의 초기작품들이 가지는 경향을 내보
이고 있기 때문이다.

먼저 주목되는 것은 위의 인용이 성경, 그 중에서도 『구약성서』의

---

24) 이보영, 앞의 글, p.283.

한 부분이라는 점이다. 이는 작가의 종교가 기독교라는 점에서 체험의 자연스러운 발현이라고 볼 수도 있겠으나,[25] 김원일 작품세계의 한 경향이라고 할 수도 있다. 그는 이후 몇몇 작품에서 기독교 문제를 다루고 있으며 『늘 푸른 소나무』도 기독교적인 구원자를 형상화하고 싶었다고 증언[26]하고 있기 때문이다. 즉, 작가의 종교적인 관심이 시작되는 지점에 『어둠의 축제』가 위치하는 것이다.

다음으로 주목되는 것은, 위의 인용 중에서 "해와 빛과 달과 별이 어둡기 전에, 비 뒤에 구름이 다시 일어나기 전"이라는 구절이다. 이는 '어둠'의 변형된 진술로 작품제목과도 연결될 수 있는 부분이다. 인용문에서 화자는 어둠이 찾아오기 전에 창조주를 기억하라고 주문하고 있다. 어둠이 찾아오면 '곤고한 날'이 되고, '나는 아무 낙이 없다'고 말하게 될 것이라는 이유에서이다. 그러므로 작품의 서두에 위치한 이 구절은 작품의 서술시점보다 앞선 진술이라고 파악된다. 작품의 등장인물들은 이미 고난과 회한에 찬 '청년의 때'를 맞이하고 있기 때문이다.

"뭐 신념과 긍지?" 장익은 대폿잔으로 술상을 쾅 치며 반문했다. "미친 소리 치우라 그래. 그저 탁상공론으로 신념과 긍지를 가지라고? 우리세대에 남

25) 김원일이 정식으로 기독교를 받아들인 것은 결혼과 함께이다. 그는 1971년 경북 구미 출신의 전인숙과 결혼하고, 아내의 권유로 세례를 받고 장충동 경동교회에 다니기 시작했다고 증언하고 있는데, 이러한 삶의 행적과 별개로 기독교에 대한 그의 관심은 『어둠의 축제』를 집필할 무렵부터 이미 상당한 수준이었다고 판단된다. 실제로 그는 이 작품을 집필할 무렵 "여기서도 낙방하면 문학을 집어치우고 신학공부를 하겠다는 결심"을 했었다고 고백한다. : 김원일, 『세월의 너울』, 솔, 1996, 날개면에 실린 글. : 류보선, 「어둠에서 제전으로, 비극에서 비극성으로」, 《작가세계》, 1991. 여름, p.36. 참고.

26) 권오룡·김원일, 앞의 글, p.45. 참고. : 이 대담에서 김원일은 『늘 푸른 소나무』의 시대적 배경을 일제 강점기로 설정했던 이유를 "예수가 로마의 지배를 받던 이스라엘에서 태어남으로 해서 예수가 될 수 있었던 것과 비슷한 것"이라고 설명하고 있다.

겨준 유산이 무엇인가? 마가복음에 이런 말이 있지. 〈이 백성이 입술로는 나
를 존경하되 마음은 내게 멀도다〉라는. 늙은이들은 입술로써 우리에게 신념
과 긍지를 가지라고 말하되 마음은 우리에게 멀도다. 알겠나? 기름진 뱃가죽
을 채울 동안 나라는 망쳐놓구선 뭐 신념과 긍지를 가지라구? 이리 탈을 쓰
고 뱀 혓바닥으로 이렇게 외쳐보지, 개새끼들. 〈청년들아, 의에 살고 정의를
위해 피 흘려라.〉" (제7장)

그들은 이미 '곤고한 날'을 살아가고 있으며, 그러한 삶에서 느끼는
분노를 위의 인용처럼 토로하기도 한다. 그러나 그들의 분노와 회한은
진정이 담겨있지도 않고, 절실하지도 않다. 그들은 여전히 집안의 도
움을 받아 생활하는 학생이며, 술집에서 막걸리를 마시면서도 서양음
악에 심취하는 이율배반적인 생활태도를 가지고 있다.

이처럼 치기에 찬 독설로 가득한 인물들의 방황이 하나의 완결된
구조를 가진 작품이 될 수 있는 이유는, 바로 '어둠'의 상징성 때문이
다. 작품에 등장하는 인물들은 술에 취해 주정이나 부릴 줄 알았지,
삶에 대한 치열한 도전을 시도할 엄두도 내지 못한다. 그러나 그들에
게는 면죄부가 발급되는데, 그것은 바로 '어둠'이라는 상징이다. '어둠'
은 그들을 억압하는 기재이며, 동시에 그들에게 탈출구를 제공하는 유
혹자이다.

오후 여덟시쯤, 광대와 내가 〈메트로〉에서 나왔을 때도 회청색 두터운 구
름은 어둠에 잠긴 채 건물들의 지붕 위와 틈 사이로 육중한 모습을 드러내
고 느직이 처져있었다. 광대와 내가 뮤직 홀에 있을 동안, 아마 어둠이 깔리
면서부터 일기 시작했으리라 짐작되는 싸늘한 바람으로 하여 날씨는 오전보
다 훨씬 차겁고 쌀쌀했다. 어둠 속에서 스산한 리듬으로 내리는 가느다란 빗
줄기는 그 차거운 갈래갈래의 손길을 나의 목덜미 안으로 쉬임없이 스며넣
어 나는 하늘을 향해 몇마디 불평을 퍼부었다. (제1장)

작품의 서두에 등장하는 이러한 진술을 통해서 『어둠의 축제』의 등
장인물들이 느끼는 '어둠'의 의미를 유추해볼 수 있다. 위의 인용에서

'어둠'은 육중한 모습을 가진 존재, 써늘한 바람과 빗줄기를 불러일으키는 존재라고 진술된다. 이것이 어둠에 대한 객관적인 설명이 아니라, 화자의 감각에 의해 주관적으로 파악되는 '어둠'이라는 점에 주목할 필요가 있다. 즉, 화자가 어둠을 '육중하다'는 상대적인 어휘를 통해 표현했다는 사실은, 어둠에 비해 자신은 초라하고 열등한 존재에 불과하다는 인식을 바탕에 깔고 있는 것이다.

그러한 상대적인 열등감은 화자가 위치한 공간에서 비롯된다. 화자는 거리에 서 있다. 그의 눈앞에는 도시의 건물들이 즐비하게 늘어서 있고, 그 건물과 건물 사이의 틈을 통해서 어둠이 발견된다. 그의 눈에 비치는 건물들은, 자신들이 아직 진입하지 못한 생산의 공간이다. 화자와 그의 친구들이 부모가 보내주는 돈으로 연명하는 학생, 다시 말해 생산력을 갖추지 못한 존재라는 점을 고려하면, 열등감의 진원은 분명해진다. 그것은 이제 막 유년기에서 벗어나 사회로 진입하는 이들이 느끼는 두려움이다.

화자와 그의 친구들은 입사의례(入社儀禮)를 치르고 있는 인물들이다. 이는 그들이 대부분 시골출신의 유학생으로 서울에 올라와 혼자 생활하고 있다는 사실로도 증명되는데, 입사의례에서 성인집단으로의 통합이 이루어지기 위해서는 무엇보다 먼저 유년기집단으로부터의 분리가 이루어져야 한다는 점에서 그러하다.[27] 등장인물들 중에서 가장 풍족한 가정환경을 가진 '연표'라는 인물마저도 애써 집에서 나와 다른 인물들과 함께 기거한다는 설정도, 같은 논리로 설명된다. 그들이 살아가는 한강이 내려다보이는 이층방은 입사의례를 위해 준비된 특별한 오두막인 셈이다.

그러나 문제는 그들이 자신들이 진입해야 할 사회를 탐탁하게 여기

---

27) Arnold van Gennep, 전경수 역, 『통과의례(Les rites de a passage)』, 을유문화사, 1985, p.122. 참조. : "최초의 입사식은 이전의 환경, 즉 여성과 아동의 세계로부터 분리하는 것이다. 임신부가 격리되는 것처럼 초입자는 숲이나 특정 장소나 특정 오두막 등으로 격리된다."

지 않는다는 점이다. 그들은 시골에서 성장하여 도시로 통합되는 과정에 있는 인물들이다. 작품의 화자가 고향과 도시를 확연하게 구분하여인식하는 태도도 여기에서 기인한다. 그런데 그는 자신이 살아가야 할서울이라는 대도시의 생활에서 피로를 느끼고 있다. 피로를 느끼는 정도가 아니라, 그는 도시를 자신의 건강한 의식을 병들게 만드는 타락한 공간으로 인식하고 있다. 이는 그에게 있어 고향이 평온한 '안식처'로 인식되는 것에 비해서 사뭇 대조적이다.

> 축 늘어지는 어깨를 추스르며 담에 기대자, 미래를 깡그리 포기하고 육체만이 댕그러니 남아 이 골목 저 골목 어둠 속을 배회하는 알콜 중독자같은 내가 느껴졌고, 그래서 슬픈 감상에 왈칵 사로잡혔다. 밤 늦도록 술이나 마시구, 약자나 울리고, 배회를 위한 배회만을 일삼을 수는 없다. 나는 젊고 할 일이 태산같다. 고향엘 내려가야지. 그곳은 현재의 나를 건질 수 있는 최상의 안식처다. 나는 술 찌꺼기같은 가래침을 칵 뱉은 후 담배연기를 깊게 **빨**아들여 밤하늘에다 조급히 내뿜었다. (제3장)

물론 화자가 도시 생활의 모든 것을 부정하는 것은 아니다. 그는'째즈'와 '뮤직 홀'로 대표되는 도시의 낯선 문화에 심취한다. 그러나그런 것들은 이국적인 정서에 대한 막연한 동경에 지나지 않는다. 그가 외국어문학을 전공하는 대학생이라는 설정이나, 그들의 자주 출입하는 〈클럽 아마존〉에서 느끼는 "작렬하는 태양 아래서 매스티조족들이 베푼 사육제의 분위기"와 같은 것들이 그와 연결되는 부분이라고할 수 있다. 이러한 것들은 동경하고 있을 때에만 가치를 지닌다. 막연한 호기심이 사라지고, 그것들이 동경에서 생활로 변모하게 되면, 위의 인용과 같은 자괴감이 그들을 사로잡기 때문이다.

앞선 인용에서 등장인물들이 '뮤직 홀'에 있다가 거리로 나서고, 그곳에서 어둠을 발견한다는 설정은, 낯선 도시문화를 탐닉하던 그들이그것을 생활로 받아들이면서 열패감(劣敗感)을 느끼게 된다는 작품의의미구조를 암시하는 부분이다. 바로 그러한 측면에서 그들이 들어가

있던 '뮤직 홀'의 이름을 '메트로(metro)'라고 설정했던 작가의 의도가
설명된다.

2) 실존적 상황인식으로의 어둠 : 「1961년 알제리아」의 경우

『어둠의 축제』의 등장인물이 가지는 이국적인 정서에 대한 동경은,
이보다 앞서 발표된 「1961년 알제리아」에서 그 기원을 찾을 수 있다.
김원일은 이 작품의 집필동기에 대해서, 당시에 국제적인 이슈가 되었
던 프랑스의 식민지 지배에 대한 알제리의 해방전쟁에서 착안하여, "이
국 취향적인 상상력을 불러일으키는, 전쟁 없는 그런 나라에 가서 굶지
않고 평화롭게 살면 얼마나 좋을까 하는 꿈"을 표현하고자 했다고 회고
한다.[28]

그가 스스로 이국 취향적인 상상력에 근거하여 집필했다고 밝히고
있는 것처럼, 이 작품은 집필 당시 작가가 가지고 있던 외국에 대한
동경과 해외작가들의 작품에 대한 독서체험이 그대로 반영되어 있다.
김원일은 이 작품을 창작하는데 있어 카뮈의 수필집 『표리(表裏)』를
지중해 연안의 지형과 기후에 대한 묘사에 대한 자료로 활용했다고
증언하고 있다.[29] 카뮈로 대표되는 프랑스 실존주의적인 영향은 다른
작품들에서도 많이 발견되는데, 이는 세계를 "등장인물에게 자신의 의
지력을 넘어서 불가해한 모습으로 다가오는, 그럼으로써 그들에게는
항거할 수 없는 운명적인 상황으로 감지"[30]하고자 하는 실존의식이

---

28) 권오룡 · 김원일, 앞의 글, pp.27-28. 참고.
29) 김선학 · 김원일, 「나의 문학, 나의 소설작법」, 《현대문학》, 1984. 3. p.82. :
  여기에서 김원일은 다음과 같이 진술한다. "한때 카뮈의 『표리』라는 수필집
  을 저는 책장이 닳도록 가지고 다니면서 탐독했습니다. 그 속에 나오는 지
  중해 연안의 지형과 기후에 대한 묘사는 단편 「1961 · 알제리아」를 쓰는데
  많은 부분 자료집의 구실도 했습니다. 「페스트」, 「이방인」의 소설세계와 「시
  지프스의 신화」 등 카뮈의 독특한 문체에도 매료된 적이 있었습니다."
30) 박혜경, 앞의 글, p.119.

김원일의 초기작품에 전반적으로 나타나고 있다는 사실을 증명한다.

실존주의는 철학이나 사상일 뿐만 아니라 다양한 예술 장르와 결합하여 사조(思潮)에 가까운 성격을 가지는데, 이 경우의 실존의식은 "한계상황에서 자기 자신에 절망함과 동시에 초월자가 주재하는 현실에 눈을 돌려, 그럼으로써 존재의식을 변혁시키면서 본래의 자기 존재에로 회생(回生)"31)하려는 노력이라고 설명된다. 이와 같은 논의를 바탕으로 파악하자면, 김원일의 초기소설에 나타나는 실존의식은 현실을 문제 상황으로 인식하고, 이를 극복하려는 노력과 다르지 않다. 앞서의 논의에서 파악된 기독교에 대한 작가의 관심도 이러한 실존인식이 기반으로 한다고 할 수 있으며, 그러한 인식태도는 현실상황에 대한 보다 직접적인 제시를 통해서도 나타난다.

"굶으며 살 수는 없잖아요. 집세도 내야하고……. 치욕스럽지만 당분간은 어쩔 수 없는 걸요. 낮에 다닐 수 있는 직장을 구하기까지는 말이에요. 그러나 독립되기 전까진 어렵겠죠. 일할 만한 직장은 프랑스인들이 쥐고 있고, 그들은 일용직 노동마저 저 같은 여자는 써주지 않아요. 불온 인물에 제 이름이 올라 있거든요. 강제수용소로 넘어가지 않은 것만 해도 다행이에요." (p.20.)

위의 인용은 외국선원을 상대로 몸을 팔아 살아가는 여인의 자기변명으로 들리기도 하지만, 무엇보다 그녀 스스로가 자신의 상황을 식민지 지배 정책에 의해 야기되었다고 판단하고 있다는 점에서 실존의식에 닿아있다. 실존의식은 자신이 소외되어 있다는 사실에 대한 자각에서부터 비롯되기 때문이다.32)

---

31) 한전숙·차인석, 『현대의 철학·Ⅰ』, 서울대학교출판부, 1980, p.125.

32) Fritz Heinemann, 황문수 역, 『실존철학(*Existenphilosophie lebendig oder tot?*)』, 문예출판사, 1979, pp.16-17. : 실존적인 인식의 출발점과 소외의 개념에 대해서는 다음과 같은 견해를 참고할 수 있다. 실존철학자들의 "출발점은 소외라는 사실과 그 문제이고, 그 목표는 소외로부터의 해방이다."(p.16.),

그러니 그것만으로 이 작품이 현실을 문제 상황으로 인식하고 있다고 단정 지을 수는 없다. 아무리 절박한 상황이라고 해도, 그것은 먼 이국의 땅에서 일어나는 문세에 불과할 뿐, 우리 자신의 문제로 환치되지 못하기 때문이다. 이러한 거리감을 극복하기 위해서 제시되는 인물이 화자인 한국인 사내, 보다 정확히 표현하면 그가 가지고 있는 유년의 기억이다.

> 내가 한국을 떠났을 땐 1952년 여름, 전쟁이 한창 치열한 때였다. 부산은 전쟁 난민으로 들끓었다. 산마루까지 판잣집이 들어찼다. 사람들은 먹거리를 찾아 거리를 헤매었다. 나는 열네 살의 고아였고, 이른 아침부터 외국 선교단 급식소에 줄을 서는 깡통 든 머리 큰 소년이었다. 1950년 10월 하순, 중공군의 참전으로 전쟁양상이 급변하자 국군과 유엔군은 탈환한 평양을 내주며 항공으로 시내를 무차별 폭격했다. 그 폭격으로 나는 가족을 잃었다. 양식을 구하러 외갓집에 가느라 나만이 살아남았다. (p.15.)

이 작품에서 제시되는 상황에 대한 실존인식이 이루어지는 것은, 알제리인 여자가 위의 인용과 같은 과거를 가진 한국인 남자를 만났기 때문이다. 이들은 식민지 압제와 전쟁이라는 비극적인 상황을 공유하고 있는데, 전쟁은 실존인식이 개입될 수 있는 가능성이 많은 한계상황이다. 이러한 유사성의 확인을 통해서, 그들의 과거는 비로소 의미를 가지게 된다. "정박했던 항구의 불빛처럼 청아한 추억" 중의 하나에 불과했던 알제리의 상황을 "비상계엄이라도 선포된 듯"한 살벌한 상황으로 감지하게 되는 인식의 전환도 그러한 확인을 통해 이루어지는 것이다.

그러나 인식의 전환이 이루어진다고 하더라도, 「1961년 알제리아」의 분위기는 그리 심각하거나 어둡지 않다. 오히려 작품을 아우르는 이미

"〈소외〉라는 표현이 나타내는 사실은 〈객관적으로는〉 인간의 본질과 그 대상 사이의 다양한 분리와 균열이다. (……) 곧 근원적인 통일과 조화가 불일치와 부조화로 변했다는 신념이다."(p.17.)

지는 '불빛 밝은 거리', '빨강·노랑·보라, 여러 가지 꽃이 섞은 다발', '서치라이트' 등의 어휘들을 통해 구현된다. 즉, '어둠' 보다는 '빛'에 해당하는 이미지가 작품 전반을 압도하고 있다고 하겠다. 이 작품에서 가장 어두운 이미지라고 할 수 있는 '밤바다'조차도 "배마다 불빛이 반짝거렸다. 바닷물도 불빛을 받아 번들거렸다"라는 진술을 통해 빛의 이미지와 결합되어 제시되고 있다. 작품이 내포하고 있는 상황이 비극적이기는 하되, 한계상황으로 인식되지는 못하는 이유도, 바로 이러한 이미지들의 결합작용 때문이다.

작품의 등장인물들은 상황에 대항하기보다 체념해 버린다. 그들은 전쟁을 지나가 버린 과거, 혹은 어찌할 수 없는 상황이라고 파악할 뿐, 그것을 극복하려는 노력을 시도하지 않는다. 그러므로 이 작품이 내포하고 있는 상황은 실존적 인식이 일어날 만한 한계상황은 아니다. 다만 가능성으로 내재되어 있을 뿐이다.

> "내가 태어난 한국에서는, 사람이 죽으면 별이 되어 땅에 사는 친지에게 가호를 보낸다는 전설을 믿지. 당신 부모님도 별이 되었을 거야."
> 비슷한 단어를 주워섬겨 그런 뜻을 전했지만 내가 말한 전설은 거짓말이었다. 나는 그런 말로써 여자의 상처를 위로해 주는 이외 할 말이 없었다. (p.14.)

「1961년 알제리아」에 나타나는 실존주의적인 영향은 상황을 통해서 드러나는 것이 아니다. 그것은 상황 그 자체가 아닌, 상황에 대한 인식을 통해서 이루어진다. 위의 인용에서 주목되는 부분은, 한국인 남자가 비슷한 상처를 가진 알제리인 여자를 위로해준다는 상황이 아니라, 위로를 하고 있으면서도 그는 자신의 말이 거짓이라는 것을 자각한다는 사실이다. 이 설정은 매우 중요한 의미를 가진다. 이 작품은 이국 취향을 자극하는 이미지들을 십분 활용하고 있고, 비극적 상황을 공유하는 등장인물들의 만남을 통해서 문제의식을 드러낸다. 그러나 작품의 화자는 이런 장치들이 너무도 허약하다는 것을, 결국에는 진실이 되지 못한다는 것을 시사하고 있다. 거짓을 은폐하지 않고 드러내는 것, 이것이야말로 진실에 접근하는 최선의 방법이다. 그렇기 때문에 「1961년 알제리아」는 시작으로의 의미를 가진다. 김원일의 본격적인 등단작품이 『어둠의 축제』임에도 불구하고, 이 작품을 간과해 버릴 수 없는 이유도 여기에 있다.

다소 모순된 어법일 수 있겠으나, 이 작품이 실존주의의 영향을 받았다고 판단되는 근거도 바로 이 진술에 있다. 자신이 처한 상황을 거짓이라고 판단하는 것은 그와 같은 상황에 대한 극복이 이루어질 수 있는 발판이 된다.

아쉬운 점은 상황에 대한 인식과 극복의 발판은 이루어졌지만, 그것이 실질적인 행동으로 이어지지 못했다는 점이다. 그러므로 이 작품은 실존주의의 외양만을 빌려왔을 뿐이지, 그것이 가진 문제의식과 행동방식은 도외시했다는 혐의를 벗어날 수 없게 되었다. 물론 작품의 발표당시 상황을 고려할 수도 있겠으나, 그것은 핑계일 뿐이지, 용납의 이유가 될 수는 없다. 이 작품이 북아프리카의 알제리라는 알레고리를 차용하고 있기에 더욱 그러하다.

3) 내적인 자아인식으로의 어둠 : 「어둠의 변주」의 경우

앞서 살펴본 '어둠'의 상징이 주체의 외부를 향하고 있고, 그를 인해서 실존적인 상황에 대한 인식이 되었다면, 여기에서 살펴보고자 하는 '어둠'의 상징은 주체의 내부, 즉 내적인 자아인식에 해당한다고 할 수 있다. 이에 해당하는 작품으로 「어둠의 변주」를 들 수 있다. 이 작품은 25세의 나이로 요절한 막내 동생 김원도의 죽음을 형상화한 것인데, 김원일은 1990년 3월에 발표된 「마음의 감옥」에서도 동생의 죽음을 반복하여 제시하고 있다. 이 작품이 작가의 직접 체험에서 비롯되었다는 사실은, 작품의 주인공이 스물 다섯의 나이로 죽음을 맞이한다는 점, 그리고 그의 이름이 '원도'로 설정되어 있다는 점 등을 통해서도 확인할 수 있다.

이 작품에서 먼저 주목되는 부분은, 주인공이 죽어 가는 인물로 설정되어 있으며, 그의 독백을 통해서 소설이 진행되고 있다는 점이다. 이는 "세계에 대한 작가의 주관적인 인식을 독자에게 전하는데 적합"33)한 이야기 방법이다. 이러한 서술방법이 「어둠의 변주」의 독창성을 확보하고 있다. 이전까지 요절한 젊은 예술가의 내면을 다루는 작품은 많이 있었지만, 이 작품처럼 직접적이고 강렬하게 제시된 경우는 없었기 때문이다.

> 고통이 오장육부를 쥐어짜는가. 이제 죽나보다. 죽음이 이렇게, 이러한 고통으로 육체와 영혼을 연결하는 그 끈을 끊으며, 바이올린의 마지막 현을 끊으며, 사신(死神)이 그 끊기는 날카로운 청음을 즐기며 날 죽이러 오나보다. 한때는 온 사물이 나로부터 부챗살로 파생되고 내가 이 우주의 본질로 좌정하였건만 이제 나로부터 이 우주가 부챗살로 빠르게 떠나가누나. 이제 끝이다. 다들, 다들 잘 있어. 난 간다. 모두로부터, 한 개의 무심한 돌멩이까지 나는 사랑만 받고 그 사랑을 감지 못하고 간다. 용서하라. 나를 허락하라. 단속적인 어둠이 끝나고 영원한 어둠 속으로, 한 개의 별똥별이 흰 선을 그으며 우주공간의 무한대 속으로 사라지듯 나는 떠나간다. 이 고통도 끝내는 나를 해방시켜 무기질의 자유로 돌려줄 것이다. (p.146.)

인용된 부분은 주인공인 화자가 자신의 죽음에 대해 진술하는 장면인데, 그 진술체계가 매우 독특하다. 우선 자극이 감지되고, 그 자극에 대한 즉각적인 반응이 이어진 뒤에, 반응에 대한 확대연상과 사유가 이루어지는 체계로 되어 있다.

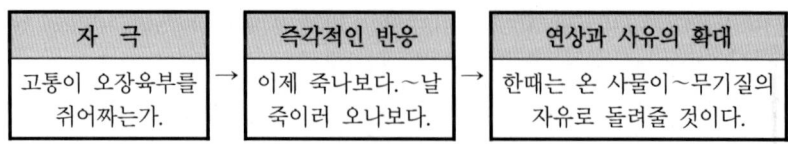

자 극	즉각적인 반응	연상과 사유의 확대
고통이 오장육부를 쥐어짜는가.	이제 죽나보다.~날 죽이러 오나보다.	한때는 온 사물이~무기질의 자유로 돌려줄 것이다.

---

33) 현길언, 『한국 현대소설론』, 태학사, 2002, p.265.

이와 같은 진술체계는 작품의 전반에 걸쳐서 활용되고 있다. 다만, 진술의 시작이 되는 자극이 청각이나 촉각을 통해서 감지되는 외부자극이 되기도 하고, 주인공의 몸속에서 일어나는 고통이 되기도 하며, 불현듯이 떠오르는 생각이 되기도 한다는 점이 달라질 뿐이다.

이러한 사실을 확인하기 위해서 작품의 시작에 해당하는 세 장면에 같은 진술체계를 적용시켜 보면 다음과 같다.

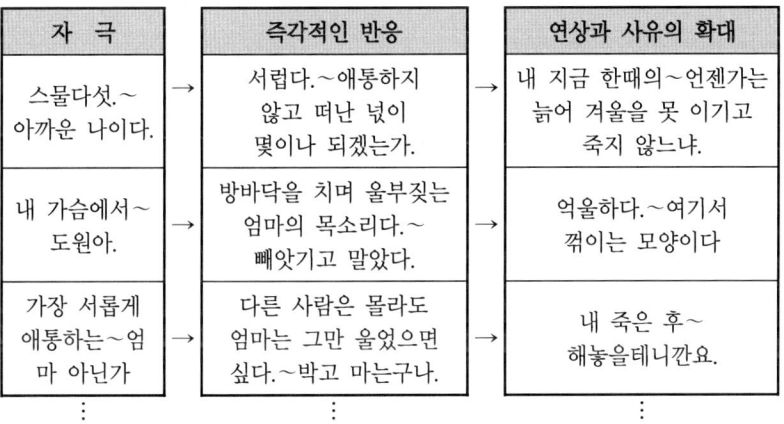

자 극	즉각적인 반응	연상과 사유의 확대
스물다섯.~ 아까운 나이다.	서럽다.~애통하지 않고 떠난 넋이 몇이나 되겠는가.	내 지금 한때의~언젠가는 늙어 겨울을 못 이기고 죽지 않느냐.
내 가슴에서~ 도원아.	방바닥을 치며 울부짖는 엄마의 목소리다.~ 빼앗기고 말았다.	억울하다.~여기서 꺾이는 모양이다
가장 서럽게 애통하는~엄마 아닌가	다른 사람은 몰라도 엄마는 그만 울었으면 싶다.~박고 마는구나.	내 죽은 후~ 해놓을테니깐요.

이를 통해서 〈자극 → 즉각적인 반응 → 연상과 사유의 확대〉로 구성되는 진술체계가 작품의 전반에 걸쳐 통용되었다는 사실을 확인할 수 있다. 이러한 진술체계가 활용되는 이유는 주인공이 혼수상태에 빠진 환자라는데 있다. 그는 움직일 수도, 말을 할 수도 없기 때문에, 일방적인 자극의 전달과 반응이 가능할 뿐, 의사소통 자체가 불가능하다.

그의 몸이 마비되어 가는 과정을 따라서 외부로부터의 자극도 점점 줄어들고, 그에 따라 즉각적인 반응도 줄어든다. 그리고 그에 대한 반대급부로 주인공의 연상과 사유는 점차로 길어진다. 급기야 죽음의 직전에 이르러서는 자극과 반응은 거의 사라지고, 오로지 연상과 사유를 통해 이루어지는 사후세계에 대한 진술이 이루어진다.

이처럼 「어둠의 변주」의 서술방식은 작중인물의 의식변화에 따라서 조정되고 있다. 물론 후반부의 진술은 소설의 논리성이 파괴되어 혼란스러운 문장에 불과하다는 비판도 가능하지만, 그 역시 죽음을 표현하기 위해 작가가 의도적으로 배치한 혼란이라고 판단된다.

서술방식의 문제와 함께 위의 인용이 가지는 또 다른 의미 하나는, 이부분이 「어둠의 변주」 속에서 '어둠'이라는 어휘가 제일 처음 등장하는 부분이라는 점이다. 화자가 자신은 "단속적인 어둠이 끝나고 영원한 어둠 속으로" 사라진다고 했으니, 이때의 '어둠'이 가지는 의미는 '죽음'이 된다. 그러나 이것은 표층적인 의미에 지나지 않는다. 이때의 '어둠'이 가지는 심층적인 의미를 파악하기 위해서는 다음의 인용을 참고해야 한다.

> 결혼 이전의 부담없는 자유스런 나이, 타산이나 이성보다 감정의 순수한 열정에 사무치는 나이, 우정의 피같이 짙은 농도에 함몰되는 그 나이만이 느낄 수 있는 친구의 죽음 앞에 그들은 비로소 허무의 참뜻을 깨달으며 흐느끼고 있다. 나는 행복하다. 삶과 마찬가지로 친구들의 애도 속에 죽을 수 있는 죽음도 아름답다. 외롭게 죽지 않도록 허락해준 이 팔월 한낮의 시간이 아름답다. (p.147.)

위의 인용은 앞선 인용의 바로 뒤에 이어지는 장면에서 〈연상과 사유의 확대〉에 해당하는 부분이다. 그런데 이 인용은 앞의 인용과 완전히 다른 면모를 보이고 있다. 앞의 인용이 고통과 어둠의 진술이라면, 뒤의 인용은 기쁨과 밝음(한낮)의 진술이다. 아무리 의식불명의 환자라고 하더라도, 이처럼 근접해 있는 진술을 이와 같이 상반되도록 표현했다는 것은 문제가 된다. 이는 독자들에게 화자를 불신하게 만들고, 그러한 불신은 작품의 서술방식 자체에 대한 의심으로 발전할 수도 있기 때문이다.

그러나 화자의 진술을 조금 더 자세히 살펴보면 이러한 의심에서 벗어날 수 있는 장치가 발견된다. 그것은 바로 앞선 인용에서 보이는 "온 사물이 나로부터 부챗살로 파생되고", "나로부터 이 우주가 부챗살로 빠르게 떠나"산나는 진술인데, 이는 '나'의 인식에 따라 세상이 존재했고, '나'의 죽음에 따라 세상이 소멸된다는 의미이다. 즉, 인식주체인 '나'가 강조되고 있는 것이다.

이러한 논리는 '어둠'과 '밝음'의 경우도 마찬가지로 적용된다. 어둠은 내가 어둡다고 인식한 뒤에야 비로소 '어둠'이 되는 것이며, 밝음도 역시 내가 밝다고 인식한 뒤에야 '밝음'이 된다. 그러므로 인용부분의 '어둠'이 죽음의 의미를 가진다고 판단하는 것은 피상적인 의미파악에 불과하게 된다. 이때의 어둠은 '나'에 대한 인식 그 자체, 즉 자아인식을 의미하는 까닭이다. 이와 같은 인식을 통해서만 작품의 결말에 제시되는 다음의 진술에 도달할 수 있다.

> 우리는 필경 영혼의 세계에서 다시 만나는 기쁨을 가진 것이다. 하나의 어둠을 이제 나는 밀어내고 다시 새로운 어둠을 불러들이고, 그 어둠을 빛으로 닦아낼 완성의 시간 위에 우리는 재회의 은혜를 입을 것이다. (p.151.)

인용에 나타나는 '어둠'을 '죽음'이라는 표층적인 의미로 파악하자면, 진술의 의미가 명확해지지 않는다. 그러나 이것을 자아인식으로 파악하면, 이 진술은 죽음의 고통을 뛰어넘어서 그것을 삶의 힘으로 인식해야 한다는 의미를 가진다고 파악된다.

죽음에 대한 이와 같은 의식은 향가작품인 「제망매가(祭亡妹歌)」에서부터 익히 보아왔던 것인데, 특히 "ᄒᆞᄃᆞᆫ 가재 나고 / 가논 곧 모ᄃᆞ 온뎌 / 아으 미타찰(彌陀刹)에 맛보올 내 / 도(道) 닷가 기드리고다"라는 구절은 위의 인용에 나타나는 죽음의 극복의지와 함께 내세에서의 만남을 기약하는 논리와 직접 연결된다. 이것은 정토신앙(淨土信仰)에 기반을 두고 있는 우리 민족의 전통적 생사관(生死觀)[34]이 그

---

34) 이재선, 『한국문학 주제론』, 서강대학교출판부, 1982, pp.226-252. 참고. : 이재선은 이 글에서 정토신앙을 다음과 같이 설명하고 있다. "염리예토 흔구정토(厭離穢土 欣求淨土)란 말이 있다. 불교 『왕생요집(往生要集)』에 나오는 말이다. 번뇌로 더럽혀진 속세가 싫어져서 더러운 이 땅을 떠나고 싶으

대로 재현된 부분이다.

4) 현재에 대한 억압기재로의 어둠 : 「어둠의 혼」의 경우

「어둠의 혼」은 '어둠'의 이미지로 충만한 작품이다. 지금까지 살펴보
았던 다른 작품들은 '어둠' 그 자체를 전면으로 내세우지 않았거나, 제
목에 '어둠'이라는 어휘를 포함시키는 직접 제시방법을 취했다고 하더
라도 그 상징성이 작품 전체에 고르게 배분되어 있지는 않았다. 그에
비해 이 작품은 온전히 '어둠'의 상징성을 통해서 구축되었다는 점에
서 여타의 작품들과 변별된다.

> 아, 무섭다. 땅거미가 깔린다. 곧 어두워질 것이다. 어둠은 무섭다. 밤이 싫
> 다. 벌써부터 내일 새벽이 기다려진다. 선바위산 뒤에서 해가 솟아오르고 날
> 이 훤해질 때까지 나는 잠을 설칠 것이다. 그래서 날이 밝으면, 왜 내가 어
> 릴 적 그런 거짓말을 했냐고 묻기도 전에 아버지는 죽고 없을 것이다.
> (p.443.)

위의 인용은 작품의 진술순서에 따른 배열에서 '어둠'이라는 어휘가
가장 먼저 나타나는 부분이다. 이때의 '어둠'은 주인공인 화자에게 무
서움을 주는 대상이다. 화자는 어둠이 무섭기 때문에, 밤이 싫고, 그로
인해서 날이 밝을 때까지 잠을 설칠 것이라고 진술하고 있다.

그러나 이러한 진술의 이면에는 날이 밝으면 '아버지는 죽고 없을
것'이라는 또 다른 정보가 숨겨져 있다. 화자가 밤을 무서워하는 것은
단순히 날이 어두워진다는 현상 때문이 아니다. 어두워지고 밤이 되면
어떠한 사건이 일어난다는 것을 체득하고 있기 때문이다. 위에 인용된
진술이 이루어지는 시점에서 그 사건은 아버지의 죽음이지만, 화자는

며, 극락정토(極樂淨土)에서 왕생(往生)하기를 바라고 원한다는 뜻이다. 이
는 바로 정토신앙의 핵심이다."(p.239.)

이미 이전에도 비슷한 사건을 경험한 적이 있다.

> 장독대엔 벌써 어둠이 내려앉아 있다. 뒷편 대추나무는 꼭 귀신같다. 곱슬한 머리칼을 풀어 허드린 게 무섭기를 들게 한다. 어두워진 뒤에 보는 대추나무는 언제나 한가지 생각을 떠올리게 한다. 열흘쯤 전이던가. 그때도 그랬다. 밤 열시쯤 되어서 내가 막 잠이 들려는 때였다. 담을 뛰어넘어 왔는지 어쨌는지는 모르지만 순사 두 명이 방안으로 왈칵 들어왔다. 신을 신은 채였다. 순사들은 소스라쳐 일어난 어머니의 가슴에 총부리를 들이대며 소리쳤다. 배용범이 어디로 갔어? (p.444.)

인용에 등장하는 '어둠'은 폭력의 형태를 가지고 있는데, 이 폭력이 일어나는 이유는 아버지 때문이다. 순사들은 수배 중인 아버지를 찾아서 한밤중에 들이닥치는 것이다. 이와 같은 경험은 화자가 밤을 무서운 사건이 일어날지도 모르는 두려운 시간으로 인식하도록 만든다. 앞선 인용에서 아무 설명도 없이 제시된 "어둠은 무섭다. 밤이 싫다"라는 진술은 이러한 사건에 대한 정보를 통해서 의미가 명확해진다. 화자에게 있어서 밤은 정체를 알 수 없는 폭력이 이루어지는 시간이다.

「어둠의 혼」의 화자가 가진 밤에 대해 인식은, "상쾌한 밤, 여자까지 있을 때면, 나는 모든 대상으로부터 사랑을 느낀다"라는 「1961년 알제리아」에서의 인식이나, "밤의 모성(母性)같은 순수를 나는 사랑하는 바이지만, 그 사랑이야말로 나의 감정을 부풀게 하고, 나의 자유는 감정의 윤택으로부터 비롯되는 것이었다"라는 『어둠의 축제』의 인식과는, 너무도 선명하게 변별된다. 앞에 살펴본 두 작품에서 나타나는 밤, 혹은 어둠은 주체의 적극적인 수용이 없이는 현재 상황에 전혀 영향력을 행사하지 못한다. 그렇기 때문에 그 작품들의 화자는 밤을 상쾌하다고 생각하거나, 사랑의 대상으로 삼을 수 있었다. 하지만 「어둠의 혼」의 화자는 그럴 수가 없다. 그가 처한 상황에서 밤은 현재 상황에 적극적인 영향력을 행사하고 있기 때문이다.

대추나무 뒷편 하늘이 벌써 짙은 보라색이다. 나는 보라색을 싫어한다. 손
톱에 들이는 봉숭아물도, 닭 벼슬 같은 맨드라미꽃도, 코스모스의 보라색 꽃
도 다 싫다. 어머니의 젖꼭지 색깔까지도 싫다. 보라색은 어쩐지 아버지의
하는 일을 떠올리게 해주고 어머니의 피멍든 얼굴을 생각나게 한다. 보라색
은 또 말라붙은 피와 같고 깜깜해질 징조를 보이는 색깔이다. 옅은 보라에서
짙은 보라로, 그래서 야금야금 어둠이 모든 것을 잡아먹다가 끝내 깜깜한 밤
이 온다는 것은 참으로 무섭다. 이 세상에 밤이 없는 곳이 있다면 나는 늘
그곳에서 살고 싶다. 나는 빛 속에 함께 끼여 놀고 싶고, 또 빛 속에서 자고
싶다. 그러나 아버지는 어둠 속에서 총살당할 것이다. (p.445.)

밤과 함께 찾아오는 폭력과 억압에 시달린 화자는 이제 어둠 자체
를 거부하며, 어둠을 연상시키는 '보라색'도 싫어하게 된다. 이 진술
자체는 앞선 인용들과 별반 다를 것이 없지만, 이것이 "죽어뿌리라.
어디서든 콱 죽고 말아뿌리라. 나는 아버지를 두고 몇 십번이나 이 말
을 되씹었는지 모른다"라는 아버지에 대한 부정 직후의 결과로 이루
어졌다는 점에서 의미를 가진다. 그저 막연한 사건 제공자였던 아버지
가 "빛 속에서 놀고 싶고 빛 속에서 자고 싶은" 나의 욕망을 방해하
는 명백한 억압기재로 인식되었기 때문이었다. 그러므로 인용에서 제
시된 "아버지는 어둠 속에서 총살당할 것이다"라는 진술이 의미를 가
지게 되며, 이러한 진술의 앞에 '그러나'라는 역접(逆接)의 접속사가
붙는 것도 이러한 이유 때문이다.

지금까지 살펴보았던 「어둠의 혼」에 나타난 '어둠'의 상징성은 모두
어둠 속에서 자행되는 폭압적 사건에 두려움과 거부감, 나아가 사건의
빌미를 제공하는 인물에 대한 부정으로 진행되었다. 이러한 인식 변화
는 아직 소년에 불과한 화자의 입장을 고려하면 충분히 이해될 수 있
는 상황이다. 단, 그가 거부하고 있는 인물이 아버지라는 점을 제외한
다면 말이다.

더욱 짙게 배인 어둠 건너편 분선이의 얼굴은 하이얗다. 표정이 없다. 까
만 눈동자만이 어둠살 건너편에서 흐려진 것 같다. (……) 사립문 곁 꽃밭은

음침하다. 에써 구힌 씨를 분선이의 함께 뿌린 꽃밭이다. 백일홍도 분꽃도 채송화도 아직 모종티를 벗지 못하고 있다. 해바라기가 그중 제일 잘 자랐다. 벌써 순갈만한 잎을 의젓하고 벌리고 있다. 그런데 어둠 속에서 꽃밭은 침침하다. 사실 꽃밭만은 밤낮을 가리지말고 좀 밝았으면 싶다. 꽃밭까지 어두워진다는 것은 하느님이 세상을 만들 때 무엇인가 잘못한 듯하다. 언제 보아도 꽃밭은 푸르고 알록달록해야지. 겨울도 꽃밭 주위만은 비켜 지나가야지. (p.447.)

아버지를 거부한다는 것은 자신의 근원을 부정하는 것이다. 그러므로 그것은 자신의 존재까지도 위협하는 파괴적인 충동이다. 작품의 화자가 이런 충동에 사로잡혀 있을 때, 그에 대한 경고가 등장한다.

그것은 분선이의 얼굴이고, 분선이와 함께 가꾼 꽃밭의 이미지이다. 위의 인용에서 분선이의 얼굴을 '하이얗다'라고 진술하고 있다는 점에 주목할 필요가 있다. 이는 앞선 인용에서 등장했던 '보라색'과 대조되는 색채이며, 어둠의 장막을 뚫고 자신의 마음을 전달할 수 있는 힘을 가진 색채이다. 화자가 항상 그 자리에 있었던 꽃밭을 새삼스럽게 돌아보았던 이유는, 분선이의 까만 눈동자가 "어둠살 건너편에서 흐려진 것"을 느꼈기 때문이다.

꽃밭에 대해 이루어진 진술 내용도 검토할 필요가 있다.

우선 화자는 "꽃밭만은 밤낮을 가리지 않고 좀 밝았으면 싶다"라고 요구하고 있다. 이것은 앞선 인용에서 나왔던 화자의 소망인 "빛 속에 함께 끼여 놀고 싶고, 또 빛 속에서 자고 싶다"라는 구절과 연결되는 진술이다. 즉, 꽃밭과 빛은 동일한 이미지라는 판단이 가능하다.

다음으로 주목되는 것은, 꽃밭의 위치이다. 위의 인용에서 살펴보자면 꽃밭은 '사립문 곁'에 있다. 어둠에 사로잡혀 있을 때는 화자의 소망이 멀고도 요원한 것처럼 느껴졌지만, 사실은 집안에, 울타리 바로 근처에 있었던 것이다. 다만 그것이 거기 있었다는 사실을 잊고 있었을 뿐이다. 꽃밭에 심은 꽃 중에서도 유독 해바라기가 잘 자랐다는 진술도 주의할만한 부분이다. 분명히 화자는 분선이와 함께 백일홍, 분꽃, 채송화를 해바라기와 함께 심었다고 밝히고 있다. 그런데 다른 꽃들은 모두 모종티를 벗지 못했는데, 유독 해바라기만이 잎을 벌리고 있다는 진술이 흥미롭다. 해바라기는 이름 그대로 태양을 바라보는 꽃이다. 그러므로 이 꽃은 흔히 이상에 대한 동경이나 이루어질 수 없는 사랑을 상징한다. 화자와 분선이에게 이상은 가난에서 벗어나는 것이며, 그를 위해서는 아버지가 돌아와야 한다. 그들이 가난해진 이유는 바로 아버지가 부재하기 때문이다.

> 아버지, 이 세상에 처음 달걀이 먼저 낳게요, 닭이 먼저 낳게요? 나의 당돌한 질문을 받자 아버지의 얼굴에 당황하는 빛이 지나쳤다. (……) 넌 답이 반드시 맞다, 아니면 틀리다 두 가지뿐인 줄만 알지? 그래요, 모른다는 건 답도 아니고 아무것도 아녜요. 모른다는 건 모르기 때문에 모른다고 말하는 거여요. 아냐, 닭과 달걀이 누가 먼저 생겼냐란 질문에는 〈모른다〉가 답이야. 닭이 먼저 낳다는 것도 틀리고 달걀이 먼저 낳다는 것도 틀리고, 오직 모른다는 것만이 백점이야. 너도 자라면 차츰 알게 되겠지만, 이 세상은 참 수수께끼란다. 모른다는 것이 맞는 답이 참 많거던. (p.448.)

분선이와 꽃밭의 이미지로 인해, 어둠이라는 억압기재에서 조금 자유로워진 화자의 의식이 아버지에게 향하는 것은 자연스러운 흐름이다. 지금까지 일어난 모든 일들의 근원에는 아버지가 위치하기 때문이다. 그런데 화자가 떠올린 기억은 아버지의 외모나 성격과 관련된 것이 아니라, 아버지가 남긴 가르침이라는 점이 주목된다. 이것은 라깡(Jacques Lacan)이 설명했던 '아버지의 이름(the name of father)'이라는 개념과 연관되는 부분인데, 이는 어린아이의 성장과정에서 타자를 인식한 후에 이루어지는 의식의 상징화 과정이 언어를 통해서 이루어진다는 논리이다.[35]

---

35) Bice Benvenuto & Roger Kennedy, 김종주 역, 『라깡의 정신분석입문(*The Works of Jacques Lacan : An Introduction*)』, 하나의학사, 1999, pp.99-100. : 라깡이 언급하고 있는 언어의 기능에 대해서는 다음 견해를 참고할 수 있

그런데 이러한 가르침 자체뿐만 아니라, 가르침이 내용도 문제가 된다. 아버지가 화자에게 남긴 "모른다는 것도 맞는 답"이라는 아버지의 진술은 좌익과 우익의 극심한 대립 속에서 그에 속하지 않는 중도적인 입장이 존재한다는 설명으로 파악될 수 있으며, 편견을 제거하고 본래적인 관점에서 세상을 파악하겠다는 '현상학적 판단중지(Epoche)'에 해당하는 논리가 되기도 한다.

> 이모부는 내 손을 끌고 지서 뒷마당으로 간다. 다리를 절며 이모부는 성큼성큼 걸어 들어간다. 잎순이 터지려는 느릅나무의 잔가지가 바람에 잔잔히 떨리고 있는 뒷마당은 조용하기 짝이 없다. 오직 달빛만 비치고 있다. 갑자기 무서운 생각이 든다. 그러나 이모부는 말이 없다. 어둠 속에서 나는 무엇인가 찾으려고 두리번거린다. 가슴속이 마구 방망이질을 한다. 찝질한 눈을 닦고 아버지의 모습을, 죽은 아버지의 몸뚱이를 찾기 위해 이곳저곳을 더듬어 본다. (p.455.)

아버지가, 혹은 아버지가 전해준 가르침이 아무리 놀라운 것이라고 해도, 그는 기억 속에서만 존재할 뿐이다. 현실은 여전히 어둠이 지배하는 밤의 세상이고, 그 속에서 아버지는 처형을 당했다. 여전히 어둠이 상징하는 억압기재는 현실에서 완강하게 버티고 있는 것이다. 그러나 화자가 아버지를 부정하고자 했을 때의 현실과 아버지를 인정하고 그의 가르침을 받아들이고 난 후의 현실은 엄연히 다르다. 이러한 차이점은 위의 인용에서 제시된 어둠에 대한 표현을 통해서도 알 수 있

다. "욕망이 인식되는 것은 오로지 타자 앞에서 표명되고 명명될 때이다. 주체가 자신의 역사를 충분히 인식할 수 있는 것도 오로지 언어로서 이다. 언어 체계의 도입으로 개인은 자기 자신이나 자신의 과거를 문제로 제기할 수 있고, 또한 그러한 문제 제기는 인간 주체에게만 독특한 것이다. 언어의 존재라는 바로 그 사실이 과거를 보는 관점을 바꿔 놓는다. 주체는 사건이 일어난 다음에야 그 사건들을 재구성할 수 있다. 참으로 분석 경험을 통하여 주체에 의해 기억의 흔적들이 끊임없이 재배열되는 것을 보게 된다." (밑줄 강조 인용자)

다. 인용에서 어둠은 여전히 무섭게 느껴지지만, 그래도 이제 칠흑과
같은 어둠은 아니다. 달빛이 그 어둠을 비추고 있기 때문이다. 화자는
이 부분에 와서야 비로소 행동을 하게 된다. 즉, 어둠을 바라보거나
두려워하는데 그치는 것이 아니라, 아버지의 시체를 찾기 위해 어둠
속으로 들어가는 것이다.

그러나 이것이 행복하거나 희망적인 결말은 아니라는 사실에 주의해
야 한다. 어둠은 여전히 현실에 대한 억압기재로 남아있기 때문이다.

3. 결 론

지금까지 본고는 김원일의 초기소설에 나타난 '어둠'의 의미에 대한
분석을 시도해보았다.

첫 번째로 살펴보았던 작품은 『어둠의 축제』였다. 이 작품에서 분석
된 '어둠'의 의미는 성장에 대한 두려움이었다. 이것은 작품의 등장인
물들이 처해있는 상황에서부터 비롯되는데, 이들은 입사의례(入社儀
禮)를 치르고 있는 인물로 분석되었다. 그러나 그들의 성장은 원만하
게 이루어지지 않는다. 자신들이 정착해야 하는 도시라는 공간을 회피
하고 있기 때문이다. 그들의 이러한 두려움을 표현하고 있는 상징이,
도시의 건물 사이로 보이는 어둠이었다.

두 번째로 살펴보았던 작품은 「1961년 알제리아」였다. 이 작품에서
는 '어둠'의 의미가 실존적인 상황인식이라 분석되었는데, 이것은 이
작품이 프랑스의 실존주의 작가 카뮈의 영향을 받아 집필되었다는 점
에서부터 유추되었다. 그러나 작중인물들이 처한 상황은 실존적 상황
인식으로까지 발전되지 못했는데, 이 작품의 여자와 남자는 모두 실질
적인 행동력이 부족하기 때문이다. 이와 간련된 또 다른 이유로는 '빛'
의 상징이 작품의 전반을 장악하고 있다는 사실을 들 수 있다. 그렇지
만 작중화자는 자신이 처한 상황을 거짓이라고 판단하고 있다는 점을

동해서 이 작품이 강조하고 있는 것은 상황 그 자체가 아니라 그 상황을 바라보는 인식에 있다는 점도 강조되었다.

세 번째로 살펴보았던 작품은 「어둠의 변수」였다. 이 작품에서 분석된 '어둠'의 의미는 내적인 자아에 대한 인식이었다. 주인공의 독백으로 이야기가 진행된다는 서술구조를 가지고 있으며, 각 장면별로 〈자극 → 즉각적인 반응 → 연상과 사유의 확대〉의 진술체계를 가지고 구성되었다는 사실이 이를 증명한다. 이러한 서술구조는 세계를 인식하는 '나'라는 주체를 강조하는 것으로, 이것이 바로 '어둠'이 가진 의미라고 분석되었다.

마지막으로 살펴보았던 작품은 「어둠의 혼」이었다. 이 작품은 '어둠'의 이미지로 충만한데, 그 의미는 현재에 대한 억압기재라고 쉽게 파악된다. 작품에서 어둠과 밤은 난데없이 들이닥치는 폭압을 의미하는데, 이 빌미를 제공하는 인물은 아버지이다. 주인공인 화자는 이러한 억압에 견디다 못해 아버지를 부정하는데, 그러나 이는 결국 자신의 근원을 파괴하는 자학에 지나지 않는다. 화자의 인식을 전환시켜주는 대상은 '하이얀' 얼굴을 가지고 있는 동생 분선이와 꽃밭의 이미지이다. 화자는 아버지가 남긴 가르침을 떠올리며, 아버지를 긍정하기 시작한다. 그러나 그 와중에도 여전히 현실에 대한 어둠의 억압은 계속되었다.

이러한 분석에 따라 김원일의 초기작품에서 '어둠'의 의미는 크게 네 가지 범주에서 분류가 가능하다는 사실을 파악하게 되었다. 그러나 유의해야 할 점은 이와 같은 범주는 분명하고 확연하게 구분되지는 않는다는 점이다. 이들은 오히려 상호보완적인 관계라고 할 수 있다. 그러므로 한 작품에 나타나는 '어둠'이 성장에 대한 두려움을 나타낼 수도 있고, 동시에 현실에 대한 억압기재가 되는 경우도 충분히 가능하다. 이후 김원일이 추구했던 작품세계는 「어둠의 혼」에 나타났던 '현실에 대한 억압기재로의 어둠'이 중점적으로 나타나게 된다. 그렇다고 해서 다른 의미들은 소멸되어 버리는 것은 아니고, 끊임없이 작품

에 개입되고 있다. 지금까지 김원일에 대한 많은 논의들은 그의 작품
세계를 현실문제, 특히 분단문제와 연결시켜 파악하는 경우가 대부분
이었다. 그러나 이는 작가의 다양한 면모를 간과했기 때문에 발생한
오류라고 판단된다.

김원일의 초기작품에 해당하는 모든 작품들을 대상으로 하지 못했
다는 점이 아쉬움으로 남는다. 특히, 『노을』은 충분한 논의의 가치를
가지고 있는데도 불구하고, 「어둠의 혼」에서 발견되는 '어둠'의 의미와
거의 유사한 의미를 반복하고 있기 때문에 논의의 대상에서 제외되었
다. 이외에도 여러 작품들이 유사성의 문제로 인해서 포함되지 못했
다. 그러나 범주설정의 논리가 확고해지기 위해서는, 보다 많은 작품
에 대한 분석이 요구된다고 하겠다.

▣ 참고문헌

김원일, 「1961년 알제리아」, 『김원일 중·단편전집』, 문이당, 1997.
_____, 『어둠의 축제』 : 《현대문학》, 1967. 7. - 1968.4.
_____, 「어둠의 변주」 : 《현대문학》, 1976.9.
_____, 「어둠의 혼」 : 《문학과 지성》, 1972.6. (재수록본)

권오룡 편, 『김원일 깊이 읽기』, 문학과지성사, 2002.
김병익, 「비극의 각성과 수용」, 《현대문학》, 1978. 10.
김선학·김원일, 「나의 문학, 나의 소설작법」, 《현대문학》, 1984. 3.
김수복, 『상징의 숲』, 청동거울, 1999.
김우종, 「비인간화와 개인의 자유」, 《현대문학》, 1980. 1.
김윤식, 「6·25전쟁문학 - 세대론의 시각」, 문학사와비평연구회 편, 『1950년대 문
       학 연구』, 예하, 1991.
김태헌, 「반공문학의 양상」, 《실천문학》, 1988. 봄.

류보신, 「분단문학의 새로운 지평을 위하여」, 《문학사상》, 1989. 3.

_____, 「어둠에서 제전으로, 비극에서 비극성으로」, 《작가세계》, 1991. 여름.

박혜경, 「실존과 역사, 그 소설적 넘나듦의 세계」, 《작가세계》, 1991. 여름.

백낙청, 『민족문학과 세계문학 · Ⅱ』, 창작과비평사, 1985.

윤재근, 「김원일의 "노을"」, 《현대문학》, 1981. 10.

윤홍로, 『한국소설의 해석』, 단국대학교출판부, 1998.

이동하, 「끊임없는 자기확대의 길」, 『소설문학』, 1984. 1.

이보영, 「암담한 상황과 인간」, 《현대문학》, 1981. 5.

이재선, 『한국문학 주제론』, 서강대학교출판부, 1982.

임헌영, 「증언과 예언」, 《문학과 지성》, 1979. 봄.

조남현, 「긴장의 인간학, 그 분광」, 《문학사상》, 1990. 10.

천이두, 「비극의 현장」, 《문학과 지성》, 1978. 겨울.

한전숙 · 차인석, 『현대의 철학 · Ⅰ』, 서울대학교출판부, 1980.

현길언, 『한국 현대소설론』, 태학사, 2002.

황도경, 『문체로 읽는 소설』, 소명출판, 2002.

Arnold van Gennep, 전경수 역, 『통과의례(Les rites de a passage)』, 을유문
        화사, 1985.

B. Benvenuto & R. Kennedy, 김종주 역, 『라깡의 정신분석입문(The Works
        of Jacques Lacan : An Introduction)』, 하나의학사, 1999.

Fritz Heinemann, 황문수 역, 『실존철학(Existenphilosophie lebendig oder
        tot?)』, 문예출판사, 1979.

Gilbert Durand, 진형준 역, 『상징적 상상력(L'imagination symbolique)』, 문학
        과지성사, 1983.

R. Wellek & A. Warren, The Theory of Literature, Penguin University
        Books, 1973.

Yi-Fu Tuan, 구동회 · 심승희 역, 『공간과 장소(Space and Place)』, 대윤, 1995.

원심력의 공간에서 구심력의 공간으로

-윤후명론

1. 소설의 공간, 공간의 소설

일반적으로 문학은 시간의 지배를 받는 예술이라고 설명되어 왔다. 공간적이고 동시적인 속성을 가지고 있는 시각 예술에 비해서, 문학은 시간적이고 연속적인 속성을 가지고 있다는 것이다. 문학의 여러 장르 중에서도 특히 소설에서 그러한 속성을 강하게 나타낸다는 것이 전통적인 논리였다. 소설이라는 장르가 시간의 흐름을 가진 이야기, 즉 신화·설화·민담 등에 그 기원을 두고 있다는 사실을 감안한다면, 이 논리는 충분한 타당성을 가진다.

그러나 현대의 예술비평에서는 이와는 다른 방향에서 시간과 공간의 개념이 설명되고 있다. 즉, 공간 예술인 회화에서 공간적 매체에 내재한 한계들을 극복할 수 있는 방식으로서 시간성을 도입한 것처럼, 예술 분야에서는 오래 전부터 시간과 공간이 역사적으로나 절대적으로 구분되지 않고 함께 공존해 왔다는 주장이 활발하게 제기되고 있다.[1]

문학에서도 이와 관련된 논의가 진행되었는데, 1945년 조셉 프랭크 (Joseph Frank)가 근대 문학의 주요한 패러다임으로 '공간 형식 (Spatial Form)'이라는 개념을 제기한 이후, 다양한 관점에서 문학의

---

1) Jeoraldean McClain, "Time in the visual arts : Lessing and Modern Criticism", The Journal of Aesthetics, fall 1985, vol.XLIV, no.1, p.42.

공간에 대한 연구가 이루어지고 있다. 또한 그와는 다른 방향이라고 할
수 있는 정신분석학과 기호학적인 시각에서 공간을 하나의 상징으로 파
악하고 해석하려는 시도가 계속되었다. 이러한 논의는 국내의 학사들에
게도 수용되어 몇 개의 연구결과가 축적되기도 했다.[2]

그렇지만 문학에 있어 공간성에 대한 논의, 특히 소설의 공간에 대
한 논의는 그리 활발하게 이루어지지 못했다. 이는 시의 구조와 기호
에 대한 연구에서 공간에 대한 언급이 적지 않았다는 사실과 사뭇 대
조된다. 물론 이러한 현상은 시와 소설이 근본적으로 상이한 서술구조
를 가진다는 사실에 기인하는 것이다. 같은 문학이라고 하더라도 시에
비해서 소설은 상대적으로 이야기로의 속성이 강할 수밖에 없으며, 그
러하기에 공간보다는 시간이 주요한 구성요소로 파악되어 왔다. 더구
나 작품에 내포된 역사인식과 현실비판의식이 강조해 왔던 우리의 문
단상황이 공간을 중심으로 구성된 소설작품을 도외시했던 것도 사실
이다. 이러한 분위기는 소설 창작교육에도 영향을 주어서, 시중에 유
통되고 있는 소설 창작방법론에 관련된 책들 중에서 공간 혹은 공간
배경을 별도의 장으로 구성하고 있는 경우는 그리 많지 않다.[3] 또한
한 작가의 작품세계를 평가하는 데에도, 이와 같은 경향이 반영되어

---

2) 대표적인 연구업적으로는 다음과 같은 저술을 들 수 있다.
 · 유지현, 『현대시의 공간 상상력과 실존의 언어』, 청동거울, 1999.
 · 이어령, 「문학공간의 기호학적 연구」, 단국대학교 박사학위논문, 1986.
 · 최수웅, 『소설과 디지털콘텐츠의 창작방법』, 청동거울, 2005.
 · 한국소설학회 편, 『공간의 시학』, 예림기획, 2002.
3) 시중에 유통되고 있는 20여종의 소설 창작방법론에 관련된 책 중에서 공간
 혹은 공간배경을 별도의 장으로 구성하고 있는 책은 다음의 4권뿐이었다. 물
 론 이외에도 소설공간에 대한 간략한 언급을 했던 저술은 많았으나, 이는 충
 분한 논의가 이루어지지 않았다고 판단하여 제외하였다.
 · 신춘자, 『소설창작의 이론과 실제』, 이회문화사, 2000.
 · 정한숙, 『현대소설창작법』, 웅동, 2000.
 · 이미란, 『소설창작 12강』, 예림기획, 2001.
 · 최인석, 『소설쓰기의 첫걸음』, 북하우스, 2003.

왔다. 소설의 시간성을 추구하는 작가들에 비해서, 소설의 공간성을 추구하는 작가들은 상대적으로 주목을 받지 못했으며, 그들의 작품세계에 대한 언급도 활발하게 이루어지지 못했다.

윤후명도 그러한 평가기준 및 문단경향에 의해 소홀하게 다루어졌던 작가 중의 하나이다. 본격적으로 소설을 발표하기 시작했던 80년대에 그는 독창적인 작품세계를 가진 작가로 평가받기는 했으나, 큰 주목을 끌지 못했다. 오히려 "소설의 형식이나 내용 면에서 우리 소설문학의 주도적 전통과는 커다란 거리를 지니고 있는"[4] 작가라는 평가가 일반적이었다.

그의 작품세계가 새롭게 조망 받기 시작한 것은 1990년대에 들어서면서부터였다.[5] 그러나 엄밀하게 평가하자면, 이러한 평가 작업들도 그의 작품세계에 대해 본격적으로 접근하지 못했다. 논의의 대부분이 이미 언급되어왔던 '낭만성'과 '주변인의 사상'을 지적하는 정도에 그쳤을 뿐, 정작 작품에 대한 정밀한 분석은 이루어지지 못했기 때문이다. 물론 이러한 논의들은 그 동안 도외시되어왔던 작품경향에 대한 관심이 표현된 것이며, 이를 기반으로 우리 문학의 폭을 넓힐 수 있는 기반이 마련되었다는 긍정적인 기능을 담당했던 것은 사실이다. 반면에 이러한 논의들은 작품세계에 대한 이해를 도모하기보다는, 오히려 작가를 지나치게 신비화하여 독자들로부터 멀어지게 했다는 부정적인 면모도 간과할 수 없다. 여전히 윤후명의 작품은 독특하기는 하지만 어렵고 이해할 수 없다는 인식이 지배적이다.

---

4) 권성우·우찬제·윤후명, 「윤후명, 산업화 시대 낭만적 예술가의 초상」(특집 대담), 《문학정신》, 1990. 7. 참고.

5) 주지하다시피 이 시기는 우리 문학에 적지 않은 변화가 있었는데, 이는 흔히 '거시담론에서 미시담론으로의 전환'이라고 설명된다. 이러한 패러다임의 전환을 겪은 후에야 평가되기 시작했다는 사실은, 역설적으로 윤후명에 대한 지난 세대의 평가가 작품 자체에 의한 것이 아니라 문단상황에 의해 이루어졌던 것이 아닌가 하는 의심을 품게 한다.

우리에게 요구되는 것은 작가의 기행(奇行)이나 작품 분위기를 찬양하는 감상문이 아니라, 보다 엄밀하고 체계적인 분석이다. 물론 이는 각 작품마다의 구성논리에 대한 고찰에서부터 비롯되어야 하며, 이를 통해 작가가 일관되게 유지하고 있는 작품세계 전반을 관통할 수 있는 단계로까지 나아가야 할 것이다. 이에 본고는 윤후명의 작품에 나타나는 공간성에 주목하고, 이를 바탕으로 그의 작품세계를 파악하고자 한다.

2. 원심력이 작용하는 공간 : 「둔황의 사랑」과 「누란의 사랑」을 중심으로

윤후명의 작품들은 대부분 전통적인 서사구조로 이루어져 있지 않다. 여기에서 전통적인 서사구조란 중·고등학교의 문학교육에서 교수되고 있는 기-승-전-결의 구조, 혹은 발단-전개-위기-절정-결말의 구조를 의미한다. 이것들은 모두 소설의 시간성에 의존하는 구조라고 할 수 있는데, 작가에 의해서 의도적으로 해체된 시간을 독자들이 재배열하는 행위를 기본으로 하고, 갈등의 맺힘과 풀림이 이루어지며, 인과율에 따라서 사건이 전개된다는 특징을 가진다. 그러나 그의 작품에는 특별한 갈등이 나타나지 않으며, 사건 혹은 사유의 연결도 원인과 결과에 의해서 이루어지지 않고, 그렇기 때문에 일반적인 구성에서 절정에 해당하는 부분이 제시되지 않는다. 바로 이것이 독자들이 그의 작품을 난해하다고 평가하는 부분이다. 그의 작품이 사소설적이고 수필 같은 느낌을 준다는 평가[6]도 같은 이유에서이다.

---

6) 작가 자신은 자신의 작품을 〈사소설〉과 흡사하다고 평가하는 견해에 반감을 제기하고 있다. 작가의 논리에 따르자면, 그의 작품은 '〈나〉라는 것을 바탕으로 세계를 관찰'하는 개인소설, 즉 〈나소설〉이라고 해야 한다는 것이다. 평론

이는 그의 소설이 전통적인 '잘 짜여진 구조(well made form)'를 지향하는 것이 아니라는 증거이며, 그러므로 그의 작품을 이해하기 위해서는 구조체계에 대한 새로운 인식이 요구된다고 하겠다. 그에 대한 대안으로 제시될 수 있는 것이 바로 소설의 공간구조이다. 전통적인 서사구조에서 공간은 사건의 배경에 머무르고 있을 뿐이지만, 그의 작품 속에 등장하는 공간은 보다 포괄적이고 핵심적인 기능을 담당하고 있다.

우선 대표작이라고 할 수 있는 「둔황[敦煌]의 사랑」을 통해서, 윤후명의 소설에서 공간이 담당하는 기능을 살펴보도록 하겠다.7) 이 작품이 서술되는 공간은 현재 주인공이 살고 있는 도시이다. 주인공은 뚜렷한 직장이 없이 아내가 벌어오는 돈으로 생활하는 사람으로, 그가 하는 일이라고는 연극을 하는 친구와 함께 술을 마시면서 희곡의 소재가 될 만한 것들에 대해 이야기를 나누는 것뿐이다. 이러한 설정에서 주목되는 것은 두 가지인데, 하나는 그가 자신의 상황에 비애를 느

가 우찬제는 이를 독일의 '이히로망(Ich-Roman)'과 유사한 개념으로 파악하는데, 이는 단순히 한 작가의 성향을 설명하기 위한 고민이 아니라, 우리가 비판 없이 받아들이고 있는 문학용어의 개념에 대한 고찰이라는 점에서 더 의미가 크다고 하겠다. 이에 대해서는 보다 심도 있는 고찰이 필요하다고 판단된다. : 권성우·우찬제·윤후명, 앞의 글. 참고.

7) 분석 텍스트의 선정은 그의 대표작으로 이루어졌다. 어떤 작품을 대표작으로 선별할 것인지에 대해서는 이론이 있을 수 있겠지만, 문학상을 수상한 작품인 「둔황의 사랑」(제3회 녹원문학상 수상작), 「누란의 사랑」(제3회 소설문학작품상 수상작), 「섬」(제18회 한국창작문학상 수상작), 「하얀 배」(제19회 이상문학상 수상작)를 선정했다. 문학상의 수상 여부가 곧 좋은 작품이라는 증거는 될 수 없지만, 하나의 객관적인 판단기준은 될 수 있으리라고 보았기 때문이다. 이하 인용에 사용된 텍스트로는 「둔황의 사랑」·「누란의 사랑」·「섬」은 작품 선집인 『알함브라 궁전의 추억』(나남, 1990)에 수록된 작품을, 「하얀 배」는 『제19회 이상문학상 수상작품집』(문학사상사, 1995)에 수록된 작품을 사용하였다. 이하 작품 인용에서는 작품의 제목과 페이지 번호만을 밝힌다.

끼면서도 부력하게 그것을 받아들이는 사람이라는 점이고, 다른 하나는 그가 끊임없이 이야기를 주고받는 사람이라는 점이다.

주인공이 현실에 대해 취하는 태도는 작품의 서두에서 제시되는 '쇠 침대'를 통해서 제시된다. 침대는 인간의 기본적인 욕구 중의 하나인 수면욕(睡眠欲)과 연관되는 물건이며, 그러하기에 이것은 생계를 유지하기 위한 수단이라 할 수 있다. 그런데 주인공이 자신이 마련한 '쇠 침대'를 바라보는 시각은 일반적인 의미에서의 생계와는 거리가 있다.

> 낡았지만 언제나 꿈없이 잠들 수 있는 침대였다. 한겨울에 냉돌을 어떻게 견딜까 걱정하던 차에 우연히 고물장수의 리어카를 불러세우고 흥정을 벌였을 때, 아내는 차라리 그냥 스폰지 삼단요가 어떻겠느냐고 내 소매를 끌어 잡아당기기조차 했었다. 셋방에 침댄 무슨 침대예요, 그건 침대라고 할 수도 없는 고물이에요. 아내는 그런 두 가지 뜻으로 눈짓을 했었다. 그러나 남대 문 시장에서 두툼한 스폰지를 사다 깔고 그 위에 담요를 덮으니 제법 번듯 한 침대가 되었다. 그리고 유난히도 추운 그해 겨울이었지만 그놈의 좁은 쇠 침대에 둘이서 꺼붙어 난 결과 냉돌에서 올라오는 끔찍한 냉기를 피하는 데 는 그보다 더 안성맞춤이 없다는 사실을 알게 되었다.
>
> — 「둔황의 사랑」, p.35.

주인공과 그의 아내에게 있어서 침대는 단순히 생계를 유지하기 위한 도구가 될 수 없다. 그들에게 침대는 사치품에 가깝다. 그런데도 그는 그것을 구입하려 하고, 아내는 반대한다. 이러한 상황은 주인공과 아내의 관계를 효과적으로 드러내고 있다. 아내는 실질적인 가장이며, 생활을 하는 사람이다. 그에 비해 주인공은 생활하는 사람이 아니다. 아내가 바라는 것은 형편에 맞추어 '스폰지 삼단요'를 구입하는 것이고, 그가 바라는 것은 형편이 되지 않아도 침대를 들여놓는 것이다. 이것이 바로 생활을 하는 사람과 그렇지 않은 사람의 감각적 차이이다. 아내가 바라보고 있는 것은 생활이고, 주인공이 바라보고 있는 것은 생활이 아닌 다른 것이다. 여기에서 아내와 주인공의 차이가 발생한다. 이후부터 주인공의 말을 아내가 이해하지 못하는 상황이 반복적으로 제시되는데, 그러한 상황이 발생하는 근본적인 이유는 그들의 감각이 다르기 때문이다. 하지만 이러한 태도는 오히려 그에게 삶을 견디는 힘으로 작용한다. 그가 억지를 부려 사들인 낡은 쇠침대가 오히려 방바닥에서 올라오는 냉기를 피하는데 안성맞춤이었던 것처럼.

이것과 함께 그를 살게 하는 또 다른 힘은 바로 두 번째 요소, 즉 그가 이야기를 주고받는 사람이라는 점이다. 사실 주인공이 이야기를 주고받는 것은 아니다. 적어도 일반적인 대화에서라면 그렇다. 이야기를 꺼내는 것은 언제나 친구의 몫이고, 그는 그저 대꾸할 뿐이다. 이런 상황을 대화라고 할 수는 없다. 그렇지만 이번에도 그의 감각은 일반논리를 벗어난다. 그가 내뱉는 말들은 그저 다른 사람이 하는 말과 말 사이를 이어주는 구실에 지나지 않지만, 그가 내뱉지 않는 말들은 다른 사람의 말을 받아들이고 그것을 확장시켜 새로운 의미로 만들어 낸다. 그러므로 이 작품의 화자는 다른 사람들과 이야기를 주고받는 주인공이 아니라, 자기 자신과 이야기를 주고받는 주인공이다. 애당초 이 작품에는 서술자(敍述者)라는 장치는 존재하지 않았던 것인지도 모른다. 모든 이야기가 자신에게서 비롯되어 자신에게로 귀결되기 때문이다.

이 작품이 논리적 인과구조에서 자유로울 수 있는 이유도 여기에서 찾을 수 있다. 한 인물의 생각 속에서 이루어지는 이야기이기 때문에, 논리성보다 순간적인 발상과 이미지의 연상이 더욱 적합한 구성요소로 작용하게 된다. 동해안의 한 마을에서 전해오는 남근숭배 풍습, 둔황의 석굴에서 발견된 혜초의 『왕오천축국전(往五天竺國傳)』, 운디드니에서의 몰살된 인디언들, 봉산탈춤의 춤사위, 어린 시절에 보았던 북청 사자놀이, 가무(歌舞)에 출중했던 기생 금옥, 누란(樓蘭)에서 발견된 소녀의 미이라, 〈공무도하가(公無渡河歌)〉를 부르던 소녀, 이처럼 서로 결합될 것 같지 않은 상이한 이미지들이 한 작품 속에서 무리 없이 연결되고 중첩하며 확장될 수 있는 이유도, 바로 그와 같은 구성요소 때문이다.

이처럼 이 작품은 논리가 아닌 이미지와 상징의 결합을 통해서 이루어지고 있는데, 이것들이 그저 산발적이고 방만하게 제시되는 것은 아니다. 오히려 하나의 지향점을 향해서 일정한 흐름을 만들고 있다. 그리고 그 흐름의 끝에 또 하나의 공간이 존재한다. 둔황이 바로 그곳이다.

> 가도 가도 끝없는 허공을 사자는 묵묵히 걷고 있다. 발을 옮길 때마다 모래 소리가 들린다. 달빛에 쓸리는 모래 소리인가, 시간에 쓸리는 모래 소리인가. 아니면 서역 삼만 리를 아득히 울어 온 공후소리인가. 그때 누군가가 중얼거린다. 아이야, 사내애였다면 혜초처럼 먼 곳으로 법(法)을 구하러 떠났다 치렴. 계집애였다면 사막 속에 곱게 단장하고 있다고 치렴.
> 사자가 걸음을 멈추었다. 무슨 일일까. 그러자 사자가 난데없이 내게 물었다.
> "봉산(鳳山)이 예서 머오? 강령(康翎)이 예서 머오? 기린(麒麟)이 예서 머오?"
> 깜짝 놀란 나는 머리를 내젓기만 했다. 그와 함께 사자가 고개를 들고 화등잔 같은 눈을 크게 떴다.
> "이기 뉘기요? 북청 아즈바이 앙이오?"
> 사자는 말을 마치자마자 어느 결에 가죽을 훌훌 벗어 던졌다.
> "참말 긴 하루였소. 이리 오래 춤추기두 아마 처음이지비?"
> 목구멍에 모래가 잔뜩 엉겨 붙은 쉰 목소리였다. 그러나 나는 그 목소리가 누구의 목소리인지 짐작할 수 있었다.
> 그것은 내 목소리였다.
>
> ―「둔황의 사랑」, pp.109-110.

인용에서 파악되듯이 그에게 있어 둔황은 구체적인 지명이라기보다는 사막과 폐허의 이미지를 대변하는 곳이다. 윤후명은 '폐허'라는 공간을 "단순하게 아무 것도 없는 것이 아니라, 인류문명의 자취가 스쳐간 자리"이며 인류사의 전개과정이라고 할 수 있는 '생성과 소멸의 순환과정'이 이루어지는 공간이라고 설명했는데,[8] 그러한 폐허를 대표하

---

8) 권성우·우찬제·윤후명, 앞의 글.

는 지명이 바로 둔황인 것이다.

물론 작품 속에서 언급되고 있는 둔황은 지금 여기에서 멀리 떨어져있는 곳이다. 하지만 이것은 단순히 지리적인 거리에 그치지 않는다. 그가 지향하는 곳은 현재의 공간도 아니고, 현실에 존재하는 공간도 역시 아니기 때문이다. 그곳은 둔황이면서 둔황이 아니다. 작가가 파악하고 있는 폐허의 이미지를 간직한 곳이며, 작품 속 주인공의 내면이기도 하다.

이상의 논의를 통해서 알 수 있는 것처럼, 「둔황의 사랑」은 서울과 둔황이라는 두 개의 공간을 중심축으로 구성되어 있다. 이들 공간은 대조를 통해서 의미를 형성하는데, 서울이 무기력한 현실의 공간이고 생계를 걱정해야 하는 공간이라면, 둔황은 사라져버려 지금은 되찾을 수 없는 것들이 부활하는 공간이다. 흔적으로만 남아있는 옛 노래를 다시 부를 수 있게 되고, 요즘 사람들에게는 낯설기만 한 우리의 춤사위가 되살아나는 공간이다.

그렇다면 결국, 이 작품은 남루한 현실에서 벗어나서 자신의 근원을 회복시켜줄 수 있는 공간으로 나아가고자 하는 욕망의 구조를 가지고 있다고 정리된다. 물론 주인공이 최종적인 기착지는 자기 자신이 될 수밖에 없겠지만, 전반적인 내용을 모두 고려한다면, 이 작품은 여기가 아닌 다른 공간으로 나아가려는 힘, 즉 원심력이 작용하는 공간으로 이루어졌다는 사실을 알 수 있다.

이러한 원심력의 공간구조는 「누란의 사랑」에서도 반복된다. 그러나 이 작품은 「둔황의 사랑」에 비해서 원심력이 더욱 강조된다. 동거하던 여자에게서 떠나고 싶어 하는 남자가 주인공으로 설정되어 있기 때문이다. 그가 여자와 헤어지려고 하는 이유에 대해서는 명확하게 제시되지 않았다. 구태여 이유를 찾는다면, "우리는 동화되지 못하고 지나치게 오랜 동안 의미 없는 동서생활을 계속해" 왔기 때문이라는 설명이 있기는 하지만, 이것이 적당한 대답이 될 수는 없다. 그런데도 주인공은 설명을 미뤄눈 재, 헤어시세 되리라는 예김이 들었디는 진술과 마땅히 그래야만 한다는 진술만 반복하고 있다.

> ⓐ 무엇인가 의미 있는 일을 해야지 하면서도 그 여름은 무의미하게 지나가고 있었다. 그렇지만 우리는 그 방을 떠나지를 못했다. 생활에 대한 강박 관념 때문만도 아니었다. 그러나 결국 나는 그 방에서 단 하루라도 뛰쳐나가기를 제안했다.
>
> – 「누란의 사랑」, p.111.

> ⓑ 갑자기 파도 소리가 높아지며 하늘 가득히 새들이 날았다. 소라고둥이 변한 새들이었다. 새들은 별처럼 까마득히 눈을 반짝이며 날았다. 천 년을 묵어 탈바꿈을 한 소라들. 태풍으로 뒤집힌 바다 밑에서 곤두박질치며 하늘로 솟아 새가 된 소라들. 몇 억 년을 묵은 소라들. 껍데기를 벗어 던지고 대신 날개를 단 자유.
>
> – 「누란의 사랑」, pp.136-137.

인용된 부분은 각각 작품의 처음과 끝에 해당하는 것으로, ⓐ는 남자가 여자와 헤어지는 계기를 만들기 위해서 바다에 가자고 제안하는 부분이고, ⓑ는 남자가 도망치듯이 여자를 떠나버린 직후에 해당하는 부분이다. 여기에서도 역시 논리적인 설명은 이루어지지 않는다. 다만 몇 가지 상징물을 통해서 주인공의 심리가 암시되어 있을 뿐이다.

ⓐ에서는 나타나는 상징은 '방'이라는 공간이다. 일반적으로 '방'은 여성성의 상징이며 평온함을 주는 공간으로 나타나지만, 이 작품에서 주인공이 여자와 동거를 하는 방은 그와는 다른 의미를 가진다. 그곳은 "눅눅하게 습기가 차고, 채광이 되지 않은" 어두운 방이며, 생활에 대한 강박관념을 느끼면서도 무의미하게 시간을 보내기만 하는 부정적인 공간이다. 주인공은 방에서 벗어나기를 갈망하며, 결국 그곳을 떠나 바다로 향하게 된다.

그런데 주인공은 이와 유사한 경험을 이미 가지고 있다. 그는 집을

도망치듯 뛰쳐나와 여자와 동거생활을 시작했던 것이다. 물론 '집'이라
는 공간 자체에 문제가 있는 것은 아니었다. 그곳에 "꼼짝 않고 틀어
박혀서 하루 종일 닭처럼 도사리고만" 있는 어머니가 문제였다. 그에
게 있어서 어머니는 공포와 두려움의 대상이며, 그를 주눅 들게 만들
어 버리는 인물이다. 그가 자신의 버릇을 "지나치게 눈치를 살피게끔
되어, 사로잡힌 동물이 겁먹은 눈초리로 꼬리를 샅에 끼우고 뒤로 물
러서듯이 행동하는 것"이라고 설명하거나, 어머니를 구미호(九尾狐)에
비유하고, 어머니가 머무는 집을 '현실(玄室)'이라고 표현하는 것은 모
두 같은 맥락이다. 이처럼 주인공의 심리에서 어머니는 하나의 억압기
재로 작용하며, 그것이 '집'의 이미지에까지 영향을 주는 것이다.

　이것은 그대로 '방'의 이미지로 연결되어, 주인공이 여자와 함께 지
내는 방을 견디지 못하게 만드는 요인이 된다. 그러나 모든 공간이 이
처럼 폐쇄적이고 억압적인 것만은 아니다. 이와 같은 공간을 탈피할
수 있는 공간으로 제시되는 것이 ⓑ에 나타나는 '소라'이다. 이것은
"소라고둥이 천 년을 묵으면 파랑새가 된다"는 진술과 결합될 때 상
징성을 가지는데, 이를 통해서 소라는 현실의 억압을 피해 도망칠 수
있는 자유롭고 이상적인 공간이 된다.

　여기에서 주목해야 할 부분은 폐쇄적인 공간인 소라고둥이 자유롭
게 되기 위해서는 천 년의 시간이 필요하다는 진술이다. 이때의 '천
년'은 단순한 시간의 개념이 아니라, 영원의 시간이며 태고의 시간이
된다. 이를 통해서 '소라'의 상징과 '누란'이라는 공간의 상징이 결합되
는 것이다. 주인공에게 '누란'이라는 곳은 '폐허가 된 오아시스 나라'로
인식된다. 윤후명이 언급하고 있는 폐허의 이미지가 다시 한 번 반복
되고 있다. 더구나 그곳은 나라를 잃어버린 아버지가 떠나간 공간이
다. 그러므로 방에서 벗어나 바다를 찾아가는 주인공의 여정은, 어머
니에게서 벗어나 아버지를 찾아가는 여정이 된다. 결국 이 작품도 역
시 현실을 탈피해서 다른 곳으로 이동하려는 원심력이 작용하는 공간
구조를 가지고 있다고 하겠다.

하시만 원심력에 따르는 그리한 공간이동이 가능한 일인지 여부는 여전히 의문으로 남는다. 사람은 한꺼번에 여러 공간을 꿈꿀 수는 있어도, 한 번에 두 가지 공간에서 살아갈 수는 없기 때문이다. 현실에서 벗어난 이상은 공상에 지나지 않다. 이 작품의 주인공도 이런 문제를 자각하고 있는데, 그에 대한 증거가 누란에서 발견된 여자 미라와 관련된 진술이다. 미라를 덮고 있는 붉은 비단에는 '천세불변(千世不變)'이라는 글자가 씌어져 있다. 미라가 되어버린 여자는 소라고둥이 파랑새로 변할 수 있는 만큼의 시간을 견뎌왔지만, 끝내 변해버리고 말았다. 이것은 현실에 기반을 두지 않은 이상의 허구성을 드러내는 장치이다. 주인공이 "그러나 미라는 미라에 다름이 아닌 것이었다"라고 진술하고 있는 것도 바로 그런 한계인식에 기반을 둔 것이라고 판단된다.

3. 구심력이 작용하는 공간 : 「섬」과 「하얀 배」를 중심으로

아무리 원심력이 작용하는 공간에 대한 이야기라고 해도, 끝내 현실에서 벗어날 수는 없다. 그것은 인간이라는 존재가 가진 한계이자, 철학이나 종교와 같은 커다란 이야기가 아니라 일상사의 소소한 이야기에 기반을 두고 있는 예술이라는 소설의 숙명적인 한계이기도 하다. 작가는 이런 한계를 절감이라도 한 것처럼, 새로운 공간을 창조해내기 시작한다.

윤후명의 작품세계 변화는 「섬」을 발표했던 1985년 직후부터 시작된다. 이 시기에 작가는 작품성향의 변모와 함께, 생활의 변화를 겪는다. 연작소설 『협궤열차』의 무대가 되기도 하는 안산으로 거주지를 옮긴 것이다. 작가의 삶이 작품에 직접적인 영향을 준다는 주장을 일반론으로 받아들이기에는 힘들지만, 적어도 윤후명의 경우에는, 특히 그가 이 시기에 발표했던 작품의 경우에는 충분히 적용될 수 있다. 실제로 이 시기를 전후해서 그의 작품에서 현실생활이 차지하는 비중이 상당히 높아지기 시작했기 때문이다. 이러한 변화가 작품의 공간구조에는 어떻게 영향을 주었는지 살펴보도록 하겠다.

원심력이 강하게 작용하던 공간구조가 확연하게 변모되기 시작한 것은 「섬」을 발표한 직후부터이다. 이 작품은 거제도와 그 인근의 섬들이 무대가 되고 있는데, 윤후명의 다른 어떤 작품들보다 현실에 대한 인식이 표면화되고 있다.

그 동안 그가 발표했던 작품은 현실과 이상을 상징하는 두 가지 공간이 등장했고, 그중에서도 서역(西域)으로 표현되었던 이상의 공간이 주도권을 갖는 구조를 가지고 있었다. 그러나 이 작품은 그러한 관계설정이 변화되고 있다. 즉 현실공간이 작품의 구조형성에 주도권을 가지고 있는 것이다. 또한 이 작품의 현실은 그 동안의 작품에서 표현되었던 것처럼, 막연한 삶의 공간으로 제시되어 있지 않다. 그곳은 생계를 꾸리기 위해서 훨씬 더 치열하게 살아야 하는 '현장'이다.

> 그러나 여기서 〈현장〉에 대한 이야기는 자세히 할 생각이 없다. 이른바 세계 정상급에 속하는 조선소의 크기가 어느 정도이고, 몇 만 명의 사람들이 밤낮을 도와 일을 하고 얼마의 돈을 벌어들이고 하는 일이 중요하지 않다는 이야기는 아니다. 나는 지금 이연식이라는 내 친구를 이야기하고자 하는 것이다.
>
> —「섬」, p.321.

그렇다고 해서 이 작품이 '현장' 그 자체의 문제를 고발하는 것은 아니다. 그저 현실공간을 보다 비중 있게 다루고 있을 뿐이다. 인용에서도 나타나는 것처럼, 집단에 대한 이야기가 넘쳐나는 거제도라는 공간에서, 개인의 이야기로 서술을 시작하고 있다는 설정도 그러한 성향을 나타낸다. 또한 이와 같은 시술태도는 작품의 서술방향을 제시하는 것이면서도, 한편으로는 작가의 문학관을 대변하고 있는 것이기도 하다.

물론, 이 작품에서도 '현장'의 이야기는 서술자의 몫이 아니다. 인용에도 언급되는 이연식이라는 친구가 그 역할을 담당하고 있다. 이에 비해서 서술자는 윤후명의 다른 작품에서도 그랬듯이, 여전히 생활의 주변에 머물고 있는 인물로 설정되어 있다. 그는 '현장'의 곁에 있지만, 그 속에 뛰어들지는 않는다. 그러면서 그는 "내게 주어진 임무는 열심히 일하는 사람들의 현장에 대한 접근이었다. 그 일은 이제까지의 내 삶이 〈현장〉을 떠난 삶, 신선이나 유령의 삶, 허풍선이의 삶이었음을 전제하고 있는 듯이 느껴졌다"라는 진술을 하고 있다.

이것이 바로 「섬」의 서술자를 윤후명의 기존 작품에 등장했던 주인공들과 변별되게 만드는 요소이다. 우선 이 작품의 서술자가 자신이 견지하던 삶의 방식을 반성하고 있다는 사실이 주목된다. 이전 작품의 주인공들은 삶을 힘겨워 하기는 하지만, 자신들의 생활방식을 반성하지 않았다. 아내가 벌어오는 돈으로 생활하면서도 '스폰지 삼단요'보다 침대를 고집하고, 변변한 생활수단이 없으면서도 동거하는 여자의 방에서 탈출해서 바다로 가기를 바란다. 이러한 태도에는 생계를 도외시하고 자신만의 생활방식을 고집하려는 의식이 포함되어 있다. 하지만 「섬」의 서술자는 적어도 생계를 도외시하고 있지는 않다. 그는 현장을 관찰하고, 그를 통해 자신의 생활방식을 반성한다.

물론, 반성의 결과가 현장에로의 투신으로 이어지는 것은 아니다. 오히려 그의 반성은 자신의 생활방식을 긍정하고, 또 다른 현장을 발견하려는 노력으로 이어진다. "그러나 그것이 비록 자갈짐을 지고 철근을 자르는 일이 아니었다고 해서 현장이 아니었단 말인가"라는 서술자의 진술이 바로 그 결과에 해당한다. 하지만 그가 속해있는 현실의 공간에서, 그의 생활방식은 쉽게 인정받지 못한다. 그가 자신의 현장을 발견하기 위해서는, 현실이 아닌 또 다른 공간이 절실하게 요구되는 것이다.

여기에서 작품 속에 내재된 또 하나의 공간이 드러난다. 그 동안의 작품들이 그랬듯이 「섬」에도 현실 이외의 다른 공간이 어김없이 등장한다. 다만 그곳이 지리적으로 멀리 떨어진 서역이 아니라, 현실에 밀접하게 붙어있는 공간이라는 점이 다르다. 그러한 차이점은 앞서 설명된 '현장'에 대한 인식에서 비롯된다.

앞선 진술에서, 서술자는 자신의 관찰을 '임무' 또는 '일'이라고 표현했다. 이와 같은 표현은 이전의 작품에서는 발견할 수 없었던 것이다. 이미 언급했던 것처럼, 「둔황의 사랑」에는 엄격한 의미에서의 서술자가 존재하지 않는데, 모든 서술이 결국에는 주인공의 내면에서 이루어지고 있기 때문이었다. 「누란의 사랑」도 이런 경향에서 크게 벗어나지 않는다. 하지만 「섬」에서는 서술, 즉 독자와의 의사소통을 염두에 두는 진술행위가 이루어지고 있다.9) 이것은 주인공이 서술자로서의 임무를 자각했기 때문에 가능한 것이다. 그리고 이러한 자각이 현실에 대한 관찰을 통해서 이루어졌기 때문에, 작품에 등장하는 또 다른 공간이 현실에서 멀리 떨어지지 않게 되었다. 이로서 작품의 공간들은 담화공간(Discoursive Space)으로 변모하게 된다.

[거제] 임란(壬亂) 때 우리 수군이 사용했던 것으로 보이는 대포의 일종인 현자통포(玄字筒砲)가 거제군 신현읍 고현만(古縣灣) 바다 밑에서 발견됐다. (……) 개펄 속에 깊이 묻혀 있어서인지 녹도 슬지 않은 원형의 모습

---

9) 사실 이 작품에는 서술자의 역할이 지나치게 강조된 부분도 있다. 신문기사나 백과사전의 내용이 그대로 삽입되어 있는 경우가 이에 해당되는데, 특히 상어에 대한 정보를 나열하는 장면에서는 서술자가 "이것은 단순한 내 개인의 호기심의 문제이므로 다음에 살펴본 몇 가지 상어에 대한 기록을 독자가 굳이 다 따라 읽을 필요는 없을 것이다. 그리 중요한 기록도 아닌데다가 내가 여기서 이야기하고자 하는 바와는 별로 관계도 없어 보이며 또 언제든지 필요하다면 손쉽게 간단한 사전이라도 들춰보면 될 것이기 때문이다"(p.325.)라는 설명까지 하고 있다. 이러한 부분은 포스트모더니즘 이론에서 제시되는 메타픽션적인 요소로 파악될 여지도 있으나, 그보다는 서술의식의 과잉이라고 설명하는 것이 타당할 것이다.

을 간직하고 있있다. 포신에는 〈만력(萬曆) 24년 병신(丙申) 7월 좌수영도회
(左水營都會) 현자통포(玄字筒砲) 89근 경장인(京匠人) 이춘동(李春同)이라
새겨져 있어

(……) 그렇군. 세계 방방곡곡의 일을 다룬 가운데 이 기사처럼 내가 누워
있는 방에서 가까운 곳의 이야기는 없었다. 매립 공사를 하는 곳은 시내버스
를 타고 몇 정거장만 가면 된다고 들었었다. 그렇군. 나는 생각난 듯 자리에
서 윗몸을 일으키며 머리를 주억거렸다. 그런 게 있었군. 그러고 보니 옥녀
봉 아래 길가 왼쪽으로 이순신 장군의 승전 기념비가 서 있던 기억이 살아
났다.

-「섬」, pp.320-321.

위의 인용은 매립공사를 하던 도중에 임진왜란 당시의 대포가 발견
되었다는 기사문이 그대로 작품에 삽입된 부분이고, 아래의 인용은 그
기사문을 읽은 후에 서술자의 반응이다. 인용된 것처럼 '현자통포'는
서술자가 살고 있는 곳에서 얼마 떨어져 있지 않은 장소에서 발견된
다. 비록 거리상의 차이는 크지 않지만 이들을 동일한 공간이라고 파
악할 수는 없는데, '현자통포'가 바다 속의 개펄에 묻혀있었다는 기사
문의 내용을 주목하면, 그 이유가 분명해진다. 작품의 서술공간과 '현
자통포'가 존재했던 공간은 동일한 거제도이지만, 분명히 다른 시간대
에 존재하는 별개의 공간인 것이다.

이를 통해서 주인공이 이야기하고자 하는 현실은 당대적 의미만을
가지는 공간이 아니라, 몇 겹의 다른 시간대가 중첩된 복합적인 공간
이 된다. 이로써 현실은 배면(背面)에 감춰두었던 또 다른 의미를 내
보이게 된다. 인용에서 서술자가 기사를 읽고 나서야 충무공의 전적비
가 근처에 있었다는 사실을 기억해내는 것처럼.

이처럼 이 작품의 서술은 현실공간에 내재되어 있는 또 다른 복합
적인 공간을 발견하는 구조로 이루어지며, 이는 앞서의 작품들이 보였
던 원심력이 작용하는 공간구조와 대비하여, 구심력이 작용하는 공간
구조라고 설명될 수 있다.

작품 속에 내포되어 있는 구심력은 포로수용소를 발견하는 장면을 통해서 확연해진다. 이 장면이야말로, 작품의 구성원리가 극명하게 드러나는 부분이다. 그리고 그 발견은 전혀 의도하지 않았기 때문에 더욱 강렬한 의미를 만들어낸다. '현자통포'가 발견되었던 장소를 찾아갔던 서술자는 "허물어진 성벽 같은 구조물이 저쪽 밭둔덕 한가운데 우뚝 서" 있는 모습을 보고 그곳으로 다가갔을 뿐이다. 그런데 안내판을 통해서 그곳이 거제 포로 수용소였다는 것을 알게 되고는 그만 '우뚝 멈춰'서고 만다.

> 이것이… 이것이… 이것이… 예전의 포로 수용소였다. 나는 전쟁의 와중에서 자신도 모르는 사이에 포로가 되어 이곳에 와 있는 어떤 사나이처럼 여겨졌다. 나는 대포를 빌미로 하여 이곳까지 왔으나 단순히 소일삼아 온 것뿐이었다. 그런데 그것이 비극의 한가운데, 역사의 한가운데였던 것이다. 이 어처구니없는 사태를 어떻게 해석할 것인가. 나는 망연자실해서 주위를 휘둘러 보았다. 그리고 나는 밭 가장자리로 적자색의 유난히 선연한 꽃들이 피어 있는 것을 보았다. 무슨 꽃일까. 그러고 보니 그 꽃은 어릴 적부터 수없이 많이 보아 온, 그렇다. 엉겅퀴꽃이었다.
>
> —「섬」, p.345.

이제 거제도는, 조선소로 대표되는 현재의 공간과 임진왜란 당시의 전적지였던 공간에 이어 또 하나의 공간적 의미를 내포하게 된다. 그것은 바로 한국전쟁의 비극성을 극명하게 보여주었던 포로수용소라는 공간이다. 이 세 겹의 공간은 동일한 공간에 내재되어 있던, 그러나 서로 다른 의미망을 형성하고 있는 공간이다. 여기에서 작가의 서술자적 역할이 도드라진다.

작가란 잊혀있던 의미를 발굴하여 독자들에게 제시하는 사람이다. 무수히 보아 왔지만, 그저 보고 지나쳤을 뿐인 엉겅퀴를 새로운 시각으로 돌아보게 만드는 것, 그것이야 말로 소설의 본질적인 힘이다. 결국, 이 작품은 이러한 작가의 소명과 소설의 기능에 대한 탐색이며,

그것을 가능하게 했던 힘이 바로 구심력을 가지고 있는 공간구조였던 것이다.

이후 윤후명의 작품세계는 원심력보다 구심력이 강하게 발현되었는데, 이는 주로 작가 자신이 거주하는 공간인 안산이 무대가 되는 일련의 작품들을 통해서 나타난다. 지금은 사라져버린 수인선 열차의 마지막 자취를 담고 있는 『협궤열차』 연작과 서해안의 버려진 염전이 작품공간이 되는 「원숭이는 없다」와 같은 작품들이 여기에 속한다. 이 작품들은 잊혀있던 것들의 의미를 되살려서 현실을 여러 공간이 중첩되어 있는 복합공간으로 인식하고 있다는 점에서 「섬」과 연결된다.

그런데 「하얀 배」는 이러한 경향에서 조금 비껴있는 작품처럼 보인다. 그 공간배경이 작가가 살고 있는 곳이 아닌 중앙아시아의 초원지대로 설정되어 있기 때문이다. 이것만으로 보자면, 이 작품은 이전의 경향으로 돌아갔다는 혐의를 받을 만하지만, 공간구조를 파악해 보면 엄연히 원심력이 아니라 구심력이 작용하고 있는 공간을 가지고 있다는 것을 알 수 있다.

우선 그 공간설정부터가 그러하다. 작품에 등장하는 이식쿨 호수 근처의 초원지대는, 둔황이나 누란과 마찬가지로 쉽게 실체를 잡아낼 수 없는 막연한 공간인 것은 사실이다. 그러나 이곳은 둔황이나 누란과 분명하게 다른 점을 가진다. 서역의 지방들은 대상(隊商)들이 스쳐지나가는 길목에 지나지 않지만, 중앙아시아의 초원 지대는 우리 민족인 까레이스키들이 정착을 하여 삶을 유지하고 있는 장소이기 때문이다. 이는 길과 집의 차이이며, 유랑과 정착의 차이이다.

또 다른 차이점은 작품의 주인공, 혹은 서술자가 그 공간들에서 발견해내는 요소들이다. 둔황과 누란에서 발견되는 것은 이미지, 그것도 퇴색되어 버린 이미지들뿐이다. 둔황의 사자가 그러하고, 누란에서 발견된 여자 미라가 그러하다. 그러나 중앙아시아의 초원에서 발견되는 것은 이미지가 아니라, 말이다. 이것은 천산 산맥의 천마(天馬)인 한혈마(汗血馬)로의 '말[馬]'과 까레이스키들이 여직도 지키고 있는 고

려어로의 '말[言語]'이라는 언어유희를 통해서 의미가 확장되고 있는
데, 그 중에서도 언어의 측면이 강하게 대두된다.

> 소년은 멀리 중앙아시아의 들판을 바라보며 무엇인가 깊은 생각에 잠깁니
> 다. 그러다가 그 동쪽 들판을 향해 외쳤습니다.
> "안녕하십니까! 이 말은 우리 민족 말입니다!"
> 그러자 야생 양귀비 꽃밭이 먼저 수런거렸습니다. 숲 속의 들고양이들이
> 귀를 쫑긋거리고 쳐다보았습니다. 커다란 까마귀들이 전나무 가지를 치고 날
> 았습니다. 들판 저쪽에서 사막쥐들이 이리 뛰고 저리 뛰었습니다. 돌소금이
> 하얗게 깔린 사막으로는 큰바람이 일고 있었습니다. 천산에서 빙하가 우르르
> 르 무너지는 소리가 들렸습니다.
>
> ―「하얀 배」, p.63.

말은 의사소통의 도구이다. 사람과 사람 사이의 소통이 말에 의해서
이루어지고, 역사와 역사 사이의 소통도 말에 의해서 이루어지며, 독
자와 작가 사이의 의사소통도 말을 통해서 이루어진다. 그러므로 말은
서로 다른 공간들을 이어주는 매개가 된다. 중앙아시아에 살고 있는
까레이스키들과 한국에 살고 있는 사람들을 이어주는 것이 말이고, 까
레이스키들에게 그들의 고달픈 이주사(移住史)을 기억하게 하는 것도
말이다.

그런데 말 중에서도 특히 "안녕하십니까?"라는 인사말이 강조되고
있다는 사실이 다시 주목된다. 까레이스키들은 자신들의 의지와는 상
관없이 새로운 환경의 새로운 사람들과 만나야 했던 사람들이었다. 그
렇기 때문에 그들에게 인사말은 절실한 의미를 가질 수밖에 없다. 그
들은 비록 스스로 선택할 수는 없었지만, 그렇다고 무작정 순종하기만
했던 사람들은 아니었다. 그들은 자신들의 전통을 지키기 위해 학교를
지었고, 항상 고향으로 돌아갈 날을 꿈꾸며 살았다. 그러므로 그들이
살아가야 했던 공간은 언제나 타향이었고, 사용하는 언어는 항상 이방
인의 말에 불과했다. 이처럼 현실에서 벗어나기를 바란다는 점에서 까

레이스키들은 윤후명 소설에서 반복적으로 제시되었던 인물들과 같은 생활방식을 가진 사람들이다. 그들은 강제로 자신들을 정착시키려는 구심력의 제도에 맞서 고향으로 돌아가려는 원심력을 품고 살았던 사람들이다.

그런 그들에게 또 다른 변화가 강요된다. 소비에트 연방의 붕괴와 함께 배타적인 민족주의가 대두되고 있는 것이다. 어렵게 지켜왔던 고려말은 다시 이방인의 말이 되어 박해를 받기 시작했다. 그들을 옭아매던 구심력의 체계는 그들을 배척하려는 원심력의 체계로 돌변했고, 그에 맞춰 그들은 다시 한 번 변화에 대처해야 했다. 절박한 상황에 놓인 그들이 내린 결론은, 역설적이지만 모국어를 지켜내는 것이다. "그러니 지금 할 수 있는 일이라곤 우리 모두 우리 민족 말을 잘 배우는 수밖에 없군. 그럴 수밖에 없다"는 진술은 뼈아픈 자기성찰과 고민 끝에 내뱉어진 진술이다. 결국 그들은 원심력의 체계에 저항할 수 있는 구심력을 만들어 내는 것이고, 그러한 노력의 시작에 다시 "안녕하십니까?"라는 인사말이 놓인다.

이러한 구심력의 공간에 대한 상징이 나무라는 사실도 간과할 수 없는 부분이다. 지금까지 윤후명의 작품에 등장했던 상징물들은 대부분 운동성을 가지는 것들이었다. 「둔황의 사랑」에서의 사자, 「누란의 사랑」에서의 소라는 모두 지금 이곳을 벗어나 낯선 곳으로 떠나가는 존재들이다. 이러한 상징물이 「섬」에서는 운동성이 없는 성벽 같은 구조물로 변했다. 그리고 이제 「하얀 배」에서는 땅 속으로 굳게 뿌리를 내린 사이프러스 나무가 된다. 흘러 다니는 것에서 변화가기 위해 참고 견디는 것으로, 지상에 설치된 것에서 땅 속에 뿌리를 묻고 흔들리지 않는 것으로, 윤후명의 작품에 등장하는 상징들은 공간의 변화에 따라서, 그리고 그 공간에 작용하는 힘의 변화에 따라서 그렇게 변모했던 것이다.

4. 공간이 지배하는 소설구조

지금까지 본고는 소설을 구성하는 원리 중의 하나로 '공간'이라는 개념이 제시하고, 이를 윤후명의 작품에 적용하여 보았다. 사실 시정(市井)의 잡다한 이야기에 기원을 두고 있는 소설은, 태생적으로 자유를 지향할 수밖에 없는 예술이다. 그런데 그동안의 소설비평은 지나치게 경직되어 전통적인 논리만을 고수하여, 소설 특유의 다양성을 인정하지 못했다는 것이 사실이며, 그에 따라 충분히 가치를 인정받을 수 있는 작품이 주목받지 못했던 것도 사실이다. 우리가 윤후명의 작품에 관심을 기울여야 하는 이유도 여기에서 찾을 수 있다. 그리고 보다 다양한 방법론을 활용해서 그의 작품을 평가해야 하는 이유 또한 여기에 있다.

본고는 그러한 문제의식을 바탕으로, 윤후명의 작품에 나타난 공간성을 주목해보았다. 공간은 시간과 함께 소설을 구성하는 매우 중요한 요소 중의 하나이다. 그럼에도 전통적인 소설이론에서는 배경이나 분위기를 만드는 요소로만 취급되었다. 이제 소설의 공간에 대해 보다 다각적인 이해와 심도 있는 접근이 필요하다. 실제로 최근의 소설작품에서는 공간을 구성의 중심원리로 활용하는 작품이 활발하게 등장하고 있으며, 이전의 작품들에서도 몇몇 작품은 공간의 논리로 분석할 수 있는 여지를 가지고 있다. 이광수의 『무정(無情)』과 김동인의 「감자」, 김승옥의 「무진기행」, 조세희의 『난장이가 쏘아올린 작은 공』등을 비롯한 여러 작품들에 대한 공간 분석이 시도되었으며, 최근의 작품 중에서도 윤대녕·백민석·배수아 등의 작품에서 공간구조에 대한 분석이 가능할 것으로 판단된다.

특히 윤후명의 작품은 공간에 대한 인식이 다양하게 나타나고 있기 때문에 분석에 적합한 텍스트가 되었다. 더구나 그의 작품에는 낯선 지방에 대한 동경이 일관되게 나타나고 있기 때문에, 그러한 동경의 지향점이 외부인지 내부인지에 따라서 원심력이 작용하는 공간과 구심력이 작용하는 공간으로 구분할 수 있있다. 처음부디 의도되었던 것은 아니지만, 이러한 원심력과 구심력의 작용은 작가의 작품세계를 두 가지로 구분할 수 있는 기준이 되기도 했다. 즉, 소설 등단작인 「산역(山役)」부터 「둔황의 사랑」, 「모든 별들은 음악소리를 낸다」, 「누란의 사랑」, 「알함브라 궁전의 추억」에 이르는 작품들은 원심력이 작용하는 공간을 가지는 작품들로 분류할 수 있고, 1985년에 발표되었던 「섬」을 기준으로 하여 『협궤열차』 연작과 「원숭이는 없다」, 「하얀 배」, 그리로 최근작인 「나비의 전설」에 이르는 작품들은 구심력이 작용하는 공간을 가지고 있는 작품들로 분류될 수 있을 것이다.

물론 이와 같은 분류가 그의 모든 작품에 적용될 수 있는 것은 아니다. 또한 공간에 대한 분석만으로 그의 작품에 나타나는 모든 면모가 설명될 수도 없을 것이다. 그러나 이러한 시도를 통해서 윤후명의 작품에 대한 이해의 지평을 넓히는데 도움을 주리라고 기대하면서 분석을 마치고자 한다. 앞으로 더 많은 작품을 대상으로 하여 분석이 시도될 때, 소설에 나타난 공간구조의 의미를 파악될 수 있을 것이다. 이를 과제로 남긴다.

▣ 참고문헌

윤후명, 『알함브라 궁전의 추억』, 나남, 1990.
_____, 「하얀 배」, 윤후명 외, 『제19회 이상문학상 수상작품집』, 문학사상사, 1995.

권성우 · 우찬제 · 윤후명, 「윤후명, 산업화 시대 낭만적 예술가의 초상」(특집대담), 《문학정신》, 1990. 7.
신춘자, 『소설창작의 이론과 실제』, 이회문화사, 2000.
유지현, 『현대시의 공간 상상력과 실존의 언어』, 청동거울, 1999.
이미란, 『소설창작 12강』, 예림기획, 2001.

이어령, 「문학공간의 기호론적 연구」, 단국대학교 박사학위논문, 1986.

정한숙, 『현대소설창작법』, 웅동, 2000.

최수웅, 『소설과 디지털콘텐츠의 창작방법』, 청동거울, 2005.

최인석, 『소설쓰기의 첫걸음』, 북하우스, 2003.

한국소설학회 편, 『공간의 시학』, 예림기획, 2002.

Jeoraldean McClain, "Time in the visual arts : Lessing and Modern Criticism", *The Journal of Aesthetics*, fall 1985, vol.XIIV, no.1.

Ⅲ. 디지털콘텐츠의 공간과 스토리텔링

디지털콘텐츠로의 문학공간 구현 방법

– 『관촌수필』의 사이버박물관적 가능성

1. 서 론

  문학작품이 독자들과 괴리되었다는 지적은 새삼스럽지 않다. 문학이 변화하는 시대적 요구를 수용하지 못하고 있다는 지적도 새삼스럽지 않다.1) 또한 수동적인 텍스트 분석으로 일관했던 문학교육이 학생들의 동감과 이해를 유도하는데 실패하고 있다는 지적 역시 새삼스럽지 않다.2)

  그러나 이러한 진단들이 그대로 문학의 가치가 사라졌다는 논리로 연결될 수 있는 것은 아니다. 문학은 여전히 인류의 정신문화를 창조하고 전달하며 보존하는 역할을 가장 효과적으로 수행하고 있는 예술이며, 이러한 역할은 앞으로도 크게 변하지 않을 것이다.

  변하는 것은 문학의 가치 그 자체가 아니다. 오직 문학의 원질(原質)을 전달하는 매체가 변모했을 뿐이다. 구술언어로 이루어졌던 고대의 문학이 중세의 보편언어라는 매체를 받아들여 문자 텍스트로 자리잡았고, 근대 이후 모국의 문자라는 매체를 받아들여 성장하였으며, 이제 다시 멀티미디어라는 복합적인 매체를 수용하여 새로운 형식을 창조하고 있는 것이다. 요컨대 지금까지 이루어진 문학의 변화는 대부

---

1) 최혜실, 『디지털 시대의 문화읽기』, 소명출판, 2001, pp.16-17.
2) 진중섭, 「학교현장창작교육의 현실과 과제」, 문학과문학교육연구소, 『창작교육, 어떻게 할 것인가』, 푸른사상, 2001, pp.112-115.

분 매체의 문제로 국한된다. 여타의 예술 장르와 마찬가지로, 인간의 사상과 감성을 표현하고 삶의 진리를 추구한다는 문학의 기본적인 본질은 변모하지 않았고, 변할 수도 없다. 연주되는 악기가 달라지더라도 음악의 본질 자체는 변하지 않는 것, 사용하는 물감을 바꿔도 미술의 본질 자체는 변하지 않은 것과 같은 이치이다. 그러므로 앞서 언급된 논의들은 문학의 표현 매체에 대한 측면에서 이해해야할 필요가 있다.

이 연구도 역시 문학이 새롭게 수용해야 하는 매체인 멀티미디어 환경과 그것을 활용하여 구현된 디지털 콘텐츠에 주목한다. 이는 시대 변화에 대한 무분별한 수용이나, 문학의 가치에 대한 도전이 아니다. 오히려 문학의 기본적인 가치를 적극적으로 옹호하고, 이를 확산시키기 위한 노력이라고 해야 할 것이다.

특히, 이 연구는 단국대학교 문예창작전공에서 2004학년도 2학기 전공IT 과목으로 개설된 〈문학예술기행〉 수업의 일환으로, 이문구의 대표작 『관촌수필(冠村隨筆)』의 무대가 되는 관촌마을 일대에 대한 현장답사 내용을 정리하고, 이를 바탕으로 하여 문학작품을 활용한 디지털 문화콘텐츠 개발 가능성을 검토하는데 그 목적을 둔다.

2. 〈사이버 관촌마을〉 구축의 필요성

1) 『관촌수필』의 가치

이문구의 『관촌수필』은 1972년 5월에 발표된 「일락서산」부터, 1977년 1월에 발표된 「월곡후야」에 이르기까지 모두 8편으로 이루어진 연작소설이다.[3] 이 작품이 가진 가치는 다음의 네 가지 측면에서 살펴

---

3) 『관촌수필』에 수록된 작품의 목록은 다음과 같다. : 「일락서산(日落西山)」, 「화무십일(花無十日)」, 「행운유수(行雲流水)」, 「녹수청산(綠水靑山)」, 「공산토월

볼 수 있다.

우선 주목되는 부분은 개인사(個人史)와 사회사(社會史)의 결합이라는 측면이다. 작가는 작품집의 후기를 통해서, 그리고 여러 대담을 통해서 이 작품이 자신의 유년기 체험과 고향마을 사람들에 대한 이야기라고 밝힌바 있는데, 이러한 작가의 경험은 "가족사의 차원에서나 개인사의 차원에서 참담한 몰락의 스토리"[4]를 형성하고 있다. 여기에 1790년대를 전후하여 가속화된 산업화 경향이 결합되면서 작품의 긴장관계가 형성된다. 주지하다시피 우리 사회의 산업화는 "사회 각 부분의 합리화와 분화, 특히 도시와 농촌, 중심부와 주변부의 양극화를 기본적인 동력으로 이루어졌으며, 이러한 과정에서 농촌공동체의 해체 내지 희생을 대가로 이룩된 것"[5]이었다. 그 동안 이문구와 그의 작품세계에 내려졌던 평가들[6]은 대부분 이러한 문학사회학적인 인식을 토대로 이루어졌다.

다음으로 주목되는 것은 공간구조에 대한 것이다. 『관촌수필』은 '관촌마을'이라는 단일한 문학공간을 다루고 있지만, 이는 시대상황의 변화에 따라 〈목가적이고 전통적인 가치체계가 남아있는 1950년대의 관촌마을〉과 〈급격한 도시화가 진행되는 자본주의적인 가치가 침범하는 1970년대의 관촌마을〉이라는 두 개의 대립적인 공간으로 변별된다. 바로 이러한 공간들의 대립이 작품 서사의 원동력으로 작용한다고 하겠다.

(空山吐月)」, 「관산추정(關山芻丁)」, 「여요주서(輿謠註序)」, 「월곡후야(月谷後夜)」.

4) 황종연, 「도시화・산업화 시대의 방외인」, 《작가세계》, 1992, 가을, p.53.

5) 진정석, 「이야기체 소설의 가능성」, 문학사와 비평 연구회, 『1970년대 문학연구』, 예하, 1994, pp.169-170.

6) 대표적인 예로 다음 논의들을 들 수 있다. 권영민은 "농촌의 한 가운데에서 농민들이 겪고 있는 삶의 고통을 그려"내고 있다고 평가했으며(권영민, 『한국현대문학사』, 민음사, 1993, p.307.), 이재선은 "근대화 도시화 과정이 수행되고 있는 현상과 관련된 농촌의 사회적 조건을 다각적으로 제시하고 있다"는 평가를 내렸다(이재선, 『현대한국소설사』, 민음사, 1991, p.301.).

이와 함께 『관촌수필』에 대한 가치평가에서 자주 언급되었던 부분
은 서술에 대한 문제였다. 질박하면서도 유장한 충청방언을 근간으로
하는 작품의 서술은 우리 고유어를 "토속적 정취와 농경문화적 생활
감각을 불러일으키는데 적절하게 활용"7)하고 있다는 평가를 받고 있
는데, 이는 그대로 작가의 문학세계를 구축하는 주요 요인으로 설명된
다. 이런 측면에서 『관촌수필』은 고유어와 토속어의 보존을 위한 학습
텍스트로의 가치를 가진다.

마지막으로 지적할 수 있는 부분은 『관촌수필』에 내포된 생태학적
세계관이다. 이는 "모든 현상들이 근본적으로 상호의존하고 있으며 개
인과 사회가 자연의 순환 과정에 깊이 관련"8)되어 있다고 판단하는
세계관을 의미하는 것으로, 작품의 다음과 같은 요소들이 이에 해당한
다. 첫째, 서사구조가 농촌과 도시의 대립에 근간을 두고 있다는 점.
둘째, 내용의 전개에 있어서도 땅과 관련을 맺고 살아가는 사람들의
이야기로 이루어진다는 점. 셋째, 주요 인물들에 대한 상징물이 왕소
나무(할아버지) – 감나무(어머니) – 선산을 지키는 구부러진 나무(유복
산) 등으로 구성되어 있다는 점. 이러한 생태학적 세계관은 최근 들어
문화·사회·정치·경제 등의 다양한 분야에서 활발하게 논의되고 있
는데, 이를 통해서 『관촌수필』은 지속적인 재해석이 가능한 당대적 가
치가 확보된다.

---

7) 전정구, 「토속어의 활용과 관용적 표현」, 이기문 외, 『문학과 방언』, 역락출판
   사, 2001, p.411.
8) F. Capra, 「생태학적 세계관의 기본 원리」, 《과학사상》 제10호, 1994. 8,
   p.201. : '생태학적 세계관'은 엄밀한 의미에서의 '생태주의'와는 구분된다. 생
   태학적 세계관 자체는 주의·주장으로 발전하기 이전의 인식단계, 즉 포괄적
   의미에 해당한다고 하겠다. 그러므로 『관촌수필』 역시 생태주의를 전면에 부
   각시킨 작품으로 파악하는 것은 무리이다.

2) 수용자 현황

본격적인 수업진행에 앞서 『관촌수필』에 대한 학생들의 인지도를 조사했다. 〈문학예술기행〉을 수강하는 23명의 학생 중에서 대부분이 작품의 제목을 들어본 적이 있었지만, 대표 작품인 「일락서산」을 제외하면 실질적인 독서를 하지 않은 것으로 파악되었는데, 그 이유는 다음과 같은 세 가지로 제시되었다.

- 중·고등학교 교과서에 작품 전체가 수록되지 않아 접할 기회가 없었다.
- 생경한 충청도 방언이 이해되지 않는다.
- 문장이 너무 길어서 의미를 파악하기 힘들다.

작품에 대한 이해가 부족했기 때문에, 전체 학생을 6개 조로 편성하여 각 조별로 1~2편의 작품을 집중적으로 분석하도록 지시하고, 분석 결과를 보고서로 작성하도록 했다. 작품의 전반적인 내용은 퀴즈시험을 통해서 이해할 수 있도록 했으며, 테스트 결과 이해도가 떨어지는 학생들을 대상으로 재시험을 실시하여 이해의 수준을 높였다.

이러한 일련의 독서과정을 거친 후에 작품에 대한 학생들의 반응을 다시 한 번 파악하니, 처음과는 다르게 호의적인 반응이 많았다. 특히 어휘를 조사하는 과정에서 방언의 재미를 깨달았다는 의견과 반복된 독서로 의미 파악이 가능해지자 캐릭터의 성격과 공간의 분위기를 확인할 수 있어서 흥미로웠다는 의견이 많았다. 학생 반응 중에서 대표적인 것을 정리하면 아래와 같다.

- 사투리로 쓰인 대화들은 마치 타임머신을 타고 그들의 옆에 서서 듣는 기분이었다. (송주희, 문예창작전공 2학년)
- 읽을수록 풍부한 캐릭터와 문체가 돋보였다. (김루비, 문예창작전공 2학년)
- 몇 번을 반복해서 읽다보니 뚜렷하지 않지만 뿌연 시골동네의 풍경이 서서히 머릿속에 그려지는 것이었다. (허지희, 문예창작전공 2학년)
- 순박한 농촌의 모습 그 안에 오밀조밀 살아가는 사람들의 모습은 고향의

진정한 의미와 따뜻한 인간애의 가치를 다시금 느끼게 하는데 충분했다.
(문연주, 문예창작전공 2학년)
- 교과서에서나 배웠던 6-70년대 농촌 젊은이들의 이야기들이 재미있게만
  다가왔다. (김지현, 문예창작전공 2학년)

3) 현장답사

『관촌수필』의 무대가 되는 충청남도 보령시 대천 2동 일대에 대한
현장답사는 2004년 10월 26일과 27일에 걸쳐서 진행되었다. 교통편은
기차를 이용했는데, 이는 다음과 같은 두 가지 이유에 근거한 것이다.
첫째 관촌마을은 장항선 대천역에서 도보로 10분 정도 걸리는 곳에
위치하여 이동이 용이하며, 둘째 연작의 첫 작품인 「일락서산」의 서두
가 화자가 기차를 타고 고향으로 돌아오는 것으로 설정되어 있기 때
문이다. 그러므로 기차를 이용하는 방법이 학생들에게 소설을 재현하
는 효과를 줄 수 있으리라고 판단했다.

단국대학교 문예창작전공이 위치한 천안에서 대천역까지 소요시간
은 약 2시간 정도인데, 이 시간을 활용하여 이동 중 선행학습을 실시
했다. 작품 내용에 대해서는 이미 충분히 숙지된 상태였기 때문에, 기
존에 실시되었던 문학공간답사 내용을 알려주었다. 학생들에게 배부된
자료는 김훈·박래부 기자의 『문학기행』(한국문원, 1997) 1권에 수록
된 관련 내용으로, 답사지에 도착하기 전까지 읽어보도록 했다. 또한
작품 내용에 관해 이해되지 않았던 부분에 대한 보충 질문을 받았다.

14시 15분에 천안에서 출발한 기차가 대천에 도착한 것은 16시 05
분, 대천역에서 관촌마을까지 도보로 이동하며 주변의 풍물을 감상하
게 했다. 마을로 가는 길목에서 학생들은 '관촌이발소', '갈머리떡방앗
간' 등 작품 속에 제시된 것과 유사한 상호가 보일 때마다 관심을 보
였다.

관촌마을에 도착한 후, 마을 초입에 건립된 관촌마을 기념비에서 간

락하게 작품의 문학사적 의미와 문학공간에 대한 설명을 했으며, 공간
답사 활동의 주의사항을 알려주었다. 이어 학생들은 조별로 나누어,
작품을 읽으면서 미리 분석·정리해 두었던 문학공간에 대한 답사활
동을 실시했다.

학생들은 매우 의욕적으로 답사에 참가했다. 일부 학생은 장항선 기
차가 관촌마을을 지나가는 모습을 촬영하기 위해서 철로 근처에서 한
시간 가량을 기다리기도 했으며, 일부 학생들은 작품 속에 등장하는
왕소나무가 있던 자리를 찾기 위해 현지 주민들과의 인터뷰를 시도하
기도 했다. 아래의 인용은 학생들이 현지 주민과의 인터뷰를 통해 확
보된 관촌마을에 대한 증언이다.

> 여기(갈머리 주유소)가 2003년에 생겼지. 여기가 농지개량조합이 있던 자
> 리야. 그 전에는 왕소나무가 있었다는데 나도 그걸 본 적은 없고 이야기는
> 들었어. 여기(주유소가 있는 자리)가 원래 저만큼(봉숭아 화단) 높았다고.
> 농조 때는 그냥 놔 뒀었는데 주유소를 만들면서 자리를 다 깎아냈어. 왕소나
> 무는 농조 때는 그 터가 있었어. 저기(주유소 들어오는 곳) 저쯤이었지. 그
> 런데 칠성바위에 대해서는 나도 모르겠네. 칠성바위를 본 기억은 없어. 내가
> 여기서 꽤 오래 살았는데 말이지. 내가 59년 전부터 대천에 살았다고. 그때
> 는 저기(논밭)이 다 바다였어. 그런데 구획하고 나니까 이렇게 됐지.
>
> — 심재준(64세, 대천 출생, 농지개량조합 조합장 역임)

일부 학생들은 작품에 제시된 관촌마을 이외의 문학공간을 자체적으
로 답사하는 열의를 보이기도 했다. 「공산토월」에 등장인물인 '석공'이
감금되었던 농업조합 미곡창고의 위치를 마을이장과 택시기사의 도움
을 받아 찾아내기도 했으며, 「여요주서」에 등장하는 공간이기는 하지만
시설물에 대한 사진촬영이 금지된 지역인 파출소와 법원을 찾아가 직
원들에게 답사의 취지를 호소하고 허락을 받아내기도 했다. 또한 「월곡
후야」를 담당했던 조의 학생들은, 작품 속에 '월곡리'로 설명된 지역을
찾기 위해서 동사무소와 주변 공인중개사무소의 도움을 받아 대천역

주변 30km 지역들을 탐문하여 '월전리'를 유사한 공간으로 추정하고, 자체적으로 일정을 잡아 별도의 답사를 실시하기도 했다.

이틀째 답사는 일부 학생만 참여하였다. 숙소를 잡았던 대천 해수욕장 근처를 확인하고, 전날 확인하지 못했던 대천역 주변을 답사했으며, 토정 이지함 선생을 모시는 화암서원(華巖書院)을 찾았다. 화암서원은 관촌마을에서 약 8km 정도 떨어진 청라면 장산리에 위치해 있고 청라저수지 인근에 은폐된 것처럼 세워진 건물이기 때문에 초행자가 찾아가기는 쉽지 않았지만, 작품과의 연계성을 고려하여 답사지역에 포함했다. 작품에서 이지함 선생은 지팡이로 왕소나무를 만들고, 철마가 지나면 고향을 떠나라는 예언을 했던 인물로 그려져 학생들의 관심이 집중된 인물이었다. 또한 화자의 할아버지가 향교와 서원의 일을 돌보면서 소일하는 것으로 제시되었다.

이상과 같은 일정으로 답사를 진행한 뒤에, 학생들에게 촬영한 사진을 첨부하고 답사에 대한 감상문 및 『관촌수필』과 관촌마을 답사를 소재로 한 창작계획을 보충하여 기존의 결과보고서를 보강하도록 하였다.

4) 결과보고

문학공간 답사활동에 대한 학생들의 전반적인 평가는 『관촌수필』의 이해에 도움이 되었다는 긍정적인 반응이었다. 그러나 학생들은 작품 속에 제시된 공간과는 너무도 다르게 변화된 현실을 쉽게 받아들이지 못했다. 소설이 발표된 지도 30년이 지났고, 작품 속에 제시된 시대배경은 대부분 1950년대라는 점을 지적했지만, 학생들은 현실에서 작품의 공간을 찾아볼 수 없다는 사실을 여전히 안타까워했다. 학생들이 가장 아쉬워했던 소실 공간을 몇 가지만 지적하면 다음과 같다.

첫째, 이층 양옥집으로 바뀐 이문구 선생의 고택(古宅). 이는 학생들이 가장 아쉬운 점으로 지적했던 부분이다. 한 학생은 "널찍한 대지에 집들이 군데군데 있는 곳을 그려왔던 나에센, 부잉재 오르믹에 다닥다닥 붙어있는 집들의 모습은 생소하기까지 했다"(고미선, 문예창작 전공 2학년)라고 대답하기도 했다. 그러나 학생들은 현재의 생가에 감나무가 있다는 사실을 발견했고, 이를 작품에서 어머니의 상징물로 제시된 감나무를 발견한 것처럼 즐거워했다. 물론 작품 속의 감나무야 화자가 고향을 떠나기 전에 베어버린 것으로 되어있으니 현재의 감나무와 같을 수는 없겠지만, 학생들은 "감나무의 후손이라도 되는 것처럼 한참을 바라보았다"고 진술했다.

둘째, 왕소나무와 칠성바위 등 작품 주요 소재들의 소실. 앞서 설명한 것처럼 왕소나무에 대한 흔적은 이제 찾아볼 수 없었고, 증언을 통해서만 위치를 확인할 수 있었다. 이와 함께 칠성바위를 확인할 수 없다는 사실도 지적되었다. 왕소나무 자리는 증언을 통해서라도 확인될 수 있었지만, 칠성바위에 대해서는 현지민들도 알지 못했다. 한 학생은 주위의 돌을 주워서 자신이 생각했던 칠성바위의 모습을 만들어보기까지 했다.

셋째, 지형의 인공적인 변화. 부엉재와 솔수평의 변화된 모습도 지적되었다. 이 공간들은 그나마 위치를 찾을 수 있었는데, 뒷산에 남아 있던 수령 400년 된 팽나무가 인근 고층아파트 공사로 없어졌다는 사실이 아쉬웠다. 특히 기차 안에서 나눠줬던 자료에 이 팽나무에 대한 언급이 있었기 때문에 학생들의 아쉬움이 더욱 컸던 것으로 파악된다.

넷째, 농경지로 변한 바다. 『관촌수필』 속에는 바다, 혹은 갯벌을 주요 배경으로 하는 작품이 포함되어 있지만, 현재 관촌마을 주변의 바다는 간척사업에 의해 농경지로 변해버렸다. 작품을 읽고 안개가 자욱하게 피어있는 갯벌을 연상했던 학생들이 특히 당혹스러워했는데, "언덕 아래 갯벌을 보지 못한 사실이 못내 아쉬움으로 남았다. 시내 뒤편으로 이어진 기찻길 위에 서서 아래로 펼쳐진 논을 들여다보며, 그곳이 그때 그 갯벌이었을 것이란 짐작만 할 수 있을 뿐이었다"(조세라, 문예창작전공 2학년)는 감상은 많은 학생들의 동감을 얻었다.

많은 학생들이 작품내용과 가장 유사했던 부분으로 관촌마을 입구

212 문학의 공간, 공간의 스토리텔링

에서 바라본 노을을 지적했다. 지형과 주변 환경은 많이 변했지만, 주변의 산과 들을 부드럽게 감싸는 듯한 낙조(落照)는 시간과 공간의 변화를 뛰어넘어, 공감을 일으키기 충분했다.

문학공간답사가 끝난 직후, 학생들에게 『관촌수필』에서 가장 기억에 남는 부분을 물었더니, 많은 학생들이 아래와 같은 부분을 지적했는데, 그만큼 관촌마을에서 목격했던 노을의 영향이 컸던 것으로 판단된다.

> 어느덧 하루의 피곤이 짙게 물든 해는 용마루 위 서산마루로 드러눕는 중이었고, 굴뚝마다 쏟아져 나와 황혼을 드리웠던 저녁 연기들은, 젖어드는 땅거미와 어울려 처마 끝으로만 맴돌고 있었다. 나는 이어 칠성바위 앞으로 눈을 보냈는데 정작 기대했던 그 할아버지의 환상은 얼핏 하지도 않았다. 그런데도 할아버지의 넋만은 벌써 남의 땅이 되어버린 칠성바위 언저리에 아직도 묵고 있을 것만 같았음은 웬 까닭이었는지 몰랐다. 잘 있어라 옛집, 마지막으로 그렇게 중얼거리며 다시 한 번 옛집을 되돌아보았을 때, 그 너머 서산마루에는 해가 지고 있었다. 지는 해가 있었다.[9]

이상과 같은 현장답사 활동을 통해서 문학공간답사가 "문학 텍스트가 내포하고 있는 의미를 찾아내어 문학의 현장성과 역동성을 되살리는"[10] 데 효과적인 교육방법이라는 사실이 증명되었다. 하지만 사회 변화에 따라 소실되어 버린 문학공간이 적지 않았기 때문에, 과거의 자료를 복원할 수 없다는 현장학습의 한계가 도출되기도 했다.

이러한 한계를 극복하기 위해서는 멀티미디어 매체를 적극적으로 활용하여 디지털 환경에서 소실된 문학공간을 복원하는 작업이 이루어져야 할 것이다. 일련의 과정을 통해 구현된 디지털콘텐츠는 〈사이버 관촌마을〉이라고 명명할 수 있을 것인데, 다음 장에서 그 구체적인 구현 방법을 살펴보도록 하겠다.

---

9) 이문구, 「일락서산」, 『관촌수필』(문학과지성사, 1991), p.48.
10) 김수복, 「문학공간답사의 문학교육적 활용방안 연구」, 《한국문예창작학회 제6회 정기학술세미나 자료집》, 2004, p.65.

3. 〈사이버 관촌마을〉 구현 방법

1) 사이버박물관의 적합성

〈사이버 관촌마을〉은 소실된 현실공간을 복원하여 이문구의 원작소설 『관촌수필』에 대한 이해도를 높이고, 이를 바탕으로 문학 전반에 대한 관심을 고취하는데 목적을 두는 문화콘텐츠로 개발되어야 한다.

이러한 요구조건에 부합하기 위해서는 가시적(可視的)인 특성을 갖춘 콘텐츠가 제작되어야 하는데, 그 과정에서 멀티미디어 매체가 적극적으로 활용되어야 할 것이다. 또한 사용자의 편의성을 고려하여 디지털 환경, 특히 인터넷 홈페이지 환경을 통해서 콘텐츠의 게시가 이루어지는 방안이 타당하다고 판단된다. 결과적으로 〈사이버 관촌마을〉은 일종의 사이버박물관으로 제작되어야 한다.

'사이버박물관'이란 인터넷 환경에서 구축된 박물관을 의미하는데, 아직 활성화된 개념은 아니다. 국제박물관협의회(ICOM : The International Council of Museums)가 1989년에 개정한 정의에 따르면, 박물관은 "인류와 그 환경의 물질적 증거물을 학습·교육·향유하기 위해 수집·보존·연구·전승·전시하며, 사회에 봉사하고 그 발전에 기여하는, 대중에 개방된 항구적인 비영리 기관"[11]이라고 규정되는데, 아직까지 일반적인 개념은 현실 공간에 구현된 건축구조물을 의미하는 것으로 받아들여지고 있다. 그러나 인터넷 환경이 발전하면서 기존 박물관의 홈페이지들이 제작되고 있으며, 이러한 홈페이지들의 기능도 기존 박물관에 대한 단순한 안내에서 독창적인 디지털콘텐츠를 제공하는 개념으로 바뀌고 있는 추세이다.

이러한 현실상황을 고려하자면, 사이버박물관은 현실 공간에서 구현될 수 없는 '박물관 오브제(museum object)'[12]를 제공하는 새로운

---

11) George Ellis Burcaw, 양지연 역, 『큐레이터를 위한 박물관학(*Introduction to museum work*)』, 김영사, 2001, p.23.

개념의 문화콘텐츠 구현방식이라고 할 수 있으며, 이러한 형식이야말로 관촌마을의 소실된 공간을 복원하려는 목적을 가진 〈사이버 관촌마을〉에 적합하다고 하겠다.

박물관의 가장 중요한 기능은 '전시'이며, 이를 효과적으로 구현하기 위해서는 시나리오와 디스플레이가 고려되어야 한다. 시나리오는 박물관 전시의 원점이자 효과적인 정보전달을 위한 수단이며, 디스플레이는 뮤지엄 오브제의 의미를 부각하여 관람객들에게 지적이면서도 미적인 감동을 전달하기 위한 기술이다.[13] 이러한 개념을 사이버박물관에 적합하게 변형하자면, 체계적인 스토리텔링과 디지털콘텐츠 개발이라 할 것인데, 이에 부합하여 〈사이버 관촌마을〉의 구현방법을 제시하도록 하겠다.

2) 체계적인 디지털 스토리텔링의 확보

〈사이버 관촌마을〉의 구축은 디지털 스토리텔링을 기반으로 이루어진다. 디지털 스토리텔링이란 디지털콘텐츠에 적용되는 스토리텔링을 지칭한다. 디지털콘텐츠는 기술을 표현 매체로 활용하여 제작된 콘텐츠, 즉 여섯 단계로 구성된 미디어 영상물의 표준 제작 공정[14] 중에서 최소한 기획 개발에서부터 후반작업에 이르는 과정에서 디지털 기술이 활용된 작업을 의미한다. 이처럼 디지털 스토리텔링은 디지털 미디어를 매체로 하기 때문에 상호작용성·네트워크성·복합성이라는

12) 박물관학에서 '오브제'는 물질적이고 삼차원의 형태를 가진 모든 종류의 물체를 의미하며, '박물관 오브제'는 일정한 목적을 가지고 수집된 박물관의 소장품에 속한 오브제를 의미하는 용어로 사용된다. : 위의 책, p.15.

13) 오츠카 카즈요시, 홍종필 역, 『박물관학』, 백산출판사, 2004, pp.243-268. 참고.

14) 베니 김(Benny Kim), 『영화 매니지먼트』, 문지사, 2002, pp.159-183. : 베니 김이 제시한 미디어영상물 표준제작공정은 다음과 단계로 이루어진다. ⓐ 기획 개발(Development) ⓑ 제작 준비(pre-Production) ⓒ 제작(Production) ⓓ 후반작업(Post-Production) ⓔ 배급(Distribution) ⓕ 상영(Exhibition)

특징을 가지며, 이는 인간의 오감(五感)에 호소하는 '총체적 즉각성'이라고 설명되기도 한다.[15] 정리하자면 디지털 환경에서 전개되는 이야기들은 다양한 국면이 동시다발적으로 전개되는 복잡한 형태로 발현된다는 것이다. 그러므로 이처럼 복잡한 국면을 총괄할 수 있는 체계적인 스토리텔링이 요구된다.

(1) 도입부의 활용

문학작품에 있어서 도입부는 매우 중요한 의미를 가진다. 소설가 전상국은 작품 첫머리를 창작의 성패를 결정하는 갈림목이라고 단언하면서, 그 중요성을 독자와 창작자의 측면에서 제시하고 있다. 독자에게 있어 도입부는 "그 작품 여행에서의 첫만남이며 첫인상"이기 때문에 그 첫 경험을 통해서 독자가 작품을 읽을지 여부가 결정되며, 또한 창작자에게 있어서는 좋은 작품을 만들기 위해 "잠재된 상상력을 응집시키는" 부분이라고 것이다.[16] 또한 정한숙은 도입부를 "하나의 창작품이 제시되는 최초의 양상이며, 작품을 가장 암시적이고 상징적으로 드러내는 시초"라고 설명하면서, 도입부 제시의 일반적인 유형으로 배경(setting) 설정을 들고 있다.[17]

이는 디지털콘텐츠에서도 마찬가지인데, 도입부분(intro)에서 전체적인 내용과 분위기를 표현하여, 사용자들이 콘텐츠의 성격을 분명히 인식할 수 있는 기회를 제공해야 한다. 도입부를 잘 활용하고 있는 예로 〈미국 국립산업사박물관(National Museum of Industrial History)〉 홈페이지(www.nmih.org)를 들 수 있다. 이 홈페이지 도입부의 화면 구성은 타임카드와 시계로 이루어져있다. 마우스로 타임카드를 드래그하여 시계 장치에 넣으면 시계바늘이 거꾸로 돌아간다. 그리고 1830년

15) 이인화, 「디지털 스토리텔링 창작론」, 고욱 외, 『디지털 스토리텔링』, 황금가지, 2003, pp.16-17.
16) 전상국, 『당신도 소설을 쓸 수 있다』, 문학사상사, 1991, pp.273-274.
17) 정한숙, 『현대소설창작법』, 웅동, 2000, p.302.

의 증기기관부터 시작하여, 1876년의 전화, 1879년의 전기, 1885년의 코카콜라, 1903년의 비행기 등 미국의 산업에 공헌한 발명품들이 사진과 함께 스쳐지나간다. 1분 정도의 짧은 시간으로, 홈페이지에서 전달하고자 하는 내용을 압축적으로 제시하는 것이다.

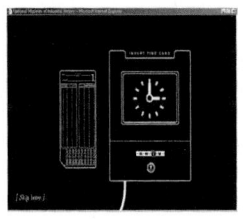 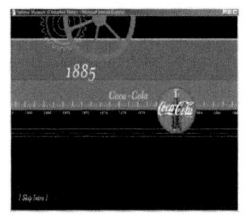 

〈사이버 관촌마을〉의 도입부는 이러한 정보전달 기능과 함께 예술적 측면이 강조되어야 한다. 콘텐츠의 목적이 홍보나 안내 등의 단순한 정보전달에 있지 않고, 그 자체로 문화적 가치를 가지는 콘텐츠이기 때문이다. 그러므로 〈사이버 관촌마을〉의 도입부는 단편영화, 혹은 애니메이션 기법을 활용하여, 『관촌수필』의 서정성을 충분히 표현할 수 있도록 구성되어야 할 것이다. 도입부 구성의 예를 시나리오 형식으로 표현하면 다음과 같다.

#01. F.I. 관촌마을의 전경이 빛바랜 사진처럼 제시되며,
　　　서정적 느낌의 음악이 깔린다. (이후 #6까지 계속 이어진다.)
#02. 화면의 오른쪽 구석에서 조그만 열차가 등장한다. (E:열차 바퀴소리)
　　　열차는 정면으로 다가오며 부각. 열차는 원근법으로 처리하여 입체감을 살린다.
#03. 열차가 화면 가득 들어오면, 화면은 열차 내부가 된다.
　　　창밖으로 보이는 풍경이 보인다. 풍경의 구성은 대천역으로 진입하는 과정에서 볼 수 있는 실제 풍경과 관촌마을의 과거 모습들.
#04. (E:기적소리) 역무원의 도착 안내 방송이 들린다.
　　　"이번 정차할 역은 대천(또는 관촌), 대천 역입니다."
#05. 장면이 전환하며, 현재의 관촌마을의 경관이 제시된다.

　　NAR(50대의 남자) : "세월은 지난 것을 말하기 않는다. 다만 새로
　　이룬 것들을 보여줄 뿐이다. 나는 날로 새로워진 것을 볼 때마다 내가
　　그만큼 낡아졌음을 터득하고 때로는 슬퍼하기도 했으나 무엇이 얼마마
　　큼 변했는가는 크게 여기지 않는다. 무엇이 왜 안 변했는가를 알아내
　　는 것이 더 중요했기 때문이다."(『관촌수필』의 일부)

#06. 화면이 뿌옇게 흐려지면서, 흑백사진으로 바뀐다. 배경 음악이 멈춘다.
　　사진에는 등장인물 캐릭터가 모두 나오고, 관촌마을이 주요 장소가 뒤
　　로 보인다. 이제 사용자들이 인물이나 장소를 클릭하면 각각의 이야기
　　로 들어갈 수 있다. (END)

　이러한 도입부 구성을 통해서 사용자는 『관촌수필』의 분위기를 미리
경험할 수 있고, 아울러 〈사이버 관촌마을〉의 성격도 파악하게 된다.
그리고 도입부의 마지막 장면은 등장인물이 한 자리에 모여 찍은 흑백
으로 처리되는데, 이는 다음에 설명될 공간별, 인물별로 이루어지는 스
토리텔링으로 이어진다. 서정적 애니메이션으로 구성되는 도입부와 관
촌마을에 대한 정보가 제공되어야 하는 홈페이지의 메인화면이 연결된
것이다.

(2) 공간과 인물 중심의 스토리텔링

　사이버박물관의 개념에 부합되도록 『관촌수필』을 재구성하기 위해
서는 스토리텔링의 전환이 이루어져야 한다. 레싱(G. E. Lessing)이
그의 저서 『라오콘(Laokoon)』에서 지적했던 것처럼, 문학은 전통적으
로 시간의 지배를 받는 예술로 분류되어 왔다.[18] 그러나 디지털 스토
리텔링은 이와 다른 양상을 보인다. 문학을 비롯한 전통적인 스토리텔
링이 이야기 요소들을 종(縱)적으로 결합시켜 시간의 축으로 이어놓
은 것이라면, 디지털 스토리텔링은 선택 가능한 이야기 요소들을 횡
(橫)적으로 병렬시켜 공간의 축으로 구성한다. 그러므로 디지털 스토

---

18) Jeoraldean McClain, *"Time in the visual arts : Lessing and Modern Criticism"*,
　　The Journal of Aesthetics, fall 1985, vol.XLIV. no.1. p.42.

리텔링은 전통적인 스토리텔링과는 다르게 배경이야기 · 공간 · 아이템 등의 요소가 큰 비중을 차지하게 된다.[19)]

 이와 같은 디지털 스토리텔링의 특징을 고려하여 원작에 내포된 시간 중심의 스토리텔링을, 디지털콘텐츠에 적합한 공간 중심의 스토리텔링으로 전환하는 일련의 작업이 이루어질 필요가 있다. 앞서 『관촌수필』의 가치를 설명하는 단계에서 작품의 서사구조가 〈목가적이고 전통적인 가치체계가 남아있는 1950년대의 관촌마을〉과 〈급격한 도시화가 진행되는 자본주의적인 가치가 침범하는 1970년대의 관촌마을〉이라는 두 공간의 대립을 통해서 이루어진다고 파악했다. 그만큼 여타의 문학작품에 비해서 『관촌수필』은 공간이 강조되었으며, 이러한 특징은 이 작품의 디지털콘텐츠적인 변환을 용이하게 하는 강점으로 작용한다.

 〈사이버 관촌마을〉에 포함되는 공간은 앞서 언급한 두 가지 공간에, 〈현재의 관촌마을〉을 첨부하여 총 3가지 공간 층위로 구성된다. 이 공간들은 시대 변화에 의해 구분되지만, 지형적인 공통점을 기반으로 다시 하나로 통합된다. 이러한 구분과 통합은 뚜렷한 경계를 가지지 않고, 사용자의 선택에 의해서 제시된다. 즉, 〈사이버 관촌마을〉은 자넷 머레이가 디지털 환경의 특징으로 제시한 "상호 참여적인 항해과정에 의해 창조"[20)]되는 공간으로 구축되는 것이고, 그러한 공간에서 이루어지는 이야기는 동일한 사건(공간)에 대해서 서로 다른 진술이 이루어지는 '다중 형식 스토리(the multiform story)'[21)]적인 특성을 가지게 된다.

---

19) 전경란, 「디지털 내러티브에 관한 연구」, 이화여대 신문방송학과 박사학위논문, 2003, pp.87-88.

20) Janet Horowitz Murray, 한용환 · 변지연 역, 『사이버 서사의 미래 : 인터랙티브 스토리텔링(Hamlet on the Holodeck : The Future of Narrative in Cyberspace)』, 안그라픽스, 2001, p.92.

21) 위의 책, p.34.

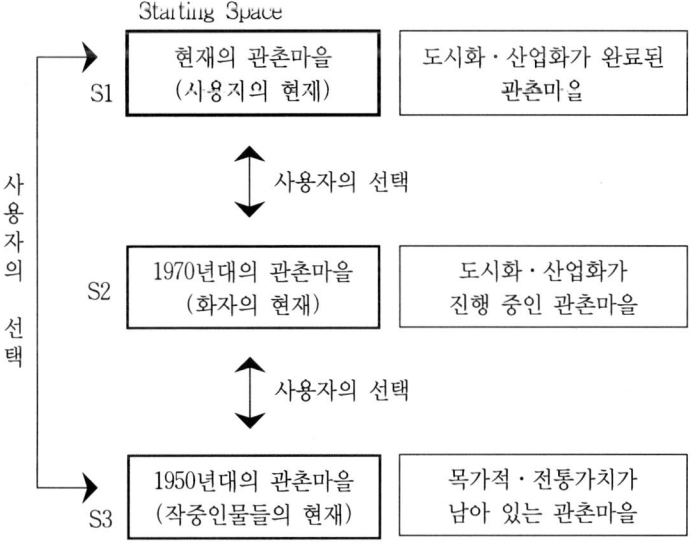

〈사이버 관촌마을〉의 공간 구성은 위의 그림과 같다. 각각의 공간에 해당하는 스토리텔링이 이루어져야 하며, 아울러 등장인물의 스토리텔링도 각각의 공간별로 별도로 제작되어야 한다. 『관촌수필』의 등장인물 중에서 화자·옹점이·할아버지를 대상으로 인물 별 스토리텔링의 예를 들면 아래의 표와 같다.

등장인물	공간	인물 표현
화 자	S1	도시에서 살다가 고향에 찾아온 40대 전후의 남성
	S2	
	S3	관촌마을에 사는 어린아이
옹점이	S1	등장하지 않음
	S2	약장수를 따라다니며 장터에서 노래 부르는 가수
	S3	관촌마을에 사는 소녀. 화자의 친구이자, 화자의 집 식모
할아버지	S1	등장하지 않음
	S2	등장하지 않음
	S3	관촌마을에 살고 있는 할아버지. 전통적 사고를 가진 노인

이처럼 작품의 등장인물들은 공간 층위에 따라 각각 별도의 캐릭터로 표현이 되어야 하는데, 앞서 설명한 공간의 경우와 마찬가지로 구분과 통합이 자유롭게 이루어질 수 있도록 구성되어야 한다. 옹점이를 예로 들자면 S2의 캐릭터와 S3의 캐릭터는 전혀 별개의 것이 되어야 하지만, 시각적인 캐릭터 표현에 있어서는 사용자들이 공통점을 발견할 수 있도록 해야 한다. 이러한 캐릭터 표현방법은 S3에서만 등장하는 인물들을 제외한 모든 캐릭터에서 동일하게 적용된다.

3) 에듀테인먼트 기능을 갖춘 콘텐츠 개발

일반적으로 박물관을 기획할 때는 다음과 같은 네 가지 조건을 고려해야 한다. 첫째 관람객들이 무엇을 읽거나 둘러보는가, 둘째 전시 공간에서 어떻게 이동하는가, 셋째 하나의 전시물을 보는데 얼마나 많은 시간을 쏟는 가 혹은 얼마나 오랫동안 전시장에 남아 있는가, 넷째 전시물 중 무엇을 보고 싶어 하고 보기 싫어하는가.[22]

이러한 조건에 대한 관람객의 반응은 오프라인과 온라인에서 완전히 다른 양상으로 나타난다. 오프라인에서는 오브제들이 고정되고 관람객이 움직이지만, 온라인에서는 관람객은 컴퓨터 앞에 고정되고 오브제들이 움직인다. 오프라인의 관람객들은 자신들이 그곳에 입장하기 위해 투자한 노력·시간·비용을 생각해서라도 가급적이면 장시간 머물려고 하지만, 온라인 관람객들은 투자한 내용이 거의 없기 때문에 제시되는 콘텐츠가 조금만 지루해도 다른 곳을 찾아 떠나게 된다. 말하자면 사이버박물관의 관람객들은 훨씬 더 조급하고 수동적인 수용자인 것이다.[23]

---

22) C. G. Screven, 「비공식적 환경에서의 정보 디자인 : 박물관 및 공공장소의 경우」, Robert Jacobson 편, 장동훈·김미정 역, 『정보 디자인』, 안그라픽스, 2002, p.151.
23) 전봉관, 「웹 뮤지엄 스토리텔링의 개념과 영역」, 고욱 외, 앞의 책, p.202.

  그러므로 사이버박물관의 운영이 원활하게 이루어지려면, 독자들에게 흥미를 줄 수 있는 콘텐츠가 지속적으로 공급되어야 한다. 일반적으로 게임이 이러한 측면을 충족시켜주는 콘텐츠로 제공된다. 그러나 〈사이버 관촌마을〉의 성격을 고려하자면 단순한 흥미 위주의 게임보다는 에듀테인먼트(edutainment)적인 기능을 갖춘 콘텐츠의 개발이 요구된다.

  에듀테인먼트는 교육(education)과 흥미(entertainment)를 결합시킨 신조어로, "학습 활동에 흥미라는 요소를 첨가시킴으로서 학생들의 참여와 흥미를 유발하는 새로운 형태의 교육"[24]을 의미한다. 〈사이버 관촌마을〉에 참고가 될 만한 에듀테인먼트 기능을 갖춘 사이트들을 주요 콘텐츠별로 정리하면 다음과 같다.

(1) 학습용 게임

  국립민속박물관 부설 〈어린이 민속박물관〉사이트(www.kidsnfm.go.kr)가 에듀테인먼트적인 기능을 갖춘 게임을 제공하고 있다. 이 홈페이지는 어린이 민속박물관(박물관 소개), 민속마당, 놀이마당, 보물창고(자료실), 이것이 궁금해요 등 다섯 가지 범주로 구성되어 있다. 이 중에서 민속마당에서는 설화와 민속을 소재로 하는 애니메이션이 제공되며, 놀이마당에서는 각종 플래시 게임들이 제공된다.

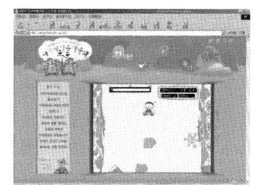

  〈어린이 민속박물관〉에서 제공하는 애니메이션과 게임의 수준은 어

---

24) 강심호, 「디지털 에듀테인먼트 스토리텔링」, 위의 책, p.233.

린이를 대상으로 맞춰져 있기 때문에, 사용자의 한정될 수밖에 없다는 한계를 가진다. 그에 비해 〈사이버 관촌마을〉의 사용자는 고향에 대한 추억을 간직한 중년층과 문학수업에 참가하는 학생들로 예상되기 때문에, 이러한 즉물적이고 단순한 게임은 큰 효과를 거둘 수 없을 것으로 판단된다. 그러나 최근 들어 게임인구가 증가하고 있다는 점과 그것을 향유하는 연령대도 점차 낮아지고 있다는 점을 고려하자면, 예상 사용자의 정서에 적합한 게임 콘텐츠의 개발도 충분히 고려되어야 할 것이다.

(2) 예술적 콘텐츠

게임 이외에도 다양한 에듀테인먼트 콘텐츠의 개발이 가능하다. 미국의 〈홀로코스트 박물관〉 사이트(www.ushmm.org)의 경우처럼 동영상을 통해 역사 다큐멘터리를 상영한다든지, 우리나라 〈테디베어박물관〉 사이트(www.teddybearmuseum)의 경우처럼 예술작품이나 역사적인 사실을 패러디한 사진 자료를 제공하는 것도 좋은 방법이라고 하겠다.

이외에도 『관촌수필』의 일부 내용을 애니메이션으로 제작하거나, 작가 이문구의 생애를 다큐멘터리로 제작하는 방법도 가능하다. 또한 관촌마을 및 대천 일대의 변천사를 사진자료로 제공하는 것 등이 실현 가능성이 높은 영역이라고 하겠다.

(3) 지역문화 학습 콘텐츠

〈사이버 관촌마을〉에서 간과할 수 없는 부분은 지역문화 홍보라는 측면이다. 그러나 기존 관공서 홈페이지의 문화관광안내처럼 일방적인 정보 전달만으로는 충분한 효과를 거둘 수 없다. 이 경우에도 사용자의 흥미를 유도할 수 있는 콘텐츠 개발이 요구된다.

작품에 제시되는 충청방언이 좋은 활용자원이 될 것이다. 앞서 가치판단 및 수용자 현황에서 설명했던 것처럼, 충청방언은 『관촌수필』이 가진 문학적 가치 중의 하나이다. 그러나 오히려 이러한 요소는 방언 자체에 익숙하지 않은 최근 독자들에게는 독서를 방해하는 요인이 되고 있다. 이러한 점에 착안하면 다음과 같은 두 가지 콘텐츠의 개발이 가능하다.

하나는 멀티미디어 환경을 활용하여 작품 속에 제시된 충청방언을 현지민의 발음으로 들을 수 있는 콘텐츠이며, 다른 하나는 사자성어 및 고어(古語)를 학습할 수 있는 콘텐츠이다. 이는 작품에 나타난 문체적 특성을 고려한 것이다. 『관촌수필』의 문장은 두 가지 층위를 가지고 있는데, 어머니와 옹점이를 비롯한 여인네들에 의해 주로 표현되는 생활어로서의 충청방언이며, 다른 하나는 할아버지에 의해 주로 표현되는 한자어이다. 이것은 모두 현재의 독자들이 쉽게 공감할 수 없는 부분이다. 바로 이러한 부분을 멀티미디어 환경을 활용하여 재현하고, 이를 통해 교육효과를 거둘 수 있다. 이러한 콘텐츠들은 작품의 문학적 가치를 살리면서도, 독자들의 이해를 증진시키며, 아울러 지역문화의 홍보에도 도움이 되는 콘텐츠가 될 것이다.

4. 결론을 대신하여 : 〈사이버 관촌마을〉의 활용가능성

이 연구는 단국대학교 문예창작전공 2학년 학생들을 대상으로 이루어졌던, 『관촌수필』 문학공간답사의 진행사항 및 성과를 보고했다. 이

를 통해서 문학공간답사가 작품에 대한 이해를 돕고 특히 문학의 현
장성과 역동성을 되살리는데 효과적인 교육방법이라는 사실이 증명되
었다. 그러나 이미 소실 되어버린 문학공간이 많았기 때문에, 작품의
분위기를 온전하게 체험할 수 없었다는 한계가 도출되기도 했다.

이러한 한계점을 극복하기 위한 방안으로 제시된 것이 바로 〈사이
버 관촌마을〉로 명명할 수 있는 사이버박물관 시스템이었다. 이는 기
존의 박물관에서 이루어졌던 전시 개념을 인터넷 환경에 도입한 것으
로, 소실된 문학공간인 〈1950년대의 관촌마을〉과 〈1970년대의 관촌마
을〉을 복원하여 현재화할 수 있는 좋은 방법이라고 기대된다.

박물관의 전시에서 시나리오와 디스플레이라는 요소들이 고려되어야
하는 것처럼, 〈사이버 관촌마을〉의 구현에 있어서도 체계적인 디지털
스토리텔링의 확보와 에듀테인먼트 기능을 갖춘 콘텐츠의 개발이 요구
되었다. 체계적인 디지털 스토리텔링을 확보하기 위한 방법으로는 도입
부의 활용과 공간 및 인물 중심의 스토리텔링이 제안되었다. 또한 에듀
테인먼트 기능을 갖춘 콘텐츠를 개발하기 위한 예로 게임 분야의 〈어린
이 민속박물관〉 사이트, 예술적 콘텐츠 분야의 〈홀로코스트 박물관〉 사
이트의 다큐멘터리 동영상과 〈테디베어박물관〉 사이트의 패러디 예술
작품, 지역문화 학습 콘텐츠 분야의 충청방언 활용 가능성 등이 제시되
었다.

이제 남은 문제는 이러한 문화콘텐츠의 활용가능성에 대한 부분이
다. 문화콘텐츠는 예술적인 요소를 많이 포함하고 있으나, 그 기반에
내재된 산업으로의 속성을 간과할 수 없다. 즉, 아무리 의미 있는 제
작의도를 가지고 있더라도, 이를 통해 부가가치를 창출할 수 없다면
콘텐츠로의 가치를 가지지 못한다. 그러므로 제작에 앞서 문화콘텐츠
의 배급과 상영이 반드시 고려되어야 한다.

〈사이버 관촌마을〉의 활용가능성이 가장 높은 분야는 지역 문화에 대
한 홍보이다. 이는 지방자체단체의 제작비 지원을 받는 방법으로 연계되
는데, 최근 들어 각 지역별로 활발한 문화산업이 진행되고 있기 때문에

충분히 가능성을 있다고 판단된다. 이러한 제작비 지원이 이루어긴다면, 기존의 지방자치단체 홈페이지와 연계된 배급과 상영이 가능하다.

　다음으로 활용가능성이 있는 분야는, 교육 콘텐츠적인 측면이다. 이는 앞서 언급했던 문학교육 방법과 연결되는 것으로, 현행 학교교육에서 여러 가지 이유로 실현되지 못하는 문학공간답사[25]를 대체하는 방법으로 〈사이버 관촌마을〉을 이용하는 것이다. 이 경우에는 홈페이지보다는 CD-ROM 등의 매체로 제작되는 것이 효과적인데, 학교 단위의 배급이 가능하기 때문이다. 교육현장에서는 교사의 지도를 받는 학생들이 직접 콘텐츠를 작동시키는 방법으로 상영이 이루어지게 된다. 이에 앞서 교사들을 대상으로 프로그램 운영 및 작품의 문학적 가치에 대한 연수를 실시하는 것도 좋은 마케팅 방법이 될 것이다.

　이외에도 사회/평생교육 자료와 한국문학에 대한 해외 홍보자료로 활용될 수 있는 가능성도 충분히 고려될 수 있겠으나, 이는 소요비용 및 기대효과 등을 고려할 때 부차적인 요소라고 파악된다.

　이상과 같은 기대효과를 거둘 수 있는 〈사이버 관촌마을〉을 구현에서는, 연구개발 비용의 확보와 함께, 문학적·문화적 소양을 갖춘 개발자의 확보가 선행되어야 한다는 현실적인 어려움이 있다. 하지만 이를 극복하고 디지털콘텐츠의 구현이 이루어진다면, 문학의 저변인구 확대는 물론이고, 새로운 매체를 활용한 문학작품의 창작을 유도할 수 있는 효과를 얻을 수 있을 것으로 기대된다. 보다 실제적인 연구개발 작업을 추후 과제로 남긴다.

---

25) 김수복은 현행 학교 교육에서 문학공간답사가 이루어지기 힘든 이유로, 이론적 취약성·지나친 대중성·예산 및 진행요원의 부재 등 행사진행의 현실적인 어려움·개인적 연구의 한계 등을 들고 있다. : 김수복, 앞의 글, pp.67-69.

▣ 참고문헌

이문구, 『관촌수필』, 문학과지성사, 1991.

고욱 외, 『디지털 스토리텔링』, 황금가지, 2003.
권영민, 『한국현대문학사』, 민음사, 1993.
김수복, 「문학공간답사의 문학교육적 활용방안 연구」, 《한국문예창작학회 제6회
        정기학술세미나 자료집》, 2004.
문학과문학교육연구소, 『창작교육, 어떻게 할 것인가』, 푸른사상, 2001.
베니 김(Benny Kim), 『영화 매니지먼트』, 문지사, 2002.
이재선, 『현대한국소설사』, 민음사, 1991.
전경란, 「디지털 내러티브에 관한 연구」, 이화여자대학교 신문방송학과 박사학
        위논문, 2003.
전상국, 『당신도 소설을 쓸 수 있다』, 문학사상사, 1991.
전정구, 「토속어의 활용과 관용적 표현」, 이기문 외, 『문학과 방언』, 역락, 2001.
진정석, 「이야기체소설의 가능성」, 문학사와비평연구회, 『1970년대 문학 연구』,
        예하, 1994.
정한숙, 『현대소설창작법』, 웅동, 2000.
최혜실, 『디지털 시대의 문화읽기』, 소명출판, 2001.
황종연, 「도시화·산업화 시대의 방외인」, 《작가세계》, 1992년 가을호.
오츠카 카즈요시, 홍종필 역, 『박물관학』, 백산출판사, 2004.
F. Capra, 「생태학적 세계관의 기본 원리」, 《과학사상》 제10호, 1994. 8.
George Ellis Burcaw, 양지연 역, 『큐레이터를 위한 박물관학(Introduction to
        museum work)』, 김영사, 2001.
Janet Horowitz Murray, 한용환·변지연 역, 『사이버 서사의 미래:인터랙티브
        스토리텔링(Hamlet on the Holodeck:The Future of Narrative in
        Cyberspace)』, 안그라픽스, 2001.
Jeoraldean McClain, "Time in the visual arts : Lessing and Modern
        Criticism", The Journal of Aesthetics, fall 1985, vol.XLIV. no.1.
Robert Jacobson 편, 장동훈·김미정 역, 『정보 디자인』, 안그라픽스, 2002.

어린이 민속박물관(www.kidsnfm.go.kr)
테디베어박물관(www.teddybearmuseum)
미국 홀로코스트 박물관(www.ushmm.org)

인터넷 공간을 기반으로 한
대체역사소설의 활용방안

– 민족정기 선양 방안을 중심으로

1. 서 론

민족정기를 선양해야 한다는 주장은 어느 시대에나 꾸준하게 제기되어왔다. 또한 그것은 어느 시대에나 타당한 것으로 받아들여졌다. '민족정기'는 "역사에서 형성된 민족의 올곧은 기상으로서 선인들이 '혼(魂)'이나 '얼'로서 표현한 그것"[1]이고, "위기 시에 민족과 국가를 위해 개인이 희생하는 정신이며 자유, 독립, 평화, 정의의 실현을 지향"하는 것으로, "민족혼을 불러일으켜서 국난을 극복하는 자기희생으로 국가와 민족을 보호·보존하는 정신"인 국가보훈(國家報勳) 개념과 연결된다.[2]

이러한 국가보훈 개념은 시대에 따라 변모해왔다. 신라시대에는 호국정신과 효성의 고취를 강조했으며, 고려시대에는 국가 개창 및 삼국통일의 기여와 국왕에 대한 충성, 조선시대에는 호국과 충성 등이 주요한 개념으로 제시되었다.[3] 이러한 국가보훈에 대한 현대적 의미는

---

1) 김종성, 「민족정기에 관한 고찰」, 《독립운동사 연구회지》, 국가보훈처 독립운동사연구회, 2002, p.190.
2) 최평길, 「한국보훈제도의 발전 방향」, 『보훈의 개념정립과 발전방향 학술세미나 발표논문집』, 한국보훈학회, 2002, p.89.

『국가유공사 등 에우 및 지원에 관한 법률』 제1조에 규정된 젓처럼 "국가를 위하여 공헌하거나 희생한 국가유공자와 그 유족에 대한 응분의 예우와 국가유공자에 준하는 군경 등에 대한 지원을 행함으로써 이들의 생활안정과 복지향상을 도모하고 국민의 애국정신 함양에 이바지"하는 활동이라고 정의된다.

특히 민족정기 선양은 국가보훈에 관련된 시책 중에서도 "국권회복·자유수호·민주발전을 이룩한 민족의 자긍심 함양과 정체성을 인식하고 한민족 공동체 의식의 고양을 통해 통일 후 민족동질성 회복 및 단합에 기여"[4]하여, 국가 정체성을 확립하는 행동을 의미한다. 현재 우리나라에서 진행되는 민족정기 선양사업으로는 국가보훈처에서 주도하는 독립유공자 발굴·포상 사업, 각종 기념일 행사 개최, 현충시설 관리 등을 비롯하여, 보훈교육연구원에서 개최하는 보훈문화교실 및 대학생보훈캠프 등의 교육 프로그램, 《보훈신문》 발행, 책자·비디오·CD·인터넷 홈페이지 등을 통한 대국민홍보 등이 있다.

그러나 이러한 시책에 대한 국민들의 관심도는 그리 높지 않은 편이다. 국가보훈처에서 2002년도에 실시한 『국민 보훈의식 여론조사』에 따르면, 보훈시책에 대해서 관심이 높다는 응답은 불과 17.5%에 불과했고, 또한 우리 국민들의 호국·보훈 의식이 과거에 비해 높아졌다는 의견도 25.6%에 불과했다.[5]

조사결과를 통해서도 알 수 있는 것처럼, 우리나라는 다양한 보훈정책을 실시하고 있으나, 이에 대한 국민들의 관심과 참여가 부족한 실정이다. 이는 비단 국민의식의 문제로 한정되지 않는다. 국민들의 여론을 주도하는 언론매체 역시 보훈활동에 큰 관심을 보이지 않는다는

---

3) 유영옥, 「국가보훈학의 개념정립과 연구방법론」, 《한국보훈논총》 제1권 제1호, 한국보훈학회, 2003, p.15.

4) 정일권, 「국가보훈정책의 발전방안에 관한 연구」, 경기대 정치전문대학원 석사학위논문, 2002, p.5.

5) 국가보훈처, 『국민 보훈의식 여론조사』, 2002, p.9.

사실도 문제로 지적되는데, 그 이유로는 다음과 같은 세 가지가 제기되었다. 첫째, 홍보소재에 한계가 있고 추상적이다. 둘째, 홍보소재에 사건성과 시사성이 적다. 셋째, 각종 보훈 행사, 기념행사 등이 특정시기에 편중되었거나 일회성에 그치고 있다.6) 이 지적은 언론활동에만 국한되는 것이 아니라, 우리나라 보훈정책, 특히 민족정기 선양을 위한 홍보사업 전반에 걸친 문제점이라고 할 수 있다.

　이 논문은 이와 같은 문제점을 극복하고, 민족정기 선양을 위한 효과적인 홍보사업을 전개하기 위한 대안으로 '인터넷 공간을 기반으로 한 대체역사소설'을 활용하는 방안을 제안한다. 이후의 논의에서 자세히 언급되겠지만, '대체역사소설'이란 "역사가들 사이에서 금기로 통용되고 있는 '만약 역사에서(if in history)……'란 가정을 소설 내적 현실로 수용한"7) 소설을 의미한다. 이것은 아직 일반적으로 통용되는 개념은 아니지만, 1987년 발표된 복거일의 『비명을 찾아서』를 통해서 우리나라에 소개되었고, 최근 인터넷을 통해서 몇몇 작품이 발표되면서 문학적·사회적 관심이 고조되고 있는 새로운 소설 장르이다.
　앞서 제시했던 보훈홍보의 문제점을 바탕으로, 대체역사소설이 민족정기 선양을 위한 홍보방안으로 활용될 수 있는 이유를 제시해 보도

· 보훈시책에 대한 국민들의 관심도

매우 높다	약간 높다	약간 낮다	매우 낮다
1.8	15.7	64.7	17.8

(단위 %)

· 국민의 호국·보훈의식 수준 평가

매우 높아졌다	약간 높아졌다	비슷하다	약간 낮아졌다	매우 낮아졌다
4.7	20.9	24.6	37.5	11.9

(단위 %)

6) 정일권, 앞의 논문, pp.45-46.
7) 장영우, 「대중소설의 유형과 그 특질」, 『소설의 운명, 소설의 미래』, 새미, 1999, p.43.

록 하겠다.

첫 번째로 지적되었던 문제점은 홍보소재의 한계와 추상성이다. 추상성을 극복하기 위한 대안으로는, 민족정기와 국가보훈이라는 개념을 구체적인 상황으로 알기 쉽게 전달할 수 있는 기능을 갖춘 서사예술작품[8]을 활성화시키는 방법을 제시할 수 있다. 이는 오래 전부터 정책 홍보의 주요한 수단으로 활용되었는데, 세종대왕이 간행했던 『삼강행실도(三綱行實圖)』가 대표적인 예이다. 이 저술의 간행에는 국민들에게 유교윤리의 근본을 교육시켜 사회질서를 바로 세우고자하는 분명한 목적이 있었다. 그러나 백성들이 군위신강(君爲臣綱)·부위자강(父爲子綱)·부위부강(夫爲婦綱)과 같은 추상적인 한자어를 이해하기 힘들기 때문에, 각 항목에 해당하는 충신·효자·열녀의 사례를 수집하고, 그 내용을 그림으로 구체화시켰던 것이다.

이러한 기능을 가진 서사예술작품 중에서도 대체역사소설이 민족정기 선양과 보훈 홍보에 적합한 이유는, 새로운 소재의 발굴이 가능하기 때문이다. 보훈홍보에 적합한 인물이나 사건은 한정될 수밖에 없고, 그렇기 때문에 독자들로서는 유사한 소재의 반복이라는 편견을 가지기 쉽다. 이를 극복하기 위해서는 그동안 다루어지지 않았던 새로운 소재를 발굴하는 작업이 먼저 이루어져야 한다. 대체역사소설은 기존의 역사적인 사실을 바탕으로 작가가 허구의 역사를 재창조해내는 것이니만큼, 식상하지 않은 새로운 사건과 인물이 창작될 수 있다.

두 번째로 지적되었던 문제점은 홍보소재에 사건성과 시사성이 적다는 사실이다. 국민들의 관심을 끌기 위해서는 흥미 있는 사건이나

---

8) '서사(敍事)'는 이야기를 가지고 있다는 의미이며, '서사예술작품'은 이야기를 내포한 모든 예술작품을 아우르는 용어이다. 소설이 대표적인 예이며, 전통적인 문학 분야에서는 연극·서사시 등이 포함되고, 영상매체의 발달과 함께 영화·애니메이션 등도 포함하는 개념으로 발전되었다. 최근에는 인터넷 환경이 구축되면서 컴퓨터게임, 하이퍼텍스트소설, 인터넷게시판 소설 등도 포함시켜 논의되고 있다.

시사성이 있는 소재가 다루어져야 하는데, 보훈홍보소재는 대부분 과거의 특정 사실을 되새겨 국민들에게 알리는 것으로 사건성과 시사성이 떨어질 수밖에 없다.[9] 여기에서 대체역사소설의 활용가능성이 도출된다. 역사는 사실에서 벗어날 수 없지만, 소설은 작가의 상상력이 작용할 여지가 많고, 나아가 대체역사소설은 허구의 역사를 창작하는 것이기 때문에 오히려 필요에 따라 적절한 사건을 만들어낼 수 있다.

세 번째로 지적되었던 문제점은 보훈 관련 행사가 특정시기에 편중되거나 일회성에 그친다는 사실이다. 기존의 서사예술에 해당하는 단행본 소설이나 영화, 드라마와 같은 작품들은 아무래도 단발적일 수밖에 없다는 한계를 가진다. 이를 극복하기 위해서는 연속적으로 작품을 발표하는 연재의 형식을 갖추어야 한다. 그러나 영화와 드라마는 작품당 제작비용이 많이 들기 때문에, 일정 편 수 이상을 연재하는 것은 현실적으로 어려움이 있다. 결국 서사예술작품 중에서 소설과 만화가 남는데, 이 경우에도 연재 매체에 따라 구독률과 대중성에서 현격한 차이를 보인다.

지금까지 제시된 모든 문제점에 대처할 수 있는 방법은 소설이나 만화를 인터넷에 연재하는 형식이다. 이 중에서도 여러 계층의 선호도를 만족시키기 위해서는 만화보다는 소설, 혹은 그 절충형식이라고 할 수 있는 삽화를 가미한 소설이 적합하다. 만화가 젊은 층의 폭넓은 지지를 얻고 있지만, 소설에 비해서는 다양한 연령층에서 지지를 받지 못하기 때문이다. 또한 민족정기와 국가 보훈 등의 추상적인 관념을 심도 있게 다루기에는 그림보다 문자가 편리하다는 사실도 간과할 수 없다.

이러한 사항을 고려할 때 연재소설, 특히 새로운 장르에 속하는 대체역사소설이 독자의 흥미와 관심을 자극시킬 수 있는 좋은 방안이 될 것이다. 이제 대체역사소설의 개념과 특징을 살펴보고, 대표적인

---

9) 정일권, 앞의 논문, p.45.

작품을 비교분석하여 그 구체적인 양상을 파악해보도록 하겠다. 그리고 이를 토대로 대체역사소설을 인터넷 연재소설로 활용할 수 있는 가능성을 검토해보겠다. 이상과 같은 고찰을 통해서 대체역사소설을 활용하여 민족정기를 선양하고, 이를 통해 국가보훈의식을 홍보할 수 있는 방안이 수립될 수 있을 것이다.

2. 대체역사소설의 개념과 특징

1) 대체역사소설의 시대적 의미

'대체역사소설(代替歷史小說, alternative history novel)'이란 "과거에 있었던 어떤 중요한 사건의 결말이 현재의 역사와 다르게 났다는 가정을 하고 그 뒤의 역사를 재구성하여 작품의 배경으로 삼는 기법"10)을 갖춘 소설이라고 정의된다.

'대체역사소설'이라는 용어는 두 가지 관점에서 설명될 수 있다. 하나는 '역사'소설적 측면이고, 다른 하나는 '대체'라는 용어에서 파생되는 SF(science fiction)적 측면이다. 이러한 특징으로 인해 대체역사소설의 장르적 성격은 명확하게 정립되지 못하고 다소 모호하게 파악되어 왔다. 대체역사소설을 우리나라에 본격적으로 도입했던 복거일은 이를 SF의 하위 장르로 규정했던 반면, 장영우는 대체역사의 개념을 "역사의 허구성에 대한 인식"11)이 확장된 것으로 보아 대체역사소설

---

10) 복거일, 『비명을 찾아서』, 문학과지성사, 1987, p.11.
11) 장영우는 역사소설과 대체역사소설의 상관관계를 다음과 같이 설명했다. "역사소설은 사실로서의 역사와 허구로서의 소설이라는 서로 상충하는 장르가 결합한 것인 만큼 역사적 사실에 대한 어느 정도의 확장과 변형은 작가의 상상력이란 점에서 용인 될 수 있는 것이다. 그리고 엄밀한 의미에서 역사의 해석과 기술에도 주관적 가치판단이 개입될 수밖에 없기 때문에 역사의 허구성은 종종 시비의 대상이 된다. 이런 역사의 허구성에 대한 인식은

을 역사소설의 하위 장르로 규정했다.

그러나 이들의 주장과 같이 대체역사소설을 SF나 역사소설 중의 어느 한 장르에 귀속시키는 것은 오히려 대체역사소설의 특징을 한정시키는 결과만을 가져올 뿐이다.

대체역사소설을 SF의 하위 장르로만 파악할 경우에는 대체역사소설에 내포된 역사인식 방법론을 설명할 수 없다. 대체역사소설에 작용하는 작가의 상상력은 역사적인 사실에 근거를 두고 이루어진다.[12] 그렇다고 해서 SF에서 역사적인 인식이 전혀 결여되는 것은 아니지만, 역사 그 자체와 직접적으로 연결되지도 않는다.

또한 대체역사소설을 역사소설의 하위 장르로만 파악할 경우는, 대체역사소설의 출발점이라고 할 수 있는 작가의 상상력을 간과해버릴 여지가 많다. 물론 역사소설에 대한 최근의 논의에서는 역사에 대한 재해석과 상상력의 문제가 제기되고 있으나, 전통적인 개념에서 역사소설은 실제 역사에서 벗어나지 않기 때문이다.

이와 같은 사실을 염두에 둘 때, 대체역사소설을 역사소설과 SF 중에서 어느 한 장르에 귀속시킬 것이 아니라, 이 둘을 아우르는 중간적인 성격을 가지는 장르로 파악해야 할 것이다. 역사적인 사실에 대한 재해석이 작품 창작의 근간에 놓인다는 점에서는 역사소설적인 요소를 가지며, 작가의 상상력을 통해 설정되는 역사 진행방향이 현실과는

작가의 상상력을 보장해주는 논리적 바탕이 되며, 최근에 나타난 '대체역사소설'을 독특한 역사소설의 장르로 인정할 수 있는 이론적 근거가 된다." (장영우, 앞의 글, p.44.)

12) 이것이 판타지소설과 대체역사소설이 구분되는 부분이다. 판타지소설의 상상력에는 역사적 사실에 대한 제약이 없다. 판타지소설의 설정은 중세유럽을 모델로 하는 경우가 일반적이지만, 그것이 역사적인 사실과 부합되는 것은 아니다. 오히려 판타지소설에서 다루어지는 중세유럽은 '중세에 대한 유럽적인 환상' 혹은 '중세의 시뮬라크르(simulacre)'라고 보아야 할 것이다. 판타지소설에 대한 논의는 본고의 내용에서 벗어나므로, 추후에 별도의 글을 통해서 진행하도록 하겠다.

다른 허구라는 점에서는 SF적인 요소를 가지기 때문이다. 그러므로 대체역사소설은 포스트모더니즘 이후 제기되었던 복합장르문화의 소산이라고 할 수 있다. 현대사회에 부합되는 민족정기 선양 방법으로 대체역사소설을 활용할 수 있는 이유도 여기에 있다.

현대사회의 특징적인 경향 중 하나는 각종 문화장르의 혼합과 통합이 이루어진다는 사실이다. 이러한 경향은 '퓨전문화(fusion culture)'라고 지칭되는데, 문화 전반에서 광범위하게 예를 찾을 수 있다. 서양의 요리와 동양의 요리를 결합한 '캘리포니아 롤'과 같은 음식이나, 성악과 대중음악을 결합한 '크로스오버 음악(crossover music)' 등이 이에 해당한다. 문학에서도 이런 경향이 발견되고 있다. 대중문학과 본격문학의 경계가 모호해진 것은 이미 오래전의 일이고, 추리·SF·판타지·역사 등 각종 장르 간의 결합이 다각도로 모색되고 있다. 그 중에서도 대체역사소설은 이러한 시대 조류를 반영하는 장르로 부각되고 있으며, 그렇기 때문에 이를 잘 활용한다면 시대감각에 맞는 민족정기 선양방법이 도출되리라고 기대된다.

이제 본격적인 작품 분석에 앞서 대체역사소설에 주요한 영향을 준 두 가지 장르, 즉 역사소설과 SF에 대한 논의를 토대로 대체역사소설 장르의 성격과 특징에 대해 살펴보도록 하겠다.

2) 역사소설에서 대체역사소설의 의미

'대체역사소설'이라는 용어는 다소 낯설지만, 이와 유사한 개념은 역사소설에 대한 기존의 논의에서 이미 제시되어 왔다. 가령, 역사소설을 "역사와 특별히 연계된 소설, 곧 사실성(史實性)과 상상성이란 이중성을 함께 갖고 있는 특이한 서사문학 형태"라고 정의한 이재선의 견해[13]나, 역사소설의 주요한 특징으로 "경험적 서사와 허구적 서사

---

13) 이재선, 「역사소설의 성취와 반성」, 『현대한국문학 100년』, 민음사, 1999,

가 융합되어 있는 양식"이며 "역사성과 허구성이 복합적으로 연접되어 있는 소설 장르"라는 점을 제시했던 공임순의 견해[14] 등이 대표적이다.

다만 역사소설에 대한 기존의 논의들은 사실성의 측면이 강조되었던 반면에, 대체역사소설은 상상력의 측면을 한층 강조하고 있다는 차이점이 있다. 이는 정도의 차이로 파악될 수도 있겠지만, 두 장르를 구분하는 가장 주요한 요소이기도 하다. 러시아 형식주의자들의 용어를 빌어 설명하자면, 기존의 역사소설이 '역사의 전경화(前景化)'[15]를 전제로 하는 장르라면, 대체역사소설은 '역사에 기반을 둔 작가 상상력의 전경화'를 전제로 하는 장르라는 설명이 가능하다.

이런 논의가 이루어질 수 있었던 것은 역사소설의 사실성과 상상성에 대한 인식이 변했기 때문이다. 이러한 인식의 변화는 웨슬링(Elisabeth Wesseling)이 제시했던 역사소설 장르의 세 국면에서 확인할 수 있다. 웨슬링은 역사소설 장르의 성쇠를 고전적 모델, 고전적 모델의 모방과 흉내, 그리고 고전적 모델의 변화와 혁신 등으로 구분했다. 이 중에서 첫 번째 국면과 두 번째 국면에서는 역사소설의 사실성을 강조하는 미메시스적 전통이 형성되고 유지되었다면, 마지막 세 번째 국면에서는 이 전통에서 벗어나려는 노력이 이루어진다. 이 국면에서는 모던적이고 포스트모던적인 인식을 기반으로, 고전적 모델에 대한 패러디와 반명제 그리고 추리소설을 비롯한 다른 양식들과의 공유를 통한 혁신과 실험이 진행된다. 이 과정에서 역사적인 사실보다는 이를 재료로 삼아 서사를 만들어가는 작가의 상상력이 강조되었다.[16]

---

p.119.

14) 공임순, 「역사소설의 개념과 장르적 유형론」, 대중서사학회 편, 『역사소설이란 무엇인가』, 예림기획, 2003, p.9.

15) 이재선, 앞의 글, p.119.

16) Elisabeth Wesseling, *Writing History As a Prophet : Postmodernism Innovation of the Historical Novel*, John Benjamin Pub. co, 1991. : 공임순,

공임순은 역사소설을 기록적·가장적(假裝的)·창인직인 유형으로 구분했던 터너(Joseph W. Turner)의 견해[17]에, 웨슬링의 견해를 결합하여 환상석 유형을 포함한 네 가지로 구분한다. 또한 이러한 구분을 다음과 같이 도식화하면서, 이중에서 환상적 유형에 대체역사소설이 포함될 수 있다고 설명했다.[18]

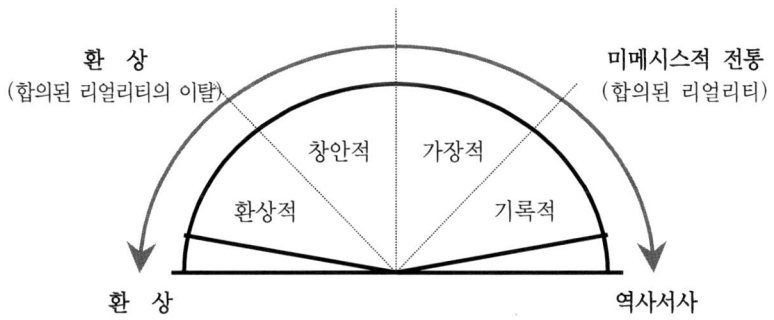

지금까지 살펴본 것처럼, 역사소설에 대한 논의에 있어서 대체역사소설은 전혀 낯선 개념은 아니었다. 이는 기존의 미메시스적 전통을 따른 역사서사에서도 제시되었던 '상상' 혹은 '허구적 서사'라는 개념이 확장된 형태로 설명된다. 이러한 설명은 포스트모더니즘 이후 이루어졌던 역사해석의 객관성에 대한 인식 변화에 따른 결과이다. 즉, 기존의 논의에서는 역사를 객관적인 사실로 인식했던 반면, 최근의 논의에서는 역사를 해석자의 주관에 따라 다양하게 기술될 수 있다는 인식이 대두되기 시작했던 것이다. 이러한 역사인식의 다양성이 확보되면서, 역사소설에서도 작가의 상상력이 강조되는데, 대체역사소설을 그러한 결과물로 포함시킬 수 있다.

『우리 역사소설은 이론과 논쟁이 필요하다』, 책세상, 2000, pp.120-126. 재인용.

17) Joseph W. Turner, "The Kind of Historical Fiction", *Genre*, vol.XⅡ no.3, p.335. : 위의 책, pp.130-136. 재인용.

18) 공임순, 「역사소설의 개념과 장르적 유형론」, 앞의 글, pp.37-41. 참고.

이와 같은 논의는 역사소설의 지평을 확대하는데 도움이 된다. 또한 대체역사소설에서 활용되는 작가의 상상력은 결국 실제 역사에 대한 작가의 인식을 통해서 이루어진다는 사실을 증명한다.

그러나 이런 논의가 대체역사소설의 발생을 설명할 수 있는 것은 아니다. 역사소설에 대한 논의에서 작가의 상상력이 강조되었던 것은 1990년대 이후이지만, 그보다 한 세대 이상 앞선 시기에 이미 대체역 사소설의 대표적인 작품들이 발표되었기 때문이다. 이는 대체역사소설이 또 다른 소설 장르, 즉 SF에 근거를 두고 있다는 사실을 의미한다. SF에 대한 논의에서 대체역사소설과 관련된 부분을 정리함으로써, 대체역사소설의 특징을 보다 분명하게 살펴보도록 하겠다.

3) SF에서 대체역사소설의 의미

'SF'라는 용어가 가진 의미망은 매우 복잡하다. 장르가 형성되기 시작했을 무렵만 해도 이 용어는 '과학소설(science fiction)'이라는 개념으로 비교적 분명하게 설명되었다. 과학적 사실 또는 과학적인 인식론을 토대로 작가가 구성한 허구적 서사물이라는 의미이다.

그러나 유럽에서 발생한 이 장르가 미국으로 건너가면서부터 다양한 변용이 이루어지게 된다. 이러한 변용의 핵심에는 흔히 '펄프픽션(pulp fiction)'이라고 불리는 대중 취향의 싸구려 잡지들이 위치한다. 이 잡지들을 통해서 발표된 작품들은 초창기 SF작품처럼 과학과 문명에 대한 깊이 있는 성찰을 표방하지 않는다. 그들이 추구했던 것은 대중적인 성공이었고, 그랬기 때문에 서부활극(horse opera)의 배경을 우주공간으로 옮긴 것에 불과한 '스페이스 오페라(space opera)'와 같은 통속적인 하위 장르를 양산해 내기도 했다. 지금까지 SF에 대한 편견으로 뿌리 깊게 남아 있다는 점, 즉 "허무맹랑한 이야기, 로봇이나 우주선 외계인을 등장시키는 통속 저질물로 보는 사람도 없지 않다"19)는 사실은 이 시기의 펄프 픽션에 발표되었던 작품들에서부터 기인하는 것이다.

그러나 이 잡지들의 의미가 악화를 양산하는데 한정되었던 것만은 아니다. 오히려 SF장르의 발달과정에서 이 작품들이 수행했던 역할은 매우 중요하다. 이들은 대중적인 취향을 기반으로 삼았기 때문에, SF독자들의 폭발적인 증가를 가져왔고 그 중에서 일부는 SF작가로 거듭나도록 유도했다. 결과적으로 SF장르의 발달과 확산을 촉진시켰던 것이다. 이러한 변화의 대표적 성과는 1930년대부터 나타나기 시작한 팬덤(fandom)과 팬진(fanzine)으로, 이를 통해 일반적인 독자에 비해 월등한 전문지식으로 무장한 마니아 계층이 형성된다. 이들이 창작 및 비평 활동에 적극적으로 참여함에 따라 SF작품들은 초창기 작품에 버금가는 문제의식을 되찾게 되었으며, 소설로서의 문학성 역시 확보하게 되었다.

이와 같은 경향을 주도했던 인물은 SF작가이자 SF잡지 편집자였던 캠벨(Jhon W. Campbell)이었다. 그는 SF의 문학성을 강조하여 "풍부한 구조와 치밀한 논리를 갖춘 작품"이 필요하다고 주장했으며, SF에 사회학이나 심리학, 인류학 등을 적극적으로 도입해야 한다고 강조했다.[20] 이러한 주장은 자연과학적 지식에 한정되었던 SF장르에 인문·사회과학을 도입할 수 있는 근거를 마련해 주었으며, 이로써 '대체역사소설'이 발생할 수 있는 여지가 만들어졌다.

본격적인 의미에서 대체역사소설은 아닐지라도, SF작품에서 '시간'은 중요한 모티프로 다루어졌다. 보다 엄밀하게 말하자면 '시간여행'이라고 할 수 있는데, 이는 다음의 두 가지 유형으로 세분된다. 하나는 웰즈(Hobert G. Wells)의 『타임머신(*The Time Machine*)』(1895)처

---

19) 김재국, 「한국 과학소설의 현황」, 『디지털시대의 대중소설론』, 예림기획, 2002, p.170.

20) 캠벨이 가지는 의미와 이후 이루어진 SF장르의 전개과정에 대해서는 임종기의 저술에서 자세하게 정리되어 있다. : 임종기, 『SF 부족의 새로운 문학혁명, SF의 탄생과 비상』, 책세상, 2004, pp.36-64.

럼 기계장치를 활용한 시간여행이고, 다른 하나는 기계장치가 아니라 초자연적 현상과 같은 "특별한 계기를 통해서 과거나 미래의 시공간으로 미끄러져 들어가는 현상"[21]인 '타임슬립(time slip)'을 통한 시간여행이다.

이제 시간의 변화를 다룬다는 공통점을 가지는 타임머신과 타임슬립, 그리고 대체역사소설의 특징을 비교함으로써, SF장르에서 대체역사소설의 의미를 파악해보도록 하겠다.

타임머신을 활용한 시간여행은 미래로의 여행과 과거로의 여행으로 구분된다.

전자는 미래의 상황에 대한 예언적인 제시가 주된 내용이 된다. 앞서 제시한 『타임머신』을 비롯해서, 불르(Pierre Boulle)의 『원숭이 행성(*Planet of The Apes*)』과 이를 영화로 만든 〈혹성탈출〉과 같은 작품이 대표적이다. 이들 작품에서 묘사되는 미래사회는 결국 현대사회의 문제를 반영한다는 점이 특징이다.

후자는 시간여행으로 인해 흐트러진 과거를 원상태로 회복시키려는 노력이 주된 내용이다. 역사의 진행방향을 알고 있는 사람이 과거에 나타났다는 사실만으로도 문제적 상황이라고 할 것이다. 미래에서 온 아들에게 반한 엄마 때문에 아들의 존재 자체가 사라지게 된다는 상황을 가진 영화 〈백투더퓨처(*Back to The Future*)〉(1987) 등이 대표적인 예이며, 복거일의 『역사 속의 나그네』(1991)도 이 경향에 속한다. 이들 작품은 헝클어진 시간의 문제를 다루고 있지만, 결국 본래의 역사로 되돌아가는 구조를 가진다는 점에서 대체역사소설과 구분된다.

타임슬립을 활용한 시간여행은 초자연적 현상 등이 계기로 작용한다는 점에서는 앞서 살펴본 타임머신과 구분되며, 시간여행이 이루어

---

21) 고장원, 『SF로 광고도 만드나요?』, 들녘, 2003, p.135.

지기 전까지는 본래의 역사가 진행된다는 점에서는 대체역사소설과도 구분된다. 그러므로 이런 작품들은 현재와 과거의 격차가 부각될 수 있는 역사적 상황, 예를 들어 선생 등이 제시될 때 더욱 큰 효과를 얻을 수 있다. 일본이 제2차 세계대전에서 항복하지 않았다는 가정 아래 지하로 숨어들어 저항을 계속 하는 군인 집단을 그린 무라카미 류[村上龍]의 『오 분 후의 세계(五分後の世界)』(1994)가 대표적인 작품이다.

이에 비해 대체역사소설은 이미 변화된 역사 속에서 사건이 진행된다는 점에서 특징적이다. 여기에서는 시간의 이동 자체가 중요한 것이 아니라 그로 인해 발생하는 상황, 즉 대체된 역사가 중요한 문제가 된다. 또한 이러한 작품의 목적은 대체역사를 접한 독자가 실제의 현실을 반추해보도록 유도하는 것이다. 결국 대체역사소설은 변화된 과거 혹은 현재를 통해서 변화하지 않는 현재의 문제점을 이야기하려는 비판의식을 근간에 두고 있으며, 이를 효과적으로 전달하기 위해 알레고리(allegory) 기법이 자주 사용된다.

지금까지 살펴본 것처럼, 대체역사소설의 상상력은 역사적인 사실을 근거로 한다는 점에서 역사소설적인 특징을 가진다. 또한 그러한 상상력이 지향하는 것은 인문·사회과학적인 인식을 통해 파악되는 현실 사회의 문제점이고, 이를 표현하기 위한 방법으로 SF적인 상상력 및 창작기법이 활용된다.

이제 대표적인 작품을 비교분석하여 이상과 같은 대체역사소설의 특징을 구체적으로 살펴보겠다.

3. 대표작품 비교분석

대체역사소설은 주로 미국과 유럽 등지에서 활발하게 창작되고 있는데, 그 대표적인 작품은 다음과 같다. 미국의 남북전쟁에서 남부가 이 겼다는 사실이 역사에 미친 영향을 다룬 무어(Ward Moore)의 『희년 (禧年)을 선포하라(*Bring the Jubilee*)』(1953), 루즈벨트 대통령이 암 살당하고 미국이 제2차 세계대전에서 패배한 뒤 독일과 일본에게 분할 점령되었다는 가정 아래에서 1960년대 미국 사회를 그린 딕(Philip K. Dick)의 『높은 성의 사나이(*The Man in the High Castle*)』(1962), 영국의 여왕 엘리자베스 1세가 암살되고 스페인의 무적함대가 영국을 정복했다는 가정 아래에서 1960년대 영국 사회를 그린 로버츠(Keith Roberts)의 『파반(*Pavane*)』(1966), 그리고 조지 워싱턴이 전사하고 미국의 독립전쟁이 일어나지 않은 세계를 그린 해리슨(Harry Harrison)의 『대서양 횡단 터널, 만세!(*A Transatlantic Tunnel, Hurrah!*)』(1972). 물론 이외의 지역에서도 대체역사소설이 발표되고 있는데, 특히 대중문화가 발달한 일본에서 인기를 누리고 있다.

우리나라에 대체역사소설이라는 장르가 형성된 것은 복거일의 『비 명(碑銘)을 찾아서』(1987)부터라고 해도 과언이 아니다. 이 작품 이 후 이문열의 『우리가 행복해지기까지』(1989)와 고원정의 『대한제국 일본침략사』(1995) 등의 작품이 나왔으며, 기성 문단보다는 인터넷 매 체를 통해 활발하게 발표되고 있다.

우리나라의 대체역사소설은 밀리터리소설[22]적인 요소를 가지는 경

---

22) 밀리터리소설(military novel)은 '군사소설'로 번역될 수 있으나, 일반적인 의 미에서 병영체험을 소설화한 작품들, 혹은 전쟁경험을 소설화한 '전쟁소설' 들과는 분명히 구분된다. 병영소설·군사소설·전쟁소설 등이 리얼리즘적인 관점에서 역사적 사건이나 현실의 문제에 접근하고 있다면, 밀리터리소설은 일어나지 않은 전쟁 혹은 군사적 도발을 다루기 때문이다. 이런 점에서 밀 리터리소설은 SF나 판타지소설과 근접한 양상을 보인다. 그러나 작가 상상 력의 근간이 군사적 지식에 있다는 점에서는 이들 장르와 구분된다.
　마찬가지로 밀리터리소설은 대체역사소설과도 구분되는데, 대체역사소설이 과거의 한 시점에서 역사가 변화되는 반면에, 밀리터리소설은 미래의 상황 을 가정하는 경우가 많기 때문이다. 물론 과거의 전쟁을 고증하거나, 대체역 사소설적인 기법을 사용하는 경우도 있다. 이런 점에서 밀리터리적인 대체

우기 많다는 것이 특징적이다. 이것은 문학적인 전통이라기보다, 이현세의 만화 〈남벌(南伐)〉의 영향을 받은 것이라고 할 수 있다. 이 만화는 일본과의 가상전쟁을 다뤄 많은 인기를 끌었다.

그러나 이러한 밀리터리소설들이 다루는 대체역사는 군사적인 측면을 강조하고 있기 때문에, 전쟁의 진행 상황은 박진감 있게 전개되지만, 전쟁이 발생하게 되는 원인, 그리고 그 전쟁이 가지는 역사적 의미를 논리적으로 제시하지 못하는 실정이다. 물론 전쟁이라는 소재가 문제가 되는 것은 아니다. 그러나 문학 작품에서 다루는 것은 전쟁 자체가 아닌 전쟁 상황이 만들어 내는 의미에 대한 전망과 반성이 되어야 할 것이다. 그런 점에서 최근의 밀리터리소설 중에서 문학적 가치를 가지는 작품은 많지 않다는 지적은 타당성을 가진다.

이상과 같은 작품 중에서 이 논문은 『높은 성의 사나이』와 『비명을 찾아서』에 대한 비교분석을 시도하고자 한다.[23]

『높은 성의 사나이』는 딕의 초기 대표작이자 대체역사소설의 주요한 작품으로 손꼽히고 있다. 초기 작품이니만큼 "놀라운 상상력으로 암울하고 그로테스크한 미래 사회와 가상현실을 그려내 인류에게 21세기형 실존의 물음을 내던진"[24] 작가라는 평가와는 사뭇 다른 양상을 보이지만, 그러한 경향의 단초를 찾을 수 있다는 점에서 가치를 가진다. 『높은 성의 사나이』는 작품 자체가 가지는 의미보다, 이후 작품들과의 영향관

역사소설이나, 대체역사적인 밀리터리소설은 가능하겠지만, 밀리터리소설을 모두 대체역사소설이라고 볼 수는 없다.

이상과 같은 차이점을 인정하여, 이 논문에서는 '밀리터리소설'을 '군사소설'이라고 구태여 번역하지 않는다. 밀리터리소설에 대한 분석은 이 논문의 논지에서 벗어나므로 별도의 글을 통해서 자세히 다루도록 하겠다.

23) 텍스트 선정은 이 논문의 논지인 '인터넷 공간을 기반으로 한 대체역사소설을 활용한 민족정기 선양 방법'에 부합되는지 여부를 기준으로 하였으며, 아울러 대체역사소설 장르의 발달과정에서 가지는 의미도 고려되었다.

24) 오귀환, 「미래를 달린다, 블레이드 러너!」, 《한겨레21》, 2004. 3. 25.

계에 대한 고찰과정에서 많이 언급되는데, 『비명을 찾아서』역시 그러한 영향관계에 포함된다. 『비명을 찾아서』는 우리나라에서 '대체역사소설'임을 본격적으로 표방했던 첫 번째 작품으로 발표 당시부터 세간의 주목을 받았으며, 대체역사적인 세계관과 작품에 제시된 상황설정을 차용한 영화 〈2009 로스트 메모리즈(2009 Lost Memories)〉(2002)가 만들어지면서 다시 한 번 관심이 집중되기도 했다.

1) 대체역사의 역사성

『높은 성의 사나이』와 『비명을 찾아서』는 가상적인 식민지배의 역사를 다루고 있다는 점에서 공통된다. 『높은 성의 사나이』는 제2차 세계대전 직후 미국이 일본과 독일의 분할통치를 받고 있다는 가정에서 출발하고 있으며, 『비명을 찾아서』는 우리나라가 여전히 일본의 식민지로 남았다는 가정에서 출발한다. 다만 두 작품은 대체역사의 출발점을 선정하는 과정에서 다소간의 차이를 보인다.

『높은 성의 사나이』는 제2차 세계대전의 종결을 대체역사의 출발점으로 제시하고 있다. 루즈벨트 대통령이 암살되고 이로 인해 대공황에서 회복되지 못한 미국이 정치적인 고립주의를 고집한 끝에 국력을 상실해버리고, 처칠의 독재로 국력이 쇠약해진 영국과 함께 패전국으로 전락했다는 설정이다. 이에 따라 미국은 로키산맥을 중심으로 동부는 독일이, 서부는 일본이 분할점령하게 되었다는 가정이다. 이처럼 『높은 성의 사나이』의 설정은 출발점이 분명하지 않고 다소 막연한 흐름이 제시되었을 뿐이다.

그에 비해 『비명을 찾아서』는 이토 히로부미를 암살하려는 안중근 의사의 시도가 무산되었다는 분명한 출발점을 가진다. 이 사건으로 인해 온건파였던 히로부미가 강경한 식민지 정책을 주창하게 되었고, 이에 따라 일본의 식민지 통치 정책은 물론이고 동북아시아의 형세, 나아가 세계 역사까지 변화되었다는 것이다. 이후 일본은 제2차 세계대전에서 미국과 영국에 우호적인 중립노선을 지켜 번영을 누리게 되었으며, 이를 기반으로 동북아시아의 지도적인 위치를 차지하게 된다. 식민지였던 조선은 여전히 해방되지 못하고, 오히려 대부분의 조선인들이 일본에 완전히 동화된 충실한 황국신민으로 살아가고 있다는 설정이다.

대체역사의 출발점 선정에서 보인 차이점은 작품의 배경 설정에도 영향을 미치게 된다. 『높은 성의 사나이』는 다소 모호한 출발점을 가지기 때문에, 대체된 역사적 상황 그 자체에 논의의 중심이 놓이게 된다. 그러므로 점령국 일본의 정치적 상황변화는 다루어지지 않는다. 작품에서 다루어지는 일본은 식민지가 넓어졌을 뿐, 제2차 세계대전 당시와 다를 바 없는 국가로 제시된다. 그러나 『비명을 찾아서』는 분명한 출발점을 가지며, 이에 따른 점령국 일본의 정치변화가 다각적으로 제시된다. 특히 지속된 군부독재에 의해 사회적인 병폐가 누적되고, 그에 따라 신군부의 쿠데타가 발생하는 등 보다 역동적인 시대 배경이 제시된다.

하지만 이러한 출발점 선정을 두 작가의 역사의식의 문제로까지 확대하게 되면 또 다른 의미망이 형성된다. 『높은 성의 사나이』가 모호한 출발점을 가진다는 것은 역사 변화의 책임이 특정한 인물에게 전가되는 것이 아니라, 민중 전체 혹은 민중을 기만하는 집권층에 있다는 역사의식으로 설명될 수 있다. 이러한 의식은 작품에 그대로 반영되어 있는데, 특히 독일 나치스의 광기에 대한 직접적인 비난을 통해서 분명하게 드러난다.

> 우리가 살고 있는 곳은 정신 이상의 세계. 미친놈들이 권력을 잡고 있다. 언제부터 그걸 알고, 그 사실에 직면해온 걸까? 그리고 도대체 얼마나 되는 사람이 진정으로 그것을 알고 있을까? 로체는 모른다. 아마 자신이 미쳤다고 생각할 수 있다면 미친 게 아닐 것이다. 아니면 나는 이제 겨우 제정신으로 돌아오기 시작했는지도 모른다. 깨어나는 것이다. 아마 이 모든 것을 깨닫는 사람은 극히 소수에 지나지 않을 것이다. 여기저기 고립된 인간들 뿐. 그러나 수많은 일반 대중들은 무엇을 생각하고 있는 걸까?[25]

그에 비해 『비명을 찾아서』에서의 역사 변화는 특별한 몇몇 사람들에 의해서 주도된다. 안중근과 이토 히로부미를 비롯하여, 총독임명에 대한 세간의 관심이 상당 부분 언급되고, 나아가 쿠데타 이후의 정세변화에 지속적인 관심을 보이는 이유도 그 때문이다. 요컨대 이 작품에서의 정치상황 변화는 누가 권력자가 되느냐에 따라 이루어지며, 그렇기 때문에 주인공이 식민지 상황에 대해 가지는 모든 불만은 결국 "나보다 학벌이나 능력이 못한 일본인도 성공하는데, 나는 왜 사회적으로 성공할 수 없는가?"라는 질문으로 규착된다.

> 야마시다가 부장이 된 것은 말도 되지 않는 일이었다. 야마시다는 그보다 네 살 아래였고, 과장이 된 지도 채 두 해가 되지 않아서 호봉도 여섯 급이나 낮았다. 회사 일에 있어서 큰 공적이 있는 것도 아니었고, 인품이 뛰어나지도 않았다. 하다못해 학벌로 치더라도, 오오사까 대학교를 나왔으니 게이조우 데이다이[京城帝大]를 나온 그와는 비교가 되지 않았다. (……) 야마시다가 그보다 더 나은 점이 있다면, 단 하나였다. 야마시다는 내지인이었다. 그리고 유감스럽게도 그것은 결정적 강점이었다.26)

이러한 역사인식은 자칫 역사를 개인적인 영달의 문제로 한정시켜 버릴 수도 있다는 한계를 가진다. 작가는 이를 방지하기 위해 안전장치를 제시했다. 주인공이 단순한 회사원이 아니라 시인이기도 하다는 설정이 그것이다. 주인공은 회사원이기 때문에 출세와 사회적 성공에 민감할 수밖에 없고, 그렇기 때문에 그러한 역사적 상황이 가진 불합리한 상황을 누구보다 예민하게 포착할 수 있다. 그러나 그의 불만은 사회적인 차별이 사라진다면 논의할 필요성 자체가 사라진다는 한계가 있다. 그에 비해 시인은 사회적 성공이나 개인의 영달을 추구하는 인물이 아니다. 시인이 추구하는 것은 자신의 정체성이며, 그렇기에 회사원과는

---

25) Philip K. Dick, 오근영 역, 『높은 성의 사나이』, 시공사, 2001, p.63.
26) 복거일, 앞의 책, p.103.

다른 차원에서의 역사인식이 가능하다. 이러한 설정이 가신 의미에 대해서는 이후의 논의에서 보다 자세하게 살펴보도록 하겠다.

2) 현실 극복 방안

대체역사소설은 현실과는 다른 가상의 역사를 제시한다. 이것은 분명히 환상이지만, 단순한 환상에 그치는 것이 아니라 현실과 밀접한 의미관계를 형성한다는 점에서 의미를 가진다. 즉, 대체역사소설에서 제시되는 역사는 현실 문제를 반추하는 방법 중의 하나이고, 그렇기 때문에 대체역사소설 작품에서는 현실을 극복하는 방안에 대한 언급이 이루어질 수밖에 없다. 이는 『높은 성의 사나이』와 『비명을 찾아서』의 경우에도 그대로 적용된다.

이 두 작품에 제시된 현실 극복 방법을 파악하기 위해서는, 이들 작품 속에 제시된 대체역사가 현실과 만나는 방법을 살펴보아야 한다. 이 작품들에는 공통적으로 금서(禁書)가 제시된다. 그리고 그 금서가 소설, 대체역사가 아닌 실재의 역사를 그대로 기록한 작품이라는 사실도 공통된다. 『높은 성의 사나이』에서는 『메뚜기 무겁게 가로눕다』라는 소설이, 『비명을 찾아서』에서는 『도우꾜우[東京], 쇼우와[昭和] 61년의 겨울』이라는 소설이 제시된다. 즉 이들 작품은 공통적으로 현실과 허구의 문제를 제기하고 있는 것인데, 현실을 허구로 대체한 대체역사의 상황 속에서 소설이라는 허구의 양식을 통해 현실의 문제를 제시하는 것이다. 이러한 설정은 '대체역사'라는 기법이 가진 목적을 분명하게 나타낸다.

이처럼 이들 작품은 현실 문제를 대체역사를 통해 제시하려고 했다는 점에서 공통된다. 그러나 이 문제를 극복하는 방안에서는 분명한 차이를 보인다.

『높은 성의 사나이』에서 제시된 방안은 식민지 미국에서 생산되는 새로운 제품의 출현이다. 이 작품에 제시된 대체역사에서 "현대 미국 예술이란 존재하지 않"고 오직 일본과의 전쟁 이전의 물건들만 골동품적 가치를 인정받는 상황이라는 것을 감안하면, 이러한 방안은 설득력을 가진다. 물론, 신제품이 하나 출시되었다고 해서 문화 전반을 변모시킬 수는 없을 것이다. 그러나 작가는 독창적인 디자인을 가진 새로운 제품을 "불멸의 씨앗 형태를 가진 출발"이라고 표현하면서, 이를 기반으로 하는 독창적인 문화가 융성할 것이며, 이를 통해 일본의 식민 지배를 극복할 수 있을 것이라는 기대를 표현하고 있다.

> 자물쇠가 채워진 진열장 안에 검은 벨벳 판. 그 위에 작은 소용돌이 모양의 금속 제품이 놓여 있었다. 확실한 형태를 갖추고 있다기보다는 형태가 있다는 느낌만 주는 것이었다. 타고미는 허리를 굽혀 그것을 들여다보다가 기묘한 감정에 사로잡혔다.
> (……) "장신구 같은데."
> 타고미는 브로치에서 눈을 떼지 않고 대답했다.
> "모두 미국 제품입니다. 예, 그야 말할 것도 없습니다. 하지만 이건 골동품은 아니지요."
> 타고미는 눈을 들어 상대를 바라보았다.
> "신제품이지요."
> 로버트 칠단의 하얗고 단조로운 얼굴이 정열에 사로잡혀 있었다.
> "이것은 우리나라의 새로운 생명입니다. 지금 작은 불멸의 씨앗 형태를 가진 출발이지요. 아름다움의 씨앗입니다."[27]

『비명을 찾아서』의 현실 극복 방안은 보다 다양한 방면에서 제시된다. 이는 이 작품의 주인공이 시인이라는 설정에서 비롯된 것이다. 주인공은 전통적인 정서에 관심을 가지고 서정시를 쓴다. 그러나 여기에서의 전통적 정서란 대체역사의 상황에 따라 일본적인 정서를 의미하게 된다.[28] 이러한 상황에 놓여있던 주인공이 현실 극복의 필요성을 자각

---

27) Philip K. Dick, 앞의 책, p.333.
28) 이런 상황이 작품의 초반에 제시되는 것은 작가의 의지가 반영된 부분이다.

하게 되는 것은 큰아버지 댁에서 보게 된 **족보**(族譜)에서 비롯된다.

　　"이 글자는 어떻게 읽나요? 그냥 '보+'라고 읽나요?" 큰아버지는 그를 쳐다보더니, 가볍게 한숨을 내쉬고 나서 눈을 스르르 감았다. 이내 눈을 뜨더니, 조용한 목소리로 말했다. "'보꾸'라고 읽어야겠지. 조선 말루는 '박'이라구 한다. 우리 집안 성이 원래 박씨였다."
　　그는 뜻밖의 얘기에 멀거니 큰아버지의 얼굴을 바라다보았다. (……) "우리 집안이 기노시다[木下]라는 씨를 갖게 된 것은 기사년(己巳年)의 창씨개명 때였다." 그의 아득해진 의식의 창으로 큰아버지의 나직한 목소리가 여름날의 따가운 햇살처럼 비집고 들어왔다. "우까끼[宇垣] 총독 때였지. 그러니까 지금부터 육십 년 전이다. 천황 폐하의 칙령으로 조선사람 모두가 일본식으로 이름을 바꾸게 되었는데……. 네 할아버지께서는 나와 네 애비에게 새로 씨와 이름을 지어주시구 나서, 조상들께 죄를 지었다구 스스로 목숨을 끊으셨다……. 그것이 자결하시기 전에 남긴 유필이다."[29]

　　이런 자각은 우리 민족의 역사와 시문학에 대한 관심으로 확산된다. 헌책방에서 우연히 발견한 『조선고시가선(朝鮮古詩歌選)』이라는 책에서부터, 한시를 쓰는 스님에게 전해 받은 한용운의 『님의 침묵』, 일본 출장에서 입수한 『삼국사기』 복사본에 이르기까지, 주인공의 정체성 확인과정은 책과 함께 이루어진다.
　　주인공은 책을 통해서 면면히 계승되었던 우리 민족의 문학적 전통을 발견하고, 민족의 역사를 자각하며, 나아가 자신이 박혁거세(朴赫

　　주인공의 이후 행적이 이를 극복하고 자신의 민족적 정체성을 확인하는 과정으로 진행되기 때문이다. : "세배객들은 아홉 시가 넘어서야 자리에서 일어났다. 술이 거나했지만 비탈길을 내려오면서 그는 가슴이 뿌듯했다. 야나기자와의 칭찬을 들은 것도 기뻤지만, 야나기자와의 얘기에서 깨달은 바가 많은 것도 흐뭇했다. 내지의 문화적 중심지에서 멀고 문학적 유산에서 친숙할 기회가 적은 조선인의 약점을 언제나 느껴온 그에게 시야를 넓혀 동양적인 것까지도 우리 것으로 삼아야 할 때가 되었다는 얘기는 그가 앞으로 나아가야 할 길을 가르쳐주는 듯 했다."(복거일, 앞의 책, p.29.)
29) 위의 책, pp.126-127.

居世)의 후손, 즉 왕족의 후손이라는 자부심을 가지게 된다. 이러한 깨달음의 과정은 이 작품이 가진 장점으로 지적되지만,[30] 연구자에 따라서 "남성 중심적 패러다임을 그대로 반복하고 있다"[31]는 문제점으로 제시되기도 한다. 이에 대한 평가야 어찌되었든, 작품의 내적 구조에서 이러한 깨달음은 관념의 세계에 머물러있던 주인공이 행동을 단행하게 되는 결정적인 요인으로 작용한다.

> 가자. 상해를 찾아가자. 조선사람들이 세운 망명 정부가 있는 곳, 조선사람들이 조선말을 하고 조선 글을 쓰는 곳, 조선사람이 조선사람 노릇을 하는 곳, 그곳으로 가자. 가서 조선사람이 되자. 기노시다 히데요[木下英世]는 이 땅에 벗어놓고, 그 자유로운 땅에 가서 박영세(朴英世)로 살자.[32]

그러나 이 깨달음은 그대로 작품의 한계를 노출하고 있다. 깨달음 자체야 의미를 가지지만 그로 인한 행동은 지극히 개인적인 것으로 한정되고 말았기 때문이다. 아내의 일본인 정부(情夫)를 살해한다는 설정은, 그런 인물형에서는 공감이 될 수 있을지 몰라도, 역사적인 인식으로는 분명한 한계를 가진다. 조선의 독립, 혹은 조선인의 정체성을 되찾는 일은 개인적인 자각이나, 개인적인 울분을 토로하는 것에 지나지 않는 폭력행위로는 결코 해결될 수 없는 문제이기 때문이다.

또한 작품의 마지막에서 주인공이 임시정부를 향해 길을 떠나는 것

---

30) 홍인기, 「불확실하지만 자발적인 자기 발견의 길」, Philip K. Dick, 앞의 책, p.391. : "그러나 『비명을 찾아서』가 진정한 걸작의 반열에 올라설 수 있는 이유는 주인공이 보다 근본적인 발견, 즉 자기 발견에 성공한다는 데에 있다. 작게는 반도인에 대한 신분 차별을 겪어 오던 주인공이 자신이 연모하던 본토 출신의 왕족 여인처럼 자신도 지금은 사라지고 없는 왕족의 성씨를 물려받았다는 사실을 알고 남몰래 뿌듯해할 때, 그리고 크게는 한국인들에게 더 이상 허용되지 않는 진실을 발견한 자신이 더 이상 이 땅에 머물면서 예전처럼 평범하게 살아갈 수 없다는 깨달음이 바로 그것이다."

31) 공임순, 『우리 역사소설은 이론과 논쟁이 필요하다』, 앞의 책, pp.64-70. 참고.

32) 복거일, 앞의 책, p.498.

으로 선정되어 있는데, 이는 우리의 독립운동사에 대한 작가의 이해가 부족한 부분이다. 임시정부가 우리 민족의 전통성을 계승하기는 했으나, 오히려 항일투쟁을 전개했던 핵심 세력은 북만주와 시베리아 일대에 근거를 둔 무장단체들이었다. 지역적인 특색으로 인해 사회주의사상을 표방할 수밖에 없었던 이들은, 광복 이후 이데올로기 대립에 의해 고의적으로 잊히게 되었지만, 우리나라가 독립을 쟁취하는데 있어서 주요한 역할을 담당했다는 것은 부인할 수 없는 사실이다.

　살인과 같은 과격한 행동을 저질렀던 인물이라면 온건적인 임시정부보다는 보다 직접적인 무력투쟁을 벌였던 무장 항일단체에 가입하는 것이 타당성을 가진다. 또한 그의 탈출 루트가 압록강을 건너 북만주를 통해 상하이까지 이르는 것이라면, 작품에 제시된 것처럼 일제의 경계망을 뚫고 국경을 건너 만주 일대를 여행하는 것이 얼마나 위험한 행동인지를 염두에 둔다면, 상해에 있는 임시정부보다는 만주와 시베리아 일대의 무장단체로의 망명이 더욱 현실적이고, 나아가 보다 역사적인 의미를 가진다고 하겠다. 적어도 이와 같은 측면에서는 주인공이 광복군에 가담한다는 영화 〈2009 로스트 메모리즈〉의 설정이 오히려 타당성을 가진다.[33]

4. 대체역사소설의 인터넷소설적 가능성

　코르탈스(Holger Korthals)는 대체역사소설을 일종의 문화학적 텍

---

33) 물론 작품 전체를 고려하자면 영화 〈2009 로스트메모리즈〉와 『비명을 찾아서』의 작품성은 비교의 대상이 될 수 없을 정도로 현격한 차이를 보인다. 특히 영화에서 고대의 신물(神物)을 통해 시공을 뛰어넘는다는 설정은 SF라기보다는 판타지에 가깝다. 그러나 그것은 우리나라 최초로 대체역사소설을 영상매체로 구현시켰다는 점, 나아가 각종 특수시각효과를 동원하여 가상의 리얼리티를 구현해냈다는 점 등은 가치를 가진다.

스트라고 설명하면서, 대체역사소설에 대한 연구가 필요한 이유를 다음과 같은 세 가지로 제시했다. 첫째, 대체역사소설은 소위 고급문학의 정전(正典)에 국한된 시각을 확장시켜 준다. 둘째, 대체역사소설은 문학담론을 역사담론과 연결하는 한편, 대화와 인터넷상에서 관찰되는 "그때 만약 그랬더라면……" 식의 일상담론의 허구 역사 쓰기와 연결된다. 셋째, 대체역사소설은 인간이 인생의 형상화를 위해 허구에 기대게 되는 이유를 모범적으로 보여준다.[34]

이중에서도 둘째 이유는 대체역사소설이 단순히 종이인쇄를 매체로 하는 출판물에 한정되는 것이 아니라, 인터넷소설로 확장될 수 있는 가능성을 제시하고 있다는 점에서 주목된다.

인터넷은 이미 일상적인 생활방식으로 정착되었으며, 특히 청소년층에게는 가장 친숙한 매체이다. 그러므로 민족정기 선양방안으로 인터넷을 활용한 홍보가 이루어져야 한다는 주장은 이미 제기된 바 있다. 그러나 이런 주장은 인터넷 홍보의 방법을 인터넷신문, 토론사이트, 포털 사이트 등을 활용한 정책 홍보에 한정시키고 있다[35]는 점에서 한계를 가진다. 인터넷은 정보 전달의 기능과 함께 오락의 기능이 강하다는 사실을 간과해서는 안 된다. 그러므로 인터넷을 활용하여 민족정기 선양을 위한 홍보를 전개할 때에는, 그 목적성과 함께 엔터테인먼트 (entertainment) 기능이 가미된 콘텐츠를 활용해야 할 것이다. 지금까지의 논의를 통해서 대체역사소설이 목적성과 오락성을 충실하게 구현할 수 있는 방안이라는 사실이 설명되었다.

인터넷은 접근성이 용이하다는 점에서도 활용가능성이 높다. 소설을 읽기 위해서는 작품을 구입하거나, 인근의 도서관에서 대출해야 한다는 제약이 있다. 영화를 보기 위해서는 영화관에 찾아가야 한다는 제

---

34) Holger Korthals, 「문화학적 고찰의 대상으로서 대체역사소설("*Es ist müßig, aber doch interessant…*"-*Alternate Histories als Gegenstand Kulturwissenschaftlicher Betrachtung*)」, 《독일문학》 제90집, 2004, pp.311-324. 참고.

35) 정일권, 앞의 글, p.69.

약이 있다. 드라마 역시 정해진 시간에 TV 브라운관 앞에 있어야 한다는 제약을 가진다. 이에 비해 인터넷은 시간과 장소의 제약이 적은 편이다. 인터넷 환경을 구현할 수 있는 컴퓨터만 구비된다면, 자신이 원하는 시간에 언제든지 접속할 수 있다. '민족정기 선양'은 모든 국민을 대상으로 전개해야 하기 때문에, 가장 접근성이 용이한 인터넷 매체가 적합할 것이며, 그 방안으로의 대체역사소설은 인터넷소설의 형식으로 발표되는 것이 타당하다고 판단된다.

'인터넷소설'이라는 용어는 "인터넷 게시판 서비스(BBS : Bulletin Board Service)를 통해 창작, 유통, 감상이 이루어지는 소설"36)을 지칭한다. 이는 본격적인 의미에서 디지털문학 작품에 속하는 것은 아니지만, 인터넷의 발전 이후에 변화되었던 문학현실의 대표적 양상이라고 할 수 있다.37)

인터넷소설이 기존의 종이 인쇄 소설을 대체할 수 있는 새로운 형태로 주목받는 이유는 멀티미디어와의 결합이 용이하기 때문이다. 멀티미디어(multimedia)는 "음성 · 문자 · 그림 · 동영상 등이 혼합된 다양한 매체"를 총칭하는 용어인데, 주로 인터넷 기능을 갖춘 컴퓨터 환경에서 구현된다.

추상적인 기호를 독해하고 그 의미를 추론하는 과정을 거쳐야 하는 문자에 비해, 멀티미디어는 정보를 구체적인 영상기호로 전환시켜 전달하기 때문에, 정보의 전달과 이해가 월등하게 빨리 이루어진다. 이는 소설 『비명을 찾아서』와 영화 〈2009 로스트 메모리즈〉의 비교를 통해 확인할 수 있다. 대체역사를 다루는 작품은 작가가 선정한 시대 배경을 이해하는 작업이 선행되어야 하는데, 이 설명 과정에서 문자 매체보다

---

36) 김진량, 『인터넷, 게시판, 그리고 판타지소설』, 한양대출판부, 2001, p.96.
37) 디지털문학의 종류 및 특징에 대해서는 다음 책의 제4장 2절 〈디지털문학의 공간 창작방법론〉을 참고할 수 있다. : 최수웅, 『소설과 디지털콘텐츠의 창작방법』, 청동거울, 2005.

시청각이 중심이 되는 멀티미디어가 효과적이다. 『비명을 찾아서』에서 몇 십 페이지에 걸쳐 이루어져야 했던 상황 설명을, 영화 〈2009 로스트 메모리스〉에서는 초반부에 일제 식민지인 경성 시내 전경을 보여줌으로써 불과 몇 분에 걸쳐 압축적으로 제시될 수 있었다.[38)]

이처럼 멀티미디어는 정보의 전달력을 높이고, 시청각에 익숙한 젊은 층의 관심과 호감을 유발할 수 있는 효과적인 매체이다. 그러므로 멀티미디어 활용이 자유로운 인터넷 공간을 기반으로 하는 인터넷소설의 형식으로 대체역사소설을 연재한다면 보다 효율적인 홍보가 이루어질 수 있을 것으로 기대된다.

또한 인터넷소설은 창작자와 수용자 간의 의견교환이 자유로운 '인터렉티브 스토리텔링(interactive storytelling)'을 구현할 수 있다는 점도 활용가능성으로 제시될 수 있다. 소설·영화·드라마 등과 같은 기존의 서사예술작품은 창작자의 일방적인 제시를 통해서만 작품이 전달되고, 수용자의 반응은 작품을 감상한 이후에나 확인할 수 있었다. 그러나 인터넷소설은 연재가 이루어지는 시점에서 수용자의 반응을 확인할 수 있고, 창작자는 수용자의 질문에 답변을 달아 자신의 창작 의도를 명확하게 전달할 수 있다.

물론 수용자의 능동적인 참여만을 고려하자면, 컴퓨터게임이 '인터렉티브 스토리텔링'이 가장 잘 구현되는 매체라고 할 수 있겠다. 그러나 컴퓨터게임은 수용자의 참여에 의해서만 스토리가 진행될 수 있으므로, 창작자의 의도가 명확히 전달되기 힘들다는 한계를 가진다. 그에 비해 인터넷소설은 수요자의 참여 가능성을 열어둔 상태에서, 본래

---

38) 그렇다고 해서 멀티미디어만이 장점을 가지는 것은 아니다. 식민지 상황을 가시적으로 제시하여 관객의 공감을 불러일으키는 힘은 멀티미디어가 압도적으로 우월하지만, 일제의 식민통치가 계속되었던 이유, 그리고 그런 상황이 주는 불합리를 설명하는 데는 다양한 측면에서 상황 설명이 가능한 소설이 훨씬 효과적이다.

의 창작의도에서 벗어나시 않는 중심 스토리를 제시할 수 있다는 장점을 가진다.

이 논문에서 다루는 대체역사소설은 '민족정기 선양'이라는 목적을 달성하는 것을 목적으로 한다. 그러므로 이 목적성을 훼손하지 않는 범위에서 창작 작업이 이루어져야 할 것이며, 그에 적합한 형식은 역시 인터넷소설이라고 하겠다.

5. 결 론

역사학자 토인비(Arnold J. Toynbee)는 "한 나라가 쓰러지는 것은 물질적인 여건이 아니라 정신적 자원에 기인한다"고 설명했다. 또한 소설가 오웰(George Orwell)은 『1984』에서 "과거를 통제하는 자가 미래를 통제한다. 현재를 통재하는 자가 과거를 통제한다"고 주장했다. 이들이 주장했던 것처럼, 민족정기를 선양하고, 국가보훈의식을 고취하는 일, 그리고 그 방법론으로의 역사교육이 가지는 중요성은 현재에도 역시 강조되어야 마땅하다.

'국제화'와 '세계화'로 집약되는 세계정세의 변화는 오히려 각 민족의 정체성을 확립해야 할 필요성을 강조하고 있다. 정체성이 확립된 민족은 국제화 시대를 능동적으로 대처할 수 있으나, 정체성이 확립되지 않은 민족은 세계화의 물결에 묻혀버리고 말 것이기 때문이다. 그러므로 시대변화에 적합한 민족정기 선양방안이 끊임없이 고찰되어야 한다.

이 논문에서 제안했던 '대체역사소설을 활용한 민족정기 선양방안'은 이러한 시대 변화를 잘 반영한다고 할 수 있다. 최근 주목되고 있는 대체역사소설은 서사예술 장르에 속하기 때문에 창작자의 목적성과 수용자의 흥미 유발이 모두 가능하며, 이를 인터넷 공간에 연재하는 방법을 활용할 경우, 다른 어떤 매체보다도 접근성이 높으며 멀티미디어의 활용이 용이하기 때문이다.

특히 이 방안은 다음과 같은 점에서 실현가능성이 높다.

첫째, 기존의 홍보방안과 유기적으로 결합하여 시너지 효과를 얻을 수 있다. 앞서 제시된 우리나라의 보훈정책 현황에서 살펴보았던 것처럼, 현재 시행되고 있는 국가보훈과 관련된 행사나 민족정기 선양에 대한 노력이 결코 적은 것은 아니다. 다만 그러한 행사를 현대적인 감각으로 재현하여 국민들에게 소구하는 홍보방안에 문제가 있었던 것이다. 이 방안은 대체역사라는 독특한 소재와 인터넷이라는 친근한 매체를 활용하므로 이런 문제점을 극복할 수 있다. 또한 '대체역사'라는 기법을 활용하여 다양한 콘텐츠를 제작할 수 있기 때문에, 각종 행사에 적합한 내용을 가진 대체역사소설의 창작이 가능하다. 이를 기존의 홍보방안과 결합하여 사용한다면 더욱 강력한 홍보효과를 거둘 수 있을 것이다.

둘째, 기존의 홍보매체를 활용할 수 있다. 대체역사소설을 발표하는 인터넷 홈페이지 게시판은 별도로 제작할 필요가 없이, 국가보훈처 홈페이지(www.mpva.go.kr)의 한 코너로 제작하는 것이 효과적이다. 이를 통해 대체역사소설을 읽기 위해 들어온 사람이 국가보훈처 홈페이지에 게시된 각종 정보를 열람하도록 유도할 수 있다. 또한 기존에 국가보훈처에서 발송하는 홍보 이메일에 대체역사소설과 관련된 내용을 포함시키면 별도의 추가 작업 없이도 이 방안에 대한 홍보가 이루어질 수 있다.

셋째, 국민들의 참여를 적극적으로 유도할 수 있다. 앞서 설명했던 것과 같이 인터넷소설은 창작자와 수용자의 상호교류가 활발하게 이루어지는 시스템을 가지고 있다. 그러므로 민족정기 확립의 수단으로 창작되는 대체역사소설 역시 독자의 참여가 활발하게 이루어질 것이며, 이는 곧 민족정기와 국가보훈에 대한 국민들의 관심으로 연결될 것이다.

넷째, 다른 홍보물에 비해 제작비용이 저렴하며, 그 효과도 높다. 국민들이 흥미를 가지고 있는 영화·드라마와 같은 홍보물을 제작하는데 비해, 대체역사소설의 창작은 많은 비용을 필요로 하지 않는다. 또한 영화·드라마 등은 여타의 상업적인 작품들과의 경쟁해야 한다는 부담이 있으나, 대체역사소설은 검증된 전문창작집단에 제작을 의뢰할 수 있으므로 발생 가능한 리스크를 방지할 수 있다. 아울러 영화·드라마가 상영 혹은 방영 시기에만 효과를 거둘 수 있는 일회성을 가지는데 비해, 인터넷으로 발표되는 대체역사소설은 독자의 관심여하에 따라 몇 번이고 반복적으로 독서가 가능하다.

이처럼 대체역사소설은 민족정기 선양을 위한 방법으로 활용될 수 있는 여지가 많다. 그러나 창작된 작품이 국민들의 호응을 얻기 위해서는 다음과 같은 사항이 추가적으로 고려되어야 할 것이다.

첫째, 민족정기를 선양한다는 목적에 벗어나지 않는 범위에서 국민들의 관심을 끌 수 있는 소재가 발굴되어야 한다. 예를 들어 독립군의 활동이나 임진왜란과 같은 소재가 여기에 해당한다.

둘째, 작품 창작은 전문적인 창작인에게 위임하되, 창작능력이 검증된 기성 문인과 젊은 세대의 감각을 반영할 수 있는 젊은 창작자들의 공동 작업으로 이루어지도록 하는 것이 효율적이다. 이런 작업은 전국 대학의 문예창작학과에서 가능할 것이다. 지도교수인 기성 문인이 작품의 전반적인 맥락과 방향을 감수하고, 대학생들의 젊은 감각이 반영된 글쓰기가 가능하기 때문이다. 아울러 이러한 창작 과정 자체를 통해서 젊은 세대들에게 민족정기와 국가보훈에 대한 관심을 고취시킬 수 있을 것이다.

셋째, 소설과 멀티미디어의 결합이 이루어져야 한다. 인터넷 공간의 특성을 십분 활용하기 위해서는 기본적인 이야기 전개는 소설을 통해 이루어지지만, 부분적으로는 삽화를 비롯한 플래시애니메이션 등의 멀티미디어가 동원되어야 한다. 그러나 이 과정에서 소설과 멀티미디어 콘텐츠 사이의 괴리가 발생할 수 있기 때문에, 가급적이면 소설 창작

집단과 멀티미디어 콘텐츠 제작 집단 사이의 활발한 의견교환이 이루어져야 한다. 소설 창작집단으로 문예창작학과를 선발한다면, 멀티미디어 콘텐츠의 제작도 같은 대학의 멀티미디어학이나 시각디자인 학과에서 담당하도록 하는 것이 작품의 통일성을 줄 수 있다.

넷째, 대체역사소설의 운영은 각 작품별 프로젝트 방식으로 이루어지는 것이 효과적이다. 작품 창작을 단일한 집단에 일임하는 것은 작품의 통일성을 유지한다는 점에서는 효과적이지만, 각 집단의 창작능력에 차이가 있고, 또한 소재의 발굴에도 한계가 있을 수 있다. 그러므로 시범적으로 한 두 작품을 연재한 후, 여러 창작집단을 대상으로 창작 방향 및 시놉시스(synopsis), 창작역량을 확인할 수 있는 기획서 등을 공모하여 단계적으로 프로젝트의 수를 늘려가는 방향이 적합할 것이다.

▣ 참고문헌

복거일, 『비명을 찾아서』, 문학과지성사, 1987.
Philip K. Dick, 오근영 역, 『높은 성의 사나이』, 시공사, 2001.

고장원, 『SF로 광고도 만드나요?』, 들녘, 2003.
공임순, 「역사소설의 개념과 장르적 유형론」, 대중서사학회 편, 『역사소설이란 무엇인가』, 예림기획, 2003.
_____, 『우리 역사소설은 이론과 논쟁이 필요하다』, 책세상, 2000.
국가보훈처, 『국민 보훈의식 여론조사』, 2002.
김재국, 「한국 과학소설의 현황」, 『디지털시대의 대중소설론』, 예림기획, 2002.
김종성, 「민족정기에 관한 고찰」, 《독립운동사연구회지》, 국가보훈처 독립운동사연구회, 2002.
김진량, 『인터넷, 게시판, 그리고 판타지소설』, 한양대출판부, 2001.
오귀환, 「미래를 달린다, 블레이드 러너!」, 《한겨레21》, 2004. 3. 25.

유영옥, 「국가보훈학의 개념정립과 연구방법론」, 《한국보훈논총》, 한국보훈학회, 2003.

이재선, 「역사소설의 성취와 반성」, 『현대한국문학 100년』, 민음사, 1999.

임종기, 『SF 부족의 새로운 문학 혁명, SF의 탄생과 비상』, 책세상, 2004.

장영우, 『소설의 운명, 소설의 미래』, 새미, 1999.

정일권, 「국가보훈정책의 발전방안에 관한 연구」, 경기대 정치전문대학원 석사 학위논문, 2002.

최수웅, 『소설과 디지털콘텐츠의 창박방법』, 청동거울, 2005.

최평길, 「한국보훈제도의 발전 방향」, 『보훈학의 개념정립과 발전방향 학술세미 나 발표논문집』, 한국보훈학회, 2002.

Holger Korthals, 「문화학적 고찰의 대상으로서 대체역사소설(*"Es ist müßig, aber doch interessant…" - Altemate Histories als Gegenstand Kultur- wissenschaftlicher Betrachtung*)」, 《독일문학》 제90집, 2004.

감성언어 시대 광고의 공간

-TTL류 광고의 성공과 몰락

1. 감성언어 시대 광고의 도화선

TTL광고는 혁명이었다. "처음 만나는 자유", "일곱 가지 특권", "스무 살의 이동통신" 등의 카피를 들고 나타난 이 광고는 한국 광고의 새로운 경향을 만들었다는 평가를 받으며, 엄청난 반향을 가져왔다.

무엇이 TTL광고를 지금까지의 광고들과 차별화 시켰는가? 우선 주목되는 부분은 〈TTL〉이라는 브랜드네임이었다. 이런 식의 명명법(命名法)은 최근에는 보편적으로 사용되고 있는 방법이 되었지만, 당시만 해도 브랜드네임을 만드는 첫 번째 원칙은 "의미가 통할 것"이었다. 〈TTL〉이 발표되기 이전의 이동통신업계에서 사용되던 브랜드네임을 살펴보자. 최초의 이동통신업계의 브랜드네임은 철저하게 의미전달을 목적으로 하고 있었다. 〈스피드 011〉이나 〈원샷 018〉과 같은 경우가 그것이다. 이러한 브랜드네임에 따라서, 그러한 상품들에 대한 광고도 역시 의미전달, 즉 '우수한 통화품질'이라는 것에 초점이 맞추어져 있었다. 김국진과 철가방을 든 이창명이 숨바꼭질을 벌이는 〈자장면 시키신 분〉이라는 광고나, "소리까지 보여요"라는 카피로 유명해진 〈한국통신 프리텔〉의 광고는 모두 통화품질을 강조하는, 다소 설명적인 광고라고 하겠다. 그 뒤를 따라 나타났던 브랜드네임들은 이와 같은 일차적인 의미전달과는 다른 방법을 구사한다.

그 대표적인 예가 현대전자에서 출시되었던 〈걸리버〉라는 휴대전화 브랜드네임이다. 물론 이것도 역시 '걸리버'라는 브랜드네임만으로는 의미가 드러나지 않지만, "걸면 걸리는 걸리버"라는 광고카피를 통해서 "어디서든지 걸기만 하면 확실하게 걸리는 휴대전화"라는 의미가 유추될 수 있었다.

하지만 TTL은 이러한 설명 자체가 불가능했다. 물론 이 브랜드네임에도 제작의도가 없었던 것은 아니겠지만, 소비자들에게 그 제작의도를 설명하지 않았다는 점이 독특한 부분이다. 광고카피와 연결시켜 봐도 그 의미는 드러나지 않는다. "처음 만나는 자유"와 TTL이 무슨 관계가 있는가? "일곱 가지 특권"과 TTL은 또 무슨 관련이 있는가? "스무 살의 이동통신" 정도가 그나마 의미를 유추할 수 있는 카피인데, 이에 따르면 TTL이란 브랜드네임의 의미는 "20대의 생활(The Twenty's Life)"의 약어 정도로 이해될 수 있을 법하다. 그러나 이것조차 명확하지는 않다.

소비자들은 어리둥절했지만 몇 번의 시리즈 광고가 계속되도록 그에 대한 설명은 이루어지지 않았다. 마치 "이름 따위가 뭐가 중요해? 의미를 찾으려 하지 말고 그냥 있는 그대로 느껴봐"라고 주장하는 것처럼. 이처럼 설명의 부재로 인해, TTL은 오히려 하나의 기호가 되어버렸다. 〈TTL〉처럼 의미를 알 수 없는, 혹은 알 필요가 없는 이름의 사용은 당시 대중문화의 한 흐름이 된다. 인기 댄스그룹이었던 〈H.O.T〉가 그 좋은 예이다. H.O.T는 "High-Five of Teenager"라고 설명되었지만, 그것은 조어법에도 맞지 않을뿐더러, 그들에게는 의미가 중요한 것이 아니었다. 그들이 의도했던 것은 H.O.T를 "Hot"이라고 읽는 어른들에 대한 조롱이었고, 기성세대와의 변별이었다. 그들은 이 국적불문의 문자를 H.O.T라고 읽으며 자신들을 특별하게 만들고자 했고, 그 전략이 성공을 거두어 청소년들에게 H.O.T는 하나의 기호로 작용했다.

자신들을 차별화시킬 수만 있다면, H.O.T든 C.O.O.L이든 전혀 문제가 되지 않았던 것이다. S.E.S, FIN.K.L, G.O.D 등 대중음악가수, 특히 댄스그룹들의 이름에 의미가 명확하지 않은 약어가 사용되었던 것도 모두 이러한 맥락으로 파악될 수 있다. 의미를 가진 브랜드네임에서 기호로 통용될 수 있는 브랜드네임의 개발, 이것이 TTL광고가 이전의 광고들과 차별되는 첫 번째 요인이었다.

광고의 내용전개에 있어서도 이러한 모호한 성격은 그대로 이어진다. 어항 속의 물고기, 깨진 벽, 틈으로 무언가를 엿보고 있는 소녀, 물에 젖어 축축해 보이는 방안, 똑딱거리는 회중시계. TTL광고는 이처럼 도저히 일관된 의미를 파악할 수 없는 이미지들의 집합이었다. 특별한 메시지도, 스토리도, 상징성도 없다. 부각되는 것이 있다면 오로지, 역시 의미를 알 수 없는 TTL이라는 기호뿐이다.

일관된 의미를 포함하고 있는 광고에서 이미지만 포함하는 광고의 제작, 이것이 TTL광고가 이전의 광고들과 차별되는 두 번째 요인이다. 앞서 제시한 〈걸리버〉와 비교해보면 그 차이가 뚜렷해진다.

〈걸리버〉의 광고는 이전 세대 광고의 전형이다. 도심의 한 복판, 직장인들이 거리를 걷거나 벤치에 앉아 있다. 그들은 모두 손에 걸리버 휴대전화를 들고 있고, 즐겁게 웃으면서 통화를 한다. 이렇게 잘 걸리는 전화를 사용할 수 있어서 행복해하는 사람들의 얼굴이 교차편집되고, "걸면 걸리는 걸리버"라는 카피로 마무리된다. 의미는 직선적이고 단순하며, 그러기에 명쾌하다. 잘 걸리는 전화기이니, 그 전화기를 사용하면 행복해질 것이라는 메시지를 담고 있다. 더구나 이 광고의 모델은 모두 직장인 복장을 하고 있다. 이는 당시 휴대전화의 주된 고객층을 정확히 파악하고 공략한 것이다.

하지만 TTL광고는 이와 다르다. 이 광고는 복잡하고 혼란스러우며, 그러기에 명쾌하지 못하다. 마룻바닥에서 펄떡거리는 금붕어와 이동통신서비스 사이에는 아무런 연관관계가 없다. 깨진 거울과 이동통신 사이에는 그 어떤 관련을 찾을 수 없다. 더구나 모델도 소녀였다.[1] 이전

---

1) 세상에 소녀라니! 부모에게 용돈이나 받아쓰는 애들이 무슨 경제적인 여유가 있다고 핸드폰이라는 고가품을 구입하겠는가? 당시의 휴대전화 생산자들 중에서 대부분은 이렇게 판단했었다. 그러니 소녀들을 주요한 소비자로 삼는다

의 광고들과 TTL광고의 차이점은 바로 이런 것이었다. 직선과 곡선의 차이, 정보의 전달에 목적을 둔 광고와 이미지 전달에 목적을 둔 광고의 차이.

흔히 광고의 기본적인 목적은 정보의 전달이고, 그를 통한 매출의 증가라고 한다. 그러나 TTL광고에서 이러한 기본은 철저히 무시되고 있다. 의미를 파악할 수가 없는데 무슨 정보의 전달이 이루어질 수 있으며, 상품의 이름이 무엇인지도 모르겠는데 어떻게 상품의 판매를 증가시킬 수 있다는 말인가?

그러나 역설적이게도, TTL광고는 성공을 거둔다. 기존의 시각으로 판단하자면 성공할 수 없는 요인만을 모아놓은 광고가, 엄청난 매출 신장을 이루었다. 그것만이 아니었다. 〈스피드 011〉이라는 브랜드의 이미지를 일순에 재고시켜 브랜드 가치를 향상시켰으며, 중년층과 직장인들의 전유물이었던 휴대전화라는 문화를 대학생과 청년층으로 확산시켜 시장 확대의 효과를 가져 오기까지 했다. 실로 광고를 통해서 얻을 수 있는 거의 대부분의 성과를 이루어낸 것이다.

하지만 여전히 의문은 남는다. 도대체 무엇 때문에 이 광고는 성공할 수 있었는가? 광고의 기본을 그토록 철저히 무시했는데도, 왜 이 광고는 성공했는가? 이 문제를 설명하기 위해서는 시각을 광고에서 사회·문화 전반으로 확장시킬 필요가 있다.

TTL광고가 등장했던 1999년은 다양하고 복잡한 문화가 혼재하던 시기였다. 1990년대와 함께 대두되었던 해체주의와 포스트모더니즘적인 경향이 어느 정도 사회적인 공감대를 형성하기 시작했으며, IMF를 겪었던 중·장년층의 소비는 급격하게 감소하고 젊은 층이 새로운 소비 계층으로 대두되었다. 인터넷 환경의 폭발적인 확산으로 인해서 영상매체의 힘이 강력하게 대두되기도 했다.

TTL광고는 이러한 사회·문화적인 변화를 그대로 반영했던 것이

는 발상 역시 할 수 없었다. 그러나 그들의 판단이 얼마나 잘못되었는지 깨닫는 데는 그리 오랜 시간이 필요하지 않았다.

다. 그러한 반영은 임은경이라는 낯선 소녀를 모델로 선정한 것부터 시작되었는데, 이는 젊은 층의 소비력 신장이 반영된 결과라고 할 수 있다. 이미지를 통한 감성의 추구라는 부분도 역시 새로운 소비 계층의 요구를 반영한 것이다. TTL이란 브랜드의 주된 소비자인 20대는 영상세대이다. 그들은 이미지를 보고 자란 세대이고, 논리보다는 감성적인 공감을 선호하는 세대이다. 그러므로 기존의 문법으로는 광고 역시, 영상세대들은 별다른 거부감 없이 받아들일 수 있었던 것이다.

이전 세대들과 영상 세대의 차이점에 대해서는 많은 비평가들이 논의를 거듭해 왔다. 그러한 논의들 중에서도 아래의 표와 같은 구분이 그 차이를 명확히 보여주고 있다.[2] 그러나 주의할 것은 이러한 차이점은 어디까지나 상대적이라는 것이다. 또 다른 세대가 등장하게 되면, 아래와 같은 구분은 의미를 가질 수 없다는 것은 자명한 사실이다.

문자세대	영상세대
이성 중심	감성중심
옳고 그름으로 판단	좋고 싫음의 선호로 판단
논리적 심사 숙고	감각적 판단에 따른 행동
미래의 득실이 기준	당장의 좋고 나쁨이 기준
동질 지향적인 가치관	이질 지향적인 가치관
자기 절제	자기표현
남의 창조한 가치에 동의	스스로 가치 창조
억제된 감성	해방된 감성
소유에 대한 욕구	사용 가치의 중시

그러므로 TTL광고의 성공은 광고의 성공이 아니라, 시대의 흐름을 잘 반영하고 소비자 계층의 성향을 정확히 파악한 〈TTL〉이라는 브

---

2) 원용진, 『광고문화비평』, 한나래, 1997, p.23.

랜드 자체의 성공이라고 할 수 있다. TTL의 성공 이후, 의미보나는 이미지를 강조하는 광고가 활발하게 제작되기 시작했다. 브랜드네임도 역시 TTL과 비슷한 싱항으로 세삭뇌어진다. T22N, Khai, Na, Bigi, UTO 등의 브랜드가 그러한 예이다. 실로 1990년대 후반은 감성언어 광고의 전성시대라고 설명될 수 있을 것이다.

그러나 "전편을 능가하는 속편은 나오기 힘들다"는 공식을 증명이라도 하고 있는 것처럼, 이렇게 만들어진 브랜드네임들은 TTL만큼 혁신적인 것은 아니었다. 이는 조합방식에 있어서는 TTL의 경우에 따르고 있지만, 그 의미가 너무 빤히 설명되기 때문이다. 예를 들어, ⟨T22N⟩의 경우에는 TEEN의 영문자 'E'를 숫자 '2'로 변환한 것일 뿐이며, ⟨Na⟩난 우리말인 '나(我)'를 로마자 표기로 변환한 것이며, ⟨Bigi⟩의 경우에는 흔히 1318세대라고 불리는 소비층을 표현하기 위해서 숫자를 그대로 영문자로 표기한 뒤에 'i'를 붙였을 뿐이다. 그나마 TTL과 가장 유사한 방법으로 구성된 ⟨UTO⟩도 유토피아를 지향하는 젊은 직장인을 대상으로 하고 있다는 의미를 확연하게 드러내고 있다.

2. 감성언어 시대 광고에서의 공간이미지 활용

1) 이미지 광고의 전성기

TTL광고에서부터 비롯된 이미지 중심 광고는 1990년대 후반부터 폭발적으로 증가하여, 한국 광고시장의 분명한 흐름으로 자리 잡게 된다. 이러한 변화가 의미를 가지는 것은 단순히 제작 편수의 증가에 국한되는 문제가 아니기 때문이다. 그것은 광고매체의 영역확장을 동반한 증가라고 할 수 있다. 물론 TTL류 광고가 등장하기 이전부터 흔히 '포스트모던 광고'라고 불렸던 유사한 광고가 제작되기도 했다. 그

266 문학의 공간, 공간의 스토리텔링

러나 그러한 광고들이 차지했던 것은 어디까지나 젊은 세대를 대상으로 하는 상품의 경우에만 한정되어 있었다. 그러나 TTL의 성공과 함께 확산된 이미지 중심 광고들은 젊은 세대를 대상으로 하는 광고뿐만 아니라 화장품, 아파트, 보험 및 금융상품, 기업홍보 등 광고로 만들어지는 거의 모든 영역으로 확대되어, 지금까지도 꾸준히 양산되고 있다.

그러나 TTL류 광고들이 항상 긍정적인 평가를 받았던 것만은 아니었다. 상업적으로 큰 성공을 거두었고, 사회적으로는 엄청난 반향을 불러일으켰던 만큼이나, 비판적인 시각도 만만치 않았다. 그러한 비판의 근거는 대부분 의미전달이 명확하지 않다는 점이었는데, "시각적으로만 성공한 광고는 〈신기하다〉, 〈다르다〉라는 느낌 외에는 상품이 줄 느낌을 소비자에게까지 이전시키지 못한다"[3]라는 논의가 대표적인 예라고 할 수 있다.

이와 같은 논의들은 몇 가지 문제점을 가지고 있다. 우선 지적할 수 있는 부분은, 바로 그러한 광고가 소비자들에게 받아들여졌다는 사실이다. 한 카피라이터가 지적했던 것처럼, 광고는 설득이며, 그를 위해서는 공감(共感)이 필요하다.[4] 즉, 광고는 생산자와 소비자의 커뮤니케이션을 기본으로 한다고 할 수 있다. 그런데 TTL류 광고들이 소비자들과 커뮤니케이션하고 있다는 것은 부인할 수 없는 사실이다. 소비자들이 그 광고에 공감을 하지 않았다면, 그와 비슷한 광고들이 지속적으로 만들어질 수 없기 때문이다.

바로 이와 같은 측면에서 TTL류 광고들은 일반적인 '티저광고(teaser advertising)'와 구분된다. 티저광고는 소비자의 호기심을 자극하기 위해서 광고의 내용이나 메시지를 한꺼번에 보여주지 않으면서 단계적으로 조금씩 보여주는 광고기법을 지칭한다. 이러한 경우에 사용되

---

3) 위의 책, p.83.
4) 이인구, 『카피라이터 이인구가 본 세상』, 한국광고연구원, 1995, p.231.

는 '티저광고'라는 용어는 광고 한 편에 대한 설명이면서, 광고의 기법이
기도 하고, 보다 포괄적으로는 광고의 전략을 의미하기도 한다.[5] 그러나
이는 분명한 전달의도를 가지고 있으며, 그러한 의도는 대부분 논리적인
의미망을 가지고 있다는 점에서 TTL류 광고, 즉 이미지 중심 광고와 구
분된다.

　다음으로 지적할 수 있는 것은 광고의 의미구조에 해당하는 부분이
다. 흔히 TTL류 광고들은 의미를 파악하기 힘들다고 이야기한다. 그
러나 여기에서 주의해야 할 부분이 있다. 그러한 광고들은 의미를 파
악하기 힘든 것이지, 의미 자체가 없는 것은 아니라는 사실이다. 다만
그것은 기존의 비평가들이 가지고 있던 이성적인 평가기준에는 부합
되지 않는 의미였을 뿐이다.

2) 공간이미지 활용의 예

　그렇다면 TTL류 광고의 의미를 파악하기 위해서는 어떠한 기준이
필요할까? 이에 대한 논의를 진행하기 위해서, TTL류 광고의 정점에
있는 작품이라고 할 수 있는 TTL 〈생명의 호수〉편을 대상으로 광고
텍스트를 분석해보도록 하겠다.

　광고의 무대는 현실감이 느껴지지 않는 가상의 공간이다. 황량한 벌
판에 호수가 있고, 그 뒤로 말라죽은 나무가 보인다. 흰 옷을 입고 무
표정한 얼굴의 소녀가 빨려들 듯 호수 속으로 들어가고, 소녀의 몸이
호수에 잠길수록 주변의 식물들이 되살아나기 시작한다. 마침내 말라
죽은 나무에서 잎이 다시 피어나고 열매가 열리면서 광고는 끝난다.

　이 광고도 다른 TTL류 광고처럼 쉽게 의미를 파악할 수 없지만,
몇 가지 방법을 통해서 의미를 유추해볼 수 있다. 이 광고를 형성하고

---

5) 티저광고의 개념과 정의에 대해서는 다음 사이트에서 제공하는 광고용어사전
　을 참고할 수 있다. : 광고홍보센터 홈페이지(www.advertising.co.kr)

있는 의미망은 TTL류 광고들이 그러하듯이, 논리를 바탕으로 하고
있지 않다. 그것은 철저하게 신화와 정신분석학에 기반을 두고 있다.

먼저 주목되는 부분은 소녀가 호수에 빠져들어 갈수록 늙은 나무는
잎을 피운다는 사실이다. 너무도 당연하지만 소녀는 '젊음 - 생명'을 상
징하고, 그에 비해서 잎이 모두 떨어져버린 나무는 '늙음 - 죽음'을 상
징한다. 그러므로 이 광고가 가지는 의미는 소녀의 젊음이 늙은 나무
로 전이되는 현상을 다루고 있다고 파악된다.

이와 같은 전이가 소녀를 통해서, 그리고 호수라는 공간을 배경으로
이루어졌다는 것은 정신분석학적인 상징에 기인한다. 정신분석학에서
'물'은 흔히 여성성의 상징이며, 어머니와 탄생의 상징으로 파악되기
때문이다.[6] 또한 젊음이 회복되는 호수는 세계 각지의 전설에서 '영생
의 샘', 혹은 '젊음의 샘'으로 변형되어 다양하게 등장하고 있다.[7] 이
와 같은 상징들에 의해서 이 광고는 "TTL이라는 브랜드를 사용하게
되면 늙은(젊지 않은) 사람들도 소녀와 같은 젊은 감각을 가질 수 있
다"는 의미망을 확보하게 된다.

이것은 매우 중요한 전략적인 의미를 가진다. 이 광고가 발표되었던
시점은 TTL이라는 브랜드가 어느 정도 성장을 거둔 후였고, 그렇기
때문에 TTL의 주요 소비층이었던 20대 소비자들만으로는 더 이상의

---

6) Sigmund Frend, 임홍빈·홍혜경 역, 『정신분석학 강의(*Vorlesungen zur Einf
hrung in die Psychoanalyse*)』, 열린책들, 1997, p.271.

7) 이러한 전설은 세계적으로 고루 분포되어 있다. 우리의 민담에서도 '젊어지는
샘물'을 발견했지만 지나치게 욕심을 부려서 갓난아이가 되고 말았다는 이야
기를 찾을 수 있으며, 영국의 기사이야기에서도 전투에서 부상을 당한 아더
왕과 원탁의 기사들을 치료해주었던 것은 '호수의 요정'이었다. 이러한 설정
은 최근에 발매되는 컴퓨터게임에서도 변형되어 사용되고 있다. 그 대표적인
예로 미국의 블리자드(Blizzard)사에서 제작된 〈스타크래프트(*Starcraft*)〉와
〈워크래프트3(*Warcraft3*)〉를 들 수 있다. 이 게임들이 공통적으로 포함하고
있는'로스트 템플(Lost Temple)'이라는 맵(map)에 우물이나 웅덩이가 포함
되어 있는 것도 이러한 전설을 바탕에 두고 있는 것이다.

성장을 거둘 수 없는 상황이었다. 이러한 상황을 극복하기 위한 선략이 소비자의 층을 넓히려는 노력, 즉 20대와 인접해 있는 30대 소비자들을 TTL이라는 브랜드로 통합하려는 전략인 것이다. 이 광고의 제작배경에는 바로 그와 같은 전략이 숨어 있었던 것이다. TTL광고의 흐름을 깨지 않으면서도 30대 소비자를 흡수할 수 있는 광고, 그것이 바로 〈생명의 호수〉편이었던 것이다.

이러한 전략의 효과를 높이기 위해 사용된 장치가 배경음악이었다. 이 광고에서 사용된 음악은 재즈풍으로 편곡된 〈무지개 너머 어딘가(Some where over the rainbow)〉이다. 이 노래는 원래 영화 〈오즈의 마법사(The Wizard of Oz)〉(1939)에 삽입된 것으로, TTL이 새로운 소비층으로 설정했던 30대 초반의 소비자들에게는 향수를 자극하는 노래라고 할 만한 것이었으며, 한편으로 헤비메탈과 재즈 등으로 많이 리메이크되었기 때문에 기존의 소비층이었던 20대에게도 익숙한 곡이었다. 이처럼 이 광고는 상징 기호로 점철된 영상코드와 무지개 너머 어딘가에 있을 꿈을 찾아가자는 내용의 음악이 결합되어 복합적인 의미망을 형성하고 있는 것이다.

지금까지 살펴본 것처럼 TTL류 광고들도 논리적이고 직접적인 의미는 아니지만, 그 내면에는 감성적이고 간접적인 의미를 포함하고 있다고 할 수 있다. 그러나 여기에서 또 한 가지 지적하고 넘어가야 할 사항이 있다. TTL류 광고는 대부분 시리즈로 기획되고 발표되었다는 사실이다. 그만큼 이러한 광고들은 단일한 텍스트로는 공감을 이끌어내기 힘들다는 속성을 가지고 있기 때문이다. 이는 TTL류 광고들 중에서도 단연 부각되는 TTL광고 시리즈를 통해서도 증명된다.

TTL광고는 최초의 모델인 임은경을 연속적으로 등장시켜 통일성과 일관성을 부여하고, 제시되는 이미지를 지속적으로 변화시켜 운동성과 속도감을 유도했다. 그리고 여기에 시리즈가 이어지면서 신비감이라는 또 하나의 요소가 첨가된다. 특정한 대상에 대한 의미가 명확하지 않은 행동이나 사항이 지속적으로 반복되어 제시될 때, 그 대상은 신비화된다.[8]

TTL광고 시리즈가 신비화될 수 있었던 것은, 광고의 내용과 형식이 의미를 파악하기 힘든 이미지 중심의 광고였고, 앞에서 설명한 것처럼 그런 광고를 지속적으로 반복시켜 운동성과 속도감을 획득했기 때문이다. 물론 이러한 신비화 과정은 진정으로 신비한 것을 대상으로 하는 것이 아니기 때문에 조작된 신화에 지나지 않지만, 아무려면 어떤가? 광고라는 것은, 그 태생에서부터 그러한 허구성을 내포하고 있는 것이다.

이와 같은 절차에 의해서 획득된 신비감은 TTL광고의 가장 큰 장점이 되었고, 또한 가장 효율적인 전략으로 활용되었다. 이동통신서비스를 사용하는 소비자들에게 TTL이라는 브랜드는 선망의 대상이 되었고, 그러한 자신감이 바탕이 되었기 때문에 자신들의 서비스를 설명하는 카피에도 '특권'이라는 용어를 사용할 수 있었던 것이다. TTL광고의 신비화 작업은 시리즈가 진행될수록 강도가 높아졌으며, 그를 위해서 모델에 대한 통제까지 이루어지게 되었다. 'TTL소녀'라고 불리던 임은경은 다른 방송활동을 일체 하지 않으면서, 오직 TTL광고에만 출연했다. 광고모델은 일반적으로 영화나 드라마를 통해서 인기를 얻은 후에 광고에 출연하는데 비해, 임은경의 경우는 전혀 알려지지 않은 신인모델을 발탁했다는 점에서 차이가 있다. 또한 광고는 모델의 인지도가 높아질수록 효과가 높아진다는 특성을 가지고 있기 때문에, 경쟁업체의 광고가 아니라면, 다양한 활동을 보장받았던 모델을 선택하는 일반적인 경우와도 변별되는 부분이다. 이제 광고 전략은 단순히

---

8) '신비화'라는 용어는 롤랑 바르트의 견해를 참고한 것이다. 롤랑 바르트는 '신화'의 개념을 "사회에 널리 퍼져 있는 지배적인 사상"이라고 파악하고, 현대의 신화는 대중문화 속에서 찾아볼 수 있다고 설명하고 있다(Roland G. Barthes, 이화여대 기호학연구소 역, 『현대의 신화(*Mythologies*)』, 동문선, 1997. 참고.). 그런데 하나의 텍스트가 신비화되기 위해서는, 내포된 의미가 명확하게 파악되지 않아야만 한다. 의미가 명확하게 파악되는 텍스트는 전달에는 용이할지 몰라도, 다양한 해석이 이루어질 수 있는 여지가 없기 때문이다. 성경이나 불경이 다양한 은유와 환유를 통해서 구성되어 있다는 사실이 그 증거라고 할 수 있다.

광고작품 기획에 그치는 것이 아니라, 광고모델의 이미지 형성에도 관여하게 된 것이다.

3. 감성언어 광고의 성과와 한계

신비화된 광고는 호기심을 자극한다. 대중적으로는 감각적인 동조를 얻어내며, 연구자들에게는 광고의 명확한 의미를 밝혀내고자 하는 도전의식이 생기도록 만든다. 또한 신비화된 광고는 다른 광고들에 비해서 생명력이 길다. TTL광고가 시작된 지 몇 년이 지났는데도 불구하고, 최근까지 그에 대한 분석과 논의가 계속되고 있는 이유도 바로 여기에 있다.9)

그렇지만 아무리 신비화된 광고가 호기심을 자극하고, 그로 인해서 광고로서의 생명력이 길다고 하더라도, 엄연히 한계가 있기 마련이다. TTL류 광고의 성공비결이 논리적인 설명에 식상해졌던 소비자들에게 새로운 자극을 주었기 때문이라면, 이제 감성언어 광고 역시 신선함이 떨어지고 말았다.

이런 광고가 더 이상 참신하지 않게 변질된 이유는, 무엇보다도 그러

---

9) TTL광고에 대한 논의는 몇 년 전까지도 신문지상을 장식했다. 비교적 최근에 발표된 글들로는 다음과 같은 논의가 있다. 그러나 이들이 분석하는 TTL광고가 처음 등장했던 시기에 진행되었던 논의에 비해서 그리 발전한 것처럼 보이지는 않는다. 아직도 "이러한 광고에 대해 논리정연 한 설명을 기대하는 것은 나무에 올라가 물고기를 찾는(緣木求魚) 격이다"라는 피상적인 설명에 그치고 있기 때문이다. 앞서의 분석을 통해서 확인한 것처럼, 이와 같은 종류의 광고들도 분명히 의미를 가지고 있다. 이러한 광고들에 대한 본격적인 논의가 이루어지기 위해서는 광고를 분석하는 새로운 방법론이 연구되어야만 할 것이다. : 이문구, 「따지지 마 느낌이 좋잖아」, 《중앙일보》, 2002. 10. 3. : 김동식, 「신비주의 마케팅」, 《주간 한국》, 2002. 12. 2. : 「TV광고 보면 기업의 성격이 보여요」, 《동아일보》, 2003. 1. 15.

한 광고들이 자기복제의 함정에 **빠졌기** 때문이다. 광고는 예술작품이 아니다. 광고텍스트를 아무리 예술적인 감각으로 만든다고 하더라도, 그 기반이 되는 철저한 산업성은 무시될 수 없다. 광고는 문화산업, 혹은 예술적으로 포장된 산업의 영역에 속한다. 그렇기 때문에 광고에서는 독창성보다는 보편성이, 마니아적인 흥미보다는 대중적인 흥미가 강조된다. 많은 이론가들이 광고가 '소비의 권력화'를 촉진하고, 자본주의의 보편적인 가치를 소비자에게 강요하고 있다고 비판하고 있는 이유도 이러한 속성 때문이다.10) 이처럼 광고는 철저하게 산업화의 논리에 지배받는 표현양식이며, 그러므로 자기복제에 대한 거부감이 거의 없는 양식이기도 하다. 물론 제작자의 이익에 반하는 저작권 보호는 철저하게 이루어지고 있지만, 작품 자체에 대한 보호는 거의 이루어지지 않는다. 즉, 하나의 광고가 성공을 거두면 그와 유사한 방식의 광고가 대량으로 복제되는 현상이 당연하게 받아들여지고 있다.11)

TTL광고가 발표된 이후에 유사한 어감을 가지는 브랜드네임이 활발하게 만들어졌던 현상도 광고의 그러한 특성에서 비롯된 것이며, 이미지를 강조하는 감성언어 광고가 유행하게 된 것도 역시 같은 이유 때문이다. 이동통신 서비스와 관련된 광고들만으로 예를 들자면, "세상에서 가장 작은 아이"라는 카피를 걸었던 〈마이크로 아이(i)〉광고나, "세상을 다 가져라"라는 카피를 내세웠던 〈나(Na)〉광고, 그리고 "새로운 것이 온다"에서 "Why be normal?"로 카피를 변경한 〈카이(khai)〉광고 등이 모두 해당한다.

---

10) P. Bourdieu, *Distinction : A Social Critique of the Judgement of Taste*, Cambrdge, Mass : Harvard University Press, 1984. 참고.

11) 물론 이는 대중예술 혹은 문화산업만의 특징은 아니다. 전통적인 예술 장르에서도 이런 현상은 끊임없이 반복되었다. 그러나 산업의 논리에 기반을 두고 있는 대중예술의 경우에는 이러한 현상이 더욱 활발하게 이루어지고 있다는 것도 부인할 수 없는 사실이다. 흥행에 성공한 영화의 속편과 아류작이 제작되고, 시청률이 높은 드라마가 새로운 에피소드를 삽입하여 종영을 연장시키는 것도 모두 이러한 측면에서 이해될 수 있다.

이처럼 유사한 방식의 광고들이 쏟아져 나오자, TTL광고는 더 이상 독창성을 지킬 수 없게 되었다. 물론, 이러한 광고 속에서도 TTL광고는 상대적인 우위를 점유하고 있었지만, 다른 업체와의 격차는 차츰 줄어들기 시작한 것이다.

위기상황을 인식한 제작자들은 TTL광고의 변화를 시도한다. 우선 20대부터 30대까지로 설정되었던 기존의 소비층을 다시 세분하여, 10대를 겨냥한 〈TTL Ting〉와 30대 직장인들을 대상으로 하는 〈UTO〉라는 브랜드를 새롭게 만들었던 것이 변화의 시작이었다. 다음으로 이어진 것은 광고모델의 교체였다. 브랜드의 시작부터 함께 해왔던 임은경 대신에 두 번째 'TTL소녀'로 장설희가 기용되었으며, 그에 따라 임은경에 대한 통제도 풀리게 된다.

그러나 TTL광고가 본질적으로 변모한 것은 아니다. 이미지를 중심으로 하는 기존의 제작방향은 변함이 없으며, '신비화'로 설명되는 광고 전략도 변하지 않았다. 그리고 그 과정에서 공간을 중심으로 스토리텔링을 전개하는 제작 방침도 바뀌지 않았다. 모델의 기용에 있어서도 "첫 모델과 비슷하면서도 약간은 다른 독특한 이미지"를 가진 정도에 그쳤다.[12]

사실 TTL이라는 브랜드 자체가 이미지를 통해서 구축되었기 때문에, 이러한 특성을 포기하는 것은 쉽지 않은 선택일 것이다. 그 동안의 이미지를 포기한다는 것은, 브랜드 자체를 포기한다는 의미까지 될 수 있기 때문이다.

하지만 최근에 발표되고 있는 TTL광고는 전에 비해서 그리 큰 호응을 얻어내지 못하고 있다. 그만큼 TTL광고가 몰고 왔던 참신함이 많이 상쇄되었다는 의미일 것이다. 이것을 몰락으로 받아들여야 할 것인가? 아니면 재기의 노력으로 보아야 할 것인가? 지금의 상황으로는 성급하게 결론을 내리는 것은 무리라고 판단된다. 앞으로의 발전을 통

---

12) 《스포츠 투데이》, 2002. 9. 29.

해서 TTL류 광고는 다시 평가를 받게 될 것이기 때문이다. 그러나 분명한 것은, TTL광고로부터 비롯된 이미지 중심의 광고는 더 이상 새로운 것은 되지 못한다는 사실이다.

▣ 참고문헌

「TV광고 보면 기업의 성격이 보여요」, 《동아일보》, 2003. 1. 15.
《스포츠 투데이》, 2002. 9. 29.
김동식, 「신비주의 마케팅」, 《주간 한국》, 2002. 12. 2.
원용진, 『광고문화비평』, 한나래, 1997.
이문구, 「따지지 마 느낌이 좋잖아」, 《중앙일보》, 2002. 10. 3.
이인구, 『카피라이터 이인구가 본 세상』, 한국광고연구원, 1995.

P. Bourdieu, *Distinction : A Social Critique of the Judgement of Taste*, Cambrdge, Mass : Harvard University Press, 1984.
Roland G. Barthes, 이화여대 기호학연구소 역, 『현대의 신화(Mythologies)』, 동문선, 1997.
Sigmund Frend, 임홍빈 · 홍혜경 역, 『정신분석학 강의(*Vorlesungen zur Einf hrung in die Psychoanalyse*)』, 열린책들, 1997.

광고홍보센터 홈페이지(www.advertising.co.kr)

찾아보기

· 저자 ·

최수웅

· 약 력 ·

1974년 서울에서 태어나 자랐다. 단국대학교
국문과를 거쳐 동 대학원 국문과 석사과정과
문예창작과 박사과정을 졸업했다(문학박사).
2001년 ≪대전일보≫ 신춘문예 소설 부문에
당선하여 등단했다.

현재 단국대학교와 한남대학교에 출강하고 있으며, 단국대학교 부설 한국문
화기술연구소 전임연구원과 문예교육진흥위원회 간사를 맡고 있다.

· 주요논저 ·

저서로는 『소설과 디지털콘텐츠의 창작방법』(2005)이 있고, 주요 논문으로는
「디지털콘텐츠를 활용한 문학공간 구현 방법」, 「공간을 활용한 작가연구방법
론」, 「인터넷 공간을 기반으로 한 대체역사소설의 활용방안」 등이 있다.

문학의 공간, 공간의 스토리텔링

· 초판 인쇄	2006년 5월 30일
· 초판 발행	2006년 5월 30일
· 지 은 이	최수웅
· 펴 낸 이	채종준
· 펴 낸 곳	한국학술정보㈜
	경기도 파주시 교하읍 문발리 526-2
	파주출판문화정보산업단지
	전화 031) 908-3181(대표) · 팩스 031) 908-3189
	홈페이지 http://www.kstudy.com
	e-mail(e-Book사업부) ebook@kstudy.com
· 등 록	제일산-115호(2000. 6. 19)
· 가 격	28,000원

ISBN 89-534-5160-4 93800 (Paper Book)
      89-534-5161-2 98800 (e-Book)